Un cœur à vendre

JANE FEATHER

Jane Feather

Un cœur à vendre

Traduit de l'américain
par Francine André

Éditions J'ai lu

Titre original :

VALENTINE
Published by arrangement with Bantam Books,
a division of Bantam Doubleday Dell Publishing Group, Inc.

PROLOGUE

Août 1808, Vimiera, Portugal

Sous le ciel torride auquel la chaleur conférait des reflets d'un bleu métallique, la plaine sèche et dénudée se recroquevillait, exposée aux rayons cuivrés d'un soleil mordant.

Au loin, les cônes neigeux des montagnes sortaient d'un halo blanchâtre, scintillaient puis disparaissaient de nouveau. De l'autre côté, derrière les collines, l'océan Atlantique s'emportait furieusement contre la côte déchiquetée. Mais tous ces paysages distants empreints d'une heureuse fraîcheur, toutes ces vagues écumantes, tous ces pics glacés n'étaient que folles chimères pour la cinquantaine d'hommes du troisième régiment de dragons de Sa Majesté. Etouffant dans leurs tuniques écarlates, les malheureux combattants cherchaient désespérément la moindre palpitation de l'air.

Inlassablement, ils faisaient feu sur les lignes bleues de soldats français qui apparaissaient les unes après les autres sur les crêtes des collines pour déferler vers eux.

L'ennemi tombait, battait en retraite pour reformer, aussitôt après, de nouvelles lignes de front. Les dragons anglais s'effondraient parmi les cactus et les maigres oliviers de cette plaine brûlante où régnait une forte odeur de thym sauvage.

Combien étaient-ils de l'autre côté des collines ? Combien de fois faudrait-il encore affronter ces troupes d'assaillants ?

5

Le major qui commandait ce petit bataillon scrutait le lointain avec insistance : ses renforts devaient arriver par le pont qui enjambait les eaux du fleuve, grises et paresseuses. Mais l'horizon restait désespérément vide. L'oreille aux aguets, il attendait, angoissé, le son de la trompette annonciatrice de leur arrivée.

A la fin de la journée, il se mit à penser que l'aide espérée ne viendrait jamais, qu'ils étaient tous condamnés à mourir dans cette fournaise et à abreuver de leur sang cette terre aride. Les munitions commençaient à manquer. Au coucher du soleil, une légère brise de mer se leva, agitant doucement le drapeau du régiment planté dans le sol auprès du corps du jeune et malheureux soldat qui en avait la charge.

Soudain, provenant des abris, ultimes et dérisoires remparts contre l'ennemi, une voix s'éleva :

— Ils attaquent à nouveau !

Haletant, hagard, couvert de poussière et de sueur, un jeune officier arriva en courant et répéta ces paroles d'horreur. Le major leva alors les yeux pour constater, impuissant et consterné, l'avancée des troupes ennemies.

1

Juin 1810, Londres

— Epouser l'une d'entre elles ? Juste ciel, mais c'est complètement absurde !

Sylvester Gilbraith, maintenant cinquième comte de Stoneridge, regardait, éberlué, le petit homme nerveux qui disparaissait presque derrière l'imposant bureau de l'étude notariale située rue Thread-needle.

Maître Crighton toussota.

— Je crois, dit-il, que Sa Seigneurie aimait beaucoup ses petites-filles, milord.

— Mais qu'ai-je à faire dans tout cela ?

Le notaire étala alors sur son bureau divers documents justificatifs.

— Comprenez-moi bien ! Le désir profond de Sa Seigneurie était que ses petites-filles ne manquent de rien... Leur mère elle-même, Lady Elinor Belmont, percevra une rente suffisante pour vivre confortablement. Bien entendu, elle emménagera au cottage qui lui est réservé dès que vous aurez décidé de vous installer au manoir de Stoneridge et elle...

— Je n'ai que faire de Lady Belmont, coupa le comte sèchement. Voulez-vous être enfin assez aimable pour m'expliquer clairement les dernières volontés de mon grand-oncle qui me concernent directement !

Maître Crighton s'efforça de ne pas laisser paraître son agacement.

— Je vais tout reprendre, dit-il. Sa Seigneurie avait quatre petites-filles, enfants du vicomte Belmont, son fils, et de Lady Elinor…

— J'entends bien… Je sais que le vicomte Belmont a été tué à la bataille du Nil il y a douze ans, et que la mort de Sa Seigneurie me rend de droit héritier, faute de descendant mâle en ligne directe. Je sais tout cela ! (Le comte se leva pour arpenter nerveusement la pièce de long en large.) Mais de grâce, venez-en au fait !

Le notaire remarqua que Sylvester Gilbraith était encore plus intimidant que feu le quatrième comte de Stoneridge. Un regard pénétrant éclairait son visage mince, et la cicatrice qui barrait son front donnait à cet homme distingué une note inquiétante. Ses lèvres fines traduisaient le même caractère impatient que son grand-oncle.

Le notaire sélectionna un document parmi ceux disposés sur son bureau et le tendit à Sylvester.

— Le mieux est sans doute que vous preniez connaissance vous-même des conditions.

Sylvester saisit vivement les feuillets, accompagnant son geste d'une petite remarque acerbe :

— Auriez-vous peur de cautionner des dispositions illégales, Crighton ?

Le notaire se renfrogna mais ne répondit pas.

Le comte s'installa dans un fauteuil et se mit à lire, ne cessant de tapoter, d'un geste nerveux, le cuir de ses bottes avec sa cravache. En cet après-midi de juin, l'air était doux et calme. Pourtant, dans cette pièce, le moindre bruit prenait des proportions inhabituelles : le cliquetis de l'horloge dans un coin, le bourdonnement d'une mouche indolente près de la fenêtre ouverte ou les voix qui montaient de la rue, tout cela était parfaitement agaçant. Soudain, Lord Stoneridge se leva d'un bond et jeta le document sur le bureau du notaire.

— Grand Dieu! s'exclama-t-il. Mais c'est insensé! Follement injuste! Si je comprends bien… j'hérite du titre, du manoir de Stoneridge, de la résidence Belmont à Londres, mais je n'ai pas un seul arpent de terre et pas un sou de la fortune de ce ladre… à moins que je n'épouse une de ses petites-filles! Ce testament émane d'un fou! Je suis certain qu'un tribunal le révoquerait.

— Ne croyez pas cela! Il est au contraire parfaitement légal. Votre grand-oncle était sain de corps et d'esprit, je peux en témoigner. (Le notaire se gratta le menton, comme s'il avait du mal à poursuivre.) En effet, seuls le titre de comte et deux propriétés font partie de votre héritage… pour le moment. Votre parent était parfaitement en droit de disposer de sa fortune comme il l'entendait.

— Et il l'a laissée à quatre filles stupides, reprit Sylvester.

— Détrompez-vous! Si vous me permettez de vous donner mon point de vue, je crois que ce sont des jeunes filles très convenables.

A l'expression du comte, il ne faisait aucun doute que le notaire ne l'avait ni persuadé ni rassuré. Ce dernier s'éclaircit la voix à nouveau et reprit:

— Lady Emily a vingt-deux ans, milord, et je crois qu'elle est fiancée. Lady Clarissa, que je pense sentimentalement libre, en a vingt et un. Quant aux deux dernières… Lady Théodora va avoir vingt ans et la petite, Lady Rosalind, n'est encore qu'une enfant qui n'a même pas douze ans, me semble-t-il.

— Ainsi donc, si je veux avoir la totalité de l'héritage, j'ai le choix entre deux d'entre elles, dit le comte avec un sourire forcé. Si je refuse, la fortune sera partagée entre les quatre filles, et je devrai me contenter d'un titre et de deux bâtisses sans terres!

Le notaire fit craquer les articulations de ses doigts et Lord Stoneridge lui lança un regard de profond déplaisir. Gêné, Crighton posa aussitôt ses mains à plat sur le bureau. Puis le comte se dirigea vers la cheminée et s'y appuya quelques instants. Mentalement, il essayait de se rappeler l'origine de la séparation des deux branches de la famille Stoneridge. Les détails se perdaient dans les méandres de sa mémoire, mais il était au moins certain d'une chose : les Gilbraith et les Belmont se détestaient depuis des générations.

— Et puis, reprit presque timidement maître Crighton en sortant une nouvelle pièce de l'épais dossier, je dois vous avouer qu'il y a un codicille. (Une lueur d'inquiétude assombrit le regard du comte.) Les jeunes filles et leur mère ne seront mises au courant de ces conditions que dans un mois. Cela signifie que vous avez tout juste quatre semaines pour concrétiser votre union. Sinon… le reste de la fortune sera définitivement exclu de votre part d'héritage.

Le comte éclata d'un grand rire qui dissimulait mal son dépit. Il n'en croyait pas ses oreilles.

— Quoi ! s'écria-t-il. Mais c'est un comble ! Pendant un mois, les filles Belmont vont croire que c'est moi qui ai tout l'héritage, et vous me racontez que ce vieil homme, capable de les tourmenter de la sorte, les aimait ! Allons donc !

— Pour être franc, milord, je crois que Sa Seigneurie a agi de la sorte par simple désir de justice vis-à-vis de vous, pour vous laisser toutes vos chances. Dans l'ignorance de la situation, chacune d'elles se conduira de façon tout à fait désintéressée. Vous pourrez faire un choix plus objectif.

— Un choix ? Vous appelez cela un choix ? En un mois de temps, c'est proprement ridicule ! Me croyez-vous vraiment le genre d'homme à poursuivre de mes assiduités une jeune fille éplorée qui vient de perdre son grand-père ? Je passerais vraiment pour un odieux personnage. (Puis, levant les yeux au ciel comme s'il avait une révélation, il ajouta :) Au fond, c'est peut-être ce à quoi mon grand-oncle, ce vieux grigou, aspirait !

— Non, Sa Seigneurie a prié sa famille de ne pas porter le deuil, comme cela se fait traditionnellement. Si vous l'aviez connu, milord, vous comprendriez que cela correspond bien à son personnage. Vous savez, c'était un homme hors du commun.

— Pourquoi en arriver à de telles combines ?

Crighton prit le temps de la réflexion avant de répondre :

— Feu le comte était très attaché au domaine de Stoneridge et je pense qu'il aurait détesté par-dessus tout le voir tomber en ruine faute d'entretien. Un partage entre plusieurs héritiers eût été un trop grand risque de dissensions. Ainsi, si vous épousez une des jeunes filles Belmont, votre couple sera l'unique propriétaire et gestionnaire des terres. Par ailleurs, il n'est pas impossible qu'il ait préféré transmettre le domaine à un parent — fût-il éloigné — plutôt qu'aux étrangers qu'épouseront ses petites-filles.

Le comte opina de la tête.

— On en viendrait presque, déclara-t-il, à plaindre ce vieux bonhomme contraint de ravaler son orgueil pour céder Stoneridge à un Gilbraith !

Il ramassa ses gants de cuir fin et s'appliqua à les remettre avec lenteur en fronçant les sourcils. Il sembla alors à Crighton que la cicatrice de Sylvester Gilbraith devenait un peu plus apparente.

— Quand même... reprit le comte après quelques instants, une union entre un Gilbraith et une Belmont, ce serait quelque chose !

— Sans aucun doute, milord ! répliqua le notaire qui, ignorant les haines ancestrales des deux familles, ne comprenait pas la teneur de ces propos.

Coupant net ce dialogue, Lord Stoneridge se dirigea vers la sortie.

— Je vous salue bien, Crighton.

Le notaire se leva pour raccompagner respectueusement son client et le guider dans l'escalier étroit qui menait à la rue. Il attendit poliment que Gilbraith ait enfourché son cheval noir, le regarda s'éloigner en direction de Cheapside, et remonta à son bureau.

Sylvester Gilbraith regagna son domicile de la rue Jermyn. Deux ans auparavant, il se serait rendu à son club pour rechercher de la compagnie et faire une partie de whist autour d'un verre. Mais il ne supportait plus le silence pesant qui envahissait la pièce bondée dès qu'il y pénétrait et l'air méfiant de ses anciens camarades. A l'exception de Neil Gérald, ils le regardaient tous de travers. On l'avait pourtant acquitté, mais dans les esprits les soupçons demeuraient. Cette accusation de couardise lui collait douloureusement à la peau.

Lady Elinor Belmont examina d'un œil critique la broderie qu'elle était en train de réaliser.

— Voyons… je crois qu'un vert plus pâle ferait meilleur effet, dit-elle en se penchant pour prendre un fil de la teinte désirée dans sa corbeille à ouvrage.

A ses côtés, Clarissa plaqua avec rage ses mains sur le clavier du piano.

— Je ne supporte pas l'idée de devoir quitter Stoneridge pour le remettre entre les mains d'un Gilbraith. C'est proprement impensable! Je ne comprends vraiment pas pourquoi grand-papa a eu une idée aussi saugrenue.

— Ton grand-père n'a pas exigé que nous allions immédiatement vivre au cottage. Nous envisagerons cela plus tard, mais je dois tout de même être attentive à nos dépenses pour ne pas devoir un jour puiser dans vos dots.

— Je me moque de ma dot, et Théo également, déclara Lady Clarissa, péremptoire. Nous n'avons ni l'une ni l'autre l'intention de nous marier. Jamais !

— Il ne faut pas dire «jamais», répliqua sagement sa mère. Quoi qu'il en soit, vous devez aussi penser à Emily et à votre petite sœur, Rosie.

Emily, qui lisait un magazine de mode, ne leva pas les yeux, comme si elle refusait de prendre part à cette conversation. Un rayon de soleil jouait dans ses cheveux auburn et y faisait danser de superbes éclats mordorés.

Clarissa planta son regard bleu acier dans celui de sa mère.

— Aller habiter au cottage alors que nous avons toujours vécu ici est insupportable !

— Allons, allons, Clarry. Depuis que ton père a été tué, nous savions bien que cela arriverait un jour.

A ce moment, Emily jugea bon de prendre la parole.

— Le cottage est bien assez vaste pour nous, dit-elle. D'autant plus que, dès qu'Edward et moi serons mariés, vous pourrez toutes venir chez nous.

— Pauvre Edward ! soupira Lady Elinor, un sourire amusé au coin des lèvres. J'ai du mal à imaginer qu'un jeune marié, même aussi charmant que lui, n'éprouve pas quelque réticence à vivre avec sa belle-mère et ses trois belles-sœurs !

— Mais non, Edward vous adore, reprit la fille aînée qui, retrouvant une spontanéité d'enfant, enlaça tendrement sa mère.

Lady Elinor prit Emily dans ses bras.

— Je le sais bien, ma chérie. Edward est très affectueux et je lui en suis profondément reconnaissante. Mais nous devons être raisonnables. Nous emménagerons au cottage et nous nous y installerons au mieux. Vous verrez, nous y serons très bien !

Les deux aînées avaient perçu dans la voix de leur mère une ferme détermination. Sous une apparente douceur, Lady Elinor Belmont cachait une volonté de fer dont elle savait user à bon escient lorsqu'il s'agissait de prendre une décision. Cette résolution mit un terme à la vive discussion qui venait d'avoir lieu. Cela tombait bien : Rosie venait de faire son entrée dans le salon. Elle tenait la main fermée comme si elle y cachait quelque objet précieux.

— Maman, où est Théo ? Elle avait promis de m'aider à disséquer ces vers de terre.

— Pouah! C'est répugnant, Rosie. Débarrasse-nous de ces horribles bestioles immédiatement!

Sans s'être concertées, les deux sœurs s'étaient révoltées d'une voix unanime.

— Ce n'est pas du tout dégoûtant et Théo est bien plus gentille que vous! Vous n'y connaissez vraiment rien! Et je dois faire une expérience bio... biogi... biologique.

Toute fière d'avoir retrouvé ce mot qui attestait, croyait-elle, d'une profonde culture scientifique, la petite fille examina son trésor à travers ses lunettes d'écaille.

— Théo ne s'y connaît pas plus que nous en biologie, affirma Emily.

— Mais au moins, elle s'y intéresse! repartit l'enfant sans se démonter. Comme disait grand-papa, si vous ne vous intéressez à rien, vous n'apprendrez jamais rien!

Lady Elinor intervint pour mettre les parties d'accord:

— Tu as raison, Rosie, dit-elle, mais un salon n'est pas vraiment un endroit idéal pour y porter des vers de terre.

— Morts ou vivants, reprit Clarissa en fermant le piano, emporte-les dehors. Il est hors de question que tu attendes Théo ici avec ces... horreurs. Elle est partie à la pêche, et Dieu seul sait quand elle reviendra.

A l'évocation de Théo, Lady Belmont se détourna pour que ses filles ne voient pas ses yeux embués de larmes. Sa troisième enfant avait ressenti plus que les autres l'absence d'un père et elle avait reporté toute son affection sur son grand-père. C'était de loin celle qui lui était la plus attachée. Depuis la mort du comte, elle passait son temps en promenades solitaires, foulant tour à tour toutes les allées de Stoneridge, comme si elle s'attendait à retrouver son grand-père à chaque détour du parc.

Clarissa avait raison, on ne pouvait jamais connaître d'avance l'heure du retour de Théo.

Ce même après-midi, pendant que les jeunes filles Belmont et leur mère discutaient dans le salon du manoir de Stoneridge, Sylvester Gilbraith buvait une bière au comptoir de l'auberge du village, dans une pièce sombre et enfumée. Sa présence ne manquait pas d'intriguer les paysans du coin qui lui adressaient des regards furtifs et inquisiteurs. Les gentlemen n'étaient pas légion par ici! Mais il n'était pas question pour Sylvester de se dévoiler. Il craignait que l'hostilité des maîtres de Stoneridge envers les membres de la famille Gilbraith ne fût partagée par les autres habitants de la commune de Lulworth.

L'été avait fait une apparition précoce cette année, et Sylvester fut surpris par la violence du soleil en sortant de l'auberge. Il fit signe au palefrenier et lui demanda de seller son cheval. Dans un coin ombragé de la cour pavée, l'homme, qui somnolait à demi en mâchonnant un brin de paille, obéit sans se presser. Dix minutes plus tard, le comte glissait une pièce dans la main du garçon d'écurie et enfourchait sa monture.

— Quel est le plus court chemin pour se rendre à Stoneridge?

— Facile, m'sieur. Traversez le village et prenez à droite! Suivez tout droit à travers champs et vous y serez!

Lord Stoneridge n'avait jamais vu le manoir que sur des tableaux et, inconsciemment, il sentait qu'il devait se familiariser avec les lieux avant de s'y présenter.

Il aperçut bientôt, perchée sur une butte, une grande maison de style Tudor. Au pied de la colline, un petit pont de pierre enjambait un torrent impétueux.

Enfin... c'était *son* manoir! Ce serait celui de ses enfants! Depuis deux cents ans, aucun Gilbraith n'avait mis les pieds à Stoneridge. Il embrassa d'un coup d'œil la campagne environnante. Dire que ces bois superbement entretenus, ces champs soigneusement cultivés par les fermiers du domaine, tout cela allait lui appartenir! Comment diable imaginer que quatre petites sottes et leur mère pussent gérer un tel domaine et diriger du personnel? Peut-être avaient-elles l'intention de s'en remettre à un régisseur? Le meilleur moyen de se faire voler! En observant plus attentivement la maison, il eut vite fait de calculer le coût d'entretien de cette belle demeure: la rente dont il avait hérité de son père n'y suffirait pas. Il n'avait d'autre choix que de convoler.

Fouettant l'air d'un coup sec de sa cravache, il encouragea son cheval qui banda ses muscles et émit un long hennissement de plaisir. Sylvester Gilbraith flatta l'encolure de l'animal pour l'apaiser, et le cheval passa au petit trot.

Au sortir d'une chênaie ombragée, il aperçut au bord du torrent une jeune personne étrangement penchée en avant, les manches relevées et les mains plongées dans l'eau claire. Intrigué, il mit pied à terre, attacha son cheval noir à un arbre et s'approcha doucement.

Elle était nu-pieds et ses jupons retroussés laissaient deviner deux jambes fines. De longues tresses noires ornaient son visage, de part et d'autre. «Une bohémienne qui taquine la truite!» pensa immédiatement Sylvester.

— Chez moi, on punit les braconniers, dit-il pour la surprendre.

Comme s'il était tout naturel que quelqu'un se trouvât là, derrière elle, avec un drôle d'accent traînant, elle répliqua:

— Ici, on les pend ou on les exile aux colonies.

Sylvester fut frappé par son calme. De toute évidence, cette bohémienne ne se laissait pas impressionner. Rien ne semblait pouvoir la distraire de la lutte qu'elle avait engagée avec un poisson rebelle. Avec un art consommé, ses mains emprisonnèrent une proie, délicatement mais fermement. Le comte

16

la vit sortir de l'eau une superbe truite tachetée qu'elle rejeta aussitôt. Dans une gerbe de gouttelettes irisées, le poisson disparut dans le courant.

— Pourquoi prenez-vous la peine de l'attraper pour le remettre à l'eau ?

— C'est juste... pour le sport ! répliqua-t-elle sans se départir de son calme. (Enfin elle se redressa, leva les yeux vers Sylvester et reprit :) Ici, on fusille aussi ceux qui franchissent les limites autorisées. Vous êtes sur les terres des Belmont.

— Si j'ai pénétré à tort sur une propriété privée, je ne suis pas le seul ! ironisa le comte.

— Occupez-vous de vos affaires ! déclara-t-elle.

Elle lui faisait face maintenant, et il réalisa qu'elle avait beaucoup de charme. Des yeux myosotis superbes rehaussaient l'ovale parfait de son visage hâlé et ses traits étaient d'une finesse remarquable. Une petite bohémienne tout à fait séduisante, en somme !

Sylvester s'approcha d'elle en souriant et, sans plus de cérémonie, posa ses lèvres sur celles de la jeune fille. En une seconde, avant même d'avoir le temps de réaliser ce qui lui arrivait, il se retrouva plongé dans l'eau du torrent.

— Disparaissez ! proféra-t-elle d'un ton rageur. Ça vous apprendra, répugnant personnage, à profiter d'une fille honnête. Approchez encore, et je vous...

Ses menaces s'achevèrent en un hurlement. Sylvester s'était hissé hors de l'eau et l'avait fermement saisie aux chevilles.

Elle perdit l'équilibre et se retrouva à son tour assise dans le lit rocheux du torrent. Tandis qu'elle remontait sur la berge, le comte s'éloigna, lui déclarant d'un air moqueur :

— Voici la monnaie de votre pièce ! Vous saurez dorénavant qu'il ne faut pas crier victoire trop tôt, ma fille !

— D'abord, ne m'appelez pas « ma fille » ! cria-t-elle de toutes ses forces en essayant de l'atteindre

17

avec la première motte de terre qui lui était tombée sous la main.

Sylvester fut frappé en plein dos. Il se retourna, furieux. Mais en la voyant toute mouillée, il éclata de rire. Il était lui-même trempé jusqu'aux os et ses superbes bottes de cuir étaient probablement irrécupérables. Tout cela parce qu'une petite bohémienne s'était comportée en vestale outragée ! Dans un geste d'apaisement, il lui tendit la main.

— Allons, faisons la paix et disons que l'honneur est sauf ! déclara-t-il.

— L'honneur ?... Que savez-vous de l'honneur ?

Le visage de Sylvester se ferma soudain et son passé lui revint violemment à la mémoire...

« Vous êtes accusé d'avoir déshonoré le régiment. Qu'avez-vous à dire pour votre défense, major Gilbraith ? »

Il se retrouvait à nouveau dans la salle du tribunal, revoyait les officiers du troisième régiment de dragons assis à ses côtés et sentait encore sur lui le regard pesant et accusateur du général Feringham, président de la cour martiale.

Il avait plaidé « non coupable » bien sûr, mais l'était-il vraiment ? Si seulement il avait pu se souvenir des instants précédant le coup de baïonnette qu'il avait reçu ! Aujourd'hui encore, un grand voile noir continuait de masquer ces minutes.

Les Français avaient attaqué une fois encore... Son régiment avait courageusement résisté, attendant désespérément les renforts menés par son ami, le capitaine Gérald... L'ennemi s'était emparé du drapeau... Sylvester avait été fait prisonnier et emmené dans une geôle française où, gravement blessé au front, il était resté plusieurs semaines entre la vie et la mort.

Il lui semblait que les événements s'étaient déroulés de cette façon, mais comment l'affirmer quand le souvenir est plus une impression qu'une certitude ?

Gérald, qui n'avait rien vu, n'avait pu évidemment témoigner en sa faveur. Et on l'avait accusé d'avoir, comme un lâche, offert son drapeau à l'ennemi sans se battre.

Sylvester sentit, une fois encore, qu'un étau enserrait sa tête et que de violents battements martelaient ses tempes. Instinctivement, il porta la main à son front, à l'endroit de sa cicatrice, pour essayer d'apaiser cette douleur intense. De temps à autre, il arrivait à la calmer mais, cette fois, cela n'eut aucun effet. Le soleil lui faisait mal. Une grande lumière traversa son cerveau, et il comprit qu'il était trop tard. Il devait immédiatement retourner à l'auberge avant que la souffrance ne devienne insupportable.

Théo Belmont le regarda, interloquée. Qu'arrivait-il à cet homme qui avait eu l'énergie de la jeter à l'eau il y avait de cela quelques minutes? Son visage avait soudain pris une teinte cadavérique et ses yeux, auréolés de grands cernes violets, s'étaient creusés affreusement. Elle le vit se diriger vers son cheval en titubant et se mettre maladroitement en selle comme un homme ivre.

Qui pouvait bien être cet étranger qui n'hésitait pas à se promener sur la propriété d'autrui? Après tout, cela n'était pas très important. Elle l'avait bien eu, c'était l'essentiel! Grâce à l'habileté de sa manœuvre, il avait fait une sacrée chute! Edward allait être fier d'elle quand elle lui raconterait.

Théo essora ses vêtements à la va-vite et remit ses sandales. Elle traversa le pont, puis remonta la colline en courant. Depuis la terrasse du salon, Clarissa l'avait vue arriver, les cheveux en bataille, ses vêtements mouillés collés au corps.

— Théo, que s'est-il passé? Je t'ai vue sortir du torrent.

— Si tu veux tout savoir, je suis tombée!

Elle n'avait pas vraiment envie de raconter le détail d'une histoire où, pendant quelques instants, elle s'était trouvée en position ridicule. Mais sa sœur voulait, comme chaque fois, tout connaître. Théo soupira et, pour couper court aux investigations de Clarissa, finit par mentir :

— J'ai perdu l'équilibre en voulant attraper une truite, dit-elle.

A ses pieds, le tapis était trempé. Posant sa broderie, Lady Elinor apostropha sa fille à son tour :

— Ma chérie, je ne veux pas savoir ce que tu as fait pour te mettre dans cet état, mais je te conseille de sortir d'ici pour éviter d'endommager ce tapis qui n'est plus le nôtre maintenant.

— Ah, pardon ! J'avais oublié que nous étions dans la propriété d'un Gilbraith ! répondit Théo en ravalant sa rancœur.

Puis elle tourna les talons et sortit.

Lady Belmont poussa un soupir. Il fallait bien affronter la réalité ; de toute façon, elles finiraient par s'y habituer. De toutes ses filles, Théo était indéniablement celle qui l'inquiétait le plus. Son attachement au domaine était profond, presque viscéral. Cette propriété était comme un lien charnel qui l'unissait encore à un père et à un grand-père qu'elle avait adorés.

2

Dans le petit boudoir où elle se rendait chaque matin pour régler les problèmes domestiques, Lady Belmont attendait la cuisinière qui devait lui proposer un choix de menus pour les repas de la journée. Mais c'est Foster, son majordome, qui se présenta.

— Un messager a porté ce pli pour vous, milady, dit-il en lui tendant un plateau d'argent ciselé.

Machinalement, Lady Belmont prit l'enveloppe. Il devait probablement s'agir d'une invitation. Sachant que feu le comte de Stoneridge avait souhaité qu'elle ne porte pas le deuil et ne change rien à ses habitudes, ses relations continuaient à l'inviter, comme par le passé. Elinor acceptait d'ailleurs volontiers, pourvu qu'il ne s'agisse pas de fêtes trop tapageuses.

Elle fit une petite moue en ne reconnaissant l'écriture d'aucun de ses amis. Elle ouvrit soigneusement l'enveloppe avec un coupe-papier et déplia l'unique feuillet qu'elle contenait.

Lord Stoneridge serait très honoré de venir présenter ses hommages à Lady Belmont cet après-midi. En cas d'empêchement, que Lady Belmont veuille bien lui proposer un autre moment. Elle pourra joindre Lord Stoneridge à l'auberge du village.

Elinor tripota nerveusement la feuille de papier. Tôt ou tard, cela devait arriver! Leur déménagement s'annonçait peut-être plus tôt que prévu. Il fallait prendre les choses en main : elle se rendrait au cottage dès ce matin, pour y faire le tour des pièces et commencer à réfléchir à leur installation. L'endroit était assez agréablement meublé, mais elle projetait d'emporter avec elle quelques objets personnels qui faisaient partie de sa dot.

Pendant une minute, elle ferma les yeux. Elle prenait conscience, devant ces faits incontournables, que sa vie avait été une suite d'abandons. Cela avait commencé avec la disparition de Kit, son mari, tué au champ d'honneur par un soldat français. Il l'avait quittée si violemment et si tôt! Bien trop tôt!... Elle fut distraite de sa rêverie par l'arrivée d'Emily. La jeune fille portait une élégante robe de percale, fraîche et impeccable, et des petites bottines. De longues boucles auburn sortaient de son chapeau de paille.

— Maman, nous allons au presbytère. Avez-vous un message pour Mme Haversham?

Avant même que Lady Belmont ait pu répondre,

Clarissa arriva derrière sa sœur. Elle remarqua immédiatement le visage défait sa mère.

— Que se passe-t-il, maman? Vous avez l'air bouleversée.

Clarry avait toujours été la plus fine et la plus perspicace de ses filles.

— Rien de grave, ne t'inquiète pas! Je dois seulement affronter une situation un peu désagréable: Lord Stoneridge vient me rendre visite cet après-midi.

— Pourquoi vient-il nous torturer jusqu'ici! se lamenta Clarissa. Il pouvait très bien nous demander de déménager sans se déranger. Cela nous aurait évité de le rencontrer. Je suis sûre qu'il est heureux de venir nous narguer!

— Ne dis pas de sottises, répliqua sa mère assez sèchement. Le cottage est proche du manoir et la courtoisie est de mise entre voisins. Tes sentiments ne doivent jamais te faire oublier le respect des convenances et la politesse. Ai-je été claire?

Clarissa sentit que ce n'était pas le moment de ratiociner et elle se mordit les lèvres.

— De toute façon, je suppose que nous ne le verrons pas souvent ici, renchérit Emily, essayant de calmer les esprits. Il ira probablement à Londres pendant la saison ou en Ecosse pendant la période de la chasse. Lulworth n'est qu'un trou perdu, un endroit bien trop mort pour un blanc-bec de son espèce.

— Emily! Te voilà bien irrespectueuse, protesta Lady Belmont, secrètement amusée tout de même par l'audace de sa fille aînée. Pourquoi affirmes-tu que Sa Seigneurie est un «blanc-bec», comme tu le dis de façon si inélégante?

— Honnêtement, je n'en sais rien, mais je suppose que c'est un dandy, comme notre cousin Cecil.

— Tous les Gilbraith sont comme ça! fit soudain une petite voix.

Elinor réalisa tout à coup qu'elle n'avait pas vu Rosie derrière ses grandes sœurs.

— Ça suffit, reprit-elle à l'adresse des aînées. Voyez quel exemple vous donnez à Rosie !

Heureuse que l'on fasse attention à elle, la petite s'avança. Sa mère lui lança un regard contrarié.

— Je me demande ce que Mme Haversham va penser en te voyant aussi peu soignée. Tu es trop grande pour te promener encore avec des chaussettes tire-bouchonnées et de la confiture sur ta robe.

Rosie frotta la tache comme si elle pouvait disparaître d'un simple geste de la main.

— Je n'irai pas voir Mme Haversham, dit-elle. Je dois rencontrer Robie. Il m'a promis de me montrer son araignée à dix pattes. Je suis sûre qu'il ment. Les araignées n'en ont que huit.

Emily la gronda gentiment :

— Tu ne peux pas aller au presbytère sans saluer Mme Haversham, dit-elle en se baissant pour remonter les chaussettes de sa petite sœur.

— Théo ira-t-elle avec vous ? demanda Lady Belmont.

— Non, elle est avec Beaumont pour décider des semailles de l'automne et des champs à mettre en jachère. Elle doit aussi régler le problème de M. Greenham. Il est furieux et dit qu'on ne pourra jamais attraper de renards si nos gardes-chasse ne bloquent pas mieux les terriers. Les animaux arrivent toujours à s'y réfugier lorsqu'ils sont poursuivis par la meute.

Les joues empourprées et les yeux brillants derrière ses lunettes, Rosie s'exclama :

— C'est horriblement cruel ! Théo m'a raconté ce qu'elle avait vu à la chasse. C'est dégoûtant et c'est vraiment injuste de faire des misères à des pauvres bêtes sans défense !

Au son de sa voix, sa mère et ses sœurs la devinèrent au bord des larmes.

— Ce n'est pas encore la saison de la chasse, dit Clarissa. Nous avons encore quatre mois devant nous. Je te promets que nous irons une nuit, toi et moi, en cachette, ouvrir tous les terriers.

Lady Elinor pensa que le comte de Stoneridge en déciderait peut-être autrement, puisque c'était maintenant sa propriété. Mais pour ne pas chagriner Rosie davantage, elle se garda bien de dire quoi que ce soit.

— Vous serez bien là pour la visite de Lord Stoneridge ? demanda-t-elle simplement à ses filles.

— Bien sûr, maman !... Allons, Rosie, nous devons nous presser maintenant. Viens comme tu es, tant pis ! Robie et son araignée ne t'en tiendront pas rigueur, je l'espère. Quant à Mme Haversham... elle fermera les yeux !

Emily prit Rosie par la main et elles sortirent, suivies de Clarissa.

Elinor poussa un soupir de lassitude. Les jours à venir allaient être éprouvants. Elle avait hâte d'être installée au cottage. Elle s'arrangerait alors pour maintenir à distance respectueuse le nouveau propriétaire de Stoneridge, et la vie reprendrait son cours. Ce n'était qu'un cap un peu difficile à passer !

Elle sonna pour appeler Foster.

— Quand Lady Théo rentrera, dites-lui de venir me voir, je vous prie.

— Certainement, milady ! répliqua le majordome en s'inclinant... La cuisinière est là.

— Faites-la entrer... Au fait, Foster, Lord Stoneridge vient cet après-midi. Je le recevrai dans le salon. Quand il sera là, portez-moi une bouteille de... de...

— Si Lady Théo était là, elle vous suggérerait, je crois, un vieux brandy.

Bien qu'elle eût le cœur gros, Elinor trouva la force de sourire. Théo était experte, en effet. Son grand-père en avait passé, des heures à la cave avec elle, pour lui dévoiler tous les secrets des grands vins !

Au moment de sortir, Foster, hésitant, marqua un temps d'arrêt.

— Pardonnez-moi, milady, dit-il, un peu gêné, la

venue de Lord Stoneridge signifie-t-elle que vous allez bientôt déménager au cottage?

Lady Elinor ne put que lui répondre par l'affirmative.

— J'espère que Milady ne souhaitera pas se passer de mes services.

— Bien sûr que non! Mais je ne peux m'empêcher de penser que vous seriez mieux à Stoneridge où vous avez vos habitudes.

— Non, milady, protesta Foster. Je préférerais vous suivre. La cuisinière et la gouvernante également!

— Nous en reparlerons!

Elinor serra les mâchoires en songeant que le nouveau maître des lieux était un Gilbraith. Après tout, il n'avait aucun droit sur un personnel qui servait fidèlement les Belmont depuis plus de vingt ans.

Dès que son entretien avec la cuisinière fut terminé, Lady Belmont se retrouva seule. Elle réalisa alors qu'il lui restait à accomplir une tâche redoutable: annoncer à Théo la visite de Lord Stoneridge.

Vers midi, fatiguée d'avoir passé des heures à cheval, Théo fit son apparition. Sa matinée avait dû être bonne car elle paraissait de fort bonne humeur.

— Hum! Ça sent bon la tourte aux herbes! s'exclama-t-elle, l'œil pétillant de gourmandise. Beaumont a eu une idée de génie pour la grande prairie: il a pensé qu'on pourrait faire comme M. Coke à Holkman, et... (Elle s'arrêta net en percevant une tension extrême sur les visages de ses sœurs et de sa mère.) ... Que se passe-t-il?

— Rien d'inattendu, hélas! répondit Lady Elinor. Lord Stoneridge vient nous rendre visite cet après-midi.

Théo souleva le couvercle du plat qui était au centre de la table, puis le reposa en silence. Elle s'assit à sa place habituelle et, toujours sans mot dire, rompit un petit morceau de pain. De toute évidence, elle était soucieuse.

— Nous mettra-t-il à la porte aujourd'hui? demanda-t-elle après un bon moment.

— Bien sûr que non! la rassura sa mère. Nous devons discuter de cela; il y a une foule de choses à organiser.

Soudain, Théo repoussa sa chaise et se leva.

— Vous voudrez bien m'excuser, maman, mais je n'ai plus faim. Cela tombe bien, j'avais promis aux Gardner d'aller les voir au village. La blessure de Joe ne va pas mieux.

— Je souhaite que tu sois présente lorsque Lord Stoneridge viendra, dit Elinor d'une voix calme.

Un bref «oui» fut la seule réponse de Théo, qui quitta la pièce en silence.

Elle ne pouvait pas, elle ne voulait pas accueillir un Gilbraith. Il n'en était pas question! Il allait lui dérober ce qu'elle avait de plus cher: les souvenirs de son père et de son grand-père. Il allait la spolier de sa terre, de sa maison, de tout ce qu'elle entretenait amoureusement depuis trois ans, depuis que son grand-père lui avait confié les rênes du domaine. Chaque plante, chaque fleur, chaque brin d'herbe lui était familier. Elle connaissait tous les fermiers, leurs soucis, leurs joies...

Elle resta là, plantée au pied de l'escalier du hall sans pouvoir faire un mouvement. La lourde porte de chêne était ouverte et laissait entrer un généreux flot de soleil. Elle promena son regard sur les objets familiers qui l'entouraient: le banc où son père s'asseyait pour retirer ses bottes, la longue table ancienne sur laquelle elle avait toujours vu cette coupe de cuivre patiné emplie de pétales de roses fraîchement cueillies, le coin du feu où les invités, en hiver, étaient toujours reçus avec un bon vin chaud, et où les fermiers se retrouvaient chaque veille de Noël...

Sortant brusquement de sa torpeur, la jeune fille émit quelques paroles incompréhensibles sur le ton de la colère, puis elle sortit précipitamment. Elle avait à faire et ce n'était pas l'arrivée d'un Gilbraith qui allait la détourner de ses devoirs !

Pendant ce temps, un silence pesant s'était installé dans la salle à manger.

— Théo reviendra, maman. Ne vous inquiétez pas ! dit Emily d'une voix qui ne pouvait totalement cacher ses doutes.

Quand Lady Elinor eut quitté la pièce, Clarissa et Emily soupirèrent.

— Je voudrais tellement qu'Edward soit de retour et que nous puissions nous marier rapidement ! dit Emily à sa sœur. Vous viendriez chez nous et ce maudit Gilbraith… irait au diable !

— Emily ! s'exclama Clarissa, partagée entre la désapprobation de cette malédiction et le désir secret de la voir se réaliser.

Mais l'heure n'était pas aux lamentations. Dans un moment, Sylvester Gilbraith serait là. Retrouvant son rôle d'aînée, Emily conseilla à Rosie d'aller passer une robe propre et chargea Clarissa de partir à la recherche de Théo. Toutes deux obtempérèrent sur-le-champ.

Malheureusement, vingt minutes plus tard, Clarissa revenait bredouille. Il lui avait été impossible de mettre la main sur Théo. Ce n'était pourtant pas faute de l'avoir cherchée partout. Finalement, à l'écurie, le palefrenier lui avait indiqué que sa sœur était partie galoper avec le nouvel étalon.

Sylvester remonta l'allée qui menait au manoir.

La végétation, luxuriante en ce mois de juin, exhalait des parfums enjôleurs. Devant lui se profilait la grande bâtisse blanche de ses lointains ancêtres, toujours aussi fière depuis plusieurs siècles. Les tuiles rosées du toit brillaient sous le plein soleil et de loin, les vitres des fenêtres à meneaux paraissaient autant de petits diamants scintillants. A cheval, il dominait les haies superbement taillées du parc et les allées soigneusement désherbées. La vue s'étendait jusqu'aux eaux bleues de la baie de Lulworth, au-delà de la roseraie.

Cet après-midi, il allait connaître le prix à payer pour tout cela. Entre Lady Clarissa et Lady Théodora, l'étiquette voulait qu'il choisisse l'aînée, et Sylvester n'y voyait aucune objection. De toute façon, ce serait un mariage de raison, il le savait! Heureusement, grâce aux précautions affectueuses de son grand-père, la jeune fille méconnaîtrait les dispositions du testament; elle ignorerait du même coup la froideur de cet arrangement.

— Il arrive. (Rosie pénétra en trombe dans le salon.) Je l'ai vu dans l'allée, cria-t-elle. Il monte un grand cheval noir, il a une casquette, une veste verte et...

L'entrée inopinée de Foster annonçant Lord Stoneridge mit un terme à la description de Rosie.

Les jeunes filles se levèrent lorsque le comte pénétra dans la pièce. Lady Elinor lui tendit la main pour lui souhaiter la bienvenue. S'inclinant respectueusement, Stoneridge fut immédiatement frappé par l'élégance de cette femme et par l'éclat de ses yeux bleus.

— Puis-je vous présenter mes filles? dit-elle. Emily... Clarissa...

Successivement, elles s'avancèrent vers lui. Au vu du diamant qui jetait mille feux à l'annulaire de la première de ces demoiselles, Sylvester pensa aussitôt qu'il devait s'agir d'Emily, la jeune fiancée. Il la trouva sincèrement aussi jolie que sa mère. Mais, impatient de découvrir ses sœurs, il porta aussitôt le regard sur la suivante.

— Milord! dit Clarissa en retirant sa main un peu trop rapidement de celle de Sylvester.

A vrai dire, il lui trouva un peu moins de charme qu'à son aînée. Certes, elle était jolie. Elle avait les mêmes beaux yeux bleus, les cheveux légèrement plus foncés, mais elle lui parut moins souriante. Peut-être n'était-ce que de la timidité?

— Voici Rosalind! reprit Lady Elinor en poussant vers le comte une gamine qui, derrière des lunettes un peu grandes pour son visage, le regarda droit dans les yeux.

Elle l'attaqua de front :

— Vous aimez la biologie ?

Comme la réponse du comte ne témoignait pas d'un enthousiasme particulièrement remarquable, Rosie reprit, le plus franchement du monde :

— Ça ne m'étonne pas ! J'étais sûre que les Gilbraith ne s'intéressaient pas à cela !

Surpris, Sylvester jeta un coup d'œil interrogatif vers Lady Elinor qui, profondément gênée, intima à sa fille l'ordre de retourner apprendre ses leçons. Rosie était sur le point de protester lorsqu'elle se sentit fermement poussée vers la porte du salon par Clarissa qui souhaitait aider sa mère à se sortir de cette position embarrassante. L'absence de Théo rendait la situation suffisamment délicate. Il n'était vraiment pas utile que Rosie vienne encore la compliquer !

— Puis-je vous offrir un brandy, milord ? proposa Lady Belmont.

Sylvester accepta d'autant plus volontiers qu'il espérait que l'alcool détendrait l'atmosphère. Il trempa ses lèvres dans le verre.

— C'est un excellent cru, apprécia-t-il en connaisseur.

— Nous avons une très belle cave. C'est Théo qui s'occupe de son approvisionnement.

— Théo ?

— Ma fille, Théodora... Elle a dû s'absenter pour régler un problème urgent au domaine et ne devrait pas tarder à rentrer.

Après ces présentations et formalités d'usage, Sylvester Gilbraith pensa qu'il était temps d'en arriver à l'objet de sa visite. Il reposa son verre.

— Pourrais-je vous parler en privé, milady ?

Elinor se leva, soulagée que ces mondanités futiles

soient enfin terminées. Après tout, il était là pour discuter de son installation à Stoneridge. Il n'était plus temps de reculer et il n'était aucunement utile de tergiverser plus longtemps. Elle l'invita à la suivre dans le boudoir.

Dès qu'ils se furent éloignés, les deux sœurs se laissèrent aller à de désagréables commentaires.

— Eh bien, comment le trouves-tu? demanda Emily. Il ne m'est pas sympathique. Quelle froideur dans le regard! As-tu remarqué avec quelle condescendance il s'adressait à nous?

— Oui, et cette cicatrice! Je me demande ce qui lui est arrivé!

Pendant ce temps, dans le boudoir, Lady Belmont, complètement abasourdie, écoutait le comte lui faire une proposition à laquelle elle ne s'attendait certes pas! Il lui proposait carrément d'épouser une de ses filles!

— Je pense qu'un tel arrangement rendrait votre déménagement moins douloureux.

Elinor ne parvenait pas à mesurer le degré de sincérité du comte. Elle pensait avoir perçu une certaine générosité dans ses propos, mais elle avait du mal à imaginer qu'un Gilbraith pût manifester de la bienveillance envers les Belmont. Cela ne s'était plus vu depuis des lustres!

— J'ose espérer, reprit-il, que vous reconnaîtrez le bien-fondé de ma proposition, milady!

Il se leva et fit quelques pas pour cacher son impatience. Il disposait exactement de quatre semaines pour séduire et épouser une de ces jeunes filles. Si l'affaire n'était pas fermement et rapidement engagée, la fortune lui échapperait. Il n'avait pas de temps à perdre et devait avoir, dès aujourd'hui, l'appui de Lady Belmont.

— Je ne suis pas disposée à contraindre une de mes filles au mariage, répliqua sèchement Elinor.

— Il n'est pas question de contrainte. Ce n'est pas non plus dans mes intentions.

Pendant un long moment, Lady Belmont resta silencieuse en observant son visiteur avec gravité. Sans pouvoir l'expliquer, elle crut déceler en lui une certaine inquiétude, une émotion contenue, et peut-être même un sentiment qui ressemblait à de la souffrance. Physiquement, il avait tout à fait l'allure des Gilbraith : la silhouette mince et athlétique, le visage carré, la bouche bien dessinée et ces yeux gris clair qui, depuis quelques instants, soutenaient son regard sans fléchir. Même sa cicatrice lui donnait un charme particulier. Un homme terriblement séduisant !

Quel genre de mari ferait-il ? Pas assez doux pour Clarissa... Sans doute conviendrait-il mieux à Théo, qui ne redoutait pas les hommes forts, elle qui avait su si bien amadouer son grand-père autrefois. Et Dieu sait si le vieux comte n'avait pas le caractère facile ! Théo ne serait heureuse qu'avec quelqu'un qui n'étoufferait pas sa personnalité. En outre, si elle devenait Lady Stoneridge, elle pourrait conserver son cher domaine. Finalement, la proposition du comte n'était pas si absurde ! « Les mariages arrangés sont parfois les plus solides », songea Lady Belmont. La question restait de savoir si elle pourrait convaincre Théo d'épouser un Gilbraith, si probants que fussent les arguments qu'elle pourrait lui fournir. Sa fille n'avait jamais été particulièrement docile !

Après ces longs instants de réflexion, Elinor se tourna vers le comte qui était allé se rasseoir près de la fenêtre. Elle se réjouit de constater qu'il savait brider son impatience quand la situation l'exigeait.

— Si vous souhaitez courtiser ma fille Théo, vous avez mon consentement, dit-elle enfin.

Le comte eut un léger mouvement de recul.

— Je pensais, dit-il, qu'il serait question de Lady Clarissa... Elle est plus âgée et ce serait plus normal.

— Vous avez raison, mais Clarissa et vous ne vous entendriez pas.

La fermeté de cette opinion laissa Sylvester

méfiant : la pensée que Lady Belmont pût vouloir placer la plus laide de ses filles lui effleura l'esprit ! Cependant, il essaya de ne pas se montrer trop tranchant.

— Pardonnez-moi, milady, mais, n'ayant pas encore eu l'honneur de rencontrer Lady Théodora, il m'est difficile de vous répondre.

— Je vous l'accorde ; il est fâcheux qu'elle ne soit pas rentrée. Mais Théo ne se soumet pas volontiers, ni à ma volonté ni à celle de qui que ce soit d'ailleurs. Quand vous la verrez, vous constaterez à quel point elle connaît le domaine. Elle est mieux renseignée que le régisseur lui-même sur bien des points. Elle dirige Stoneridge depuis l'âge de dix-sept ans et mon beau-père lui faisait entière confiance.

— C'est une jeune fille peu commune que vous me décrivez là. Mais pourquoi l'appelez-vous Théo ? C'est un prénom masculin.

— Elle a toujours été intrépide. Son père lui a donné ce diminutif qui lui est resté, et il lui va bien.

Grand Dieu ! Un garçon manqué ! Et autoritaire qui plus est ! C'était bien sa chance !

— Il est parti ? demanda Théo en passant la tête par l'entrebâillement de la porte-fenêtre du salon.

— Non, il est avec maman, dit Emily. Vraiment, Théo, tu es impossible ! Tu exagères ! Maman est affreusement ennuyée que tu ne sois pas rentrée à temps.

— Bon, je crois que je vais retourner à l'écurie jusqu'à ce qu'il s'en aille.

Emily se fâcha.

— Il n'en est pas question !

D'un geste d'une rapidité surprenante pour une jeune fille d'ordinaire si posée, elle bondit vers sa sœur, lui attrapa les poignets et la tira de force dans le salon. Elle la tenait encore lorsque la porte s'ouvrit, laissant entrer Lady Elinor et le comte de Stoneridge. Emily, rougissante, lâcha les poignets de Théo qui pouffait de rire. Mais en apercevant la grande silhouette de Sylvester Gilbraith, elle s'arrêta net.

— Vous !

— Je suppose que vous êtes Lady Théodora. Quelle surprise ! Je vous salue bien ! (Joignant le geste à la parole, il fit devant elle une petite courbette moqueuse.) Vous êtes une satanée comédienne !

— Et vous, un homme mal élevé !

Horrifiée, Elinor interpella sa fille :

— J'ignore ce que tu veux dire, mais ta conduite est inexcusable. Es-tu devenue folle ?... Lord Stoneridge est notre invité !

Théo était pâle de colère et son regard furieux ne laissait planer aucun doute sur son état d'esprit.

— Excusez-moi, j'ai à faire, déclara-t-elle en tournant les talons.

Elle bouscula Lord Stoneridge en passant et, avec une moue de dégoût, se frotta ostensiblement la manche à l'endroit où elle l'avait frôlé. Lady Elinor fit un geste pour attraper sa fille, mais Sylvester, dont les joues s'étaient colorées et les mâchoires serrées, l'en empêcha.

— Laissez-moi faire ! dit-il. Il m'appartient de régler ce problème.

Il sortit à la poursuite de Théo, laissant Lady Elinor et ses filles à leurs interrogations.

— On dirait qu'ils se sont déjà rencontrés, dit Clarissa, mais Théo ne nous en a jamais parlé. C'est étonnant !

Emily se précipita à la fenêtre, craignant d'assister à une violente altercation.

— Je suis sûre que Théo et Lord Stoneridge iront très bien ensemble, laissa échapper Elinor.

Cette réflexion qui ne manqua pas de surprendre ses filles l'obligea à leur relater la proposition du comte.

Théo était déjà arrivée sur la grande pelouse

lorsque Sylvester la rattrapa. Il lui saisit vivement le bras pour la forcer à se retourner.

— Si vous êtes venu pour faire l'inventaire du mobilier, il vaut mieux que je ne sois pas là, marmonna-t-elle, les dents serrées.

— Mais vous ne me gênez pas du tout, répondit-il avec la même colère contenue.

Elle fixa son regard droit dans celui du comte et se tint les bras le long du corps et les pieds bien plantés au sol, comme si elle essayait de canaliser sa colère.

— Vous ne m'aurez pas deux fois, petite bohémienne, dit-il.

— Si vous faites un pas de plus, milord, vous vous retrouverez sur le dos en un rien de temps.

— Allons, oublions tout cela ! Je vous pardonne.

— Me pardonner ? Comme c'est généreux de votre part ! Autant que je m'en souvienne, ce serait plutôt à moi de vous pardonner.

— Avouez que vous vous êtes, vous aussi, bien moquée de moi ! Maintenant... j'aimerais que nous fassions ensemble un tour dans le domaine. Votre mère m'a dit que vous dirigiez Stoneridge depuis trois ans. Vous êtes la personne la plus compétente pour m'accompagner.

Théo le regarda, incrédule.

— Vous rêvez ! Je n'ai pas l'intention de vous offrir ne serait-ce qu'une minute de mon temps !

Là-dessus, elle poursuivit son chemin droit devant. Sylvester la rattrapa et la saisit à la taille. Elle fit demi-tour et lança une jambe en avant pour lui décocher un coup de pied. Mais cette fois, s'attendant à une telle réaction, il para le coup habilement en enserrant en tenaille les deux jambes de Théo dans les siennes.

— Vous allez céder, maintenant, dit-il alors qu'elle se démenait comme un beau diable pour tenter de se libérer.

En fin stratège, elle s'immobilisa et, tout naturellement, Sylvester relâcha son emprise. Dès qu'elle se sentit libre, elle bondit et fila vers l'escalier de la maison qu'elle remonta à toute allure. Sylvester se précipita immédiatement à sa poursuite.

Théo se précipita dans le couloir. Elle entendit derrière elle les pas de Sylvester qui la poursuivait. Son cœur se mit à battre à se rompre. Etait-ce de peur ou d'excitation ? Elle n'aurait su le dire, tant ses pensées étaient confuses et irrationnelles. Elle poussa violemment la porte de sa chambre pour s'y réfugier mais Sylvester eut le temps de glisser son pied dans l'entrebâillement pour l'empêcher de la refermer. Elle poussa de toutes ses forces mais, d'un coup d'épaule, le comte la fit céder.

Dans cette chambre de jeune fille délicatement décorée, il sembla soudain à Théo que la silhouette de Sylvester Gilbraith était encore plus impressionnante. Essoufflée par sa course et apeurée, elle recula devant lui. Elle savait que maintenant elle n'avait plus d'échappatoire et qu'elle se retrouverait bientôt acculée contre l'armoire derrière elle.

Elle devait bien admettre que c'était elle qui avait provoqué cette confrontation en se conduisant, tout à l'heure, de façon impardonnable.

— Très bien ! dit-elle en reprenant son souffle. Si vous le voulez, je reconnais que j'ai eu tort.

— Enfin, nous sommes d'accord !

Sylvester s'approcha d'elle et, comme si elle avait pu encore s'enfuir, il l'attrapa par sa natte et la tira contre lui. Ses yeux étincelants et ses joues empourprées trahissaient une vive émotion. Ses lèvres étaient entrouvertes et Sylvester pensa qu'elle était sur le point de se lancer à nouveau dans une longue diatribe contre lui. Il la serra et l'embrassa. Prêt à la lutte, le corps de Théo se raidit, mais Sylvester se mit à caresser lentement son visage, aussi doucement que l'on apprivoise un animal sauvage. Surprise par ce geste de tendresse inattendu, elle s'abandonna contre lui et sa bouche, à son tour, chercha celle du

comte. Un délicieux frisson la parcourut et, instinctivement, elle serra très fort son corps contre celui de
cet inconnu qui la bouleversait.

— Ma parole, petite bohémienne, s'exclama-t-il,
vous devez avoir une sacrée expérience! En tout cas,
je parie que vous saurez pimenter la vie de votre
mari. Avec vous, il ne s'ennuiera pas!

Cette remarque ramena Théo à la réalité. Comment avait-elle pu oublier quelques instants qu'elle
détestait cet homme depuis le début?

— Je ne vois vraiment pas ce que cela peut vous
faire, Lord Stoneridge... dit-elle en reprenant ses distances.

Sans lui laisser le temps d'en dire davantage, il la
prit dans ses bras et lui annonça sans détour:

— Ah, c'est vrai, je ne vous l'ai pas encore dit:
vous et moi... nous allons nous marier!

3

— Moi, vous épouser?

Théo le regarda, médusée. Aucun doute possible,
cet homme n'était pas sain d'esprit.

— J'ai l'assentiment de votre mère, dit-il avec un
sourire inquiétant. Ecoutez-moi!

— Je n'ai aucune envie de prêter attention aux
élucubrations d'un fou. Je suggère...

Elle n'eut pas le temps de poursuivre. Lord Stoneridge la poussa violemment sur un fauteuil et, se penchant sur elle, le visage tout proche du sien, lui tint
fermement les bras sur les accoudoirs.

— Allez-vous enfin m'écouter? dit-il avec une
douceur feinte.

Il vit qu'elle remuait légèrement la jambe. Pressentant quelque mouvement plus énergique dirigé contre
lui, le comte l'avertit:

— Attention à ce que vous allez faire !

Théo, qui allait effectivement essayer de se dégager, se ravisa aussitôt.

— Malheureusement, je crois n'avoir d'autre choix que celui de vous écouter, dit-elle d'un ton amer.

Le trouble que provoquait en elle la présence de cet homme l'effrayait et l'attirait tout à la fois. Sylvester se redressa et se passa la main dans les cheveux.

— Voyons, nous n'allons pas poursuivre ce bras de fer éternellement.

Théo ferma les yeux, se forçant à rester calme. Peut-être finirait-il par s'en aller si elle ne bougeait pas ; ces minutes cauchemardesques se termineraient enfin. Mais, au lieu de la laisser tranquille, il commença à lui expliquer que si elle l'épousait, sa mère, Lady Belmont, n'aurait plus aucun souci à se faire pour la dot de ses autres filles, qu'il pourvoirait à tous ses besoins, qu'elle garderait un contact avec le manoir, et qu'elle-même, Théo, n'aurait à en tirer que des avantages. «Avantages» ? Etait-ce bien le mot qu'il avait prononcé ? S'il imaginait qu'il pourrait l'acheter avec des «avantages», il délirait totalement !

— Quand bien même vous seriez le seul homme de la terre, je ne vous épouserais jamais. Je n'épouserai jamais un Gilbraith.

— C'est de l'histoire ancienne. Pourquoi remonter à ces querelles qui se perdent dans la nuit des temps ? A quoi bon nous garder rancune pour des questions qui ne nous concernent pas ? Nous devons oublier tout cela.

Elle haussa les épaules et sortit, laissant Sylvester dans la chambre. Il serra les poings. Il n'allait quand même pas se laisser avoir par une petite péronnelle de quinze ans sa cadette ! Il la suivit dans l'escalier en essayant de ne rien laisser paraître de la colère noire qui l'agitait. Théo avait déjà pénétré dans le salon quand il arriva en bas. Il l'entendit demander à sa mère, d'une voix énervée, comment elle avait pu donner son accord à un arrangement si épouvantable. Sylvester s'arrêta devant la porte ouverte et attendit la réponse de Lady Belmont. D'un ton calme et posé, celle-ci répliqua :

— Théo chérie, sache bien que personne ne te force à te marier. Il m'a semblé que la proposition de Lord Stoneridge était à la fois généreuse et raisonnable, mais si elle ne t'agrée pas, n'en parlons plus !

A ce moment précis, Sylvester jugea opportun d'intervenir :

— Je partage tout à fait votre point de vue et je suis désolé si j'ai causé de la peine à Lady Théo. Peut-être me suis-je déclaré trop tôt ?

— Sans doute. Quoi qu'il en soit, laissons cela ! Voudriez-vous vous joindre à nous pour dîner ?

Ouf ! Lord Stoneridge était rassuré. Lady Belmont ne semblait pas trop lui en vouloir. Elle le jugeait sans doute un peu imprudent de s'être trop précipité, ignorant bien sûr que pour séduire sa fille il fallait la prendre d'assaut comme une forteresse. Sylvester fit encore une tentative pour amadouer Théo :

— J'espérais que vous accepteriez de me faire visiter le domaine, mais je ne pense pas être suffisamment dans vos bonnes grâces pour que vous y consentiez...

Par ces propos moins agressifs, il lui coupait l'herbe sous le pied. Comment pouvait-elle continuer à lui opposer un refus sans paraître puérile et capricieuse ?

— Je veux bien. Mais nous ne pourrons pas aller bien loin cet après-midi. Il est presque quatre heures et nous dînons dès six heures, à la campagne.

Sylvester était sur ses gardes, il ne devait surtout pas prononcer un mot plus haut que l'autre, au risque de relancer la querelle.

— Eh bien, remettons cela à demain matin. En attendant, vous voudrez bien m'excuser, mais je dois rentrer à l'auberge pour me changer avant le dîner.

Il sourit et fit un petit signe de politesse à la ronde, ignorant ostensiblement l'élue de son cœur. Finalement, il n'était pas mécontent des événements de l'après-midi. Il savait maintenant que le chemin menant vers l'héritage serait pavé d'embûches, mais qu'au bout du compte il trouverait auprès de Théo quelques compensations. Il avait réussi, lui semblait-il, à dominer la partie.

Dès le départ du comte, Théo explosa, disant ouvertement à sa mère qu'elle ne comprenait pas cette invitation à dîner faite à Lord Stoneridge.

— En toutes occasions, il faut savoir rester courtois. Tu ferais bien de l'apprendre, Théo, et de modifier tes manières, dit Lady Belmont d'un ton glacial, puis elle quitta la pièce promptement.

Clarissa commenta :

— Maman est vraiment fâchée contre toi. Voilà des mois que je ne l'ai pas entendue parler sur ce ton.

Théo avait les joues en feu.

— Je ne sais plus où j'en suis. Pourquoi maman a-t-elle agi de la sorte ? Je le déteste ! Et en plus, c'est un Gilbraith !

— Je ne te comprends pas, Théo ; serais-tu aussi fleur bleue que Clarissa qui attend le prince charmant ? demanda Emily.

— Tu dis n'importe quoi, protesta Clarissa. Je n'ai vraiment aucune envie de me marier… Pourtant il aurait dû me choisir, puisque je suis plus âgée que Théo, ne put-elle s'empêcher d'ajouter avec un soupçon de jalousie.

— Maman a sans doute pensé que vous étiez moins bien assortis.

Emily, à qui sa mère avait fait quelques confidences, savait Clarissa bien trop fragile pour Lord Stoneridge qui n'était pas, il fallait bien le reconnaître, un modèle de romantisme.

— Si je comprends bien, maman m'a condamnée à accepter les propositions du comte — à moins qu'elle ne décide de lui faire épouser Rosie ! explosa Théo.

L'idée de leur petite sœur, qu'elles considéraient encore comme un bébé, en train d'instruire le comte de la dissection des vers de terre provoqua l'hilarité générale.

— Ciel! dit Emily en regardant l'heure. Nous devons aller nous changer pour le dîner.

— Puisque maman n'a rien précisé, dit Théo, je vais mettre ma robe la plus simple, et j'espère bien que le comte arrivera dans ses plus beaux atours comme un paysan endimanché.

L'imaginer dans une situation ridicule la réjouissait réellement.

— Je ne comprends pas pourquoi tu es si méchante avec lui, protesta Emily.

Théo ne répondit pas. Elle n'était pas prête à confier à ses sœurs ce qui s'était passé dans sa chambre et souhaitait surtout oublier qu'elle y avait pris plaisir.

Quand bien même Sylvester aurait voulu s'habiller très élégamment, il ne l'aurait pas pu. Il avait laissé ses plus beaux vêtements sous la garde de son serviteur, Henry, à son domicile de la rue Jermyn.

Il arriva au manoir à dix-sept heures trente, impeccablement mais sobrement vêtu. Il portait un pantalon beige et une veste marron glacé. Il aurait été bien imprudent, cependant, de croire que cette apparente simplicité était le reflet d'une insouciante décontraction. Il avait en tête un projet de manœuvre très élaboré. Lady Théo allait payer son incivilité! Il accorderait toutes ses attentions à Lady Belmont et à ses deux filles aînées. S'il parvenait à les charmer, Théo aurait d'autant plus de mal à défendre ses positions.

Ce soir-là, le comte se montra intelligent, amusant, et particulièrement charmant. Assis à la droite de Lady Belmont, il veilla à anticiper le moindre de ses désirs. Il parla musique en amateur éclairé avec Clarissa, et mode vestimentaire avec Emily. Il fit à cette dernière une description particulièrement réussie de la robe bohémienne qui faisait fureur à Londres.

40

Mais il ignora complètement Théo. A ce mot de «bohémienne», il jeta un coup d'œil dans sa direction. Elle sursauta imperceptiblement, mais aucune repartie ne lui vint à l'esprit, et elle se sentit profondément stupide. Elle eut soudain l'impression d'être une enfant injustement écartée de la conversation des grands.

Après le repas, Lady Belmont fit discrètement signe à ses filles de se retirer avec elle pour laisser le comte seul avec Théo. Théo n'était pas réellement ravie de se retrouver en tête-à-tête avec Sylvester, mais elle sentit aussitôt qu'elle devait meubler la conversation. Elle leva son verre et proposa de porter un toast.

— A quoi buvons-nous ? demanda-t-il. A un pacte, voulez-vous ?

Elle se moqua de lui :

— J'ignorais que nous étions fâchés !

— Allez, racontez-moi plutôt tout ce que vous savez du domaine. (Il s'adossa à sa chaise et croisa les jambes en se mettant à son aise.) Vous en êtes la spécialiste, paraît-il !

— Si je comprends bien, vous souhaitez que ce soit moi qui vous enseigne les coutumes locales ?

— Oui. J'aimerais que vous me présentiez au personnel, que vous me fassiez tout visiter, que vous me montriez les terres... En somme, que vous m'appreniez tout ce que je dois savoir.

Théo conclut, cynique :

— En fait, vous voulez purement et simplement que je vous aide, vous, un Gilbraith, à vous accaparer la fortune des Belmont.

Un long moment, il la regarda. Ils se faisaient face, de part et d'autre de la table d'acajou verni de la salle à manger. Brusquement, il lui prit les poignets.

— Oui, dit-il doucement, c'est exactement ce que vous allez faire, et je vais vous expliquer pourquoi. Vous allez m'obéir parce que vous aimez cette maison, parce que vous aimez cette terre et que vous ne voulez pas m'y voir faire des erreurs. Je sais ce que vous pensez, je vous connais bien, Théo. Nous nous ressemblons beaucoup.

— Jamais de la vie! protesta-t-elle, véhémente.

Mais comment pouvait-il à ce point deviner ses pensées? Tout ce qu'il avait dit était parfaitement vrai. Elle ne supporterait pas qu'il maltraite les fermiers ou qu'il prenne une mauvaise décision pour les cultures et les champs. Et pourtant, l'envie ne lui manquait pas de le mettre en situation difficile. Mais pas aux dépens de sa terre et de ses gens, en tout cas!

— Vous ne semblez pas accepter que nous soyons semblables. Il est vrai que je sais garder mon calme mieux que vous!

Il se pencha vers elle et l'embrassa. Elle essaya d'incliner la tête de côté pour se dérober, mais ses efforts s'évanouirent vite et elle céda à la douce sensation qu'elle avait déjà éprouvée. Il recula un peu et l'admira quelques instants. Ce suave intermède lui avait ôté l'envie de poursuivre leur conversation.

— Allons, nous reparlerons du domaine demain matin. Il est temps de rejoindre votre mère et vos sœurs, dit-il en l'aidant galamment à se lever.

Au salon, Lady Elinor leur offrit une tasse d'un thé parfumé qu'ils acceptèrent tous deux volontiers. Clarissa était au piano et jouait superbement. L'atmosphère semblait parfaitement détendue et la soirée promettait de se poursuivre fort agréablement.

— Voulez-vous que je joue pour vous? demanda Clarissa en s'adressant au comte. Si toutefois vous n'avez pas peur de mes fausses notes.

Sylvester sourit simplement et hocha la tête pour se moquer gentiment de la trop grande modestie de la pianiste. Théo vit sa sœur rougir légèrement. Voilà qu'il se mettait maintenant à ressembler au prince charmant de Clarissa! Combien de rôles ce diable d'homme avait-il dans son répertoire?

Elle alla s'asseoir près de sa mère et regarda autour d'elle. Elle ne comprenait pas pourquoi cette paisible scène familiale la mettait si profondément

42

mal à l'aise. Emily et Lady Elinor étaient en train de broder ; les notes mélodieuses qui naissaient sous les doigts de Clarissa se répandaient jusque dans le jardin par les fenêtres ouvertes, en ce beau soir d'été, et le comte tournait les pages de la partition, penché sur les boucles dorées de Clarissa. Quoi de plus attendrissant apparemment ? Théo ne parvenait pourtant pas à goûter la plénitude de cet instant heureux.

— Théo, voulez-vous nous jouer un morceau de musique à votre tour ? demanda Sylvester courtoisement.

— Je suis une piètre musicienne, milord. Vous n'auriez pas grand plaisir à m'entendre.

— Vous avez bien d'autres talents, dit-il en refermant le piano.

Théo se demanda ce qu'il sous-entendait par cette affirmation.

— C'est vrai, milord, intervint promptement Emily. C'est une cavalière accomplie. Elle est imbattable aussi dès qu'il s'agit de jongler avec les chiffres. Et puis, je pourrais vous dire qu'elle...

— Assez, Emily ! dit Théo qui trouvait insupportable de voir ses sœurs se laisser manipuler comme des marionnettes entre les mains de ce détestable Gilbraith. Honnêtement, je n'ai pas de dons extraordinaires et, si j'en ai, ceux dont le ciel m'a dotée ne sont pas praticables dans les salons feutrés.

Elle sortit sur la terrasse en espérant que l'air estival l'aiderait à retrouver un peu de calme. Elle entendit sa mère dire :

— J'y pense, Lord Stoneridge, il n'est pas bien que vous soyez contraint de rester au village. Je ne vois aucun inconvénient à votre installation au manoir dès demain. Notre parenté lointaine et ma présence auprès de mes filles rendront la situation tout à fait convenable.

C'en était trop ! Théo étouffait d'indignation. Vivre sous le même toit que lui, le voir à tous les repas, le rencontrer à chaque coin de la maison — c'était vraiment impossible! Sa mère ne savait pas ce qu'elle faisait...

Ou... peut-être le savait-elle trop bien, au contraire!

A son grand déplaisir, elle entendit Lord Stoneridge accepter.

4

Le lendemain matin, Lady Belmont reçut un message de Lord Stoneridge lui indiquant qu'il différait son installation au manoir. En effet, il devait attendre l'arrivée de son domestique et de ses affaires avant de s'installer dans sa nouvelle demeure. Cela permettait donc à Lady Belmont de disposer d'un peu de temps supplémentaire pour meubler et décorer le cottage.

— Ouf, un peu de répit! s'exclama Théo après que sa mère eut lu cette missive à voix haute, à l'heure du petit déjeuner. J'espère quand même que nous serons parties dans deux jours.

— Tant que les ouvriers n'auront pas terminé leurs travaux, il n'en est pas question. Ce serait vraiment trop inconfortable, protesta Emily. De plus, maman a commandé de nouveaux rideaux pour le salon, et ils n'ont pas encore été livrés.

— Au diable les rideaux! Qu'en avons-nous besoin en plein été? dit Théo en beurrant un toast.

Rosie prit la parole :

— Et moi, je dois déménager ma collection. C'est une opération très délicate à réaliser. La peau du serpent s'est déjà déchirée deux fois et j'ai dû la recoller, elle est très fragile. Et mes œufs d'oiseaux... Comment vais-je réussir à transporter tout cela?

— Nous emballerons avec soin tes objets précieux dans des cartons, la rassura Clarissa. Nous les transporterons à pied du manoir au cottage. Ainsi, tout arrivera en parfait état.

Rosie sembla songeuse, elle analysait froidement la situation.

— Alors ça va ! finit-elle par dire. Dans ces conditions, je veux bien déménager.

Théo refusait pourtant de capituler. Elle demanda une ultime fois à sa mère si elles ne pourraient pas s'en aller avant l'arrivée de Lord Stoneridge. Lady Elinor remplissait sa tasse de thé. Dès qu'elle eut reposé la théière, elle essaya encore de raisonner sa fille :

— Nous n'avons aucun besoin de nous précipiter, Lord Stoneridge est très accommodant, j'en suis sûre.

— Oui, confirma Clarissa, bien plus qu'on aurait pu l'imaginer de la part d'un Gilbraith. Finalement, je l'aime bien ; il a un sourire sympathique.

— Un sourire sympathique... mais des dents de requin !

Personne ne répondit à Théo qui regarda désespérément ses sœurs autour de la table. Aucune d'entre elles ne semblait vouloir la soutenir ou venir à son secours. C'était à désespérer.

Comment pouvait-elle leur expliquer que la seule présence du comte la troublait au plus profond d'elle-même ? Comment justifier ce qu'elle ne savait que par intuition : il poursuivrait sa proie jusqu'au bout, comme un chasseur redoutable ? Comment décrire l'émotion qui l'avait envahie lorsqu'il l'avait embrassée ?

Elle s'apprêta à quitter la table.

— Excusez-moi, maman, je dois me rendre au village. Il faut que je dépose une commande de vins à l'auberge, les marchands viendront la prendre ce soir, chez Greg.

— Dans ce cas, reprit Elinor, tu pourrais peut-être consulter aussi Lord Stoneridge. Il se peut qu'il ait un mot à dire sur les choix à faire pour sa cave.

Théo rougit et déclara :

— Lord Stoneridge peut faire comme bon lui chante. Je vais simplement m'occuper d'approvisionner la cave du cottage qui, pour l'instant, est complètement vide.

— N'oublie pas que nous avons un budget limité, lui rappela sa mère gravement. Tu ne peux plus dépenser sans compter comme du temps de ton grand-père. Souviens-t'en !

En quittant la pièce, Théo se retint pour ne pas claquer la porte. Des larmes embrumaient ses yeux. Des larmes d'amertume et de chagrin à la fois. Pourquoi leur grand-père les avait-il dépossédées de tout, à l'exception du cottage ? La rente de sa mère était substantielle, certes, mais elle ne leur permettrait pas de vivre comme par le passé, lorsqu'elles avaient la jouissance des revenus procurés par les terres du domaine. Son grand-père l'avait abandonnée, elle, sa petite-fille adorée. Cela lui ressemblait si peu ! Comment avait-il pu, lui qui détestait tant les Gilbraith ?

Théo arriva au village une demi-heure plus tard. À l'auberge, elle confia son cheval au palefrenier, après lui avoir aimablement demandé quelques nouvelles des siens.

— Ma grand-mère va beaucoup mieux, merci, Lady Théo. Elle ne souffre presque plus du genou avec cet onguent que le docteur lui a appliqué.

— Je m'en réjouis. Est-ce que Greg est là ? demanda-t-elle en montrant l'auberge d'un signe de tête.

— Oui, il ne bouge pas d'ici aujourd'hui. Les marchands passent ce soir, vous savez.

Théo laissa Ted vaquer à ses occupations et pénétra dans l'auberge par les cuisines. Elle connaissait le chemin par cœur. Elle salua le personnel et, sans aucune gêne, comme une habituée, elle mordit à pleines dents dans une tartelette qui se trouvait sur la table.

— Je vois que vous appréciez toujours autant mes gâteaux, dit la cuisinière avec un sourire réjoui. Lady Rosie les adore aussi, elle est tellement gourmande !

Je vais vous en empaqueter quelques-uns que vous pourrez emporter au manoir. Dès que vous en aurez terminé avec Greg, repassez par ici, ce sera prêt!

— Merci infiniment, madame Woods.

Théo entra dans la salle de l'auberge par la porte de service. Greg était derrière le comptoir, occupé à répertorier laborieusement les bouteilles.

— Bonjour, Lady Théo.

Il se tourna vers elle et lui fit un large sourire, découvrant une mâchoire partiellement édentée. La porte d'entrée était ouverte, et le soleil qui pénétrait faisait scintiller des petites touches d'or sur le sol de pierre. Avec cette chaleur, l'air était lourd, et la pièce était imprégnée d'une forte odeur de bière et de tabac. Le plus aisément du monde, Théo alla s'asseoir à l'une des tables qui meublaient la salle. Greg s'approcha d'elle en essuyant ses mains rugueuses sur la grosse toile de son tablier.

— Vous venez passer votre commande de vins? J'ai déjà eu ce matin celle de M. Greenham et celle du vicaire. Alors, que désirez-vous pour le manoir aujourd'hui?

Le visage de Théo se rembrunit. Annoncer à Greg que dorénavant elle n'aurait plus à s'occuper du manoir était presque un supplice pour elle.

— Je ne commande rien pour le manoir, Greg. Ce n'est plus à moi de le faire.

— Au contraire, fit une voix derrière elle.

Elle n'avait vu personne entrer et elle se retourna en sursautant. Le comte, en jodhpurs, se tenait sur le pas de la porte, sa cravache dans une main. Gênée par le contre-jour, elle mit quelques secondes à le reconnaître.

— Je pensais que vous étiez parti récupérer votre domestique et vos bagages.

— Non, j'ai finalement envoyé quelqu'un les chercher... (Il se baissa pour passer sous le linteau de la porte...) Eh bien, pourquoi ne voulez-vous plus passer de commande pour le manoir?

Greg regarda le nouveau client avec surprise.

— Je vous demande pardon, milord, ne seriez-vous pas… Sa Seigneurie… le nouveau comte ?

Théo ne lui laissa pas le temps de répondre et s'interposa.

— Si, Greg ! Et je me demande bien pourquoi Lord Stoneridge ne s'est pas présenté plus tôt.

— Le nom de Gilbraith ne me semble pas particulièrement apprécié par ici, murmura-t-il en lui donnant une petite pichenette sur le visage.

Peu aimablement, Théo se frotta aussitôt la joue comme si une mouche s'y était posée.

— Vous m'excuserez, mais j'aimerais que vous nous laissiez. J'ai à faire avec Greg ; je dois commander des vins pour la cave du cottage.

Comme s'il n'avait rien entendu, le comte ne bougea pas d'un pouce.

— Je suggère que vous commandiez aussi ceux du manoir aujourd'hui.

— Ce ne sont plus mes affaires, milord.

— Vous verrez bientôt que vous vous trompez, dit-il, presque sévèrement. (Une lueur froide animait son regard.) En voilà assez de ces enfantillages !

Greg repassa derrière son comptoir, en ressortit avec une bouteille toute poussiéreuse et lança :

— Que diriez-vous d'un petit bourgogne ? Goûtez-moi ça et vous m'en direz des nouvelles ! C'est la seule bouteille qui me reste de la dernière commande. J'espère que les marchands pourront m'en fournir d'autres ce soir.

Théo accepta cette diversion avec soulagement. Elle se sentait ennuyée que Greg ait assisté à l'échange un peu sec qu'elle venait d'avoir avec le comte. Elle était bien obligée de céder, maintenant. Elle allait devoir passer la commande du manoir pour éviter de faire preuve d'une obstination stupide, mais ce n'était sûrement pas de gaieté de cœur ! Quand même, il aurait pu le lui demander aimablement ! Elle n'avait pas l'habitude qu'on lui parle sur ce ton de commandement.

Sylvester l'écouta attentivement discuter avec Greg. Il fut surpris de voir à quel point elle maîtrisait la gestion du manoir. Elle s'y connaissait parfaitement, faisait preuve de bon sens, de détermination et d'efficacité. Bien qu'impressionné, il ne put s'empêcher de penser qu'il était profondément incorrect pour une jeune fille bien née de se montrer si à l'aise dans une salle d'auberge. Etait-ce son grand-père qui l'avait encouragée à tant de familiarité ? Il était en tout cas surprenant que Lady Belmont tolère la conduite de sa fille. Il faudrait que cela change après leur mariage. Tout comme il était impensable qu'elle continue à errer dans le domaine à la manière d'une bohémienne. Il aurait décidément beaucoup de choses à lui apprendre !

La voix de Théo l'interrompit dans ses réflexions.

— J'espère que les vins que j'ai choisis vous conviendront.

En guise de remerciements, elle eut droit à une plaisanterie qu'elle trouva plutôt de mauvais goût :

— Au moins, si je ne suis pas satisfait, je saurai à qui m'adresser, dit-il.

Cet homme était impossible. Voilà maintenant qu'il proférait presque des menaces à son encontre, par pure méchanceté sans doute. Le regard de Théo se figea d'indignation, ce qui fit rire le comte.

— Je vous suis véritablement reconnaissant, corrigea-t-il.

Théo se retint pour ne pas riposter et s'adressa de nouveau à Greg pour choisir les vins du cottage.

— Voilà une bien modeste commande, observa le comte dès qu'elle eut terminé.

— A maison modeste, train de vie modeste ! lui répondit-elle sèchement. Greg, vous ferez parvenir la facture à Lady Belmont au cottage. Je vous enverrai Alfred avec le tilbury pour prendre les vins demain matin. Lord Stoneridge, je vous souhaite le bonjour.

Elle prit ses gants, sa cravache, et sortit par l'arrière, vers les cuisines.

— Envoyez-moi les deux factures au manoir, Greg, ordonna le comte dès que Théo fut sortie. Je me suis arrangé avec Lady Belmont.

Greg hocha la tête d'un air entendu et, montrant qu'il n'était pas dupe, répondit :

— Comme vous voudrez. Du moment que Lady Théo ne le sait pas !

En réalité, Sylvester avait dans l'idée d'offrir ces vins à Lady Belmont pour sa pendaison de crémaillère et s'était évidemment gardé de confier ce projet à Théo.

Il sortit et parvint à l'écurie au moment même où Théo arrivait des cuisines, un petit paquet sous le bras.

— Ted, mon cheval s'il vous plaît.

Elle passa devant le comte en l'ignorant ouvertement. Le palefrenier lui amena sa belle jument pommelée sur laquelle elle s'installa à califourchon sans aucune aide.

— Voilà une manière de monter qui convient plus à une bohémienne qu'à une jeune fille comme il faut, commenta le comte.

Une mauvaise habitude de plus à ajouter à la liste de celles dont elle devrait se défaire après leur mariage !

— C'est pratique, dit-elle en tendant les rênes. Je monte comme cela depuis toujours et personne n'y a jamais rien trouvé à redire. Au revoir, Lord Stoneridge.

Le comte resta quelques secondes éberlué et sans réaction. Devait-il céder ou répondre à chacune de ses insolences ? C'était bien sa chance d'avoir à courtiser une gamine têtue aux allures garçonnières ! Il se demanda s'il ne ferait pas mieux d'inciter Lady Belmont à reconsidérer sa décision pour lui permettre de tenter sa chance auprès de Clarissa. D'un autre côté, il se devait d'admettre que séduire Théo ne manquait pas de piquant. Mater la résistance d'une nature si passionnée n'était pas pour lui déplaire. Enfin, la connaissance parfaite que Théo avait du domaine de Stoneridge faisait d'elle une indispensable alliée.

Il alla chercher son cheval et partit à sa poursuite. Poussant sa monture au galop, il rattrapa Théo à la sortie du village, au moment où elle s'engageait sur le chemin de la falaise, en surplomb de la baie de Lulworth.

— Puis-je vous dire deux mots ?

— Ne pouvez-vous pas me laisser tranquille, plutôt ! s'exclama-t-elle avec une grand soupir d'ennui. Je suis lasse de votre insistance.

— Ce serait tellement plus simple que nous acceptions l'inévitable, Théo. (Sa voix se fit bientôt plus sévère.) Que cela vous plaise ou non, nous allons être voisins. Autant être en bons termes !

— Accepter l'inévitable ne signifie pas que je doive faire de vous mon ami, dit-elle, rougissante. Vous semblez prendre un malin plaisir à me tourmenter, à me poursuivre, à m'ennuyer sans cesse. J'ai l'impression de devenir très agressive... ce que je ne suis pas par nature.

Elle paraissait si véritablement désespérée que le comte ne put s'empêcher de rire. Chevauchant à sa hauteur, il se pencha vers elle et posa une main sur les siennes. D'un ton qu'il voulait persuasif, il reprit :

— Je vous comprends, Théo, et je n'ai pas l'intention de vous rendre agressive. Je souhaite simplement apprendre à vous connaître, mais avouez que vous ne me rendez pas la tâche facile.

Pour toute réponse, Théo repoussa vivement la main de Sylvester et éperonna Dulcinée, sa jument, pour la faire partir à vive allure. Elle s'engagea soudain dans le chemin qui menait vers la plage. L'animal, qui connaissait apparemment bien le terrain, descendit le raidillon d'un pas sûr. Le cheval noir de

Sylvester suivit la même piste avec beaucoup plus de précaution. Lorsque Théo entendit des pas derrière elle, elle se sentit véritablement comme un gibier traqué. Cet odieux Gilbraith allait voir de quel bois elle se chauffait! Il était grand temps d'en arriver au combat. Lorsque Dulcinée eut atteint le sable mouillé, Théo mit pied à terre, noua les rênes qu'elle laissa lâches sur l'encolure de sa jument et attendit Sylvester. Elle posa son chapeau par terre, dégrafa puis enleva sa veste, d'un geste délibérément lent, et fixa Sylvester droit dans les yeux.

— A nous deux! Puisque vous persistez à me poursuivre, nous allons nous battre. Le premier qui tombe a perdu!

Sylvester soutint son regard pendant une longue minute sans qu'elle parvienne à imaginer ses pensées, puis il descendit de cheval à son tour. Théo lui faisait face et il constata qu'elle avait une façon étrangement énergique d'ancrer au sol un corps si fin et si mince. Elle leva les bras pour rattacher les barrettes de ses nattes, et il devina alors les courbures d'une jolie poitrine.

— Si je gagne, vous me laisserez tranquille, d'accord? Je veux que vous me le promettiez.

— Certainement. (Le comte retira sa redingote et remonta ses manches.) Mais si c'est moi qui gagne, petite bohémienne...

Il n'en dit pas plus, mais Théo comprit ce qu'il sous-entendait. Elle plongea dans ses yeux gris clair et le goût des baisers qu'il lui avait donnés lui revint en mémoire. Un frémissement délicieux ébranla son corps. Elle recula d'un pas. Elle avait l'impression de le voir pour la première fois; elle découvrait sa taille élancée, ses épaules carrées, ses muscles d'acier dans ses jodhpurs... Elle était folle de s'être lancée dans pareille aventure, elle allait perdre le combat, c'était certain. Si elle était vaincue, il la prendrait dans ses bras, l'embrasserait à nouveau et mettrait le feu en elle. Mon Dieu, pourquoi son corps refusait-il d'écouter sa raison ? Elle *devait* absolument détester cet homme et tout ce qu'il représentait.

— Allez au diable, Stoneridge ! dit-elle en se remettant vivement en selle.

Sylvester, mi-amusé, mi-contrarié, la vit partir vers la mer et entrer tout droit dans les vagues. Quelle genre d'union pouvait-il espérer avec une femme qui réglait les problèmes à mains nues ? Il se baissa pour ramasser sa redingote et la veste de Théo, les secoua légèrement pour en faire tomber le sable et les posa sur un rocher. Puis il s'assit pour réfléchir en allongeant les jambes pour être plus à l'aise. Le soleil dans les yeux ne l'empêchait pas de voir Théo galoper dans les vagues le long de la plage. Brusquement, elle pénétra dans la mer. Elle n'allait tout de même pas traverser les flots à cheval ! Il n'eut pas le temps de lui hurler de revenir qu'elle avait déjà atteint un banc de sable. Dulcinée trottait doucement et ses sabots soulevaient des perles d'eau à chacun de ses pas. Impétueuse Théo ! Sylvester releva le visage pour jouir du soleil, et ferma les yeux en attendant qu'elle daigne revenir.

Théo se sentait mieux. Cette promenade l'avait apaisée. Elle ne pensait à rien d'autre, lorsqu'elle chevauchait ainsi, qu'à profiter du vent, de l'air de la mer et des embruns salés. Elle était en parfaite harmonie avec Dulcinée qui, elle-même, semblait trouver un grand plaisir à galoper à bride abattue. Elle lançait des ruades lorsque les vagues venaient lécher ses sabots. C'était sa façon à elle d'exprimer son contentement et sa cavalière comprenait parfaitement son langage.

Théo jeta un coup d'œil en arrière et vit que Sylvester était toujours là. Apparemment, il ne semblait pas pressé de partir. Elle ne pouvait tout de même pas rester indéfiniment au milieu de la baie ! Elle décida de faire demi-tour. Elle était trempée jusqu'aux genoux et son corsage éclaboussé collait à sa peau. Ses barrettes s'étaient détachées et ses nattes dénouées. Elle retrouva Sylvester qui l'attendait dans une position des plus décontractées, en manches de chemise, adossé nonchalamment à un rocher, les bras derrière la tête. Il ne fit pas un mouvement en l'entendant arriver. Elle réattaqua aussitôt :

— Je vous déteste.

— Ah ? fit-il de la voix indolente de quelqu'un que l'on vient déranger dans sa sieste, puis il entrouvrit les yeux et la regarda.

— Vous pourriez peut-être me passer ma veste ? dit-elle froidement.

Sylvester secoua la tête négativement et lui répondit sur le même ton désagréable :

— Allez la chercher vous-même, petite bohémienne.

— Allez au diable ! lança-t-elle en repartant avec Dulcinée.

— Encore ! Voilà deux fois, en peu de temps, que vous m'envoyez au diable.

Sylvester remonta vivement à cheval pour la suivre. Dès que Théo s'en aperçut, elle tenta d'emballer Dulcinée. Dans un élan courageux, la jument fit de son mieux, mais Zeus, le cheval noir de Sylvester, plus puissant, eut tôt fait de la rattraper. Dès qu'il fut à sa hauteur, elle constata qu'il riait, et sa colère décupla. Prenant ses deux rênes entre les dents pour avoir les mains libres, Sylvester saisit Théo par la taille, la hissa sur son cheval et l'assit devant lui. A cet instant il réalisa, amusé, que le fait qu'elle ne monte pas en amazone lui avait grandement facilité la tâche ! Il se mit à entonner un air joyeux et bien connu du folklore :

> *La jolie demoiselle énamourée*
> *Qui chevauchait sur son fier destrier.*

A ces paroles moqueuses, Théo le foudroya du regard.

— Ne me maudissez pas à nouveau, dit-il en riant, je serais obligé d'exercer des représailles !

54

Sous le poids de leurs deux corps et en l'absence d'ordres de son maître, Zeus fit une pause, haletant, tandis que la jument, abandonnée sans cavalière, s'ébrouait et piaffait. Sylvester serra Théo contre lui. Elle se laissa faire, agréablement surprise. Il caressa doucement son visage et dessina le contour de ses lèvres.

— Vous êtes tellement attirante, petite bohémienne. Pourquoi vous forcez-vous à m'insulter et à me rabrouer sans cesse?

Lentement, il inclina son visage vers celui de Théo qui essaya de résister à cet assaut insidieusement exquis. Mais c'était cause perdue! Ses sens n'étaient déjà plus sous l'emprise de sa raison. Elle s'abandonna contre Sylvester et le laissa avec délices passer la main sur son corsage mouillé. Elle sentit son souffle chaud se rapprocher d'elle et leurs lèvres s'unirent dans un baiser divin. La fièvre envahit tout son être; le soleil était brûlant, et soudain Théo se sentit ivre. Chaque caresse sur son corps lui procurait un frémissement qu'elle n'avait jamais connu. Lorsqu'il glissa la main dans l'échancrure de son corsage, elle crut qu'elle allait s'évanouir. Son cœur battait violemment. Elle fut prise d'un tremblement léger et ferma les yeux dans un geste de totale soumission. Sa bouche gourmande attira celle de Sylvester qui répondit à son appel. Dans un gémissement, elle passa une main sur sa nuque et l'attira plus près.

Avec la plus grande douceur, Sylvester abandonna les lèvres de Théo. Sa main reposait encore sur le sein de la jeune fille et le fin tissu de son corsage, collé à sa peau, soulignait des formes à damner un saint. Il la regarda attentivement. Le plaisir avait transformé son visage et elle lui parut plus séduisante que jamais. Comme si elle revenait d'un long voyage dans les profondeurs de son inconscient tumultueux, Théo ouvrit les yeux. Sur le ton de la plaisanterie, Sylvester murmura:

— Alors, n'est-ce pas plus agréable que de me menacer ?

— C'était un défi, pas une menace.

Ces événements qu'elle avait complètement oubliés pendant de délicieuses minutes ramenèrent brusquement Théo à la réalité. Et si ce maudit Gilbraith avait simplement voulu profiter d'elle... Entre ses mains, elle n'avait rien pu faire, comme si elle avait perdu tout libre arbitre. Elle s'en voulait profondément. Elle se redressa et, n'eût été la force de Sylvester qui l'en empêchait, elle aurait sauté à terre. Pourquoi ne pouvait-elle pas mieux maîtriser son corps ? Elle ne s'était jamais soumise de cette façon à qui que ce soit et cela l'effrayait terriblement.

D'une voix qui ne plaisantait plus cette fois, le comte reprit :

— Je veux bien accepter un défi amical mais il n'est pas question d'en venir aux mains pour résoudre les problèmes... Puisque nous allons être amenés à vivre quelque temps sous le même toit, vous feriez bien de vous en souvenir.

— J'espère bien que nous allons éviter cette cohabitation.

Elle croyait à peine, elle-même, à ce qu'elle venait de dire. Comment pourrait-elle encore échapper à cette horrible perspective ? Ce détestable Gilbraith avait charmé sa mère en un rien de temps, et il n'y avait aucune raison objective pour qu'elle revienne sur la proposition qu'elle lui avait faite. D'un mouvement brusque, Théo réussit à se dégager de l'étreinte de Sylvester et sauta sur le sable. Elle sentit le poids de son regard sur sa poitrine et en éprouva de la gêne. Il ne le remarqua pas et lui dit :

— Vous êtes moins sauvage que le premier jour où je vous ai rencontrée au bord du torrent.

Théo trouva cette remarque profondément désobligeante. C'était un événement dont elle n'aimait pas se souvenir et elle se mit à nouveau en colère.

— Le premier jour, vous vous êtes conduit comme

un rustre. Je vais vous dire une bonne chose, Lord Stoneridge, vous êtes un vrai mufle doublé d'un orgueilleux.

Là-dessus, elle se remit en selle et se dirigea vers le chemin qui remontait la falaise.

Sylvester, resté sur la plage, ne put réprimer une moue de regret. Un pas en avant, deux pas en arrière... Il y avait chez cette fille quelque chose qui l'exaspérait. Son tempérament combatif le poussait à bout et il savait que, tant qu'elle l'agresserait, il n'aurait de cesse de vouloir la faire céder. Pourtant, il se sentait irrésistiblement attiré. Il la regarda gravir le sentier et, au souvenir de ses seins palpitant sous ses caresses, de sa bouche impatiente, un frisson le parcourut. Il se mit à songer que les sentiments de Théo étaient peut-être aussi confus et ambigus que les siens. Même quand elle le repoussait, elle le faisait avec beaucoup de passion. Il ne lui était donc pas indifférent, et cela était indéniablement à son avantage.

Sylvester alla ramasser les vêtements restés sur la plage. En prenant la veste de Théo, il fit tomber de la poche un paquet qui s'ouvrit à demi. Il contenait deux succulentes tartelettes qu'il prit le temps de savourer sans scrupules avant de remonter à cheval.

Dans la longue allée qui conduisait au manoir de Stoneridge, il rencontra Lady Elinor. Elle tenait un sécateur dans une main, et portait un panier empli de roses jaunes et blanches. Elle le salua fort courtoisement.

— C'est très aimable à vous de nous rendre visite, dit-elle.

Il se découvrit poliment et mit pied à terre pour rester près d'elle, tandis qu'elle continuait de cueillir quelques fleurs.

— Je rapporte le chapeau et la veste de Lady Théo, milady.

Lady Elinor leva les sourcils d'un air interrogatif.

— Je suis désolé, mais nous avons eu une légère...

(il ne savait comment relater les faits sans la choquer)...altercation sur la plage, et Lady Théo est partie en toute hâte.

— Expliquez-moi pourquoi elle avait retiré sa veste et son chapeau. Est-il besoin de se dévêtir pour discuter ?

Il sembla à Sylvester que les yeux de Lady Elinor le fixaient durement, mais il se rassura vite car le ton de sa voix n'exprimait que de la curiosité.

— Elle voulait que nous nous battions.

— Tout cela est la faute d'Edward, le fiancé d'Emily, Edward Fairfax, soupira Lady Elinor. Sa famille est voisine de la nôtre et les enfants se connaissent depuis qu'ils sont tout petits. Lui et Théo s'amusaient à se battre lorsqu'ils étaient très jeunes, et aujourd'hui encore ils continuent à se bagarrer comme s'ils avaient cinq ans ; je le leur reproche souvent. J'ai longtemps cru qu'il épouserait Théo mais, pour une raison que j'ignore, j'ai appris un beau jour que son choix s'était porté sur Emily. Ils sont très bien assortis. Il n'empêche que j'ai été étonnée de la soudaineté de leur décision.

— Où est M. Fairfax ? demanda Sylvester.

— Le lieutenant Fairfax, précisa Lady Elinor. Il combat sous les ordres de Wellington et se trouve actuellement sur quelque champ de bataille de la péninsule Ibérique. Vous avez également fait la guerre, milord ?

— Oui... et j'ai été prisonnier des Français pendant un an, dit Sylvester, laconique.

Elinor ne répondit pas et fit simplement un signe de tête en guise d'acquiescement.

— Vous n'avez pas accepté de vous battre avec ma fille, je suppose, reprit-elle.

— Non. En fait, j'ai obligé Lady Théo à renoncer à ce combat. Maintenant elle m'en veut beaucoup, c'est sûr. D'ailleurs, depuis le premier jour, elle me déteste. J'avoue ne pas savoir pourquoi.

Sylvester baissa les yeux et, du bout du pied, joua

avec les petits cailloux de l'allée. Il se tenait sur ses gardes ; il ne devait surtout pas commettre d'impair. Perdre le soutien précieux de Lady Belmont eût été une catastrophe.

Son panier suffisamment plein pour composer un gros bouquet, Elinor reprit la direction du manoir et le comte lui emboîta le pas. Il s'efforça de ralentir son rythme pour rester près d'elle. Intuitivement, elle sentit qu'il essayait de garder un grand contrôle sur lui-même. Il y avait en lui comme une vague souffrance et une violence réprimées. A ce moment précis, elle n'aurait su dire si elle l'aimait ou non. Une seule chose était sûre : il était très bel homme et excessivement attirant. Elle ne comprenait pas comment Théo pouvait résister à son charme. Elle essaya en vain d'en avoir l'explication en questionnant discrètement Sylvester :

— Apparemment, ce n'était pas la première fois que vous rencontriez Théo, hier ?

— Non... Nos chemins s'étaient déjà malencontreusement croisés.

Il plissa le front, comme au souvenir d'un événement désagréable, et Lady Elinor ne put en savoir davantage.

— Je dois vous avouer quelque chose au sujet de Théo, dit-elle d'une voix posée et calme. Le manoir... les terres... les gens qui y travaillent... tout fait partie d'elle. En cela, elle ressemble beaucoup à son père et à son grand-père. Le domaine est sa vie, comme le sang qui coule dans ses veines, comme l'air qu'elle respire. Vous comprenez ? Evidemment, elle a l'impression que son grand-père l'a trahie et elle en souffre d'autant plus qu'elle ne comprend pas pourquoi. A ses yeux, vous êtes un intrus. Vous venez vous emparer de ce qu'elle chérit par-dessus tout.

Sylvester savait bien que feu le comte de Stoneridge n'avait pas trahi Théo au sens où elle l'entendait. Mais il ne se sentait pas disposé à tout avouer à Lady Elinor dans l'unique but de redorer la mémoire du vieux comte, aux dépens de son propre avenir. Après tout, il n'y était pour rien.

— Je veux précisément que cela change, répliqua-t-il après une minute. En épousant Théo, je lui offre une possibilité de rester ici, de conserver son cher domaine et de le transmettre à ses descendants.

— Je le sais bien, dit Elinor dans un soupir. (Elle s'arrêta pour couper une branche de buis qui dépassait de la haie.) Mais Théo ne voit pas les choses de cette manière. Ma fille n'a pas un caractère facile, hélas !

— Puis-je compter sur vous pour intervenir en ma faveur ?

Lady Elinor fit une halte et le regarda. Tranquillement mais fermement, elle lui répondit :

— Non, Lord Stoneridge. Vous devrez vous débrouiller seul.

Sylvester ne fut pas long à comprendre qu'il était allé trop loin et qu'il devait lui présenter des excuses.

— Je l'admets. Pardonnez mon impertinence.

Finalement, oui, elle l'aimait bien. Il avait un charme indéniable ; même ses petites rides autour des yeux le rendaient séduisant. Elle lui adressa un sourire et posa la main sur son bras.

— Je ne vous blâme pas le moins du monde, milord, de chercher un appui.

Au détour de l'allée, Sylvester et Elinor aperçurent Théo et Rosie qui marchaient dans leur direction. Soudain, la petite se dirigea à toute vitesse vers le parterre de fleurs derrière la haie de buis. Théo la rejoignit et toutes deux s'agenouillèrent. Rosie se mit à gratter le sol.

— Que cherche-t-elle encore ? Des escargots ou des vers ? murmura Lady Belmont. Décidément, Rosie est vraiment incorrigible ! Je crois que je ne m'habituerai jamais à ses fantaisies.

Lorsque Théo se releva, elle regarda le comte et sa mère comme si elle venait tout juste de les apercevoir.

Sylvester la sentit hésitante et il se demanda si elle allait fuir. Au contraire, elle vint à leur rencontre.

Elle avait changé de tenue et portait maintenant une petite robe de style campagnard avec une collerette toute simple et des manches qui s'arrêtaient aux coudes. Elle marchait avec souplesse et sa robe dansait sur ses hanches. Vraiment, cette fille avait un charme naturel !

— Vous avez laissé vos vêtements sur la plage et je vous les ai rapportés.

— Vous ici, quel plaisir ! dit-elle en levant sur lui ses yeux d'un bleu superbe. Je ne m'attendais pas à vous revoir de sitôt !

De toute évidence, elle se moquait de lui. Il allait à la seconde lui faire payer cet accueil narquois. Il posa ostensiblement son regard sur ses seins pour lui rappeler qu'elle avait su se montrer bien moins farouche il n'y avait pas si longtemps. La couleur qui monta immédiatement aux joues de Théo procura à Sylvester une grande satisfaction.

— Je n'ai pas besoin de ma veste, milord, mais je suis très heureuse de pouvoir récupérer ce qui se trouve dans la poche.

Elle se tourna vers Rosie et fit un clin d'œil à l'adresse de sa petite sœur.

— Je t'ai rapporté des tartelettes de Mme Woods.

Le regard de Rosie pétilla en entendant le mot de « tartelettes ». Celles de Mme Woods étaient toujours si délicieuses qu'elle s'en régalait avant même de les avoir vues.

— Je les ai mangées, avoua Sylvester, confus et réellement mal à l'aise. Je vous demande pardon. Vous les aviez abandonnées sur la plage et...

Il vit que Rosie le fixait et pensa qu'il se devait de lui dire quelque chose.

— Je suis désolé, Lady Rosalind. Je ne savais pas que c'était pour vous.

Rosie adopta un ton solennel pour lui accorder sa bénédiction :

— Cela ne fait rien. De toute façon, je ne les attendais pas, c'était une surprise.

— Je m'en sens alors d'autant plus contrit !

Théo partit d'un grand éclat de rire.

— Rosie n'est pas toujours très habile pour arranger les situations ! dit-elle. Enfin, cela n'a guère
d'importance. Nous retournerons cet après-midi voir
Mme Woods qui nous donnera d'autres tartes.

— Il n'est pas question que vous vous déran-
giez, corrigea Sylvester en remontant à cheval. Je
confesse mon larcin et je suis responsable de sa répa-
ration. C'est le moins que je puisse faire pour vous.
Au revoir... Lady Belmont... Lady Théo... Lady
Rosalind...

Rosie lui rendit un «au revoir» distrait, occupée à
observer le contenu de sa paume. Comme si une idée
lui venait soudain à l'esprit, elle ajouta :

— Vous n'êtes pas pressé que nous déménagions ?
Je dois empaqueter toute ma collection et cela peut
prendre du temps.

— Rosie ! gronda sa mère.

Ce fut au tour de Sylvester de se mettre à rire.

— Mais non, ne vous inquiétez pas ! Je suis certain
que nous vivrons en parfaite harmonie tout le temps
qui vous sera nécessaire. (Il jeta à Théo un coup
d'œil lourd de sous-entendus et ajouta :) N'est-ce pas
aussi votre avis ?

— Cela reste à voir, milord, lui répondit-elle.

5

Théo s'arrêta devant la porte ouverte de la chambre
du comte. Pour y être venue si souvent et y avoir
même passé des journées entières pendant les semaines qui avaient précédé la mort de son grand-père,
elle en connaissait par cœur les moindres détails.

Elle aurait pu dessiner de mémoire les volutes des sculptures qui ornaient les colonnes du lit ou les luxueux motifs brodés du baldaquin qui se mariaient si joliment avec ceux du tapis chinois. Elle aurait pu décrire sans les voir toutes les fines nervures des boiseries anciennes.

Mue par une envie irrésistible, elle pénétra dans la chambre. Il n'y avait personne et elle prit le temps de regarder autour d'elle. Le mobilier était rigoureusement identique et pourtant la pièce n'était plus tout à fait la même ; elle n'y retrouvait plus la présence de son grand-père. Le nouveau comte avait pris possession des lieux et ses objets personnels s'étalaient un peu partout. Elle vit de belles bottes de cuir près de l'armoire, des brosses à dos d'argent ciselé qu'elle ne connaissait pas sur la coiffeuse et des livres nouveaux sur les étagères. Puis son regard croisa celui de son père dont le portrait trônait au-dessus de la cheminée, face au lit. Elle frémit en songeant que ce portrait s'offrait maintenant au regard indifférent d'un Gilbraith. Un sentiment d'impuissance et un terrible chagrin emplirent ses yeux de larmes amères. Elle fit un pas en avant pour s'approcher du tableau. Son père lui souriait, l'allure fière et la main sur l'épée, posant sur elle un regard bleu comme l'eau claire. Elle ferma les yeux, essayant de faire remonter à sa mémoire ce visage, ce parfum qu'elle avait tant aimés. Elle crut sentir la force de ses bras autour d'elle comme lorsqu'elle était toute petite et qu'il la prenait pour la hisser sur son poney. Elle entendit sa voix profonde et affectueuse qui l'appelait : «Théo, mon trésor...»

— Puis-je vous aider ?

Le ton légèrement ironique du comte la sortit de son rêve. Elle se sentit piégée comme un enfant pris à regarder par le trou de la serrure. Elle réalisa qu'elle n'avait aucun droit de se trouver là maintenant, à moins d'y avoir été priée par son nouveau propriétaire. Ce n'était pas le cas ! Sylvester Gilbraith lui apparut tout à coup comme l'incarnation de tous ses malheurs. Elle se précipita vers la sortie, mais il l'attrapa au passage.

— Hé, pas si vite! Que faisiez-vous dans ma chambre?

— Que croyez-vous? Que je vous cambriolais? Que je vous espionnais, peut-être?

— Ne dites pas de bêtises. (Sylvester l'interrompit brusquement.) Vous me cherchiez?

— Vous chercher? Je me demande bien pourquoi! (Sa voix était lourde de mépris et de larmes contenues mais il n'était pas question de pleurer devant lui.) Si je pouvais ne jamais vous revoir, Lord Stoneridge, j'en serais très heureuse!

Elle désirait avant tout blesser cet homme qui avait usurpé la place qui revenait à son père. Le profond soupir d'exaspération de Sylvester lui fit immédiatement comprendre qu'elle était allée trop loin mais elle s'en moquait éperdument. Peu aimablement, elle le repoussa de la main dans l'intention de quitter la pièce. Ce geste attisa la colère de Sylvester.

— Ça suffit, cette fois! J'en ai vraiment assez de votre impolitesse. Qu'ai-je donc fait pour que vous vous comportiez de cette manière envers moi?

— Vous n'avez rien fait, vous êtes là, tout simplement. Laissez-moi vous dire, milord, que c'est le portrait de *mon* père qui est sur *votre* mur.

Stupéfait, il se retourna et constata la présence d'un portrait qu'il avait à peine remarqué jusqu'à présent. Comment aurait-il pu se douter? Ce manoir était plein de portraits de famille. S'il avait su! Théo en profita pour sortir. Il était temps: elle était au bord des larmes.

Dès qu'elle fut partie, Sylvester alla trouver Foster, dans l'intention de réparer ce malentendu regrettable.

— Vous porterez le portrait du vicomte Belmont qui se trouve dans ma chambre dans celle de Lady

Théo, s'il vous plaît, Foster. A moins que Lady Belmont ne souhaite l'avoir dans la sienne. Qu'en pensez-vous ?

— Lady Belmont possède déjà deux portraits du vicomte, et je suis sûr que Lady Théo apprécierait grandement ce geste.

— Alors faites ! ordonna Sylvester.

Il tenta d'analyser objectivement la situation. Voilà deux jours qu'il était arrivé, et Théo n'avait pas encore accepté de lui faire visiter le domaine, comme il le lui avait demandé. Pis encore, chaque fois qu'elle croisait son chemin, elle ne pouvait s'empêcher d'être odieuse avec lui. A coup sûr, leurs entrevues étaient plus des affrontements que des rencontres galantes ! Il finissait par se demander si ce sacré vieux comte n'avait pas eu dans l'idée, tout simplement, de lui faire une mauvaise plaisanterie.

Sylvester traversa le salon pour rejoindre la grande terrasse dallée. Il alla s'asseoir sur le muret qui surplombait la grande pelouse en contrebas et resta là, pensif, de longs instants. Oui, il s'était laissé duper, il s'était fait prendre par goût du lucre. Mais, à bien y réfléchir, la course à la fortune n'était pas sa seule motivation. Le domaine lui donnerait un but, une occupation dont il avait besoin pour employer ses capacités et son énergie.

Pendant quinze ans, l'armée avait été toute sa vie, sa famille même. Elle lui avait fait connaître des sensations violentes, l'excitation sanglante de la guerre, les privations, les terreurs, mais aussi la camaraderie et les joies indicibles de la victoire. Bien sûr, il avait connu des femmes et vécu quelques histoires sentimentales, mais il avait toujours refusé de se marier. A la mort de Kit Belmont, il y avait douze ans de cela, il avait appris qu'il hériterait de Stoneridge, et depuis cette date, il avait décidé d'attendre patiemment son heure avant de s'engager dans le mariage. Mais l'affaire de Vimiera avait tout remis en question... Douze mois passés dans une prison pestilentielle, puis la cour martiale et, pour finir, sa démission de l'armée, avaient fait du jeune et fringant dragon de Sa Majesté un homme tourmenté et désœuvré.

Sylvester se leva d'un bond et commença à arpenter la terrasse, comme chaque fois qu'il était énervé. Si la cour l'avait lavé de cette honteuse accusation de couardise, il savait qu'il restait coupable dans l'esprit et le cœur de ses pairs. Il avait officiellement quitté l'armée pour des raisons de santé, sa blessure au front lui occasionnant parfois des migraines épouvantables. Mais en réalité, il ne pouvait simplement plus supporter l'idée de devoir retourner au Portugal combattre auprès de camarades qui auraient douté de son honneur et de son courage.

Comment peut-on se défendre quand on ne sait pas soi-même ce qui s'est réellement passé? Cette question ne cessait de hanter les nuits et les jours de Sylvester. Gérald avait déclaré que l'arrivée des renforts avait été retardée. Lui, pendant ces heures dramatiques, avait assisté, presque impuissant, à la mort de ses hommes. Il essayait de se souvenir... Se souvenir de quoi? Rien de cet après-midi-là ne revenait clairement à sa mémoire. Une vague impression, plutôt.

Sylvester posa les doigts sur ses tempes et appuya à l'endroit où la violente douleur le torturait, comme toujours, sans prévenir.

— Vous vous sentez mal, Lord Stoneridge?

La voix douce de Lady Elinor vint interrompre le flot confus de ses pensées. Il leva les yeux vers elle et lui adressa un regard tel qu'elle le crut victime d'un éblouissement. Elle s'approcha et posa une main fraîche sur son front. Sa peau était moite et il était pâle comme un spectre.

Sylvester essaya de se dominer, de remettre de l'ordre dans son esprit et de se ressaisir après le combat désespéré qu'il venait de mener, une fois de plus, pour tenter de récupérer une mémoire chaotique. Grâce à Dieu, l'étau se desserra, et il comprit que cette atroce douleur allait enfin cesser.

Il s'efforça de rassurer Lady Elinor avec un sourire. Elle ne devait surtout pas s'inquiéter. Il n'était pas question non plus de lui raconter toute l'histoire.

— Je vais très bien, je vous remercie. Un petit souvenir désagréable, tout au plus.

Elinor n'insista pas et changea de sujet :

— Théo vous a-t-elle présenté le régisseur, M. Beaumont ?

— Votre fille, Lady Belmont, n'a pas jugé bon de m'adresser une parole agréable depuis plusieurs jours, et encore moins de me proposer son aide pour découvrir le domaine, dit-il d'un ton plutôt acide. Je vous avoue humblement que je commence à perdre patience !

Elinor se baissa pour enlever une mauvaise herbe qui poussait entre les dalles, puis elle sembla réfléchir quelques instants avant de reprendre la parole.

— Il faut absolument que Théo parvienne à sortir de l'état où elle se trouve actuellement. Elle ne réagit plus normalement et je me demande si un choc ne lui serait pas salutaire...

Le comte la regarda avec des yeux ébahis, ne comprenant rien à ce langage. Lady Belmont s'en aperçut et poursuivit :

— Ma fille refuse la mort de son grand-père et son agressivité est pour elle un moyen de se prémunir contre un chagrin qu'elle se sent incapable de supporter. Peut-être l'avons-nous trop protégée jusqu'à présent ? Lorsqu'elle saura accepter la souffrance, elle pourra regarder la réalité en face. Elle retrouvera son équilibre et sa sérénité.

A la vérité, ces explications n'éclairaient guère Sylvester. Il devinait que Lady Elinor voulait lui donner un conseil, mais lequel ?

— Excusez-moi, mais je ne suis pas sûr de bien vous comprendre.

Elinor sourit et lui dit simplement :

— Suivez votre instinct, Lord Stoneridge, et vous verrez.

Sur ces entrefaites, Emily arriva sur la terrasse.

— Maman, la couturière apporte les échantillons pour les nouveaux rideaux. Il y en a un particulièrement chatoyant. (Soudain, elle s'aperçut que le comte était avec sa mère.) Oh, bonjour Lord Stoneridge ! Veuillez m'excuser si j'ai interrompu votre conversation. Je n'avais pas vu que vous parliez avec maman.

Elinor passa son bras sous celui de sa fille et salua le comte d'un petit signe de tête amical, comme pour lui dire : « A vous de jouer, maintenant ! »

— Nous nous verrons plus tard, au déjeuner. A tout à l'heure, Lord Stoneridge.

Sylvester les regarda s'éloigner, bras dessus, bras dessous. Si Lady Elinor pensait lui avoir donné des conseils clairs, il n'avait, quant à lui, perçu qu'un message tout à fait obscur.

Il se dirigea vers la falaise, espérant que l'air marin et la brise légère lui feraient du bien. Il n'avait pas fait plus de cent mètres qu'il trébucha et faillit perdre l'équilibre. Deux jambes musclées dépassaient d'un buisson et lui barraient le chemin.

— Zut ! Je l'ai perdue !

Rosie, furieuse, sortit du bosquet en rampant.

— Je l'ai perdue à cause de vous, répéta-t-elle.

— Et peut-on savoir ce que vous avez perdu ?

— Ma sauterelle ! J'en voulais une pour ma collection, et voilà, vous m'avez bousculée, c'est votre faute !

Sylvester considéra une seconde cet autre membre de la famille Belmont qui montrait si peu d'amabilité à son endroit.

— Je vous demande pardon, mais vos jambes étaient en travers du passage.

— Il faut être bête pour ne pas regarder où on met les pieds, lui répondit-elle sans se troubler.

Sylvester leva les yeux pour implorer le ciel. Comment se pouvait-il que des sœurs fussent si différentes ? Les deux aînées étaient douces et délicieuses, les deux dernières de vraies tigresses. Il n'allait tout de même pas se laisser faire par cette petite langue de vipère.

— Ce n'est pas une raison pour être insolente. Il y a des façons beaucoup plus courtoises de s'exprimer, petite fille !

Cette fois, Rosie n'osa plus répliquer et Sylvester reprit sa promenade, dont il ne revint qu'à l'heure du déjeuner.

Au moment de passer à table, Théo n'était pas rentrée mais personne ne sembla s'en soucier réellement.

— Je suppose qu'elle est restée déjeuner chez l'un des fermiers, répondit Clarissa au comte qui s'inquiétait de son absence.

— Depuis qu'elle est toute petite, Théo est comme chez elle chez chacun d'eux, enchérit Emily.

Sylvester crut comprendre au ton de leurs voix qu'il n'était pas dans ses attributions de poser des questions sur les allées et venues de Théo. « Ces Belmont ont une façon peu commune de se soutenir entre elles ! » pensa-t-il. Ainsi donc, tandis qu'il devait à table faire poliment la conversation ou découper le rôti comme un pater familias, Théo se promenait à sa guise, sans même avoir eu la politesse de prévenir qu'elle ne rentrerait pas. Il était temps de mettre un terme à cette situation !

En fine observatrice, Elinor remarqua pendant le repas que le visage de Sylvester gardait un air pincé et contrarié. Après la conversation qu'ils avaient eue, elle crut pouvoir deviner ses pensées. Le manoir de Stoneridge n'appartenait plus à Théo, et il allait sûrement le lui rappeler en des termes qui ne souffriraient pas d'équivoque.

L'après-midi se passa sans plus de nouvelles de Théo et, à l'heure du dîner, cette dernière n'était toujours pas revenue. Elinor commença à manifester quelque inquiétude.

— Est-ce que Lady Théo vous a dit où elle allait ce

matin ? demanda-t-elle à Foster qui installait les chandeliers sur la table.

— Non, milady. Je ne crois pas que Lady Théo ait dit quoi que ce soit.

Arrivant de la bibliothèque, un gros livre sous le bras, Sylvester surprit la fin de cette conversation.

— Vous vous faites du souci ? demanda-t-il.

— Non... bien sûr que non, répondit-elle avec une assurance feinte qui ne convainquit ni Sylvester ni Foster. Théo a l'habitude de disparaître des journées entières. Mais habituellement, elle avertit si elle doit rentrer très tard.

Sylvester attendit que Lady Elinor fût sortie de la pièce pour questionner Foster :

— Pensez-vous qu'il y ait lieu de s'inquiéter et d'envoyer quelqu'un à sa recherche ?

Foster le rassura en affirmant que tout le monde connaissait Théo et que si elle avait eu un accident, sa mère en aurait été immédiatement informée. Il disparut aussitôt vers les cuisines. Le message était clair ; le majordome ne partagerait pas les préoccupations de la famille avec un étranger. Décidément, dans cette maison, personne ne faisait réellement cas de lui ! Il remonta dans sa chambre, où Henry lui avait sorti une tenue pour le dîner.

Quand il arriva, son domestique comprit d'un coup d'œil que la soirée ne serait pas propice aux bavardages ! Quand le major Gilbraith — Henry continuait parfois à l'appeler ainsi — faisait cette tête-là, il valait mieux garder profil bas. Le comte alla se rafraîchir les mains et le visage. Au bout d'un moment, il reprit la parole :

— Comment trouvez-vous les gens, par ici ?

— Comment je les trouve... Que voulez-vous dire ?

Henry passa au comte une chemise d'un blanc immaculé impeccablement amidonnée et une épingle de diamant que Sylvester fixa sur sa cravate.

Suivant le fil de sa pensée, Sylvester reprit :

— Les gens... les trouvez-vous sympathiques ?

— A l'auberge… ils sont assez aimables.

Henry se demandait où le comte voulait en venir. Décidément, Lord Stoneridge était bizarre ce soir.

— Et ici… dans cette maison ?

— Ici, je les trouve plus… comment dire ?… plus réservés.

— Et Lady Théo ?

— Tout le monde la protège, milord. Son grand-père la chérissait comme la prunelle de ses yeux, d'après ce que j'ai entendu dire.

— En d'autres termes, c'est une enfant gâtée, marmonna le comte.

Comme il le faisait plusieurs fois par jour, le domestique chassa de quelques revers de main les petits plis inopportuns sur la veste de son maître.

Henry avait été retenu prisonnier par les Français dans la même geôle que le major Gilbraith. C'est là qu'il avait fait la connaissance d'un homme blessé et torturé par la fièvre dont il avait ignoré l'identité jusqu'à ce que celui-ci lui demande d'entrer à son service. Ayant déjà assumé des fonctions de domestique avant de s'engager dans l'armée, il avait sauté sur l'occasion et accepté sans se faire prier. C'était la seule personne dont Sylvester tolérait la présence lorsque ses violents maux de tête le taraudaient.

Le comte glissa une tabatière en laque dans sa poche et prit une grande inspiration, comme un lutteur avant le combat. Si Théo était revenue, il devait se préparer à une soirée tendue et difficile.

Lorsqu'il entra dans le salon, Emily et Clarissa se tenaient près de la porte-fenêtre ouverte et scrutaient attentivement le parc où la nuit commençait à étendre ses ombres mystérieuses. Il nota immédiatement l'inquiétude qui marquait tous les visages.

— Pas de nouvelles de la fugitive ? demanda-t-il sur un ton faussement badin. Puis-je vous servir un peu de sherry ? proposa-t-il à Lady Belmont.

Pour la rassurer, il ajouta que Foster affirmait que

rien ne pouvait être arrivé à Lady Théo qu'elle n'en fût immédiatement avisée.

Lady Elinor ne semblait pas totalement convaincue. Elle baissait les yeux sur sa broderie.

— Vous avez raison, mais il y a des tas d'endroits isolés dans le domaine où personne ne va jamais.

Petit à petit, l'inquiétude fit place à l'angoisse.

Tout à coup, la porte s'ouvrit toute grande et Théo apparut dans le salon.

— Je suis désolée, maman. Je me suis éloignée sans m'en rendre compte. Etiez-vous vraiment inquiète ? Me pardonnez-vous ?

Elinor parvint à rester calme, en dépit de la tension qu'elle éprouvait encore.

— Je souhaiterais que cela ne se reproduise plus, dit-elle simplement en avalant une gorgée de sherry.

Théo prit les paroles de sa mère pour une absolution et lança sur un fauteuil son chapeau, sa cravache et ses gants en claironnant :

— Eh bien, maintenant que je suis de retour, je me sens affamée. Les odeurs qui arrivent de la cuisine me mettent vraiment en appétit !

Elle se servit à boire, ignorant délibérément le comte qui, près de la cheminée, la regardait sans mot dire. Ses cheveux étaient décoiffés, ses traits tirés, ses bottes pleines de boue, ses vêtements froissés et poussiéreux. Brusquement, Sylvester réalisa que c'était plus qu'il n'en pouvait supporter. Il jeta un coup d'œil vers Lady Elinor dans l'espoir qu'elle réprimanderait sa fille. Mais elle n'en fit rien.

Elinor ne lui avait-elle pas conseillé de « suivre son instinct » ? Le moment était venu de mettre cette recommandation en pratique. Il apostropha sèchement Théo :

— Je vous serais obligé d'aller vous changer pour dîner.

Elle lui jeta un regard courroucé.

— Et de quel droit me donnez-vous des ordres, je vous prie ?

— Vous semblez avoir oublié que vous êtes chez moi et que vous dînez à *ma* table.

La pâleur du visage de Théo trahissait à la fois sa colère et sa stupéfaction.

— *Votre* table?

— Oui, répliqua Sylvester avec le plus grand calme, et je n'accepte pas que l'on dîne ici en tenue si négligée.

Son ton était glacial et il n'en dit pas davantage. Il sonna pour appeler Foster. Le silence était tel dans le salon que le majordome devina immédiatement que quelque incident grave venait de se produire.

— Voulez-vous dire à la cuisinière de retarder le dîner de quinze minutes, s'il vous plaît.

Au cas où Théo aurait douté de sa détermination, le comte se tourna vers elle et lui déclara de la manière la plus ferme :

— Vous avez un quart d'heure pour vous préparer, à moins que vous ne préfériez faire monter un plateau dans votre chambre?

Théo implora sa mère des yeux. Elle allait venir à son secours, elle ne l'avait jamais abandonnée, elle ne pouvait rester insensible à sa détresse. Mais Lady Elinor, qui continuait à broder comme si rien ne s'était passé, ne broncha pas. Elle ne prit la parole qu'après un bon moment.

— Lord Stoneridge est ici chez lui et il a le droit de mener sa maison comme il l'entend.

Théo s'attendait à tout, sauf à cela! C'était un comble ; sa mère la trahissait aussi! Sylvester jeta un coup d'œil impatient à la pendule. Abasourdie, furieuse, Théo tourna soudain les talons et sortit du salon en déclarant qu'elle n'avait plus faim.

Il n'était pas dans les intentions du comte d'en arriver à ces extrémités, mais c'était tout de même *son* manoir et il fallait bien que Théo finisse par l'accepter, fût-ce par la force. Lady Elinor restait imperturbable et semblait parfaitement dominer la situation.

— Nous pouvons peut-être passer dans la salle à manger, Lord Stoneridge, dit-elle, le plus naturellement du monde.

Sylvester lui offrit le bras et ils quittèrent ensemble le salon.

6

A table, chacun fit semblant de ne pas remarquer la chaise de l'absente. Lady Elinor fit de son mieux pour entretenir la conversation mais personne n'était dupe. L'atmosphère restait pesante et les sœurs de Théo jetaient de temps à autre des regards désapprobateurs à Sylvester. En son for intérieur, Elinor s'interrogeait sur la ténacité dont le comte faisait preuve pour séduire Théo. De toute évidence, c'était sa fille qui avait le plus à gagner à une éventuelle union. Pourquoi donc s'obstinait-il? Il eût été si facile pour lui d'abandonner la partie!

A la fin du repas, Lady Belmont et ses filles prirent congé du comte qui se leva poliment lorsqu'elles quittèrent la salle à manger. Il se rassit pour finir son verre de porto, puis se ravisa aussitôt. Il prit la carafe et deux verres, traversa le hall et monta les marches quatre à quatre vers la chambre de Théo. Devant sa porte, il hésita quelques secondes sur la meilleure stratégie à adopter et décida que la surprise serait la meilleure des attaques. Il tourna la poignée de ses doigts libres et poussa doucement la porte du genou. La chambre n'était pas éclairée, mais il vit immédiatement une silhouette assise près de la fenêtre. Les genoux ramenés contre sa poitrine, Théo se tenait là, recroquevillée.

— Pourquoi restez-vous dans le noir? demanda-t-il.

Elle ne répondit pas à sa question.

— Puisque c'est *votre* maison, milord, j'imagine que vous vous sentez aussi autorisé à entrer sans frapper.

— Pas du tout, reprit-il calmement, j'ai simplement pensé que si je frappais, vous me fermeriez tout de suite la porte au nez, à double tour!

Sylvester approcha une chaise de Théo, s'installa face à elle et lui proposa un verre de porto en ajoutant, goguenard:

— J'espère que vous n'avez pas trop faim.

Il ne s'attendait pas que Théo relève cette remarque et fut étonné de l'entendre lui répondre:

— Si j'ai faim, à qui la faute?

— Vous en êtes entièrement responsable et vous le savez bien, lui rétorqua-t-il. Vous n'aviez pas besoin de piquer une colère et de vous enfuir sans manger.

Théo but lentement son porto, et l'alcool réchauffa agréablement son estomac vide.

— Vous m'avez insultée, dit-elle. Je dois avouer que je commence à en avoir l'habitude!

— Depuis que je suis ici, vous n'avez pas manqué, non plus, une occasion d'être insupportable. Voyons, Théo, nous n'allons pas continuer à nous faire la guerre...

Il y eut un moment de silence. Sylvester regarda Théo. Elle avait enlevé ses vêtements poussiéreux de la journée et les avait jetés, pêle-mêle, dans un coin de la chambre. Elle ne portait plus qu'une longue chemise, ample et fine. Ses cheveux étaient complètement dénoués, et Sylvester réalisa pour la première fois qu'ils lui descendaient jusqu'aux reins. Perdue dans ses pensées, elle ne semblait pas du tout gênée par sa tenue légère. Comme s'il n'y avait eu aucun sujet de dissension entre eux, elle lui dit soudain:

— Merci pour le portrait!

Ces propos aimables et polis ne manquèrent pas d'étonner agréablement Sylvester. A cet instant, il remarqua qu'elle semblait complètement absente, les yeux rivés sur le tableau de son père.

Pourquoi ? Pourquoi fallait-il qu'elle fût si malheureuse ? Sans crier gare et d'un geste violent, elle jeta par terre son verre qui se brisa en mille morceaux. Puis elle se leva d'un bond et éclata en sanglots, le visage déformé par l'angoisse. Elle se mit à déverser un torrent de paroles rageuses, s'emportant contre le destin :

— C'est injuste... Il était si jeune... Je l'aimais tant... Maintenant qu'il a disparu, tout est fini... perdu... Je suis toute seule... Pourquoi ?... Pourquoi ?...

Elle parla de son père, de son grand-père, passant de l'un à l'autre dans un flot de paroles saccadées et incohérentes. Sylvester avait du mal à la suivre. Il était néanmoins certain que cette violence traduisait un chagrin immense. Les pleurs secouaient le corps de Théo et étouffaient ses propos. Debout au milieu de la chambre, elle semblait totalement inconsciente de la présence du comte. Lui-même restait immobile, ne sachant trop que faire. Lorsqu'il la vit pousser du pied un éclat de verre, il pensa qu'il devait réagir. Il la prit dans ses bras et la souleva.

— Soyez sage ou vous allez vous couper ! lui dit-il.

Elle se débattit instinctivement. Sa souffrance profonde l'avait plongée dans un état second, et elle ne savait plus qui il était ni ce qu'il faisait là. Il la serra contre lui et la chaleur de son corps rebelle lui donna envie d'elle. Il s'assit sur la chaise et installa Théo sur ses genoux. Enfin, elle s'apaisa et ses pleurs cessèrent un peu. Elle hoquetait encore, mais elle s'était calée contre lui et ne bougeait plus, la tête blottie contre son torse.

Sylvester ne vit même pas la porte s'ouvrir et se refermer aussitôt. La main encore sur la poignée, Lady Elinor resta un moment pensive. Le bruit des sanglots désespérés de Théo l'avait attirée jusqu'à la chambre mais elle ne s'attendait sûrement pas à surprendre ainsi sa fille dans les bras du comte. Certes, elle lui avait dit de suivre son instinct mais il semblait appliquer cette consigne un peu trop à la lettre ! Elinor se demanda si elle ne ferait pas bien d'arracher Théo aux bras de Sylvester, mais elle décida finalement de descendre et d'attendre calmement la suite des événements.

Dans la chambre, Théo retrouvait peu à peu ses esprits. Elle regarda Sylvester et, pour la première fois, elle trouva que les beaux yeux gris du comte n'étaient ni froids ni moqueurs.

— Que se passe-t-il ? Que faites-vous ? demanda-t-elle en prenant soudain conscience de la situation.

— Rien du tout. Je vous ai tout simplement prise sur mes genoux pour vous consoler.

Il sortit un mouchoir de sa poche et essuya les dernières larmes qui ruisselaient sur les joues de Théo. Il repoussa en arrière les longues mèches qui lui collaient au visage. Elle se laissa faire, n'ayant plus l'énergie de protester. Sa gorge était nouée et douloureuse. Elle était lasse et, paradoxalement, elle se sentait mieux, apaisée et soulagée, comme si on avait extirpé de sa poitrine un poids effroyable. Elle reposa la tête sur l'épaule de Sylvester, ferma les yeux en attendant que les forces lui reviennent. Du bout des doigts, Sylvester dessinait les contours de son visage. Sa main caressa ensuite la nuque et le dos brûlant de Théo. Au contact de ce corps si proche du sien, il ne put s'empêcher d'être ému. Théo le sentit et réagit instantanément. En une seconde, elle bondit comme un cabri effarouché.

— Excusez-moi, petite bohémienne, mais votre présence sur mes genoux en déshabillé me trouble profondément.

Théo sembla soudain découvrir la légèreté de sa tenue. Elle rougit et contre-attaqua aussitôt :

— Ce n'est pas moi qui me suis assise sur vos genoux ; d'ailleurs, je ne vous ai même pas invité à venir dans ma chambre.

La fenêtre était ouverte et l'air frais de la nuit la fit frissonner. Instinctivement, elle fit un pas en arrière et aussitôt se mit à crier : elle venait de marcher sur un éclat de verre. Sylvester se précipita et l'aida à s'asseoir sur le bord du lit, lui intimant l'ordre de ne pas bouger jusqu'à ce qu'il ait fini de ramasser tous les morceaux. A son grand étonnement, Théo se montra parfaitement obéissante. Apeurée, elle regardait son pied couvert de sang.

— Est-ce moi qui ai cassé le verre ? demanda-t-elle.

— Oui, vous ne vous en souvenez pas ?

Elle secoua la tête négativement. Elle avait dû presque perdre connaissance. Sylvester posa sur la coiffeuse les débris coupants qu'il avait ramassés. A l'aide d'un petit mouchoir fin, il tamponna le pied de Théo. Docile, elle s'allongea sur le lit. Mais... que faisait-elle en petite tenue à accepter les soins d'un homme qu'elle détestait ? Peut-être était-elle simplement trop épuisée pour protester. Elle aurait voulu se reposer, dormir, oublier... Elle sentit qu'il effleurait son front, ses cheveux. Les gestes de Sylvester étaient délicieusement apaisants et lui procuraient une tiède sensation de bien-être.

La pensée lui vint qu'il n'avait pas du tout l'air d'un homme détestable. C'était même tout le contraire ; il avait comme une flamme captivante dans le regard. Le voile de la colère et du chagrin qui, jusqu'à présent, l'avait empêchée de le voir tel qu'il était s'était semblait-il tout à coup déchiré.

— Vous devez manger un peu, dit Sylvester. Ne vous levez pas, je vais vous monter un plateau et nous aurons ensuite une petite conversation.

Théo se sentait mieux, c'était évident, mais elle n'avait ni la force ni l'envie d'avoir «une petite conversation» dont elle ne devinait que trop bien le sujet. Avec prudence elle se leva, prit le verre vide du comte et se versa quelques gouttes de porto. Une fois encore, ses yeux rencontrèrent le portrait de son père. Il la regardait tendrement. Elle crut l'entendre lui dire : « Tous mes biens peuvent être à toi… si tu le veux. »

En arrivant au rez-de-chaussée, Sylvester tomba sur Lady Elinor.

— Vous étiez avec Théo ? demanda-t-elle d'une voix légèrement contrariée.

— Oui, milady. Je vais demander à Foster de préparer un plateau. Théo n'a pas dîné et elle a faim.

— Vous n'avez pas l'intention de le lui porter vous-même, j'espère ?

— Si, avec votre permission, Lady Belmont.

Elinor changea de ton et répliqua sèchement :

— Je crois que vous vous êtes déjà passé de mon autorisation !

Sylvester se demanda pourquoi Elinor lui faisait cette réflexion. Mais sa surprise fut encore plus grande quand il l'entendit ajouter :

— Sachez profiter de ce que vous avez acquis ! Théo est prompte aux revirements.

Décidément, il avait vraiment du mal à comprendre cette femme ! Il appela Foster qui apparut, aussi raide que d'habitude.

— Pourriez-vous préparer un plateau pour Lady Théo et le porter dans la bibliothèque où je vous attendrai ? Je le lui monterai moi-même.

Le visage de Foster se ferma, en signe de désapprobation. Un gentleman ne devait certainement pas entrer dans la chambre d'une demoiselle. Le majordome se crut obligé de lui faire une suggestion plus convenable :

— L'une des servantes pourrait très bien s'en charger.

— Je le sais, dit Sylvester, un peu agacé, mais c'est moi qui m'en occuperai.

Foster s'inclina, l'allure plus compassée que jamais.

En revenant dans la chambre, le comte trouva Théo assise sur le bord du lit en train de déguster son porto.

— Ciel! Ne pouvez-vous jamais faire ce que l'on vous demande? Je vous avais dit de rester tranquillement dans votre lit! s'exclama-t-il.

Il faisait maintenant très sombre et Sylvester alluma les chandeliers, ce qui aussitôt donna à la chambre des reflets chauds et dorés.

— Je croyais que le porto était fortifiant, dit Théo, mais pour l'instant je me sens plutôt étourdie.

Sylvester soupira. A ce compte-là, elle ne serait bientôt plus en état de l'écouter! Il devait faire vite, pourtant, Lady Elinor venait encore de lui rappeler qu'avec Théo il fallait battre le fer quand il était chaud.

— Retournez au lit, ordonna-t-il.

Mais Théo ne se sentait pas d'humeur à aller se coucher si tôt.

— Je suis résistante, vous savez!

Résistante ou pas, le porto semblait la griser légèrement. Il ne fallait pas qu'elle reste sans manger. Sylvester l'aida à se remettre au lit, tapota les oreillers sur lesquels il l'installa. La docilité avec laquelle elle le laissa faire fut pour lui, si besoin était, une preuve supplémentaire de l'état de faiblesse de Théo.

— Maintenant, mangez un peu, cela va vous faire du bien, dit-il en posant le plateau devant elle.

Le fumet qui montait du plateau eut raison de ses velléités de protestation. La soupe aux champignons, le blanc de poulet rôti et la tarte arrosée de crème anglaise la mettaient déjà en appétit.

— Vous feriez bien de ne pas boire de vin, conseilla le comte.

Foster avait choisi un saint-estèphe, un des vins préférés de Théo. Elle attrapa le poignet de Sylvester qui avait déjà saisi le verre pour le retirer du plateau. Afin d'éviter tout sujet de querelle, il céda à ses exigences.

Il s'assit en face d'elle et la regarda déguster sa soupe. Elle paraissait douce et calme. Néanmoins, Sylvester jugea préférable d'attendre un peu avant d'amorcer la conversation. Petit à petit, le visage de Théo reprit des couleurs et la finesse de ses traits réapparut. Sa chemise lâche dénudait son épaule, laissant deviner une peau de pêche sous la lumière tamisée des chandeliers. La dentelle de son décolleté rehaussait la beauté de ses formes voluptueuses. Les sensations que Sylvester avait éprouvées lorsqu'il l'avait tenue sur ses genoux lui revinrent à l'esprit et il tressaillit à ce souvenir. De pareilles évocations n'étaient sûrement pas idéales pour garder la tête froide. Il s'efforça de chasser ces pensées de sa mémoire. Il était temps d'entrer dans le vif du sujet.

— Pouvez-vous m'expliquer pourquoi vous me détestez ? demanda-t-il brusquement.

Théo fut tellement surprise par la soudaineté de sa question qu'elle s'en étrangla presque. Sylvester lui tapa gentiment dans le dos et reprit :

— Si vous abhorrez mon physique, je n'y peux malheureusement pas grand-chose ! Si, au contraire, c'est mon attitude envers vous qui vous déplaît, laissez-moi vous dire qu'elle répond simplement à la vôtre. Si vous voulez que les choses changent... vous n'avez qu'à vous comporter différemment !

Un long silence fit suite aux paroles du comte. Théo réfléchissait. La question qu'il lui avait posée avait le mérite d'être claire.

Ce n'était sûrement pas son physique qui était en cause, loin de là ! Elle devait honnêtement le reconnaître ; mis à part Edward, qu'elle avait longtemps aimé, c'était l'homme le plus séduisant qu'elle eût jamais rencontré. Et puis, la force de son corps, la douceur de ses baisers, le parfum de sa peau... Non, il ne fallait surtout pas qu'elle se remette à penser à cela, son esprit se troublait trop. La confusion de ses pensées lui ôtait toute objectivité.

Par contre, il s'était indéniablement montré arrogant et autoritaire envers elle. Pourquoi ne s'était-il pas comporté de la même façon envers sa mère et ses sœurs ? Elle devait cependant lui rendre cette justice : elle l'avait bien cherché !

— Vous semblez hésitante, reprit Sylvester d'un ton légèrement ironique.

— Pas le moins du monde, dit-elle en repoussant le plateau. Votre tort est d'être un Gilbraith.

Le comte soupira.

— On ne va pas recommencer avec cette vieille histoire, Théo ! Moi aussi, on m'a appris à détester la branche des Belmont, et pourtant je ne peux m'empêcher de trouver cela complètement puéril et stupide. (Dans un suprême effort pour garder son sang-froid, il ajouta :) Je ne suis pas responsable de ma naissance, je suis né Gilbraith. Je ne suis pas non plus responsable de cette vieille querelle, ni de la mort de votre père, ni du testament de votre grand-père.

Il avait entièrement raison ; pourtant, un démon en elle l'empêchait encore d'admettre qu'elle ne lui avait jamais donné sa chance.

— Peut-être bien ! Mais c'est plus fort que moi, je n'arrive pas à vous aimer, conclut-elle froidement.

Le visage du comte se ferma.

— Très bien. Dans ce cas, il n'y a rien à ajouter, excepté qu'à partir de maintenant vous n'aurez plus votre mot à dire dans les affaires du domaine.

Les yeux de Sylvester avaient pris des reflets qui glacèrent Théo. Elle poussa un soupir, mais il ne parut pas s'en émouvoir le moins du monde et poursuivit sur le même ton détaché et froid :

— Je vais donner des instructions à Beaumont pour qu'il ne vous consulte plus et, s'il ne se conforme pas à mes ordres, je le congédierai. Je vous interdis également de vous occuper des fermiers. Désormais, ils n'auront qu'un seul maître : le comte de Stoneridge. N'essayez pas de contrevenir à ces règles, vous ne remettriez plus jamais les pieds ici. Est-ce clair ?

Sur ces paroles sèches, il se leva. Théo se sentit encore plus petite devant cette grande silhouette. Il venait de lui assener un sacré coup! Jamais elle n'avait imaginé que cela arriverait. Elle croyait même que, depuis le cottage, elle pourrait conserver la mainmise sur le domaine de Stoneridge. Aucun doute, elle était maintenant au pied du mur. Elle tenta encore un baroud d'honneur :

— Vous ne pouvez pas… Vous ne connaissez pas les fermiers, la terre…

— J'apprendrai, et, puisque vous m'avez refusé votre aide, je me passerai de vous. (Il se dirigea vers la porte.) Je vous souhaite une bonne nuit !

Théo resta assise sur son lit, hébétée. Elle entendit les pas de Sylvester qui s'éloignaient dans le couloir. Dorénavant, elle serait seule : c'était bien ce qu'elle avait cherché. Le déménagement fait, elle n'aurait qu'un contact superficiel avec le comte, des relations de bon voisinage, en somme ! Elle fondit en larmes. Elle ne voulait pas se marier mais elle *voulait* le domaine. Si elle acceptait de l'aider, reviendrait-il sur sa décision ?

Non, pas question de céder au chantage !

Elle reposa le plateau sur la table, enfila vite une chemise de nuit et se glissa sous les draps. La nuit était étoilée. Elle resta un long moment à chercher un sommeil qui ne venait pas, en dépit de la fatigue qui l'accablait. Comme chaque soir, elle entendit ces bruits si familiers, ces craquements des vieilles boiseries qu'elle connaissait si bien et qui la rassuraient. Elle allait devoir quitter tout cela. Maintenant, elle était au bord du précipice.

Dans l'atmosphère étouffante de cette chambre, Théo se tournait et se retournait dans son lit. Elle repoussa du pied draps et couvertures, espérant profiter davantage de la douce brise nocturne qui entrait par la fenêtre ouverte.

En bas, dans la bibliothèque près de la baie vitrée, le comte de Stoneridge regardait, rêveur, la grande pelouse baignée par les rayons de lune. Il avait perdu, vaincu par une enfant gâtée têtue comme une mule qui ne voyait pas plus loin que le bout de son nez. Quand elle l'avait clairement repoussé, il avait eu envie de la gifler, de rage et de déception, et pourtant, il ne pouvait s'empêcher d'avoir pitié d'elle. Il avait bel et bien manqué son but! Il sentait sa gorge nouée par l'amertume et la rancœur. De là-haut, le vieux comte devait s'esclaffer, à la vue de ses échecs! Il l'avait humilié en le contraignant à courtiser une petite sauvage méprisante, insolente, qui ne se laisserait jamais apprivoiser et qui lui avait fait connaître les affres de la honte quand elle l'avait évincé.

Comble de tout, il devait se préparer à endurer l'existence misérable d'un noble désargenté! La fortune aurait contribué à lui faire retrouver une certaine considération auprès de ses anciens compagnons de guerre. Il allait, au contraire, leur offrir un spectacle malheureux et pathétique dont ils feraient sûrement des gorges chaudes.

Sylvester passa une main lasse sur son front et, machinalement, regarda par la fenêtre. Sous le clair de lune, il entrevit une silhouette qui traversait la pelouse. Aucun doute possible, il ne rêvait pas. Ces cascades de cheveux noirs ondulants, ce corps félin à la démarche dansante... Que pouvait bien faire Théo dans le parc à deux heures du matin?

Sans réfléchir davantage, il enjamba le rebord de la fenêtre et sauta dans le parterre de fleurs, juste en dessous, pour rejoindre Théo dans la roseraie. Avec la fraîcheur de la nuit, tous les parfums s'étaient réveillés et l'air embaumait délicieusement.

Dès que Théo entendit des pas derrière elle, elle se retourna rapidement, le cœur battant de peur.

— Diable! Que faites-vous ici? demanda Sylvester en arrivant près d'elle.

La terreur donnait au regard de Théo des reflets violet sombre. Pour la rassurer, le comte la prit par les épaules.

— Je devrais vous retourner la question, bredouilla-t-elle. Et vous, que faites-vous ? Vous m'avez fait une de ces peurs !

— Quelle idée de se promener seule à cette heure de la nuit !

— Je ne crains rien ; ici, tout le monde me connaît et personne ne me ferait de mal.

— Quand même, vous ne m'enlèverez pas de l'idée que c'est bien imprudent. Où alliez-vous ?

— Qu'est-ce que ça peut vous faire ? (Théo avait retrouvé son ton méfiant.) J'ai encore le droit de me promener dans le parc... à moins que je n'aie manqué une étape dans la liste de vos interdictions ! ajouta-t-elle avec une pointe de moquerie.

Elle s'enroula dans la cape qu'elle avait jetée à la hâte sur ses épaules avant de sortir et fit quelques pas en arrière. Elle fixa Sylvester et son cœur se remit à tambouriner. Ses sentiments lui commandaient de dire ce que sa raison lui interdisait mais c'était si difficile ! Elle rassembla tout son courage et prononça ces paroles irrémédiables :

— Si vous le voulez encore, milord, j'accepte de vous aider à gérer le domaine.

— Quel revirement ! ironisa Sylvester. (Il fit un pas vers elle, et Théo recula aussitôt.) Je ne suis pas sûr que ce soit encore ce que je désire.

Théo reçut ces mots comme un coup en pleine poitrine. Heureusement, le regard du comte trahissait une vulnérabilité et une émotion certaines, et cela la réconforta un peu. Allait-il se radoucir ou la chasser définitivement ? Elle n'était plus maintenant en position de force et ne pouvait, hélas, que se soumettre.

« Sachez profiter de ce que vous avez acquis ! »

Les paroles de Lady Elinor revinrent à l'esprit de Sylvester juste à propos. Il n'y avait qu'une tactique possible.

D'un geste rapide et presque violent, il saisit Théo et l'attira vers lui.

— Voilà ce que je désire, dit-il.

Théo se sentit comme aspirée dans un tourbillon

de passion et ils se rejoignirent dans un baiser fougueux. Etait-ce de la colère ou du désir? Elle ne voulait pas le savoir. Sans réfléchir, elle se serra naturellement contre Sylvester. Consentante, elle accepta ses caresses; ses mains étaient si douces sur son corps brûlant. Lorsqu'elles s'attardèrent sur son ventre, sur ses cuisses, Théo émit un gémissement de plaisir. Les images de la plage lui revinrent en mémoire et elle sentit tout son être frémir. Rejetant la tête en arrière, elle céda au plaisir de l'abandon.

Les rayons de lune qui filtraient à travers la voûte des rosiers entrelacés baignaient leurs visages d'une douce lumière mauve. Au moment où ils rouvrirent les yeux, leurs regards se rencontrèrent et ils se sentirent, l'un et l'autre, submergés par un violent désir. Le souffle court, Sylvester murmura quelques paroles:

— Ce n'est pas votre aide que je veux, Théo, c'est vous. Acceptez, et je vous ferai découvrir des rivages inconnus.

Théo le laissa froisser sa chemise de nuit, et son corps ainsi dénudé s'offrit aux caresses intimes de Sylvester. Plus rien ne la retenait; le désir annihilait en elle toute pudeur. Sous les arches de roses odorantes, elle poussa un long soupir de jouissance.

Sylvester la garda un moment contre lui, jusqu'à ce que sa respiration se calme. Le parfum de leur chair, le goût de leurs lèvres ne faisaient plus qu'un.

— Alors, lui dit-il en en souriant, on peut se mettre d'accord?

Théo acquiesça de la tête. C'était étrange, magique et terrifiant à la fois. Elle ne savait plus clairement où elle en était, les idées les plus confuses se bousculaient dans sa tête. La détresse qu'elle avait éprouvée ces derniers jours s'était soudain muée en une grande fatigue; son corps était épuisé. Ce soir, au clair de lune, la décision s'était comme imposée d'elle-même, inévitable, sans que sa volonté intervienne réellement.

— J'ai besoin de vous. (La voix du comte était

chaude et grave.) J'ai vraiment besoin de vous, répéta-t-il en caressant la bouche de Théo, le regard noyé de désir.

Un sentiment de triomphe libérateur envahit l'âme de Sylvester. Il embrassa à nouveau Théo, d'une façon si tendre, cette fois, qu'elle en fut étonnée. Enfin, il relâcha son étreinte et lui remit doucement la cape sur les épaules.

— Il faut aller vous coucher, maintenant. Nous parlerons à votre mère demain matin.

Théo se laissa raccompagner jusqu'à sa chambre où Sylvester la posa sur le lit comme une enfant épuisée.

— Dormez, maintenant ! chuchota-t-il en lui embrassant le front.

7

— Petite sœur, réveille-toi, il est neuf heures passées.

La voix de Clarissa sortit Théo du sommeil profond où elle était plongée. Elle ouvrit les yeux avec difficulté et s'étira en bâillant.

— Tu as été te coucher de si bonne heure que je commençais à m'inquiéter. Emily et moi voulions monter te voir hier soir mais maman ne nous y a pas autorisées. J'espère que tu t'es remise de la scène d'hier ; comment te sens-tu ce matin ?

— Pas mal, bien que j'aie l'impression d'avoir reçu un coup sur la tête. Ô mon Dieu...

La mémoire lui revint brusquement. Pas étonnant qu'elle ait dormi si tard ; il était trois heures quand elle était allée au lit, ou plutôt... quand *il* l'avait mise au lit.

— Qu'est-ce qu'il y a ? demanda Clarissa, inquiète.

Théo passa les mains dans ses cheveux emmêlés pour dégager son visage.

— Je suis folle, Clarry. Je crois que j'ai dit à Lord Stoneridge que j'allais l'épouser.

Avant même que Clarissa ait pu réagir, Emily arrivait dans la chambre pour prendre aussi des nouvelles de sa sœur.

— Dites-moi que je rêve, ce n'est pas possible, dit Théo en replongeant au fond de son lit.

— Qu'est-ce qui n'est pas possible ?

Emily, qui n'avait rien entendu, ne comprenait pas un mot des propos de Théo. Son visage s'éclaira d'un grand sourire lorsque Clarissa l'informa de la situation.

— Comme je suis contente ! s'exclama-t-elle avec un enthousiasme sincère. Le comte de Stoneridge est un homme si gentil, Théo ! Je suis sûre que vous ferez un couple très heureux. Et puis c'est formidable, tu vas garder le manoir.

Théo se redressa sur ses oreillers et sembla retrouver une certaine vigueur.

— Stoneridge est tout sauf quelqu'un de gentil, corrigea-t-elle.

— Oui, tu as raison. Ce qualificatif est bien trop banal pour le décrire, approuva Clarissa.

— Pardonnez-moi, dit Emily, un peu vexée. Je n'ai peut-être pas un vocabulaire très précis, mais je l'aime bien. Et maman aussi.

— Moi, je le déteste, gémit Théo.

A l'en croire, elle venait d'accepter d'épouser un homme qu'elle haïssait ! Devant cette incohérence, ses deux sœurs la regardèrent d'un air intrigué.

— Vous ne savez pas combien il peut être persuasif quelquefois, dit-elle pour se justifier.

Dieu du ciel ! Comment avait-elle accepté ? Non, les choses étaient arrivées d'elles-mêmes. Les caresses de Sylvester pendant cette heure exquise sous les arches fleuries de la roseraie... tout était encore si vif dans sa chair.

— Il est normal que tu te sentes nerveuse, reprit Emily, en connaissance de cause. Quand Edward et moi avons décidé de nous marier, j'ai connu le même état pendant huit jours. Je me demandais sans cesse si j'avais pris la bonne décision.

— Edward et Stoneridge sont complètement différents, Edward est vraiment gentil, lui ! Je vais dire au comte que j'ai fait une erreur.

Théo repoussa les couvertures et se leva d'un air décidé.

— Tu ne peux pas faire cela, rétorqua Emily, outrée. Maman ne supportera pas un tel revirement !

— Elle ne me forcera pas à épouser un homme à qui j'ai promis le mariage sur un simple coup de folie.

— Un coup de folie ? répéta Clarissa, le regard pétillant de curiosité. Dis-nous ce qui s'est passé !

— Rien... Rien du tout, dit Théo en rougissant.

Quand Clarissa voulait savoir la vérité, elle tentait toujours de pousser son interlocuteur dans ses derniers retranchements par des questions insistantes.

— Allez, Théo, raconte, je t'en prie ! J'aimerais tellement connaître moi aussi des moments de folie ! Il t'a prise dans ses bras ?

— Théo veut sans doute dire que le comte l'a embrassée avant les fiançailles officielles, interrompit Emily. Ne t'inquiète pas, ajouta-t-elle, rassurante, il n'y a rien de plus normal.

— Oh, taisez-vous, toutes les deux ! se fâcha Théo.

Elle enleva sa chemise de nuit et alla se laver. Mais Clarissa n'abandonnait pas ses proies si aisément :

— Alors, on a deviné ? Il t'a embrassée ?

— Si tu veux tout savoir, il a fait bien plus que cela !

— Théo ! s'exclama Emily, sincèrement horrifiée.

— Mais qu'est-ce qu'il a fait, alors ? demanda Clarissa en jetant un regard neuf sur le corps nu de sa sœur.

— Je ne vous le dirai pas, répliqua Théo, essayant

d'interrompre là cette conversation qui devenait de plus en plus gênante.

Elle passa à la hâte quelques vêtements, espérant pouvoir s'échapper de sa chambre au plus vite.

— Le comte est plus âgé que toi, il a davantage d'expérience, observa judicieusement Emily. La vie militaire mûrit les hommes.

— Oui, je suis certaine qu'Edward a changé aussi, depuis qu'il est à l'armée, répliqua Théo, trop heureuse de pouvoir focaliser la conversation sur quelqu'un d'autre qu'elle-même.

— En as-tu parlé à maman?

— Non, pas encore. Tout cela est arrivé il y a quelques heures seulement, alors que tout le monde dormait.

— Vous aviez rendez-vous en pleine nuit? demanda Clarissa, tout excitée par l'aspect romantique des événements.

— Non, cela n'a été qu'une rencontre fortuite. Je vais lui dire que j'ai changé d'avis, et tant pis si je passe pour une aventurière!

Emily et Clarissa regardèrent, dubitatives, Théo natter ses cheveux. Soudain, un bruit leur fit tourner la tête.

— Qu'est-ce que ça veut dire «aventurière»?

— Rosie! Depuis quand écoutes-tu aux portes? demanda Théo.

— Je n'écoutais pas, protesta Rosie. J'étais venue voir si quelqu'un voulait bien m'accompagner à la chasse aux papillons, dit-elle en montrant le cocon blanc qu'elle tenait dans la main.

— Personne n'est disponible pour le moment, répliqua Emily d'un air distrait.

Rosie entra dans la chambre et se jeta d'un bond sur le lit.

— Alors, qu'est-ce que c'est une «aventurière»? Tu vas te marier avec le comte, Théo?

— Un de ces jours, cela te jouera des tours, de

t'occuper de ce qui ne te regarde pas ; ce sont des histoires de grandes personnes auxquelles tu...

Théo s'interrompit en voyant surgir brusquement dans l'embrasure de la porte la silhouette de Lady Elinor.

— Je me demandais pourquoi j'étais seule à la table du petit déjeuner. Quel est le sujet de vos conciliabules ? Comment vas-tu, ma chérie ? dit-elle en s'adressant à Théo.

— C'est une « aventurière », dit Rosie, mais elles ne veulent pas m'expliquer ce que cela veut dire. Et... elle va épouser le comte.

Les trois aînées soupirèrent et Elinor fronça les sourcils.

— Théo n'épousera personne sans ma permission et je ne suis au courant de rien. Tu as mal entendu. File d'ici, maintenant.

Rosie comprit au ton réprobateur de sa mère qu'elle aurait mieux fait de se taire et elle sortit sans broncher.

— J'aimerais m'entretenir en privé avec Théo, dit Lady Elinor.

Clarissa et Emily, mal à l'aise, échangèrent un regard rapide avec leur sœur et quittèrent la chambre en refermant la porte derrière elles. Lady Elinor alla s'asseoir près de la fenêtre et dévisagea Théo, l'air grave. Elle questionna immédiatement sa fille, sans s'embarrasser de circonlocutions.

— Puis-je savoir ce qui se passe ?

Théo se laissa tomber sur le lit.

— C'est un malentendu, maman...

Lady Elinor eut droit à un compte rendu très édulcoré des événements de la nuit précédente.

— Dois-je comprendre que tu viens de changer d'avis ?

Théo baissa la tête sans répondre.

— Eh bien, il ne te reste plus qu'à aller trouver le comte pour lui dire la vérité. Il serait malhonnête de le laisser plus longtemps dans l'ignorance de ta décision.

— Tu es fâchée? demanda Théo, contrariée à l'idée de déplaire à sa mère.

— J'aurais certainement aimé que tu réfléchisses un peu plus. Promettre à un homme de l'épouser et changer d'avis dans les heures qui suivent me paraît témoigner d'une indélicatesse que j'ai du mal à accepter. Je ne sais pas ce qui s'est passé entre vous hier, mais le comte est en droit d'imaginer que tu as des sentiments pour lui. Cela va être une épreuve difficile de l'en dissuader.

Lady Elinor laissa Théo seule, sur le point de pleurer. Pourquoi sa mère semblait-elle soutenir le comte depuis le premier jour? Elle avait raison, ce serait horriblement difficile de lui avouer qu'elle ne voulait plus de lui, mais mieux valait encore quelques minutes atroces qu'une vie entière de frustration. Elle s'arma de courage et descendit affronter Lord Stoneridge.

A sa grande surprise, le comte n'était pas dans la salle à manger; Foster lui précisa qu'il n'avait pas encore pris son petit déjeuner. Il était pourtant dix heures, et Sylvester était généralement matinal. Embarrassée, Théo hésita sur la conduite à adopter. Si elle ne lui parlait pas maintenant, en aurait-elle encore le courage dans une heure? Elle décida de remonter et d'aller directement trouver le comte dans sa chambre. Au moment où elle allait frapper, la porte s'ouvrit. Henry sortit sur la pointe des pieds et referma sans bruit.

— Puis-je vous aider, Lady Théo?

— Sa Seigneurie... bégaya-t-elle, je dois lui parler d'urgence. Pourriez-vous lui demander de m'accorder un moment?

— Sa Seigneurie souffre d'une légère indisposition.

Dès l'instant où il était entré dans la chambre du comte, à l'aube, comme tous les jours, Henry avait tout de suite compris que son maître ne serait pas prêt à parler à qui que ce soit avant un bon bout de temps. Lorsqu'il avait voulu ouvrir les rideaux, un filet de voix avait murmuré : «Non, pas de lumière, Henry. Je veux rester dans le noir.» Le domestique ne savait que trop bien ce que cela signifiait.

Henry s'inclina devant Théo, lui indiquant poliment mais fermement qu'il ne s'étendrait pas davantage sur le sujet. Elle resta quelques secondes derrière la porte fermée. Quelle malchance ! Que n'avait-il eu son malaise une ou deux heures plus tard ! Elle redescendit pour relater à sa mère et à ses sœurs ce qu'elle venait d'apprendre.

Au fond de son lit, dans l'obscurité totale, Stoneridge souffrait le martyre. Il avait l'impression qu'un poignard était enfoncé dans sa tempe droite. S'il en avait eu la force, il aurait hurlé, il se serait tapé la tête contre les murs pour faire disparaître cette atroce douleur qui ne le lâchait pas. Mais il était incapable du moindre mouvement, son corps affaibli ne répondait plus à sa volonté. A ce stade de la crise, tous les calmants de la terre étaient inefficaces, il ne lui restait qu'une chose à faire : supporter le mal.

Henry entra dans la chambre à pas feutrés.

— Lady Théo demande à vous voir, milord, dit-il en posant un linge humide et frais sur le front de Sylvester. Elle affirme que c'est urgent.

Le comte était bien trop mal en point pour envisager de voir Théo, ne serait-ce qu'une seconde. Que lui voulait-elle ? Désirait-elle revenir encore une fois sur sa décision ? Une vague de douleur le submergea jusqu'à la nausée.

Quand la torture fut passée, Henry s'approcha pour lui tendre un verre d'eau. Le comte essaya de retrouver un peu d'apaisement et resta sans bouger aussi longtemps qu'il le put. Rassemblant le peu de forces qu'il lui restait, il ordonna à Henry d'aller à Londres immédiatement.

— A Londres, milord? Mais je ne peux pas vous laisser seul dans cet état!

Henry ne comprenait pas cet empressement soudain.

— Vous allez passer une annonce dans *La Gazette*; ce doit être fait dès aujourd'hui pour qu'elle soit publiée demain. Vous direz à Foster, en partant, de ne laisser entrer absolument personne dans ma chambre. Maintenant, allez chercher un papier et un crayon pour noter ce que je vais vous dicter.

Henry s'exécuta. Toute discussion aurait inutilement envenimé la situation et aggravé l'état du comte.

Sylvester supporta un nouvel assaut de douleur avant de pouvoir s'adresser à Henry d'une voix presque éteinte.

— Ecrivez: «Le comte de Stoneridge est heureux d'annoncer ses fiançailles avec Lady Théodora Belmont, fille de feu le vicomte Belmont et de Lady Elinor Belmont.» Rapportez-moi un exemplaire de *La Gazette* demain matin. Ne vous inquiétez pas, je ne vais pas mourir, ajouta-t-il en trouvant encore la force de plaisanter devant les hésitations de son domestique.

Dix minutes plus tard, Henry, qui avait transmis à Foster les ordres de son maître, galopait en direction de Londres.

Contrairement à ses habitudes, Théo resta au manoir toute la journée, attendant désespérément de voir le comte réapparaître. Entre sa mère, qui refusait d'évoquer jusqu'au nom de Sylvester, et ses sœurs, qui ne voulaient parler que de lui, Théo ne trouvait personne qui pût réellement l'aider à voir clair en elle. Elle faisait les cent pas devant la porte toujours close du comte et, inlassablement, redemandait à Foster de lui confirmer que Sa Seigneurie ne voulait «voir absolument personne». Son esprit se perdait en conjectures les plus fantaisistes sur ce qui avait bien pu abattre d'une manière aussi soudaine un homme de la carrure de Sylvester.

La fin de la journée la plongea dans le plus grand désespoir. Chaque heure qui passait rendait leurs fiançailles de moins en moins contestables. Elle eut l'idée d'écrire un petit mot et de le glisser sous la porte, mais cette solution lui apparut vite comme le signe d'un manque de courage. Elle ne refuserait pas une explication franche. Pourtant, plus elle y pensait, moins cette explication lui semblait facile. De quels arguments disposait-elle ? Que voulait-elle lui dire ? Qu'elle ne l'aimait pas ? Que le mariage l'épouvantait ? Qu'elle ne pouvait envisager de vivre avec un Gilbraith ? Qu'elle avait peur de lui ?

Il y avait une parcelle de vérité dans chacune de ces raisons mais par-dessus tout, sans doute, elle avait peur de ne plus être aussi forte, de se laisser dominer. Il savait si bien se montrer persuasif.

La nuit qui suivit ne lui apporta aucun repos. Elle répétait les mots qu'elle prononcerait face à lui. C'était des paroles raisonnables, logiques. La minute suivante, elle imaginait ce qu'un mariage avec Sylvester lui apporterait, le domaine, le manoir, certes, mais bien autre chose… Il avait su éveiller en elle la passion et lui avait fait découvrir des abîmes de sensualité vers lesquels elle se sentait irrésistiblement attirée.

Pendant ce temps-là, le comte continuait à souffrir mille morts. Il râlait, livide, brisé. Par bonheur, personne n'était témoin de sa pitoyable déchéance. Sa tête était vide de toute pensée ; il n'aspirait qu'à une seule chose : un moment de répit. Grâce à Dieu, l'apaisement arriva enfin, à l'heure où le soleil se lève et où la vie reprend son cours.

Il était midi lorsque Lady Elinor décida qu'elle devait passer outre aux ordres que le comte avait donnés à Foster. Cela faisait trop longtemps qu'il n'était pas sorti de sa chambre. Personne ne l'avait revu depuis le départ d'Henry, et l'imagination d'Elinor l'incitait à échafauder les plus sinistres hypothèses. S'adonnait-il à l'alcool ou à quelque drogue dangereuse ? Si cet homme devait épouser sa fille, il fallait qu'elle en ait le cœur net ! Elle frappa à la porte et attendit en vain une réponse. En faisant le moins de bruit possible, elle tourna la poignée et se glissa subrepticement dans la pièce.

Sur-le-champ, elle reconnut la respiration profonde et traînante d'un être épuisé par des heures de souffrance. Sur la pointe des pieds elle s'approcha, écarta les tentures du lit et découvrit, quand ses yeux se furent habitués à l'obscurité, le visage blême du comte. Des rides profondément marquées accusaient ses traits et la transpiration collait ses cheveux sur son front.

Qu'était cette mystérieuse maladie ? Une conséquence de la guerre, peut-être ?

Aussi doucement qu'elle était entrée, elle quitta les lieux et croisa Théo dans l'escalier.

— Est-ce que le comte est sorti de sa chambre ?

— Non, et je ne crois pas qu'il le fasse avant un bon moment. Pour l'instant, il dort profondément.

— Mais qu'est-ce qu'il a, s'exclama Théo, pour disparaître ainsi pendant deux jours ?

— Je croyais qu'il nous boudait mais nous n'y sommes pour rien. Il est vraiment malade ; je présume que son état actuel est en rapport avec sa blessure, répondit Lady Elinor.

Théo fut tentée d'aller frapper à son tour, mais une force la retint à la dernière minute. Elle n'allait tout de même pas attendre des heures encore derrière cette porte de chambre. Elle trouverait sans mal à s'occuper utilement ; l'air frais et l'exercice lui feraient du bien.

Ainsi, elle ne vit pas Henry revenir, tard dans l'après-midi. Il avait parcouru une longue course depuis les premières heures du jour et était heureux de pouvoir enfin se reposer. Sa mission était accomplie et il tenait précieusement dans sa poche un exemplaire du journal *La Gazette* dont l'encre à peine sèche noircissait encore les doigts. Il laissa son cheval à l'écurie et pénétra dans le manoir, inquiet de l'état de son maître. Ses crises ne duraient habituellement jamais plus de deux jours. En entrant, il tomba sur Foster qui le renseigna tout de suite.

— Sa Seigneurie est toujours dans sa chambre.

— Alors je pense qu'il voudra un peu de thé, rétorqua Henry. Voudriez-vous en faire préparer à la cuisine, ainsi que de l'eau chaude pour la toilette !

Sans attendre la réponse de Foster, il se précipita dans l'escalier et entra dans la chambre sans cérémonie. Les rideaux étaient encore tirés.

— Ah, mon bon Henry, vous avez réussi ?

La voix de Sylvester avait retrouvé de la vigueur et Henry s'en sentit vraiment soulagé. Stoneridge lui souriait ; ses yeux gris semblaient encore plus clairs et son visage encore plus pâle, mais il allait beaucoup mieux et il émanait de lui comme une aura de paix retrouvée. Le démon de la douleur avait enfin été exorcisé.

Henry tendit le journal à son maître qui le parcourut rapidement des yeux, à la recherche de l'annonce qui l'intéressait. Il hocha la tête, satisfait d'y trouver les quelques lignes qui évoquaient ses fiançailles. Maintenant, Théo y regarderait à deux fois avant d'exiger une rupture, elle hésiterait à agir par simple caprice. Le danger semblait écarté.

— Hum, j'ai une faim de loup à présent, dit Sylvester.

Deux heures plus tard, le comte avait pris un bon bain et se regardait dans la glace, heureux d'avoir enfin retrouvé figure humaine. Son pantalon vert foncé se mariait parfaitement avec sa veste à carreaux dans des dégradés de brun. Il se sentait sûr de lui, prêt à résoudre n'importe quelle difficulté. L'ardente Théo serait à ses genoux !

Il prit le journal sous le bras et quitta sa chambre. De l'escalier il entendit Théo qui, dans le hall, parlait avec Foster. Sa voix essoufflée laissait supposer qu'elle était en retard et qu'elle revenait tout juste des champs. Sylvester jeta un rapide coup d'œil sur sa montre de gousset. Il était presque six heures du soir. En l'entendant monter, il se cacha dans l'embrasure d'une porte pour la surprendre. Lorsqu'elle passa devant lui, il surgit de l'ombre.

— Vous êtes encore en retard, je vous y prends ! plaisanta-t-il.

— Vous m'avez fait peur... comme d'habitude !

— Je vous demande pardon, s'excusa-t-il en lui prenant les mains. (Il ajouta à voix basse :) Vous m'avez manqué !

— Où étiez-vous ? Pourquoi avez-vous disparu si longtemps ?

— Des maux de tête, dit-il simplement. Une blessure de guerre.

— Il faut que je vous parle. Je...

Le reste de sa phrase se perdit sous les lèvres du comte. Il la serra dans ses bras et la caressa. Le corps de Théo redevenait brûlant, la tête lui tournait et c'était si bon... Naturellement, elle enlaça sa nuque, se blottit contre lui et se laissa charmer par le doux chant des sirènes, par le goût sucré de ses baisers... jusqu'à ce qu'il retrouve une voix posée pour lui dire :

— Allez vite vous changer, Théo. Le dîner doit se passer dans de bonnes conditions.

En écho à ses paroles, la pendule sonna six heures.

— Mais, je...

Il mit son index sur la bouche de Théo, l'empêchant de parler.

— Chut ! Dépêchez-vous, il n'est pas question que vous fassiez attendre tout le monde.

S'inclinant vers elle, il posa un baiser sur son front et lui tapota la joue. L'humeur badine du comte rendait d'autant plus difficile la pénible tâche que Théo avait à accomplir.

— Tonnerre! marmonna-t-elle.

Elle ne savait même pas ce qu'elle aurait aimé faire, l'étrangler ou se blottir dans ses bras. Elle se dirigea d'un pas lent et indécis vers sa chambre où Clarissa la rejoignit.

— Théo... mais qu'est-ce que tu fais? Nous n'attendons plus que toi, tu vas finir par être très en retard. Dépêche-toi! Lord Stoneridge m'a demandé de t'aider à t'habiller.

Il n'y avait rien d'autre à faire pour le moment que d'obéir à ses ordres, mais elle n'avait pas encore perdu la partie!

Clarissa conseilla à sa sœur de mettre la jolie robe de mousseline qui lui allait si bien. Entêtée, Théo ne voulut rien entendre.

— Pas de falbalas! Je veux être propre et nette, c'est tout. Passe-moi ma robe verte.

— Tu ne seras pas assez élégante, protesta Clarissa. N'oublie pas que tu dînes en présence de ton fiancé, ce soir.

Théo se fâcha.

— Pour l'amour de Dieu, Clarry, cesse ces balivernes! Je ne suis *pas* fiancée.

Clarissa savait que lorsque Théo faisait cette mimique-là, il était inutile d'insister. Elle lui donna la robe qu'elle avait demandée et l'aida à brosser sa longue chevelure. Seule Théo avait hérité des cheveux de jais et de la peau hâlée de leur père. Les trois autres filles, de teint plus clair, tenaient davantage de Lady Elinor.

— Je mets un ruban dans tes cheveux? demanda Clarissa. Tu sais comme c'est joli.

— Non, fais-moi une natte!

C'était sans appel. Clarissa soupira mais s'exécuta.

Théo enfila une paire de sandales ouvertes qui auraient mieux convenu à une promenade au jardin qu'à un dîner, puis elle vérifia l'heure. Vingt minutes s'étaient écoulées.

— Descendons! dit-elle. (Elle embrassa affectueusement sa sœur.) Tu es un ange, Clarry, excuse-moi, je suis parfois un peu désagréable.

Clarissa sourit. Théo avait toujours une façon bien à elle de se faire pardonner !

En arrivant dans le salon, bras dessus, bras dessous, elles virent immédiatement toutes deux qu'un événement se préparait. Foster était en train de déboucher une bouteille de champagne. Le sang de Théo se glaça instantanément. Foster n'obéissait certainement pas à un ordre de sa mère, qui n'avait aucune connaissance en vins et qui ne savait même pas ce que la cave contenait. Elle chercha le comte des yeux. Il était à sa place habituelle, le bras posé sur le dessus de la cheminée.

— Venez, dit-il en faisant vers elle un geste de bienvenue, nous vous attendions.

Elle regarda autour d'elle. Sa mère, installée sur le sofa, brodait consciencieusement, Emily à ses côtés. Sa sœur aînée prit la parole.

— Théo, voilà une nouvelle fantastique, dit-elle en brandissant *La Gazette*. C'est l'annonce de tes fiançailles.

Sur le moment, Théo crut qu'elle allait défaillir, puis la colère lui redonna des forces.

— Montre-moi ça, dit-elle en arrachant presque le journal des mains d'Emily.

Aucun doute possible, les mots qui s'étalaient sous ses yeux donnaient du poids à la réalité des événements : « Le comte de Stoneridge est heureux d'annoncer… »

Clarissa posa sa main sur l'épaule de Théo encore toute tremblante. Elle ne comprenait pas les difficultés qu'éprouvait sa sœur mais elle sentait qu'elle devait lui apporter son soutien.

— Veuillez accepter mes sincères félicitations, Lady Théo, dit Foster.

— Lord Stoneridge, pourrions-nous… ? murmura Théo d'une voix faible.

— Après le dîner, répondit-il avec calme. Si vous

voulez, nous marcherons un peu dans le parc, je suis sûr que votre mère nous y autorisera, ajouta-t-il en se tournant vers Lady Belmont.

Cet homme était un manipulateur diabolique. Après ce qui s'était passé entre eux, qu'avait-il besoin de solliciter la permission de sa mère !

Elinor prit la coupe de champagne que lui tendait Foster.

— Théo chérie, Lord Stoneridge et toi discuterez après le dîner. Vous aurez sûrement beaucoup de choses à vous dire. En attendant, je lève mon verre à votre bonheur.

Théo jeta un coup d'œil discret vers son prétendu fiancé. Pour quelqu'un qui avait soi-disant souffert pendant deux jours, il avait l'air de se porter comme un charme !

8

S'il existait à Londres un endroit mal nommé, c'était incontestablement l'Auberge du Bon Accueil, située dans le quartier de Spitafields, un établissement malsain, où grouillait une faune fort peu recommandable. Le passant égaré qui avait le malheur d'y entrer n'était pas toujours sûr d'en ressortir.

Le jour où *La Gazette* publiait l'annonce des fiançailles de Sylvester avec Théodora Belmont, un fiacre s'arrêta dans l'impasse mal famée. L'homme qui en descendit, bien que connaissant les lieux, ne put s'empêcher de grimacer, à l'odeur pestilentielle de ce cloaque. Dans la ruelle, le caniveau recueillait les eaux sales, les déchets et les immondices des habitants.

Avant même que le gamin en haillons qui l'avait bousculé ait eu le temps de s'enfuir, le capitaine Neil Gérald, du 3e régiment de dragons de Sa Majesté, lui sautait au collet. Le gosse, qui n'avait guère plus de sept ou huit ans, jeta sur l'étranger un regard terrorisé. Il avait eu la malchance de tomber sur plus leste que lui. L'enfant crut un instant qu'il allait mourir étranglé, tant la poigne de l'homme était forte.

— Sale petit voleur! vociféra le capitaine en reprenant la montre que le garnement tenait encore dans sa main sale.

Il brandit sa canne à pommeau d'argent et en assena quelques coups bien sentis sur le petit voyou qui tomba à terre en hurlant, sous les yeux des badauds indifférents. De telles violences ne surprenaient plus personne dans ces sinistres faubourgs. Mieux valait encore pleurnicher quelques minutes assis dans la rigole puante que d'être livré aux agents de police; c'eût été la corde à coup sûr. Pour faire bonne mesure, le capitaine Gérald donna deux ou trois coups de pied au miséreux puis pénétra dans l'auberge.

Malgré la douceur de cette soirée estivale, un feu de tourbe brûlait dans la cheminée, répandant une odeur âcre qui venait se mêler à la puanteur de la pièce. Des hommes à la mine patibulaire jouaient aux dés, ingurgitaient bruyamment de grandes gorgées de bière ou éructaient devant leur chope vide. Celui qui avait besoin d'un tueur à gages, d'un crocheteur de serrures, d'un incendiaire ou de toute autre espèce de malandrin avait toutes les chances de le rencontrer chez Jud O'Flannery.

Derrière le comptoir, l'homme qui régnait sur cette assemblée avait l'allure rude et grossière d'un amateur de brutalité. L'épée d'un soldat français qui s'était autrefois enfoncée dans sa joue jusqu'à l'os lui avait laissé, de haut en bas, une cicatrice profonde et violacée. Il avait été mêlé à tellement de bagarres et son nez avait reçu tant de coups qu'il avait maintenant du mal à respirer normalement. Aussi gardait-il en permanence la bouche ouverte. Ses grosses lèvres pendantes laissaient voir deux chicots noircis sur le devant de sa mâchoire. Un bandeau noir et sale dissimulait son orbite gauche énucléée.

— Eh ben, c'est-y pas le capitaine que voici? (Il absorba d'un trait une grande gorgée de bière puis s'essuya les lèvres d'un revers de manche crasseux.) Qu'est-ce que j'peux vous offrir?

Il savait bien que le capitaine refusait toujours de boire quoi que ce soit. Celui-ci ne daigna même pas répondre à la question du cabaretier. Chaque visite lui coûtait un peu plus; il se sentait profondément humilié. Mais il n'avait pas le choix. Il sortit de sa poche une bourse de cuir qu'il posa sur le comptoir.

— Combien qu'y a là-d'dans? dit Jud en comptant la monnaie.

Quatre guinées d'or roulèrent sur le zinc sale.

— Y en a que quatre! s'exclama-t-il d'une voix presque plaintive. J'crois bien qu'on était d'accord pour un peu plus... Plus j'vieillis et plus j'ai d'mémoire, dit-il, partant d'un grand éclat de rire.

Neil Gérald sentit la colère monter en lui, pourtant il n'en laissa rien paraître. L'odieux tenancier tenait dans sa main la réputation, et peut-être même la vie du capitaine de Sa Majesté: qu'il parle... et Gérald était passible du peloton d'exécution! L'ex-sergent O'Flannery imposait à Neil Gérald de lui porter, en personne, l'argent de son chantage, et l'humiliation de son capitaine contribuait à son plaisir sans doute autant que l'argent qu'il en tirait.

— L'était brave l'major Gilbraith, reprit Jud en lorgnant vers la bourse. Un des meilleurs officiers, tout l'monde le disait au Portugal, même Wellington!

Le duc de Wellington, en effet, avait soutenu Sylvester Gilbraith lors de son procès. Il avait usé de tout son prestige pour que l'officier qu'il tenait en haute estime soit acquitté, au moins au bénéfice du doute.

Tant que vivraient Jud O'Flannery et Sylvester Gilbraith, Neil Gérald ne pourrait pas dormir en paix.

Le capitaine fouilla dans sa poche et jeta avec

mépris une autre guinée sur le comptoir. Jud ricana et ramassa rapidement les pièces.

Le sergent O'Flannery avait vu son capitaine abandonner le major Gilbraith : pour se mettre lui-même à l'abri du danger, Gérald avait fait marche arrière alors qu'il savait que, face à l'ennemi, ses camarades attendaient désespérément l'arrivée des renforts qu'il commandait. Depuis lors, O'Flannery menaçait de tout révéler et ainsi, réussissait à extorquer à Neil Gérald des sommes de plus en plus rondelettes.

Jud ignorait seulement que la situation de son capitaine avait pris un tour nouveau. Sylvester Gilbraith, devenu comte de Stoneridge, était sur le point de faire un excellent mariage. Il allait réintégrer la haute société et cette vieille affaire resurgirait. Son titre et sa fortune lui donneraient ses entrées dans le monde fermé des privilégiés, qui ne supportent pas que le déshonneur pèse sur l'un des leurs. Il serait rapidement et définitivement considéré comme la victime d'une accusation erronée. Chacun irait de sa petite enquête et si, comble de malheur, la mémoire revenait un peu à Sylvester Gilbraith, des doigts accusateurs se pointeraient inévitablement sur le capitaine qui prétendait être arrivé trop tard pour aider les avant-postes assiégés.

Au procès, tout en affirmant n'avoir été témoin de rien, Gérald s'était finement arrangé pour laisser supposer qu'il ne gardait le silence que par amitié. Bien entendu, cette attitude n'avait fait que renforcer les soupçons. Depuis un certain temps, Neil Gérald n'avait plus de nouvelles de celui qu'il avait injustement laissé accuser à sa place. Voilà que l'annonce de *La Gazette* remettait tout en question !

Si Sylvester devait maintenant fréquenter l'aristocratie de Londres, habilement, Gérald serait le premier à lui tendre la main. Le vieux scandale serait vite enterré. Mais le major était un homme fier, capable d'actes courageux et désespérés si son honneur et ses principes étaient mis en cause. Il ne saurait jamais se contenter d'une réhabilitation imparfaite ; quoi qu'il lui en coûte, il lutterait pour faire éclater la vérité au grand jour. Le capitaine le savait, et c'était ce qu'il redoutait par-dessus tout.

Neil Gérald regarda autour de lui. S'il demandait à l'un de ces brigands de le débarrasser de Sylvester, aucun n'accepterait car tous savaient que les affaires du capitaine étaient la chasse gardée de Jud. Le sergent O'Flannery régnait incontestablement sur la canaille de Londres et avait des espions partout. Gérald devrait s'adresser ailleurs avec la plus grande prudence. Sans un mot, il sortit de l'auberge fétide. Jud cracha par terre.

Pourvu qu'il garde l'anonymat, qu'il n'évoque pas le nom d'O'Flannery et qu'il y mette le prix, Gérald pensait pouvoir trouver l'homme dont il avait besoin. C'était un risque à prendre, mais ses soucis étaient tels qu'il y était prêt. Il remonta dans son fiacre, qui partit en cahotant sur les pavés boueux.

Le manoir de Stoneridge était situé dans un coin retiré du Dorset. Les accidents arrivent si vite à la campagne...

Les plans les plus machiavéliques tournaient encore dans la tête du capitaine Neil Gérald quand, quelque peu soulagé, il retrouva les élégantes avenues du quartier chic où il résidait.

A l'heure où son ancien camarade élaborait des projets sinistres à son encontre, Sylvester Gilbraith terminait de dîner en présence de sa promise et de la famille de cette dernière. Chacun des participants à ce repas en attendait la fin avec la plus grande impatience. Le mutisme obstiné de Théo avait contribué à mettre tout le monde mal à l'aise et les efforts désespérés que l'un ou l'autre faisait pour alimenter la conversation ne réussissaient aucunement à détendre l'atmosphère.

N'y tenant plus, Sylvester se leva enfin. Il posa sa serviette sur la table et s'adressa à Lady Belmont :

— Pardonnez-moi, mais je crois qu'il est nécessaire de crever l'abcès. La situation devient insupportable.

Théo demeurait immobile, les yeux rivés sur son assiette. Sylvester fit le tour de la table pour aller près d'elle.

— Venez, Théo, dit-il en tirant sa chaise, l'invitant à le suivre, il faut en finir.

— En finir? (Elle sursauta.) En finir avec quoi?

— C'est précisément ce que j'attends que vous me disiez, reprit Sylvester plutôt sèchement.

Il prit Théo par le coude et la tira littéralement en direction du vestibule. Un domestique qui venait desservir ouvrit la porte de la salle à manger fort opportunément. Elinor semblait soulagée.

— Alors, demanda Sylvester à Théo, où préférez-vous que nous discutions, dans la bibliothèque ou dans le parc?

— Nous… n'avons pas… à discuter. (Les mots avaient du mal à sortir de sa bouche.) Je ne veux pas vous épouser, Lord Stoneridge, c'est tout.

— Je crois au contraire qu'il y a beaucoup à dire. A moins que vous n'ayez pris cette décision sans réfléchir… Seriez-vous inconstante… ou volage?

Théo sentit la chaleur lui monter aux joues. Elle s'attendait qu'il lui fasse des reproches, et il en avait bien le droit. Mais la traiter de volage, ça non!

— Vous ne comprenez pas, bredouilla-t-elle.

— Il est vrai que je n'y comprends rien du tout, mais vous allez me donner des explications. Alors, où allons-nous?

Si les enjeux n'avaient pas été si importants, Sylvester aurait pris Théo en pitié. Elle avait l'air réellement malheureuse; son regard presque éteint fixait vaguement le lointain. Mais le comte ne pouvait se permettre de tels sentiments de compassion. Théo était en position de faiblesse; il allait en profiter.

— Alors, j'attends votre réponse!

Elle semblait ne pas comprendre ce qu'il lui

106

demandait. Sa respiration était difficile, comme si un grand poids l'oppressait.

— Allons dans le parc, finit-elle par répondre.

Comme une somnambule, elle se dirigea vers la sortie.

Elle traversa la pelouse et descendit vers le pont de pierre, au pied de la colline. Là, elle s'arrêta et s'accouda au parapet. Sylvester, qui l'avait suivie d'un pas plus lent, la rejoignit deux ou trois minutes plus tard. Elle ne bougeait pas, le regard perdu dans les eaux du petit torrent. Deux hirondelles vinrent happer une nuée de moucherons qui voletaient à la surface. Un calme profond régnait sur la campagne. Il s'approcha d'elle. Au contact de son bras, elle sentit ce petit frisson agréable qu'elle connaissait bien maintenant.

— J'espère que vous n'allez pas faire la capricieuse !

Elle se retourna vers lui, en colère. Jamais on ne l'avait accusée d'un tel défaut.

— J'ai peur !

Elle avait prononcé ces mots sans vraiment le vouloir.

Sylvester s'attendait que Théo lui donne toutes sortes de bonnes raisons pour se justifier. Mais celle-là n'avait même jamais effleuré son esprit.

— Peur ? Et de quoi ? demanda-t-il, les yeux écarquillés.

Théo murmura cet aveu difficile :

— J'ai peur... de vous.

— De moi ? Mais qu'ai-je fait pour vous faire peur ?

Elle ne répondit pas tout de suite ; elle ramassa un petit caillou qu'elle jeta dans l'eau du torrent. Comment lui donner une explication qu'il puisse comprendre ?

— Je n'ai pas peur de ce que vous avez fait, j'ai peur de ce que vous allez faire, dit-elle d'une voix à peine audible.

Sylvester fronça le sourcil.

— Et dites-moi ce que je vais faire, petite sotte?

— Je ne suis pas une petite sotte, reprit-elle en retrouvant un peu de sang-froid. J'ai peur que vous ne me dominiez... que vous ne m'engloutissiez.

Les paroles de Théo étaient de moins en moins claires, et le problème sembla à Sylvester plus compliqué qu'il ne l'avait imaginé.

— J'ai peur de me perdre si je vous épouse, ajouta-t-elle. Vous allez me soumettre à votre volonté et m'anéantir...

Théo sentait qu'elle s'expliquait d'une façon lamentable. Les mots justes pour traduire ses sentiments ne lui venaient pas. Elle ne parvenait pas à énoncer clairement ses sentiments qui, même pour elle, étaient trop confus.

— Eloignons-nous hors de vue de la maison, dit Sylvester, soudain conscient que, derrière les fenêtres éclairées du manoir, des yeux curieux les espionnaient peut-être.

Il passa son bras sous celui de Théo. Ensemble, ils traversèrent le pont et longèrent le torrent jusqu'à la chênaie près de laquelle ils s'étaient rencontrés le premier jour. Sylvester s'appuya à un gros arbre, regardant Théo de la tête aux pieds.

— Voyons... Que puis-je faire pour vous rassurer maintenant? (Il l'attira contre lui.) C'est mieux comme ça?

Quelle question! A la seconde où elle avait senti ses lèvres effleurer les siennes, Théo était déjà vaincue. Aucune force raisonnable ne pouvait plus contrôler la réponse de son corps.

Un violent désir la poussa à glisser ses mains sous la chemise de Sylvester. Elle sentit sa peau douce, brûlante et... follement tentante. Son corps était un univers inconnu à explorer et elle se laissa séduire par cette découverte fascinante. Leurs lèvres se mêlèrent, dans un long baiser passionné. Elle enroula une jambe autour de celles de Sylvester et, serrée contre lui aussi fort que possible, elle sentit monter en elle comme une exaltation sauvage. Il était pris de la même ivresse. Dans un désir de communion totale, Sylvester déboutonna la robe de Théo, qui glissa à ses pieds. Leurs chairs nues s'enflammèrent dans des caresses troublantes. Elle se laissa tomber sur l'herbe déjà humide de la rosée vespérale et attira Sylvester. Le poids de cet homme lui semblait délicieusement bon.

Son corps se raidit, s'arc-bouta vers lui. Rien ne pouvait mettre un frein à cette envie folle, rien n'était plus interdit. Aucune gêne ne pouvait la retenir. Elle aurait tout donné pour les baisers de Sylvester, pour ses caresses si intimes. Elle en voulait davantage et le lui fit comprendre. Ses mains impudiques cherchèrent à posséder entièrement l'homme qui mettait en elle tant de désordre. Elle le désirait... jusqu'au bout, jusqu'à la joie ultime.

Mais Sylvester bondit soudain et regarda Théo à demi nue, les bras encore levés vers lui, le regard empli d'une attente impérieuse.

— Mon Dieu! murmura-t-il en remettant de l'ordre dans ses cheveux, luttant visiblement pour retrouver le contrôle de lui-même.

Il prit une profonde inspiration, ferma les yeux quelques secondes puis, lentement, ramassa les vêtements éparpillés de Théo.

— Rhabillez-vous! dit-il.

Théo fut plus longue à réaliser ce qui se passait.

— Pourquoi? demanda-t-elle d'une voix nonchalante. Revenez!

Sylvester se pencha pour attraper la main accueillante qu'elle lui tendait et la força à se relever. Il avait maintenant retrouvé son calme et souriait.

— Rhabillez-vous! répéta-t-il à Théo qui ne semblait toujours pas comprendre.

— Mais, pourquoi?

— Parce que, envoûtante demoiselle, je n'ai pas l'intention de vous faire un enfant avant notre nuit de noces. Maintenant, remettez vos vêtements!

Il ponctua ses paroles d'une petite tape sur la joue de Théo qui, obéissante, enfila sa robe. Quand ses sens se furent calmés, elle reprit d'une voix posée :

— Maintenant, vous comprenez pourquoi j'ai peur de vous ? Vous m'attirez tant ! Je ne sais plus ce que je fais. Je n'existe plus.

Sylvester enserra le visage de Théo de ses deux mains et la regarda droit dans les yeux.

— Dites-moi la vérité, que ressentez-vous en ce moment, de la peur ou de la déception de n'être pas allée plus loin ?

Théo réfléchit un moment et répondit, un sourire un peu triste sur les lèvres :

— De la déception.

Il se mit à rire puis reprit, soudain grave :

— Moi aussi. Vous voyez bien qu'il n'y a aucune raison d'avoir peur. J'éprouve les mêmes sentiments que vous. Si vous vous perdez en moi, je me perdrai en vous. Ça n'est pas de la faiblesse, petite bohémienne ! Jamais, je vous le promets, je n'abuserai de votre passion. Vous comprenez cela ?

Théo acquiesça. Oui, elle comprenait ! Mais les sentiments qu'elle avait pour lui, les sensations violentes qu'elle éprouvait dans son corps dès qu'il posait ses mains sur elle l'effrayaient encore. Il pouvait s'en servir contre elle comme d'une arme terrible.

Tandis qu'elle finissait de s'habiller, Sylvester, appuyé à un tronc d'arbre, la regardait, les bras croisés, vaguement souriant.

— Alors, dois-je faire passer un démenti dans *La Gazette* ?

— Notre engagement tient, dit-elle, soumise. Vous, vous avez besoin de ma connaissance du domaine. Moi, je veux le domaine. Nous avons tous deux à y gagner !

— C'est une façon de voir les choses, dit-il, moqueur. Rentrons au manoir, nous avons besoin de nous reposer.

Cette nuit-là, Elinor alla se coucher l'esprit en paix. Cela ne lui était jamais arrivé depuis la mort de son beau-père. Ses filles auraient toutes une dot, même Rosie quand le moment viendrait. Sa fille la plus sensible et la plus fantasque allait épouser un homme qui lui convenait. Son instinct maternel lui disait que Théo s'en rendrait bientôt compte.

Le lendemain, Sylvester quittait Stoneridge et se rendait à Dorchester pour traiter une affaire importante. Pendant ce temps, Théo partit de son côté pour une course beaucoup plus étrange.

Arrivée au village de Lulworth, elle prit la direction du château de Corfe. Au pied des ruines de ce dernier, se cachait une maisonnette à l'air abandonné. Dulcinée connaissait les lieux et ne manifesta aucun énervement lorsque sa maîtresse attacha sa longe à un arbre. Elle poussa même un hennissement de contentement devant l'herbe verte qui s'offrait à elle. Théo pénétra dans l'unique pièce obscure de la masure.

— Je vous souhaite le bonjour, dame Merriweather, dit-elle, posant un baluchon sur la table.

— Hé, bonjour gamine !

La femme qui venait de répondre au salut de Théo était si vieille et si ridée qu'on avait peine à imaginer qu'un souffle de vie l'animât encore. Elle était voûtée et d'une maigreur à faire peur.

Pourtant, son regard s'illumina à la vue du cadeau que Théo venait de lui donner. Le baluchon contenait de la viande, du fromage et quelques pièces de menue monnaie. Les philtres qu'elle composait ne lui rapportaient généralement pas autant. «La gamine», comme elle l'appelait, avait toujours été très généreuse avec elle.

Leur rencontre avait eu lieu de façon bizarre. Théo, qui avait dix ans à l'époque, était par hasard arrivée chez la vieille en pleurant, un lapin blessé dans les bras. Elle avait sauvé l'animal d'un piège dans le champ voisin. La femme avait promis de prendre soin de sa patte en sang et Théo avait séché ses larmes en la remerciant. Le lapin avait fini à la casserole mais la petite, revenue prendre des nouvelles, s'était définitivement consolée lorsque la femme lui avait raconté qu'il était reparti sur trois pattes couler des jours heureux dans la forêt. Depuis cette histoire, elle avait pris l'habitude de passer régulièrement, apportant toujours un petit présent avec elle. Au fur et à mesure que Théo avait grandi, les cadeaux étaient devenus plus substantiels, et la vieille femme appréciait la nourriture qui venait améliorer son ordinaire. Les villageois qui avaient recours aux services de l'ensorceleuse n'étaient pas toujours assez riches pour la rétribuer aussi grassement qu'elle l'aurait souhaité.

— Qu'est-ce que je peux faire pour toi, gamine?

La vieille femme avait deviné à la gêne inhabituelle de Théo qu'il ne s'agissait pas d'une visite ordinaire.

— Je crois que vous avez les moyens d'empêcher une femme d'être enceinte, répondit Théo en allant droit au but.

— Ouais... et même d'arrêter une grossesse si nécessaire. (Elle surveilla la réaction de Théo du coin de l'œil, puis ajouta :) Un peu d'alcool de sureau, ma belle?

Elle prit une bouteille poussiéreuse sur l'étagère, la déboucha et en versa une large rasade dans un gobelet de fer-blanc qu'elle tendit à Théo.

— Alors, qu'est-ce que tu veux, gamine?

— Je ne suis pas enceinte et je ne veux pas l'être!

L'ensorceleuse fourgonna dans une quantité incroyable de fioles emplies d'étranges liquides poisseux. Une odeur sure se dégageait de ces flacons, dont beaucoup étaient ouverts. Elle en choisit un dont elle renifla le contenu en plissant le nez. Théo la regardait faire sans rien dire.

— Voilà, dit-elle en lui donnant la fiole, ça fera l'affaire. On a un amoureux, gamine?

— Non, dit Théo, pas exactement, mais je me marie dans quelques semaines.

— Ah! (La femme opina de la tête.) C'est bien, profite de l'amour avant d'avoir des enfants. Faut pas se presser, crois-en ma vieille expérience.

Théo s'enquit ensuite de la façon dont elle devait utiliser le breuvage et reçut quelques précieuses recommandations. Cinq minutes plus tard, elle prenait congé de dame Merriweather.

Maintenant, elle pourrait choisir elle-même le moment de donner un héritier à Sylvester Gilbraith.

Le comte pénétra dans le salon avant l'heure du dîner. Tout le monde était là, sauf Théo. Il était heureux, et cela se voyait; son visage resplendissait. Lorsque sa jeune fiancée arriva, il fut d'autant plus ravi de constater qu'elle avait, ce soir-là, fait un effort particulier. Elle portait une robe de soie dont le bleu rehaussait la couleur de ses yeux. Ses longues tresses, habituellement attachées par un simple cordon, étaient joliment nouées par un ruban de la même teinte que sa robe.

— Milady! dit Sylvester en s'inclinant devant Lady Belmont et en gratifiant les jeunes filles d'un large sourire. J'espère que vous avez passé une bonne journée.

— Pas vraiment, bougonna Rosie. J'ai raté une libellule que je voulais attraper et j'ai fait tomber de l'arbre le nid de mes petits oiseaux. C'est vraiment agaçant.

— Je suis désolé d'apprendre cela, Rosie, dit le comte affectueusement.

Il constata que la petite fille, elle aussi, avait particulièrement soigné sa tenue. Elle était vêtue d'une jolie robe légère bordée d'un large galon, et ses cheveux étaient soigneusement attachés par un nœud de velours. Ses mains et son visage surtout ne présentaient pas la moindre traînée de poussière ou de terre! Sylvester supposa qu'elle aurait exceptionnellement l'autorisation de dîner à la table familiale avec les adultes.

— Et vous, qu'avez-vous fait ? demanda Rosie, curieuse, en s'adressant au comte.

— J'ai fait un achat très intéressant.

Il sortit de sa poche une petite boîte carrée, s'approcha de Théo et prit sa main gauche dans la sienne.

— Permettez-moi, dit-il simplement.

Théo regarda, émerveillée, le diamant entouré de perles qui brillait à son annulaire. C'était une bague ravissante de simplicité, comme elle les aimait. L'homme qui l'avait choisie pour elle la connaissait peut-être mieux qu'elle ne l'imaginait...

Elle leva ses yeux bleus vers lui. Le comte semblait hésitant et un peu inquiet. Il espérait lui avoir fait plaisir. Son visage s'illumina lorsqu'elle lui dit, émue :

— C'est superbe.

Il leva la main de Théo vers ses lèvres et y déposa un baiser. Elle parut si étonnée de ce baisemain cérémonieux et quelque peu rigide que Sylvester partit d'un grand éclat de rire et lui embrassa le bout du nez.

— Nous nous marierons dans trois semaines, petite bohémienne, chuchota-t-il à son oreille.

9

Dans la plaine désertique de Saragosse, le soleil espagnol dardait ses rayons de plomb sur la terre brûlée. Edward Fairfax passa un mouchoir sur son front en sueur et pénétra dans l'unique pièce de la maison de pierre qui servait de quartier général au bataillon. Il venait y chercher de l'ombre et une relative fraîcheur.

— Comme il fait noir là-dedans ! s'exclama-t-il en plissant les yeux.

Le changement radical avec l'extérieur était toujours surprenant.

La plupart des hommes étaient avachis sur les chaises et les bancs qui composaient le seul mobilier de la pièce, col ouvert et tunique écarlate déboutonnée.

— Les sentinelles vont attraper une insolation, les pauvres bougres! reprit Fairfax, compatissant.

— Nos hommes se relaient toutes les deux heures, répondit de sa voix grave son colonel, assis au fond de la salle.

Edward se mit à l'aise et se versa à boire. L'eau fraîche lui procura un plaisir exquis en coulant dans sa gorge desséchée par la poussière de la campagne.

— Le vaguemestre est passé ce matin, dit un officier en levant indolemment la main pour montrer la table où s'empilaient lettres et journaux.

Par cette chaleur, le moindre mouvement semblait épuiser les hommes.

Edward fouilla dans le tas de courrier et y trouva une lettre de sa mère. Il en espérait une d'Emily ou de Théo, mais il lui faudrait encore attendre. Les missives de sa fiancée le réconfortaient toujours, elles étaient douces et affectueuses. Celles de sa future belle-sœur étaient différentes; elles lui donnaient des tas de nouvelles du pays, des gens qu'il connaissait, et la verve du style de Théo l'amusait follement. Il est vrai que l'humour n'était pas la qualité principale de ces hommes condamnés à affronter, sous les ordres de Wellington, un nouvel été accablant dans la touffeur de l'Espagne.

Tandis qu'il prenait connaissance de la lettre de sa mère, il se laissa tomber sur une chaise comme une masse.

— Grand Dieu! Pour une nouvelle, c'est une nouvelle!

Edward fronça les sourcils et se concentra sur sa lecture.

— Rien d'inquiétant, au moins ? demanda un capitaine, assis près de lui.

— La sœur de ma fiancée va épouser le nouveau comte de Stoneridge. Cela a dû être une décision très vite prise.

Le capitaine se leva pour rattacher la boucle de son ceinturon.

— N'est-ce pas Gilbraith qui a hérité du titre ? demanda-t-il.

Dans son coin, le colonel réfléchissait.

— Sylvester Gilbraith… Gilbraith… Gilbraith… répétait-il, pensif. Je ne suis pas sûr… mais n'est-ce pas lui qui a été accusé à Vimiera ?

— Qu'est-ce que cette histoire ? demanda Edward en regardant son supérieur avec une attention soudaine.

Le colonel fit une moue de désapprobation.

— Une sale affaire ! Gilbraith a abandonné le drapeau du régiment à l'ennemi. Il était blessé et apparemment il a capitulé. Je crois qu'il a été plusieurs mois prisonnier en France. On l'a accusé de couardise et la cour martiale l'a acquitté. Après cela, il a dû démissionner de l'armée. Il n'empêche que cette affaire n'est pas très nette. On dit que si Wellington n'était pas venu à son secours au procès, on l'aurait passé par les armes.

— Mais pourquoi a-t-il fait cela ? demanda Edward.

Le colonel allongea le bras pour attraper un verre d'eau dont il but plusieurs gorgées.

— Il attendait des renforts, mais on raconte qu'il a capitulé avant, on ne sait pas trop pourquoi. La trouille, mon vieux… la trouille, probablement.

Edward avait du mal à croire qu'il s'agissait bien de l'homme que Théo avait choisi.

— Mais s'il était blessé… reprit-il.

Le colonel secoua la tête.

— Il paraît qu'il s'est rendu avant d'être blessé. Un cochon de Français lui aurait donné un coup de baïonnette juste pour le plaisir. Quand les renforts sont arrivés, tout était déjà terminé.

— Et les hommes de son bataillon ?

— Ceux qui ont survécu ont raconté qu'il leur avait ordonné de se rendre sans tirer. Pas claire, cette histoire, je vous dis !

Abasourdi, Edward ne pouvait rester en place, il fallait qu'il marche. Il sortit dans la fournaise.

Théo ne pouvait pas épouser un pleutre, c'était impensable ! Elle ignorait probablement tout de l'affaire de Vimiera, et c'était mieux ainsi. Elle serait malheureuse avec un homme qu'elle ne respecterait pas. D'autre part, comment pouvait-elle envisager de se lier avec la branche détestée des Gilbraith ? Edward ne voyait qu'une raison à cela : Théo voulait conserver son domaine adoré. En dépit de sa nature fantaisiste, elle savait se montrer très pragmatique dès qu'il s'agissait du manoir. Pas au point quand même d'épouser le comte si elle ne l'aimait pas !

Et lui, connaissait-il la perle qu'il allait recevoir en mariage ? Il était si facile de se tromper sur la vraie personnalité de Théo si on ne prenait pas le temps de l'apprivoiser, si on s'en tenait aux apparences, si on ne devinait pas ce qui se cachait derrière ses paroles brusques, parfois agressives... Edward avait peur pour elle. Il connaissait les filles Belmont depuis l'enfance, et il savait bien que si Théo était vulnérable, elle était aussi capable de violence quand elle se sentait menacée. La vie avec elle pouvait être le paradis... ou l'enfer. Il réfléchissait à tout cela en déambulant sous la canicule.

Les quelques hommes qui profitaient des coins ombragés pour se protéger regardèrent, intrigués, passer le lieutenant perdu dans ses pensées. Sa tunique ouverte prouvait indiscutablement qu'il n'était pas en service. Pourquoi cet officier se promenait-il à l'heure où le soleil était le plus haut s'il n'était pas tout à fait fou ?

Les souvenirs revenaient à l'esprit d'Edward...

Théo et lui avaient été si liés qu'ils avaient envisagé de se marier, jusqu'au jour où elle lui avait déclaré qu'elle préférait l'avoir comme ami plutôt que comme époux. A vrai dire, il s'en était senti soulagé. A cette époque, il se sentait de plus en plus attiré par la douce Emily et ces sentiments naissants étaient réciproques. En fait, il avait soupçonné Théo d'avoir intuitivement tout compris avant eux. C'était bien dans sa manière, de prendre une décision soudaine, sans faire d'histoires.

Ces réminiscences du passé émouvaient tant Edward qu'il poursuivit son chemin sans regarder où il allait. Il ne réalisa pas qu'il arrivait sur la route du village et dépassait le dernier poste de garde.

Le tireur embusqué dans le champ d'oliviers aperçut les boutons argentés d'une tunique de lieutenant qui scintillaient sous le soleil. Il savait qu'il aurait le temps de tirer avant que les Anglais ne lui mettent la main dessus. Ce jeune officier arrogant qui se promenait tête nue, si méprisant de sa sécurité, était une cible tentante. Il épaula et appuya sur la détente.

Par bonheur, un rapace qui fondait sur un bosquet à la même minute attira l'attention d'Edward. En se retournant pour le regarder, il prit dans l'épaule la balle destinée à son front. Il poussa un cri de douleur et porta instinctivement sa main sur la blessure. Quand il vit que le sang coulait abondamment, il comprit ce qui venait d'arriver. Il se jeta à terre sur la route et se laissa rouler jusque sous un buisson de cactus, conscient de la piètre protection qu'il pouvait trouver là. Mais de ce côté, le tireur devait avoir le soleil dans l'œil et Edward espérait bien que ce handicap le sauverait d'une seconde balle mortelle.

— Vous avez l'air soucieuse, Lady Belmont, observa Sylvester.

Le mariage devait avoir lieu dans deux jours.

Elinor s'arrêta en croisant le comte dans l'escalier

et lui adressa un sourire distrait qui trahissait effecti- vement une certaine préoccupation.

— Pas exactement, répondit-elle. Je suis juste un peu énervée. La couturière est venue faire les der- nières retouches pour la robe de Théo. Nous avons d'abord eu un mal fou à la trouver et, maintenant, elle se soumet de mauvaise grâce aux essayages, elle grogne et s'impatiente sans cesse.

— Pensez-vous que je puisse vous être d'une uti- lité quelconque?

Elinor réfléchit. Le comte avait déjà fait ses preuves auprès de sa fille!

— Ma foi... si vous ne redoutez pas une dispute à quelques jours de votre mariage!

— Ne vous inquiétez pas, milady, je ne crains pas Théo. Si je la sens trop nerveuse, j'éviterai de la prendre de front... Bien que cela puisse l'aider à se défouler! ajouta-t-il.

— Alors, rétorqua Elinor en souriant, je vous laisse à votre périlleuse mission! Le «champ de bataille» se trouve dans la lingerie de l'aile gauche.

Sylvester grimpa l'escalier quatre à quatre, à la fois curieux et inquiet de ce qu'il allait voir. Il est vrai que Théo devenait de plus en plus irritable au fur et à mesure que l'on approchait du mariage. La porte de la lingerie était ouverte, et il entendit de loin la voix de sa fiancée qui s'adressait à la couturière:

— Oh, pour l'amour du Ciel, Biddy, dépêchez- vous! Qu'est-ce que ça peut bien faire si mon ourlet est un peu de travers? Je suis sûre que personne ne le verra.

— Bien sûr que si, affirma Clarissa. Théo, ima- gine-toi en train de remonter la nef de l'église avec une robe qui t'arrive aux chevilles d'un côté et qui traîne par terre de l'autre!

— N'exagère pas, Clarry! dit Théo en éclatant de rire.

— Maintenant, arrêtez de bouger, Lady Théo, je vous en prie.

Depuis quelques secondes, Sylvester se tenait dans l'embrasure de la porte et portait un regard amusé sur la scène qui se déroulait devant lui. Théo, l'air bougon, était perchée sur un petit tabouret, noyée dans un nuage de tulle qui tourbillonnait autour d'elle. A ses pieds, une femme agenouillée piquait des aiguilles dans le bas de la robe. Théo sursauta en apercevant le comte.

— Il paraît que vous êtes irritable en ce moment, dit-il.

Clarissa tenait un coussin sur lequel étaient plantées des dizaines de petites aiguilles qu'elle tendait, l'une après l'autre, à la couturière. En entendant Sylvester, elle poussa un cri horrifié.

— Vous ne devez pas voir la robe de la mariée avant le jour du mariage. Fermez les yeux, vite !

— Oh, je pense que nous pouvons laisser les conventions de côté, dit Sylvester en entrant dans la pièce.

— J'aurais très bien pu me passer de ces essayages fastidieux ; ce sera une cérémonie toute simple. J'ai une dizaine de jolies robes qui auraient très bien pu convenir, se lamenta Théo.

En raison de la mort récente de son grand-père, la cérémonie se passerait effectivement dans l'intimité familiale, mais Lady Belmont avait quand même tenu à ce qu'un certain nombre de traditions fussent respectées.

Sylvester s'approcha de Théo et, de ses deux mains, il entoura sa taille fine.

— Allons, moins vous bougerez et plus vite vous serez débarrassée !

Sous ses paumes, Sylvester sentit frémir le corps de Théo. Elle frissonna comme une biche face au chasseur. Du haut de son tabouret, ses yeux se trouvaient presque à la hauteur de ceux de Sylvester. Le superbe bleu myosotis prit des reflets violets et une lueur de soumission passa dans son regard. Elle le fixa en souriant tandis qu'il serrait davantage. Ils se comprenaient sans paroles.

— Voilà, c'est mieux! Savez-vous que la plupart des femmes prennent un immense plaisir à leurs préparatifs de mariage?

— La plupart des femmes n'ont pas autant à faire que moi, protesta-t-elle. J'ai un compte à régler avec le maréchal-ferrant aujourd'hui. Il nous a facturé le ferrage d'un cheval qui est au pré depuis deux mois. C'est un voleur!

— Pourquoi ne me l'avez-vous pas dit? (Sylvester fronça les sourcils, contrarié.) Je suis tout à fait capable de résoudre ce genre de problèmes, et j'espère bien que vous allez me laisser faire, cet après-midi.

Théo rougit.

— Vous n'êtes pas encore bien au courant de tous les comptes.

— Ce n'est pas une raison pour vous agiter. Ne bougez pas!

En dépit des mains de Sylvester qui enserraient toujours sa taille, Théo avait pris son élan pour sauter du tabouret.

Il fit un pas pour se rapprocher et, du même coup, il posa le pied sur un froufrou de dentelle blanche. La couturière poussa un petit cri catastrophé. Il était grand temps que son travail se termine!

Clarissa regardait les grandes mains de Sylvester posées sur la taille menue de sa sœur. La seule présence du comte semblait emplir la pièce.

— Au fait, milord, je suis sûre que Théo a oublié de vous dire que vous devez aller avec elle voir M. Row, cet après-midi.

— Théo a beaucoup trop à faire, elle doit aider sa mère à préparer le mariage. J'irai seul, je me débrouillerai parfaitement bien.

Théo marmonna quelques mots inaudibles — elle avait du mal à abandonner ses prérogatives — et Clarissa songea qu'elle venait maladroitement de mettre de l'huile sur le feu. La couturière, apparemment indifférente à ce qui se passait, recula et poussa un grand soupir de satisfaction.

— Je crois que ça y est, Lady Théo, j'ai tout épinglé. Si vous voulez bien enlever la robe, je ferai l'ourlet en un rien de temps.

— Je vous ferai un compte rendu de mon entrevue avec le maréchal-ferrant, dit le comte.

Sylvester lâcha Théo.

— Non, attendez! fit-elle.

Elle sauta à terre, entraînant avec elle dans sa hâte des mètres de traîne, puis saisit Sylvester par le bras.

— N'y allez pas seul; c'est une ordure de bandit qui vous...

— Quoi! l'interrompit le comte, véritablement choqué. Qu'est-ce que vous venez de dire?

— Je ne sais pas. (Théo était sincèrement étonnée et ne comprenait pas l'objet de cette question.) Qu'est-ce que j'ai dit?

Ebahi à son tour, le comte réalisa que sa fiancée n'était pas consciente de la grossièreté de son langage. Il se sentit obligé de préciser les choses:

— Je ne crois pas que «ordure de bandit» soit vraiment une expression digne de l'épouse du comte de Stoneridge!

— Mais vous ne comprenez pas que vous allez vous faire avoir! Vous êtes un nouveau venu et Johnny va en profiter, ce fumier!

— Théo!... lança Sylvester, de plus en plus stupéfait.

— Pardonnez-moi! (La lueur d'amusement qui animait son regard démentait son air contrit.) Je ne le fais pas exprès!

Le spectacle de cette jeune fille au sourire effronté, le corps emprisonné dans une sage robe de mariée offrait un contraste d'une drôlerie absurde.

Sylvester avait envie de rire. Il essaya en vain de prendre un air sérieux.

— La prochaine fois, tournez sept fois votre langue dans votre bouche avant de parler! dit-il.

Théo haussa les épaules.

— Donnez-moi une minute et je viens avec vous!

Immédiatement, elle commença à enlever sa robe devant Sylvester, sous les yeux horrifiés de Clarissa. La couturière, qui n'avait pas les mêmes préoccupations, se précipita pour aider la jeune fille qui, avec ses gestes brusques, commençait déjà à malmener la dentelle. Sylvester pouffait de rire. Cette impatience, ce naturel... c'était tout Théo!

— Je vous accorde cinq minutes. Rejoignez-moi aux écuries!

Il sortit, afin d'éviter de froisser la pudeur de Clarissa plus longtemps.

— Zut de zut! grogna Théo qui se débattait pour arriver à émerger des mètres de tulle vaporeux.

Après quelques minutes, elle réussit enfin à se libérer et sauta dans sa tenue de cavalière. D'un geste vif, elle attrapa ses gants, sa cravache, et quitta la pièce en courant.

— Toujours pressée, Lady Théo! constata la couturière en posant délicatement la robe sur une longue table de bois recouverte de morceaux de tissu et de fil.

Sylvester tenait ostensiblement sa montre à gousset dans la main lorsque Théo, hors d'haleine, entra dans l'écurie.

— Sept minutes. Pas si mal que ça! apprécia le comte.

Dulcinée était sellée et attendait patiemment. A ses côtés, l'imposant cheval noir de Sylvester piaffait sur le sol pavé, agitait la tête et s'ébrouait en hennissant nerveusement. Mais Théo, préoccupée par la selle d'amazone posée sur le dos de Dulcinée, remarqua à peine que Zeus avait une conduite très inhabituelle.

— Où est ma selle? demanda-t-elle.

La réponse de Sylvester fut simple et autoritaire:

— Il devient urgent que vous montiez à cheval

comme une dame, et non plus comme une bohé-mienne.

Théo jeta un coup d'œil autour d'elle. Sa selle avait disparu de la tablette où elle reposait habituellement.

— Vous n'avez pas le droit de décider pour moi, reprit-elle, furieuse.

Sylvester garda son calme pour éviter que la discussion ne dégénère.

— Si vous n'êtes pas capable de prendre la décision par vous-même, j'ai non seulement le droit mais le devoir de vous l'imposer. Dans deux jours, vous serez comtesse de Stoneridge, vous aurez un rang à tenir. Votre attitude de garçon manqué blesse ma fierté.

— Votre fierté! s'exclama-t-elle en partant d'un grand rire qui traduisait beaucoup plus son indignation qu'un réel amusement. Ni mon grand-père ni ma mère ne se sont jamais plaints que j'offensais la leur. Pour qui vous prenez-vous donc? Vous ne manquez pas de toupet! Pour tout vous dire, je me fiche pas mal de votre fierté!

A peine avait-elle prononcé ces paroles qu'elle les regrettait déjà. Elle s'était laissé emporter, une fois de plus. Par chance, Sylvester ne releva pas les flèches qu'elle lui décochait. Il l'attrapa simplement par la taille et la hissa sur la selle.

— Posez votre genou gauche sur...

— Je sais comment faire, je n'ai pas besoin de vous, coupa-t-elle, en colère.

Au contraire, Sylvester souriait, heureux d'être arrivé à ses fins. Par mesure de sécurité, il la tint sur la selle quelques secondes de plus. De toute façon, Théo n'avait pas l'intention de se donner en spectacle en mettant pied à terre, et ne tenait surtout pas à ce que les garçons d'écurie fussent les témoins d'une nouvelle altercation.

— Lâchez-moi! ordonna-t-elle.

Sylvester lui donna satisfaction et se tourna vers Zeus. Celui-ci manifestait toujours une excitation anormale. Sylvester prit ses deux rênes dans une main, engagea son pied dans l'étrier et sauta en selle. Sans la maîtrise du comte, le cheval serait immédiatement parti au galop. Il essaya de l'apaiser en lui parlant tandis qu'il lui caressait l'encolure.

— Tout doux, tout doux! Qu'est-ce que tu as aujourd'hui?

— Je suppose qu'il n'est pas satisfait de son cavalier! lança Théo, trop heureuse de trouver là matière à se venger.

Brusquement, Zeus roula des yeux exorbités et leva la tête en hennissant comme un cheval impatient. Avant que Sylvester ait eu le temps de placer son deuxième pied dans l'étrier et de tendre correctement les rênes, son cheval s'était lancé, naseaux au vent, dans un galop effréné. Il essaya de l'arrêter et de l'apaiser, mais rien n'y fit. Tant bien que mal, il tenta de prendre appui sur l'étrier qui battait le flanc de Zeus, luttant pour rester en selle. Le cheval sauta la barrière qui fermait l'enclos des écuries et fonça droit à l'opposé, vers le champ de blé.

Théo ne comprit pas immédiatement le danger que courait Sylvester. C'est lorsqu'elle le vit à demi couché en travers de sa selle, qu'elle se rendit compte qu'il ne maîtrisait plus son cheval et, sans réfléchir, elle lança Dulcinée à sa poursuite. Malheureusement, la jument ne pouvait rivaliser avec Zeus. Dans son élan, le cheval sauta encore quelques haies du bocage tandis que Sylvester, ayant enfin réussi à caler ses deux pieds, était à présent allongé en avant sur l'encolure de l'animal, les deux mains cramponnées aux rênes et à la crinière. Théo était horrifiée. Qu'avait-il pu se passer pour que Zeus, ordinairement si bien dressé, s'emballe de cette manière? Paniquée, elle le voyait lancer de violentes ruades qui déstabilisaient un peu plus Sylvester, dans la position périlleuse où il se trouvait. Par chance, il parvenait à rester sur le dos du cheval fou. Tout ce qu'elle pouvait faire pour l'instant était de le garder dans son champ de vision. De plus en plus inquiète, elle le vit se diriger tout droit vers un bosquet touffu. Une branche en pleine tête, et c'était l'accident mortel. Elle ferma les yeux quelques secondes, se laissant guider par Dulcinée. Lorsqu'elle les rouvrit, le cheval noir avait, de façon inattendue, obliqué vers la droite.

Sylvester était toujours couché sur la crinière et il avait à nouveau vidé ses étriers. Son cheval allait passer à côté d'un grand arbre dont les branches les plus basses étaient à sa portée. Il ne lui restait qu'une chose à faire... Il se redressa et, en une fraction de seconde, se cramponna aux branches, laissant l'animal poursuivre sa course folle. Il sauta à terre, durement secoué mais miraculeusement indemne. Théo arriva au galop pour le rejoindre.

— Ça va? demanda-t-elle, pâle comme un linge.

— A peu près. Juste un peu étourdi! J'espère que Zeus ne va pas trébucher et se casser une jambe.

— Qu'a-t-il bien pu se passer? demanda Théo en mettant pied à terre. De ma vie, je n'ai jamais vu cela.

— C'est en effet d'autant plus surprenant que Zeus est très obéissant. Pensez-vous que Dulcinée puisse supporter deux cavaliers?

— En tout cas, pas avec une selle d'amazone, remarqua Théo, pas mécontente de pouvoir lancer une petite pique à Sylvester, en dépit des circonstances qui ne prêtaient guère à faire de l'humour.

— Eh bien, nous monterons à cru, répliqua Sylvester en commençant à détacher les sangles de la selle de Dulcinée. Je dois attraper Zeus avant qu'il ne fasse d'autres bêtises.

Le comte posa la selle sur le sol puis fit la courte échelle à Théo pour lui permettre de remonter sur la jument. D'un pas lourd, Dulcinée se mit en route, traversa un petit bois et continua son chemin dans un terrain couvert d'ajoncs. Au loin, ils aperçurent Zeus qui s'était enfin arrêté. Son corps était couvert d'une sueur blanchâtre et une espèce d'écume verte auréolait ses naseaux. Il s'était pris un sabot dans les rênes qui pendaient lamentablement sur le sol.

— S'il repart, il va se casser le pied, dit Théo, inquiète.

A cet instant, la présence toute proche de Sylvester ne suffisait pas à la rassurer complètement. Elle était pourtant sensible à la puissance du corps masculin collé à son dos, à la force des bras qui lui enserraient la taille, au parfum de cette peau qu'elle aimait...

Pas plus que Théo, Stoneridge ne manifesta d'émotion. Dès qu'ils furent assez près de Zeus, il sauta à terre, recommandant à la jeune fille :

— Ne bougez pas d'ici ! Il aura moins peur si je m'approche de lui à pied.

Anxieuse, Théo guettait la réaction du cheval, qui leva la tête à l'approche de Sylvester. Il hennissait et frappait le sol de son sabot. En même temps qu'il avançait résolument vers lui, la main tendue dans sa direction, le comte lui parlait pour le rassurer. Reconnaissant la voix familière de son maître, Zeus n'essaya pas de s'échapper. Il se contenta de secouer la tête et de souffler par ses naseaux dilatés. Avec une grande douceur, Sylvester s'empara des rênes. Théo poussa un énorme soupir de soulagement et lança Dulcinée au petit trot dans leur direction.

— A nous deux ! dit le comte en s'adressant à Zeus. Voyons ce qui ne va pas !

Il entoura les rênes autour de son poignet et flatta l'encolure luisante de l'animal qui continuait à gémir et à rouler des yeux terrorisés. Théo descendit et attacha sa jument à une branche.

— On dirait qu'il y a du sang sur ses flancs, dit-elle, alors que Sylvester passait doucement sa main sur le ventre du cheval. Regardez sous la selle.

Il desserra les sangles et retira la selle. Zeus s'agita au moment où le quartier gauche frotta son dos.

— Mon Dieu ! s'exclama Théo, horrifiée.

Le dos de l'animal était plein de sang. Sylvester retourna la selle et ne put s'empêcher de jurer.

— Diantre! Les traîtres, les sales traîtres!

Théo s'accroupit près de lui et passa une main sur la selle recouverte de sang. Une série de petits clous pointus avaient été plantés dans le cuir, de sorte qu'au moment où Sylvester s'était mis en selle, les pointes s'étaient cruellement incrustées dans la chair de Zeus.

— Qui a pu être capable d'une telle ignominie? demanda Théo, épouvantée.

— L'odieux coupable est certainement à l'écurie. Dès que je l'aurai identifié, je ne donne pas cher de lui!

— Mais non, cela ne peut pas être quelqu'un de chez nous, protesta Théo en le fusillant du regard. Personne ici n'a pu faire cela, aucun de mes gens en tout cas!

— *Vos* gens! répéta Sylvester. Si, justement! Le responsable aura voulu montrer qu'il me déteste.

— Non, non, non... C'est impossible. Je les connais tous depuis que je suis toute petite.

— Ma pauvre Théo, reprit Sylvester d'un air condescendant, vous ne connaissez rien à la nature humaine. Votre naïveté est vraiment touchante, mais soyez un peu réaliste! Qui peut donc être le fautif, hormis quelqu'un d'ici?

— Je l'ignore, mais je sais qu'il n'est pas un être dans ce domaine qui soit capable d'une telle bassesse. Blesser volontairement un cheval de cette manière est absolument ignoble. Votre indignation vous fait dire n'importe quoi.

— Je ne me fais aucune illusion sur les sentiments que ressentent les employés des Belmont envers un Gilbraith. Poussé par la haine, un palefrenier malveillant pourrait bien être l'auteur de cet acte épouvantable. Je vais interroger tous les membres du domaine, et j'en aurai le cœur net, croyez-moi!

— Si vous accusez quelqu'un d'ici, vous ne serez jamais accepté, dit Théo, agacée.

— Cela m'importe peu. Je n'attends que respect et obéissance, et j'aurai l'un et l'autre. L'auteur de ce crime va le payer cher, et si je ne parviens pas à lui mettre la main dessus, j'envisagerai une punition collective.

Sur ces mots, Sylvester s'approcha de Zeus qui avait, enfin, retrouvé son calme.

— Allez, viens ! Je te ramène, maintenant, dit-il en caressant l'animal.

Théo étouffait de rage. Elle ne voulait pas en entendre davantage. Qu'il soupçonnât quelqu'un du domaine était à la limite du supportable.

— Ecoutez-moi bien, Stoneridge ! Ces gens sont des fermiers qui travaillent dur, ce ne sont pas des serfs. Nous ne sommes plus au Moyen Age, mettez-vous bien cela dans la tête ! Ils ne vous respecteront que si vous les respectez vous-même. Vous ne les connaissez pas et vous n'avez aucun droit de porter ces accusations... Aucun droit, répéta-t-elle en martelant ses mots.

Sylvester ne prêta guère attention à la longue tirade de Théo.

— Nous allons ramener Zeus et nous enverrons quelqu'un rechercher les selles, reprit-il simplement, comme s'il n'avait strictement rien entendu de ce qu'elle lui avait dit.

— Vous m'écoutez, oui ou non ?

— Non. (Il souleva Théo dans ses bras, la hissa sur le dos de Dulcinée et prit place derrière elle, tenant d'une main les rênes de son cheval.) Je comprends que vous ayez à cœur de prendre la défense de votre personnel, c'est naturel, mais du même coup, vous négligez la réalité de la situation.

Théo se retourna et regarda Sylvester d'un air profondément méprisant.

— Apparemment, milord, vous n'avez pas la moindre idée de la façon dont on gère le personnel. Si vous persistez dans cette attitude, vous ne saurez rien de ce qui se passe au domaine. Si vous n'inspirez pas confiance, les langues ne se délieront jamais.

— La confiance n'a rien à voir avec le laxisme,

affirma-t-il. Le seigneur de Stoneridge doit savoir garder ses distances avec les villageois et les laboureurs.

— Vous vous trompez. Mon grand-père connaissait tous les fermiers et leur famille, et...

— Je ne suis pas votre grand-père, coupa Sylvester sèchement. Je suis sûr que le respect engendre la confiance. Peu importe que mes méthodes ne soient pas appréciées. Ne croyez pas qu'il faille bavarder avec le laitier ou le garçon d'écurie pour arriver à ses fins. En tous les cas, je vous le dis encore une fois haut et clair, Théo, vous devrez revoir vos manières quand nous serons mariés.

— Comment pouvez-vous me dicter ma conduite ? Vous n'avez aucune expérience des relations avec le personnel. Ne vous en déplaise, mon grand-père disait que le domaine des Gilbraith était minuscule !

Le comte pâlit à cette remarque ; il serra ses doigts un peu plus fort sur les rênes et ne dit mot jusqu'à leur arrivée à l'écurie.

A présent, Zeus s'était apaisé. Fatigué par sa course folle, il avait retrouvé sa docilité. Quelques gouttes de sang perlaient encore sur son dos.

Dans l'écurie, Stoneridge mit pied à terre et hurla pour appeler le palefrenier. L'homme arriva en courant, mais il eut un mouvement de recul en apercevant la fureur qui se lisait sur le visage du comte. Lorsqu'il vit le dos ensanglanté du cheval, il parut si sincèrement choqué que Sylvester pensa que ce n'était sûrement pas lui le coupable.

Le comte donna encore quelques ordres secs pour que l'on soigne Zeus sur-le-champ et qu'on aille récupérer les selles, puis il se retourna vers Théo qui, toujours à cheval, songeait au vif échange qu'ils venaient d'avoir. Un peu trop rapidement sans doute, elle jugeait avec satisfaction qu'elle avait eu le dernier mot.

Sylvester se planta devant la jument, posa une main sur la muserolle et ordonna fermement :

— Descendez immédiatement !

Théo baissa les yeux vers lui et ressentit un véritable choc. Jamais elle ne l'avait vu si furieux. Il était pâle de rage ; il serrait les mâchoires et les muscles de son visage étaient contractés. Sa cicatrice paraissait plus apparente et faisait une ombre blanche sur toute la hauteur de son front.

Elle eut peur. Les paroles insultantes et moqueuses qu'elle avait prononcées à son encontre lui revinrent à l'esprit. Consternée, elle comprit qu'elle avait exagéré.

— Pour la dernière fois, répéta-t-il le plus calmement possible, descendez ! Ou dans une minute, cette écurie sera le théâtre d'une scène mémorable !

Théo obtempéra. A peine avait-elle posé le pied sur le sol pavé qu'elle se sentit poussée dans le dos par la cravache de Sylvester. Elle ne pouvait qu'obéir et elle se dirigea vers la sortie. Durant sa marche forcée jusqu'au manoir, Théo eut le temps de réfléchir. Honnêtement, elle était bien obligée d'admettre qu'elle avait encore critiqué Sylvester de façon insolente et impardonnable. Après une gifle, le comte de Stoneridge n'était pas homme à tendre l'autre joue, cela ne présageait rien de bon !

Lorsqu'ils s'approchèrent du manoir, il abaissa sa cravache. Là, sur l'esplanade gravillonnée, une calèche attendait au bas des marches. Le comte marqua quelques secondes d'arrêt et prit une grande inspiration. Théo se retourna ; la colère avait disparu du visage de Sylvester pour faire place à une vague contrariété.

— Nous nous verrons plus tard, lui dit-il. Je crois que ma mère et ma sœur sont là.

Elle se sentit plutôt soulagée à l'annonce de cette nouvelle. Avec un peu de chance, cette arrivée apporterait un peu de distraction et effacerait la colère de son fiancé.

En réalité, Théo ignorait que c'était un événement que Sylvester redoutait plutôt. Sa mère était au mieux une femme difficile, le plus souvent une insupportable mégère. Sa sœur, une vieille fille aigrie et désagréable, se laissait rudoyer sans pitié par Lady Gilbraith. Il avait vraiment du mal à imaginer ce que l'une et l'autre penseraient de sa fiancée. Il craignait, en tout cas, que le contact entre sa mère et Lady Belmont, femme de caractère, ne se révélât quelque peu épineux. Les jours à venir risquaient d'être pénibles, pour ne pas dire carrément horribles.

Laissant Théo derrière lui, il se dirigea d'un pas rapide vers la calèche. Sa mère en descendait au moment où il arriva.

— Ah! Sylvester, enfin te voilà! dit-elle à son fils qui baisa la main qu'elle lui tendait. Je pensais que tu aurais la courtoisie de venir nous chercher, au lieu de nous laisser venir seules; les routes sont si peu sûres de nos jours!

— Les six domestiques qui pouvaient vous accompagner vous auraient été bien plus utiles qu'un fils, répliqua-t-il.

— Oh, mère, n'oubliez pas votre réticule! s'exclama une voix haut perchée depuis l'intérieur de la calèche.

Aussitôt apparut la silhouette d'une femme grassouillette vêtue, en dépit de la saison, d'un grand manteau d'alpaga et d'un bonnet de laine.

— Mary, je te souhaite la bienvenue. J'espère que le voyage n'a pas été trop fatigant, dit Sylvester qui s'efforçait d'être aimable.

— Si! Nous avons passé la nuit dans une auberge épouvantable. Les lits étaient froids et je suis sûre que mère va avoir de la fièvre.

— Je croyais qu'elle emportait toujours ses draps avec elle, dit Sylvester surpris.

— C'est vrai, reprit sa sœur, mais l'humidité devait provenir des matelas. Nous étions aussi en plein courant d'air car les fenêtres fermaient très mal, ajouta-t-elle en tamponnant son nez avec un mouchoir.

132

Mary souffrait d'un rhume chronique et son nez était rouge en permanence.

Sylvester chercha Théo des yeux. Elle se tenait en retrait à quelques pas de là, esquissant un sourire forcé. «Elle essaie d'être aimable», pensa Sylvester, amusé en dépit de sa colère contre elle.

— Mère, permettez-moi de vous présenter Théo, dit-il en prenant un air sérieux pour ce moment solennel.

Théo s'avança. Les visages qui s'offraient à son regard étaient plutôt revêches, pourtant elle fit tous ses efforts pour paraître sympathique. Charmer la mère et la sœur était le meilleur moyen de se faire pardonner de Sylvester, pensait-elle.

— Lady Gilbraith, je suis ravie de faire votre connaissance, dit-elle en s'inclinant profondément.

La mère de Sylvester prit tout son temps pour dévisager Théo derrière son face-à-main, puis elle s'exclama :

— Mon Dieu, que vous êtes brune ! Ce n'est pas du tout la mode. Je suis très surprise que votre mère vous permette de vous exposer au soleil et d'abîmer votre teint de cette façon.

C'était certain, elle ne s'entendrait jamais avec sa belle-mère ! Mais pour se racheter, Théo était décidée, quel qu'en soit le prix, à prouver à Sylvester qu'elle savait rester polie et ne pas répondre à la provocation.

— J'ai le teint hâlé parce que je tiens de mon père, madame, dit-elle simplement. Mes sœurs sont beaucoup plus claires.

Elle regarda Sylvester et devina dans ses yeux une lueur de soulagement.

— Théo, voici ma sœur, Mary.

Mary renifla et serra la main de Théo.

— Théo ! Quel drôle de nom ! remarqua-t-elle d'un ton désagréable. C'est Théa, sans doute ?

— Non, c'est mon père qui m'a donné ce nom, on m'a toujours appelée Théo.

— C'est bizarre, commenta Mary, accompagnant ses paroles d'un autre reniflement. Mère, pouvons-nous entrer? Il fait frais!

Lady Gilbraith observa d'un œil critique la grande façade du manoir.

— C'est une assez jolie maison, mais je crains que l'on ne se sente terriblement à l'étroit dans ce genre de construction, dit-elle après quelques minutes.

— Je ne pense pas que vous trouviez le manoir de Stoneridge trop petit, dit Théo, blessée par cette critique. En général, on le cite comme un exemple réussi du style Tudor, et les pièces y sont vastes.

— Nous verrons... répondit sa future belle-mère sur un ton qui indiquait clairement qu'elle ne croyait pas un mot des propos de Théo. La maison des Gilbraith est une gentilhommière élégante où nous avons toutes les commodités, crut-elle bon d'ajouter avant de monter les marches du grand escalier, sa fille sur ses talons.

Dès qu'elles eurent tourné le dos, Sylvester adressa à Théo un regard un peu las.

— Très bien, petite bohémienne! Vous avez gagné un sursis; il ne tient qu'à vous d'obtenir une remise de peine, dit-il en riant. Tout dépendra de votre bonne conduite.

Théo jugea préférable de ne pas répondre à la remarque de Sylvester.

— Pourquoi ne m'avez-vous pas prévenue? demanda-t-elle.

— Vous prévenir... de quoi? Que ma mère est une mégère? dit-il, ironique. Entrons, maintenant, et allons faire de notre mieux pour épauler votre mère. Il n'y en aura que pour deux jours; d'ici là, tenez votre langue!

Que voulait-il dire exactement? Menaces ou non, elle était déterminée à endurer les impolitesses de la mère de Sylvester avec bonne grâce. Elle lui devait bien cela pour se faire pardonner, mais c'était aussi le moment de conclure un marché.

134

— Je tiendrai ma langue si vous tenez la vôtre.
Promettez-moi de n'accuser personne au domaine
avant que je n'aie eu le temps de parler à chacun.

Sylvester se renfrogna mais il repensa aussitôt
au palefrenier qui avait eu l'air si désolé. Peut-être
portait-il ses soupçons trop rapidement sur des gens
qui n'y étaient pour rien? Il avait parfois le tort de
s'emporter un peu vite. Théo avait raison lorsqu'elle
affirmait qu'elle connaissait bien mieux que lui le
personnel du domaine.

— D'accord! accepta-t-il. Mais si vous vous laissez
aller une seule fois en présence de ma mère, Théo,
vous le paierez cher. Quand on signe un pacte, on le
respecte. Est-ce clair?

Théo fit une petite moue devant le ton de Sylvester
qui ne souffrait pas de discussion. Mais elle avait tout
à y gagner: un répit pour le moment et la victoire du
pardon plus tard.

— Clair comme de l'eau de roche! dit-elle.

10

— Sylvester, il faut renouveler le mobilier de ce
salon le plus vite possible. Il est absolument hideux!

Théo fit le geste de lever un lorgnon imaginaire, le
front plissé et la bouche pincée. Ses sœurs s'esclaffè-
rent devant cette imitation parfaitement réussie de
Lady Gilbraith.

— Oh, tu exagères, Théo, protesta Emily qui ne se
privait pourtant pas de rire de bon cœur.

— C'est tout à fait elle, surtout quand tu fronces le
nez comme ça! dit Clarissa en joignant le geste à la
parole.

Théo se jeta sur le canapé de chintz et applaudit sa
sœur à son tour.

— Quelqu'un peut-il m'aider à envelopper des

squelettes de lapins? cria une voix depuis la salle d'étude contiguë, dont la porte était restée ouverte.

Rosie, occupée à emballer sa collection, écoutait d'une oreille la conversation de ses sœurs.

— Je suis vraiment désolée pour maman, reprit Emily qui avait retrouvé son sérieux. Depuis qu'elle a mis le pied dans cette maison, Lady Gilbraith n'a cessé de ronchonner. La chambre est exposée aux courants d'air, l'eau du bain n'est pas assez chaude, les domestiques sont trop lents, la nourriture est trop salée…

Théo hocha la tête en signe d'approbation. Elle ne riait plus cette fois.

— Tu as raison, c'est une femme insupportable qui se conduit comme si elle était chez elle. Je me demande si je vais réussir à tenir ma langue longtemps.

— Je te trouve très stoïque, dit Clarissa qui aidait Rosie à envelopper les os dans un chiffon, surtout lorsqu'elle te dit que tu gâches ton teint au soleil et que tes manières laissent à désirer. C'est tellement méchant !

— Heureusement qu'elle n'a pas eu le toupet de dire cela devant maman, soupira Emily. Moi aussi, je croyais bien que tu allais t'emporter, Théo.

— Hélas, je ne peux pas. Une épée de Damoclès pend au-dessus de ma tête, répondit Théo, l'air ennuyé.

— Que veux-tu dire?

Rosie, qui aimait à l'occasion montrer son savoir et épater ses grandes sœurs, intervint:

— Au cours d'un festin, expliqua-t-elle sérieusement, Denys l'Ancien fit suspendre au-dessus de la tête de Damoclès une lourde épée retenue par un crin de cheval. Le pauvre osait à peine manger, de peur de la faire tomber !

— Je connais l'histoire, dit Clarissa. Je demandais à Théo quelle était la menace qu'elle redoutait.

La jeune fiancée semblait nerveuse, elle tournait

comme un lion en cage dans la pièce ensoleillée. Elle soupira. Si elle avait su à l'avance la difficulté qu'elle aurait à tenir son engagement, elle n'aurait peut-être pas proposé de pacte.

— J'ai conclu un marché avec Stoneridge mais dès que j'en serai libérée, je dirai ses quatre vérités à cette vieille chouette!

— Théo! protesta gentiment Emily en riant.

La curiosité de Clarissa était aiguisée.

— Un marché sur quoi? demanda-t-elle.

Théo leva les yeux au ciel en songeant à la difficulté à laquelle elle était confrontée.

— Nous nous sommes disputés et j'ai dit des choses… des choses un peu dures pour Sylvester. Je me rachète en étant parfaitement polie avec sa mère.

Au grand soulagement de Théo, Emily coupa court à la nouvelle question que Clarissa, infatigable inquisitrice, se préparait à poser.

— Heureusement, dit-elle, tu ne la verras plus beaucoup lorsque tu seras mariée.

— Même son fils pense que c'est une mégère, insista Théo, cela me console!

— Stoneridge a bien remis sa sœur à sa place, hier, dit Clarissa. Vous avez vu comme il lui a répondu quand elle se plaignait de devoir sonner plusieurs fois pour qu'on lui porte du chocolat? Il lui a dit que les domestiques n'étaient pas habitués à servir du chocolat dix minutes avant le déjeuner, qu'elle n'avait qu'à se lever plus tôt et que d'ailleurs, ça l'aiderait à être plus énergique. J'en ris encore!

Clarissa attrapa un vrai fou rire qu'elle transmit à ses sœurs.

— Ah oui! reprit Théo en se calmant un peu. Si seulement il pouvait tenir le même langage avec sa mère!

— Je pourrais mettre une souris blanche sous son lit, proposa Rosie pour venir en aide à ses sœurs. Hier, elle a été méchante avec moi. Elle m'a dit que j'étais trop petite pour venir au salon, surtout avec des mains sales.

— Merci, Rosie, dit Théo en riant. Garde ta souris, elle serait capable de mourir de peur en voyant Lady Gilbraith.

A cet instant, Emily jugea bon de rappeler ses sœurs à leur devoir :

— Nous ferions bien de descendre, maintenant. Il ne faut pas laisser maman seule trop longtemps pour affronter l'ouragan.

— Ouf! dit Clarissa en se levant. Demain à cette heure-ci, elles seront parties, nous serons installées au cottage et…

— Et Théo sera mariée, termina Rosie. Ça sera drôle!

— Te sens-tu nerveuse? demanda Emily en passant son bras sous celui de Théo, tandis qu'elles sortaient de la salle d'étude.

Théo secoua la tête.

— Quand je songe à l'avenir, peut-être, mais je me sens calme pour demain.

— Et pour ta nuit de noces? chuchota Emily pour n'être pas entendue de Clarissa qui les suivait.

— Je n'ai aucune inquiétude!

— Est-ce que maman t'a raconté comment cela se passait? demanda Emily, intriguée par l'assurance de Théo.

— Oui, mais je le savais avant. Bien sûr, je ne lui en ai pas soufflé mot, ajouta-t-elle avec un clin d'œil à l'adresse de son aînée.

— Et comment le savais-tu? s'enquit Emily, complètement éberluée cette fois.

— Stoneridge m'en avait parlé, dit Théo malicieusement. Ainsi, je ne m'attends pas à de grandes surprises.

— De grandes surprises…? A quel propos?

Les trois sœurs sursautèrent à la vue du comte qui semblait surgir de l'ombre. Avait-il saisi une partie de leur conversation? Théo se retourna vers lui. Il avait dans le regard une lueur qui laissait supposer qu'il en avait entendu plus qu'il ne l'aurait dû.

— Vous nous espionnez, milord ?

— Pas du tout ! Je me suis trouvé derrière vous par hasard. Mais laissez-moi vous dire, chérie, si vous n'attendez pas de surprises, vous allez avoir un choc !

Les trois filles le regardèrent en rougissant. Pour une fois, il dominait ce clan féminin des demoiselles Belmont et il s'en amusait beaucoup. Il attrapa le menton de Théo et, devant ses sœurs, déposa un sage baiser sur sa bouche.

— Apprenez toutes trois que la vie est pleine de surprises ! dit-il en leur adressant un petit salut ironique.

Dès qu'il fut sorti, Clarissa respira.

— Heureusement que maman ne l'a pas laissé me choisir ! Il connaît la vie et est très... comment dire ?... très sûr de lui. Ce n'est pas que je ne l'aime pas, au contraire, dit-elle en regardant Théo, mais il m'intimide.

— Moi aussi, déclara Emily, mais il semble bien comprendre Théo, c'est l'essentiel.

Emily savait que sa mère partageait cet avis. Pourtant, Elinor avait aussi confié à sa fille aînée qu'elle s'attendait à voir la vie conjugale de Théo ponctuée de quelques éclats.

— Je remonte, dit Théo, j'ai à faire.

Ses sœurs échangèrent un regard qui en disait long puis elles partirent retrouver leur mère.

Théo referma la porte de sa chambre et poussa un soupir de soulagement. Cette nuit serait la dernière qu'elle passerait ici. Dès demain soir, elle occuperait les appartements de sa grand-mère qui étaient vides depuis la mort de celle-ci, vingt ans auparavant. Pour la nouvelle comtesse de Stoneridge, on avait astiqué les boiseries et le joli mobilier ancien en merisier, accroché d'élégants rideaux, restauré la tapisserie et poli les lourds chandeliers d'argent qui scintillaient de mille feux. Hier, elle avait vu Dan, le domestique, huiler les gonds de la porte qui séparait sa chambre de celle du comte. Dès demain, elle serait initiée aux mystères qu'elle ne faisait que soupçonner et comprendrait pleinement ces montées de désir qu'elle avait déjà ressenties.

Elle prit dans ses bras sa poupée de petite fille et alla s'asseoir près de la fenêtre. Nostalgique, elle contempla le visage rond de porcelaine. Elle lui en avait raconté des histoires, autrefois, les yeux dans les yeux, comme aujourd'hui ! Maintenant, elle garderait cette chambre d'enfant pour sa propre fille.

Peut-être aurait-elle un fils aussi qui deviendrait le sixième comte de Stoneridge ? Théo éprouva un profond bonheur en réalisant que le sang de son père tant aimé coulerait dans les veines de cet enfant et que le domaine de Stoneridge reviendrait ainsi à la lignée des Belmont.

Malgré elle, elle ferma les yeux et aussitôt, le visage de son grand-père lui revint à l'esprit. De son père, au contraire, elle ne gardait que l'image du portrait de sa chambre. Elle était si jeune quand il les avait quittées ! Dès qu'elle leva les paupières, son regard se porta sur le tableau. Pour la première fois, elle remarqua que père et fils se ressemblaient : le même nez droit, la même bouche bien ourlée, le même menton carré. Bientôt, l'heure viendrait où elle ferait un fils à leur image... quand elle l'aurait décidé.

Avant ce jour, la petite fiole de dame Merriweather, dissimulée au fond d'un tiroir de la commode, serait bien utile...

Le lendemain, à midi sonnant, Théo remontait la nef de l'église au bras de Sir Charles Fairfax qui, autrefois, s'était imaginé qu'elle épouserait son fils.

La petite bohémienne que Sylvester avait rencontrée au bord du torrent s'était métamorphosée en une jolie jeune mariée toute de blanc vêtue, dont la silhouette gracieuse disparaissait sous des quantités de tulle vaporeux. Comment deviner qu'une petite espiègle, qui n'hésitait pas à lutter au corps à corps, se cachait derrière ces nuages de dentelle ? Emily et Clarissa tenaient religieusement la traîne de la mariée. Rosie, resplendissante dans une robe de mousseline rose, un bouquet de fleurs blanches à la main, marchait les yeux baissés, beaucoup moins par sagesse que dans l'espoir de découvrir quelque insecte dans les interstices des dalles !

Emu, Sir Charles posa sa main sur celle de Théo dans un geste d'affection. C'était un homme charmant qui l'avait connue toute petite. A cet instant, des larmes qu'elle s'efforça de réprimer très vite lui montèrent aux yeux. Si adorable que fût Sir Charles, il ne remplacerait jamais son grand-père ni son père. En cette heure solennelle, ils lui manquaient plus que jamais. Théo pensa aussitôt à sa mère qui devait partager ce sentiment ; l'absence est toujours plus douloureuse lors des grandes occasions de la vie.

Théo et Sylvester prirent place dans le chœur et le révérend Haversham commença la cérémonie. Tout se passa très vite, comme dans un rêve. Bien trop rapidement pour un événement si important que Théo aurait aimé voir durer, afin de mieux en mesurer la gravité. Elle réalisa qu'elle était vraiment une femme mariée lorsque son époux leva son voile et que du grand orgue monta un chant de joie. Elle s'appelait Gilbraith ! Elle avait troqué son nom contre le droit de garder Stoneridge et de le transmettre à ses enfants.

Les jeunes mariés échangèrent le baiser rituel et, à cet instant, leurs yeux se rencontrèrent. Théo crut voir, l'espace d'une seconde, briller le plaisir du triomphe dans le regard de Sylvester puis aussitôt après, une invitation sensuelle qui la bouleversa.

Ils sortirent de l'église au bras l'un de l'autre, acclamés par les hourras et les applaudissements des gens du domaine, sincèrement heureux de voir une

Belmont reprendre la propriété. Pour rentrer au manoir, ils traversèrent le village à pied, comme le voulait la tradition. Les paysans les suivaient; les enfants jetaient des fleurs des champs sur leur passage. Théo répondait aux félicitations par des paroles aimables adressées à tous ces gens qu'elle connaissait par leur nom. Sylvester se contentait de sourire et de faire des petits saluts de la main. Plus que de la satisfaction, une réelle fierté l'envahissait. *Il avait réussi.* En quatre semaines, il avait courtisé et épousé Théo. Il avait maintenant le droit de recevoir son héritage en totalité. Contre toute espérance, il avait persuadé cette petite insoumise d'abandonner ses préjugés et d'accepter de prendre son nom. Le destin, il est vrai, lui avait donné un atout de choix: le tempérament passionné de Théo. Jusqu'à présent, il ne s'en était servi que pour arriver à ses fins. A l'avenir, il serait source de plaisir pour l'un et pour l'autre.

Comme si elle lisait dans ses pensées, Théo passa discrètement sa main sur la cuisse de Sylvester et y exerça une pression suggestive. Sylvester serra plus fort les doigts de sa jeune épouse et se pencha à son oreille.

— Patience, ma petite bohémienne! Chaque chose en son temps, lui dit-il.

Pour la première fois depuis l'affaire de Vimiera, il se sentait vraiment heureux, et même confiant en l'avenir.

L'œil et l'oreille aux aguets, l'étranger qui suivait le joyeux cortège ressemblait à un colporteur pauvrement vêtu. Il notait mentalement les moindres remarques des uns et des autres envers le nouveau seigneur du manoir. L'homme qui l'avait recruté à la Taverne des Pêcheurs, près des docks, lui avait donné des instructions précises: il devait saisir une opportunité pour entraîner le comte dans un accident fatal. Celui qui l'employait avait tenu à garder l'anonymat en dissimulant son visage derrière un masque ; il avait sans doute de bonnes raisons pour cela. Du moment qu'il payait en bonne monnaie d'or, le reste importait peu. L'étranger fit tinter dans le creux de sa main quelques pièces sonnantes et trébuchantes que l'homme lui avait remises. Elles étaient lourdes, bien réelles, et il aurait fait n'importe quoi pour mériter celles qu'on lui avait promises.

Il jeta autour de lui le coup d'œil méprisant du Londonien qui se croit supérieur aux gens de la campagne. Pauvres imbéciles dont la subsistance dépendait, pour beaucoup, du bon vouloir du seigneur de Stoneridge ! Pauvres naïfs, toujours prêts à aider l'étranger perdu ! Pauvres idiots qui ne savaient pas mesurer leurs paroles ! A l'auberge du village, il n'avait eu aucun mal à apprendre ce qu'il voulait savoir, sans même devoir questionner. Ces paysans étaient, malgré eux, d'incorrigibles bavards.

La première machination qu'il avait ourdie contre le comte avait été incroyablement facile à mettre au point : une causette avec les palefreniers, puis un petit tour pour reconnaître la belle selle du comte, façonnée à la main et facilement identifiable, avec son motif de cuir repoussé près du pommeau. Alors, muni d'un marteau et d'une poignée de clous, il ne lui avait pas fallu plus de cinq minutes dans l'écurie déserte, aux premières heures du jour, pour exécuter son projet. Un jeu d'enfant ! Quel dommage qu'un plan si bien élaboré ait échoué ! Heureusement, toutes sortes d'accidents pouvaient encore survenir au cours d'une des nombreuses activités auxquelles s'adonnaient ces gens de la petite noblesse.

Arrivés sur le perron du manoir, les mariés se retournèrent pour saluer la foule bigarrée et joyeuse qui les avait suivis, puis ils disparurent par la lourde porte de chêne sculpté. Immédiatement, un mouvement de masse entraîna le prétendu colporteur vers l'arrière-cour où un buffet avait été dressé à l'intention des paysans. Les tables croulaient sous des tonnes de pâtés, de jambons et de rôtis. Des quantités de bière n'allaient pas tarder à couler à flots des barriques disposées le long du mur du verger. Apparemment, les propriétaires du manoir ne lésinaient pas sur les réjouissances de leurs fermiers. Quelques minutes seulement après être arrivés, les hommes et les femmes riaient déjà bruyamment, une chope débordante d'écume mousseuse ou un morceau de viande à la main. Personne ne semblait vouloir disputer à l'inconnu le droit de partager cette abondance. Il aurait été facile de dérober discrètement le contenu des poches, mais l'étranger était trop bien payé pour s'abaisser, ce jour-là, à de minables larcins. Mieux valait aller voir ce qui se passait ailleurs. Personne ne prêterait particulièrement attention aux déambulations d'un invité légèrement éméché.

Dans le grand salon, famille et amis fêtaient le mariage avec beaucoup moins d'exubérance que les villageois dans l'arrière-cour. La vieille Lady Gilbraith et sa fille qui la suivait comme son ombre faisaient le tour des invités avec l'assurance des propriétaires des lieux. Les Gilbraith avaient hérité ; cela devait se savoir et se dire ! Les amis des Belmont considéraient cette présence envahissante avec mépris. Elinor, quant à elle, s'efforçait de ne rien laisser paraître de ses sentiments. Seules ses filles pouvaient deviner, à son maintien plus raide que d'habitude, à ses traits figés et à son sourire forcé, qu'elle contenait sa fureur.

Théo s'approcha de sa mère et l'enlaça affectueusement. Elle allait lui chuchoter quelques tendres paroles lorsque leur parvinrent les remarques acides de Lady Gilbraith qui s'adressait à un groupe d'invités.

— Mon fils est un homme très généreux. C'est si délicat de sa part d'épouser une de ces pauvres filles... Les Belmont n'ont aucune fortune. Dès qu'il s'agit de faire une bonne action, il est capable de sacrifice.

Elinor ne pouvait laisser passer un tel outrage. D'un ton glacial, elle vint rompre le silence que gardaient les invités, sidérés par les paroles de Lady Gilbraith.

— Pardonnez-moi, Lady Gilbraith, mais je ne pense pas qu'épouser ma fille soit un sacrifice pour qui que ce soit... fût-ce pour votre fils, Lord Stoneridge.

Le sang de Théo ne fit qu'un tour. Une bouffée de rage monta en elle. Elle chercha le comte des yeux ; il était en grande conversation avec le père d'Edward et M. Greenham. De sa haute stature, il dominait ces deux hommes, et son visage resplendissait de bonheur. Mais pour une fois, Théo resta insensible à ces détails. Avec un empressement un peu excessif, elle poussa les invités pour se frayer un chemin vers lui.

— Stoneridge ! dit-elle en le tirant par la manche.

Dès qu'il vit la mine de Théo, le sourire de Sylvester disparut. Les yeux bleus de sa jeune épouse lançaient des éclairs métalliques ; sa colère était si évidente qu'elle rendait les mots inutiles. Le comte adressa poliment quelques paroles d'excuse à ses interlocuteurs et se retira avec Théo dans un coin tranquille.

— Que s'est-il passé qui vous mette dans cet état, petite bohémienne ?

Théo eut un mouvement impatient de la tête.

— Vous ne m'avez pas fait de présent pour notre mariage, dit-elle.

— Pas encore, c'est vrai, reconnut-il, étonné néanmoins de ce rappel à l'ordre peu élégant.

— Eh bien, je le veux maintenant ! D'autre part, afin de respecter notre pacte, je souhaite avoir votre permission pour dire à votre mère le fond de ma pensée.

Sylvester s'attendait au pire.

— Et de quoi s'agit-il ? demanda-t-il.

Théo lui rapporta les paroles de Lady Gilbraith.

— Je ne vous aurais pas demandé l'autorisation de transgresser notre accord si votre mère n'avait pas volontairement humilié maman devant nos invités.

Sylvester pâlit. Il savait à quel point les paroles de sa mère étaient mensongères. Si quelqu'un avait été sacrifié dans cette décision de mariage, c'était plus Théo que lui.

— Laissez cela, Théo, c'est à moi de m'en occuper, dit-il sèchement.

Elle le rattrapa au moment où il partait.

— Puis-je venir avec vous?

Le comte lui répondit d'un «non!» si désagréable qu'elle resta clouée sur place, préférant regarder la scène de loin.

— Mère, puis-je vous parler? demanda-t-il durement à Lady Gilbraith, puis, se tournant vers sa belle-mère, il ajouta: Veuillez excuser ma mère, Lady Belmont, pour la terrible insulte qu'elle vous a faite. Je crois que, énervée par la journée, elle a perdu le sens de la mesure.

Lady Gilbraith prit un air déconfit. Elle soupira et le rose de la honte lui monta aux pommettes sans qu'elle puisse dire un seul mot.

— Si vous voulez bien faire vos adieux, mère, je vais vous raccompagner jusqu'à votre calèche.

Sylvester jeta un regard vers sa sœur qui, aussi penaude et abasourdie, restait la bouche ouverte sans protester.

— Mon Dieu! murmura Lady Belmont à part soi.

Sylvester Gilbraith n'était pas un homme commode, mais il avait courageusement pris la défense de son épouse. Elinor l'en appréciait d'autant plus. Profondément soulagée de ne plus devoir affronter l'impossible Lady Gilbraith, elle retourna à ses devoirs d'hôtesse.

— Vous et Mary serez à Stokehampton avant le crépuscule pour votre étape de la nuit, reprit le comte en s'adressant de nouveau à sa mère.

De loin, Théo n'avait rien entendu, mais la mine dépitée de Lady Gilbraith, l'air défait de Mary puis leur brusque disparition lui laissaient espérer que Sylvester l'avait vengée de l'affront de sa belle-mère.

Vingt minutes plus tard, le comte revenait vers le manoir. En chemin, il tomba sur Rosie assise par terre, sa jolie robe déjà toute tachée. Elle observait la paume de sa main, une coupe de champagne vide à ses côtés.

— Est-ce qu'il y a une ou deux fourmis dans ma main ? demanda-t-elle sans même lever les yeux.

Sylvester s'accroupit près d'elle et prit la main de Rosie dans la sienne pour en observer le contenu.

— Ni une, ni deux fourmis... mais un minuscule insecte mort, à demi écrasé... Que je ne vous reprenne pas, petite sœur, avec une autre coupe de champagne aux lèvres, dit-il en soulevant Rosie pour la remettre debout.

— Est-ce une épée de Damoclès ? demanda Rosie en s'essuyant les mains sur les volants de sa robe rose.

— Une quoi ?

— Vous savez bien, ce truc qui pendait sur la tête de Théo... Je vais descendre au cottage voir si ma collection est arrivée en bon état, voulez-vous bien le dire à maman ?

Avant que le comte ait eu le temps de lui répondre, Rosie avait déjà emprunté, en sautant à cloche-pied, le petit sentier en pente.

— Avez-vous des nouvelles d'Edward ? demanda Emily à son futur beau-père en le prenant affectueusement par le bras. Je lis régulièrement les nouvelles de son régiment dans *La Gazette* mais, le temps que le journal parvienne jusqu'ici, les informations données sont déjà périmées.

— Elles le sont même avant que le journal ne soit imprimé ; les choses vont si vite sur les champs de bataille ! soupira Sir Charles. Allons, faisons confiance au dicton : «Pas de nouvelles, bonnes nouvelles.»

— J'ai écrit à Edward il y a quelques semaines

pour l'informer des fiançailles de Théo, ajouta Lady Fairfax. J'espère qu'une réponse est déjà partie d'Espagne et que nous l'aurons bientôt.

— Oui, je l'espère. Théo et moi avons aussi écrit.

— Il aura peut-être une permission dans quelques mois, dit Sir Charles en donnant une petite tape rassurante sur la joue d'Emily. C'est dur pour vous, je le sais. Malheureusement, en temps de guerre, les femmes ne peuvent que se faire du souci.

— Les femmes et les pères, corrigea son épouse, un petit sourire triste sur les lèvres.

Edward était leur fils unique.

— Stoneridge a aussi combattu dans la péninsule Ibérique, précisa Emily, avant qu'Edward n'y soit envoyé.

— Je crois que Lord Stoneridge était au Portugal, répliqua Sir Charles qui tenait ce renseignement de Sylvester lui-même.

Ce dernier ne s'était pas étendu sur les détails de cette période. Il avait seulement précisé qu'il avait été blessé, puis fait prisonnier par les Français.

Théo vint vers les Fairfax au moment où ils allaient se retirer.

— Nous quittez-vous déjà? demanda-t-elle. Merci de m'avoir accompagnée à l'autel, Sir Charles.

— Ce fut un plaisir, ma chère. J'espère que Stoneridge fera de même avec Emily bientôt.

Emily rougit, ce qui fit sourire Théo.

— Allons, Emily, dit-elle, je suis sûre que ce sera bientôt ton tour.

A ce moment, Théo sentit la pression d'une main forte sur son épaule. Elle se retourna. Son mari était derrière elle et il la regardait avec tendresse.

— Voulez-vous aller jusqu'au cottage avec votre famille? demanda-t-il.

— Oui, bien sûr, répondit-elle après un temps d'hésitation.

Elle le regarda, les yeux brillants de désir; elle avait d'autres projets que de terminer la soirée entre sa mère et ses sœurs. Pourtant, elle se faisait un devoir de les accompagner au moins jusqu'au seuil de leur nouvelle demeure.

— Allons, reprit Sylvester, votre mère nous attend. Sir Charles, ajouta-t-il en se tournant vers lui, Lady Belmont serait ravie que vous et Lady Fairfax veniez prendre une dernière coupe de champagne au cottage.

Chacun mesurait la gravité de ce moment. D'une manière définitive, Elinor abandonnait au comte de Stoneridge sa fille et son manoir.

Sur le pas de la porte du cottage, Théo embrassa sa mère et elles restèrent longuement dans les bras l'une de l'autre, sans parler. Quelques larmes, presque imperceptibles, vinrent embrumer leur regard.

— Je ne vous rendrai pas visite, ma chérie, avant que toi et Stoneridge n'en ayez manifesté le désir, eut encore la délicatesse de dire Lady Elinor à sa fille. Pour me prévenir, faites-moi porter un message par Billy. Si tu as besoin de conseils pratiques, Foster, Mme Graves et la cuisinière seront là pour t'aider.

Il avait en effet été convenu que Théo garderait le personnel puisqu'elle allait prendre les rênes du manoir. Le cottage, beaucoup plus petit, ne nécessitait pas une domesticité si abondante.

Elinor tendit la main à son gendre qui y posa les lèvres en s'inclinant.

— Tous mes vœux de bonheur, Stoneridge ! Ma fille n'est pas toujours facile à comprendre... (elle soutint le regard du comte quelques secondes)... mais les efforts que vous ferez seront récompensés.

— Je le sais, repartit-il en souriant.

Sylvester regarda son épouse qui disait au revoir à ses sœurs. Elles chuchotaient et Théo finit par éclater de rire. Il y avait sur leur visage un petit air de connivence malicieuse qui rappela au comte la conversation qu'il avait surprise la veille.

Sylvester passa son bras autour des épaules de Théo et, serrés l'un contre l'autre, ils remontèrent le sentier, certains que, derrière eux, quatre personnes les fixaient du regard avec émotion.

Au détour du chemin, hors de vue du cottage, Théo ramassa sur son bras la longue traîne de sa robe puis, sans prévenir, elle se mit à courir vers le manoir, dentelles au vent. Après quelques instants de surprise, le comte n'eut aucun mal à la rattraper.

— Petite bohémienne! (Il l'attrapa par la taille et la souleva dans ses bras.) Pourquoi tant de hâte?

— J'espère que vous allez me montrer que vous êtes aussi pressé que moi, dit-elle avec espièglerie.

— Mais bien sûr, répondit-il en riant, vous allez voir. Ce sera encore plus rapide ainsi!

Sur ces mots, il la posa sur son épaule. Légère comme une plume, elle n'offrait guère de résistance à son mari. Sylvester ne fit aucun cas des protestations amusées de Théo devant ce moyen de transport peu orthodoxe et il pressa le pas vers le manoir.

Une atmosphère étrange régnait dans la maison. Un silence inhabituel l'avait envahie.

— Pourquoi est-ce si calme? ne put s'empêcher de demander Théo.

— Ils sont tous sortis pour célébrer notre mariage, dans l'arrière-cour ou à l'auberge, et ils vont continuer à faire la fête plusieurs heures.

— Vous voulez dire que la maison est vide, alors? s'exclama-t-elle.

— C'est une façon de voir les choses!

Il éclata de rire et, en dépit de son fardeau, grimpa l'escalier quatre à quatre. Il ouvrit la porte de la chambre d'un coup de pied et, sans plus de cérémonie, jeta son épouse sur le lit dans un tourbillon de voile léger.

— Eh bien maintenant, Lady Stoneridge, faisons en sorte que notre mariage ne puisse pas être annulé! lui dit-il.

La flamme du désir illuminait son regard.

11

Théo se redressa en prenant appui sur ses coudes
et lança à son mari un regard interrogateur.
L'après-midi finissait. Leur nuit de noces commençait tôt !

— Surtout, ne bougez pas ! dit Sylvester.

Ils se tenaient côte à côte, séparés par un nuage de
tulle d'une blancheur virginale. Les yeux plissés de
Sylvester, ses lèvres serrées dénotaient une émotion
qu'il ne voulait pas laisser paraître.

— Est-ce que je peux au moins retirer mes chaussures ? demanda Théo en faisant mine de quitter ses
petits souliers de satin.

— Non, Théo, restez comme vous êtes !

Sylvester enleva sa veste de soie sans quitter son
épouse du regard. Il y avait une telle intensité dans
ses grands yeux gris qu'elle en frémit et en devint
grave. Elle comprit que son mari ne voulait pas la
brusquer et elle se sentit profondément reconnaissante pour cette délicatesse.

Elle le regarda se dévêtir ; il enleva son jabot, son
gilet blanc, et les jeta sur la chaise où il avait posé sa
veste. Puis, d'un geste volontairement lent, il défit,
un à un les minuscules boutons de perle cachés dans
les plis de sa chemise. Sans qu'il la touche, Théo ressentit la chaleur de ce corps, la puissance de ce torse
qu'elle voyait nu pour la première fois. Lorsqu'il se
tourna, elle découvrit une longue et fine cicatrice
blanche qui partait de sa poitrine pour se perdre
sous la ceinture de satin de son pantalon. Sans
empressement, il continua à se déshabiller sous les
yeux émerveillés et admiratifs de son épouse, devant
son corps tout en muscles. En apercevant ses
longues jambes puissantes, elle retint son souffle.

Doucement, Sylvester vint près d'elle. La cicatrice se terminait juste au-dessus des hanches. Théo le contemplait, superbe dans sa nudité… Superbe et terrifiant. Elle sentit le fort désir qu'il avait d'elle et détourna son regard au moment où elle imaginait qu'il devenait une partie d'elle-même, dans une fusion violente de leurs deux corps. Se penchant vers Théo, il posa tendrement ses lèvres sur les siennes.

— Il ne faut pas avoir peur, dit-il d'une voix rassurante, devinant la complexité de ses émotions.

Théo fit simplement un signe de tête. Les mots ne lui venaient pas. Hésitante, elle mit la main sur la nuque de son mari et laissa doucement glisser ses doigts sur son bras. Sa chair était brûlante. Timidement, elle caressa son torse et sentit les battements de son cœur. Sylvester ne bougeait pas, pour permettre à Théo de s'aventurer à la découverte de son corps. Elle suivit du bout du doigt la fine cicatrice jusqu'en bas puis stoppa net son exploration. Elle désirait aller plus loin mais ne le pouvait pas. Elle leva les yeux vers Sylvester. Il lui souriait.

— Patience, patience… dit-il simplement dans un souffle.

Avec précaution, il détacha la couronne de perles qui retenait son long voile vaporeux. Ses cheveux étaient tressés en une natte qui faisait le tour de sa tête et encadrait son visage d'une manière ravissante. Cette coiffure la faisait paraître plus grave, plus mûre. La petite sauvageonne échevelée qui courait à travers la campagne était bien loin ! Elle s'allongea sur le lit sans résistance. Dans une longue caresse, Sylvester laissa sa main errer sur ses seins, sur son ventre, sur ses jambes fines et jusqu'à ses chevilles qu'il attrapa de la même façon qu'il les avait saisies le premier jour pour la faire tomber dans le torrent.

— Cela vous rappelle-t-il des souvenirs, petite bohémienne ? demanda-t-il en riant.

Pour toute réponse, elle fit semblant de lui donner un coup de pied pour le repousser et laissa, en même temps, glisser ses chaussures, qui tombèrent sur le parquet.

Avec douceur, il passa la main sous sa robe pour lui enlever ses bas de soie blanche. Les jambes nues, Théo se sentit soudain vulnérable. Elle essaya de rabattre sa robe relevée, mais déjà Sylvester avait détaché ses jupons. Elle le laissa faire. Il délaça son bustier, dégageant deux jolies épaules qu'il couvrit de baisers.

Affolée, elle prit brusquement conscience qu'elle s'engageait dans un univers inconnu, oubliant qu'elle avait rêvé de cet instant. Elle ne se souvenait plus des vagues de désir qui l'avaient envahie lorsqu'elle s'était trouvée avec lui, seule à seul. Elle voulait se cacher, s'enfuir. C'était épouvantable. L'homme qui posait ses mains sur son corps, qui pénétrait son intimité était un étranger qui avait maintenant des droits sur elle !

Elle se contracta, resserra les jambes et Sylvester la sentit se raidir sous ses caresses. Il eut immédiatement un mouvement de recul.

— Que se passe-t-il ? demanda-t-il en lisant dans ses yeux une immense appréhension. De quoi avez-vous peur, Théo ?

Elle protesta d'un signe de tête, murmurant des paroles inarticulées puis, contre toute attente, elle commença elle-même à retirer sa robe.

— Laissez-moi vous aider, dit Sylvester en la forçant à se mettre debout.

Elle ne portait plus maintenant sur elle qu'une fine chemise de dentelle transparente. Debout l'un en face de l'autre, il la dominait et sa nudité était presque une menace. Comment avait-elle pu désirer ce moment ? Son corps n'appartenait qu'à elle. Elle ne le suivrait pas là où il voulait l'entraîner. Pourvu qu'elle ne se sente pas irrésistiblement attirée vers lui, soumise à la violence de ce désir tant redouté qui lui ôtait toute raison !

En quelques secondes, Sylvester retira le dernier vêtement qui la protégeait encore.

Il plaqua son corps contre elle et embrassa son front, ses paupières, sa bouche, avant de murmurer :

— Je vais faire de mon mieux, Théo. Tu n'auras pas mal, relaxe-toi.

Pour la première fois, il la tutoyait.

Elle aurait voulu lui crier qu'elle ne voulait pas... mais elle en fut incapable. Elle devait aller jusqu'au bout puisqu'elle avait accepté de l'épouser. Précisément, elle avait accepté de l'épouser... *pour* aller jusqu'au bout !

Elle s'allongea sur le lit. Ce n'était pas la douleur qu'elle craignait, c'était de lui appartenir.

Sylvester eut l'impression qu'elle restait insensible à ses caresses. Son corps se cabrait, résistait, refusait de s'offrir.

— Tu as peur ?

— Je n'ai pas peur *de vous*... j'ai peur d'être *à vous* !

Sa réponse si sincère procura un grand soulagement à Sylvester. De son air le plus candide, presque naïf, elle lui révélait la vérité de son cœur. Innocente Théo, si attachante !

— Nous serons l'un à l'autre, rectifia-t-il.

— Alors, faites ! dit-elle d'un air résigné.

Sans attendre, Sylvester prit la virginité qu'elle lui offrait. Théo ressentit une petite douleur mais ne cria pas. Petit à petit, son corps s'épanouit et se rythma sur la cadence des gestes de Sylvester. Mais afin de lui laisser une soif inassouvie, il n'attendit pas qu'elle donne de réels signes de jouissance pour se laisser aller à son plaisir.

Il ne s'était pas approprié son corps ; au contraire, il s'était uni à elle. Il faisait partie d'elle maintenant. Une grande détente envahit Théo, et pourtant une impression indéfinissable l'habitait : elle avait encore du chemin à parcourir, des secrets à percer. Elle devina une once de tristesse dans le regard de son mari.

— Peut-on recommencer ? demanda-t-elle naïvement.

Sylvester lui expliqua en riant qu'elle devait apprendre à connaître le corps masculin et qu'il lui faudrait attendre un peu. Doucement, elle posa la tête sur son épaule et ils restèrent au repos, heureux, un moment. Il défit lentement les épingles qui tenaient encore sa tresse, et ses longs cheveux tombèrent sur ses épaules. Sylvester s'amusa à les disposer artistiquement pour lui cacher les seins. Ce soir, il trouvait sa longue chevelure encore plus soyeuse que d'habitude. Théo était très différente de ses sœurs. Unique.

En de longs et doux baisers, il promena sa bouche gourmande sur la gorge si ronde et si engageante de son épouse. Un soupir de délices échappa à Théo. Avec volupté, ses mains fines caressèrent le corps de Sylvester et elle comprit qu'il la désirait encore. Cette fois, elle était prête. Son corps aspirait impérieusement à l'épanouissement. Le regard perdu dans les superbes profondeurs grises de celui de son mari, elle murmura d'une voix à peine audible : « Viens ! »

En dépit de leur désir mutuel, Sylvester ne se précipita pas. Il souriait de l'air d'un homme qui, sûr de recevoir la récompense suprême, fait durer le plaisir de l'attente. Il posa ses lèvres sur celles de Théo et, dans un élan de passion, il dévora cette bouche de miel. Instinctivement, Théo cabra son corps vers lui et ils partirent ensemble pour un voyage vers le plaisir.

Très rapidement ils se trouvèrent et, dans une synchronisation presque parfaite, se laissant gagner par la volupté de l'abandon total, leurs deux corps se perdirent dans un océan de jouissance. Au paroxysme d'une exaltation presque mystique, Sylvester ne put retenir un spasme et Théo poussa un cri d'extase.

Ce vertige des sens les laissa sans défense encore un bon moment, unis dans le bonheur de la réalisation totale et magique, dans le don de soi et dans la jubilation d'avoir donné du plaisir. Puis, tendrement, ils s'endormirent dans les bras l'un de l'autre.

Théo s'éveilla la première et s'étira comme une petite chatte. Les derniers rayons du soleil illuminaient encore la chambre de cette douce lueur particulière d'une journée qui se meurt. Sylvester était chaud contre elle, l'odeur de son corps était à jamais ancrée en elle. En se serrant contre lui, elle le réveilla et ils restèrent muets de longs instants, encore un peu ivres.

— J'ai une faim de loup! déclara-t-elle soudain.

— Pas étonnant, murmura-t-il paresseusement, tu n'as rien mangé à la réception. Bien trop occupée avec ma mère…

— Je ne veux pas reparler de cela, dit-elle dans un long bâillement, on pourrait se disputer.

— Se disputer? Encore? (Il se redressa dans le lit et la regarda, surpris.) Je croyais qu'on en avait fini une bonne fois pour toutes.

— Fini pour cette fois, oui. Mais peux-tu me promettre que tu prendras toujours ma défense contre ta mère?

— Hélas, non! Je crains de ne pouvoir faire une telle promesse.

Théo plissa le nez d'une façon enfantine qui fit rire Sylvester. Ces petites prises de bec n'étaient pas bien méchantes et faisaient partie du jeu, de *leur* jeu.

— Quel âge avais-tu à la mort de ton père? lui demanda-t-elle.

— Trois ans, pourquoi?

Le souvenir qu'il gardait de son père, Joshua Gilbraith, était si vague qu'il se confondait avec le portrait qu'il avait toujours vu chez lui, dans le salon de la demeure familiale.

— Tu as donc vécu toute ta vie entre ta mère et ta sœur aînée?

Sylvester secoua la tête négativement.

— Non, dès l'âge de cinq ans j'ai été pensionnaire, je ne revenais à la maison qu'aux vacances. A dix ans, on m'a envoyé à l'école de Westminster, où je passais la majeure partie de l'année.

Théo fit une grimace horrifiée.

— Mais c'est cruel d'envoyer un enfant si jeune en pension !

Sylvester haussa les épaules ; il n'avait jamais envisagé les choses ainsi. En effet, il avait vécu ses premières années davantage auprès de camarades de classe qu'auprès de sa mère, mais c'était une situation qu'il avait toujours acceptée sans rechigner, à l'image de tous ses condisciples. Seul son ami d'enfance, Neil Gérald, élève du même pensionnat, avait passé toutes ces années dans la terreur. La discipline très stricte des écoles privées anglaises n'était pas tendre avec les enfants timides... encore moins avec les couards. Le souvenir de l'accusation, insistant et lancinant, s'imposa de nouveau à lui une fraction de seconde. Il lutta pour le chasser de son esprit.

— Il n'est pas bon pour un garçon de vivre dans un univers exclusivement féminin. Ma mère a sans doute eu raison de m'envoyer en pension. Ne t'inquiète pas, petite bohémienne, lui dit-il avec un tendre sourire, j'ai souffert en bonne compagnie !

Elle reprit les mots au vol.

— Mais tu as souffert, tu le dis toi-même !

— Je suppose que oui, mais à l'époque je ne m'en rendais pas compte. Après tout, j'ai reçu une éducation privilégiée.

— Ils te battaient ? demanda encore Théo, pour qui le tableau prenait des couleurs de plus en plus noires.

— Tout le temps ! répliqua-t-il, se moquant gentiment d'elle.

— On ne te faisait jamais de câlins ? jamais de baisers ?

— Grand Dieu, non ! s'exclama Sylvester, choqué par cette idée.

Théo replongea sous les draps : Pas étonnant qu'il fût si réservé ! Pourtant, derrière la froide apparence de son mari, le contrôle permanent qu'il exerçait sur lui-même, elle savait que se cachait un homme capable d'humour, chaleureux et sensible.

— Enfin, dit-elle, ne pensons plus à cela! Si on mangeait quelque chose? Les cuisines regorgent de nourriture aujourd'hui. Je vais monter un plateau. Veux-tu de la mousse au saumon, du pâté de lapin…?

— Je déteste manger au lit, protesta mollement Sylvester, amusé par l'enthousiasme de Théo qui avait déjà posé un pied par terre… A cause des miettes; ça colle partout et ça pique…

Elle émit un long «Oooh!» dépité puis se reprit aussitôt:

— Bof, on secouera les draps après, tu verras! Peux-tu aller à la cave pendant que je vais aux cuisines? Que dirais-tu d'un bourgogne? Tu en trouveras une bouteille dans la première pièce… Sur la quatrième rangée à gauche, dans le troisième casier, précisa-t-elle.

Etonné, Sylvester leva les sourcils.

— Un de ces jours, il faudra que tu me donnes un plan des caves, mon amour! dit-il.

— Oh, ce n'est pas la peine. Si je ne suis pas là pour t'aider, tu peux demander à Foster, il connaît les lieux aussi bien que moi.

Théo ne vit pas la moue que faisait Sylvester. Il n'avait pas l'intention d'être dépendant de son épouse. Encore moins du majordome. Mais ce n'était ni le lieu ni le moment d'engager une discussion sur ce sujet.

Dans l'arrière-cour, la fête s'éternisait. Le valet du comte, Henry, était en grande conversation avec le soi-disant colporteur venu de Londres.

— Alors, vot' maître a pris sa femme au berceau, à c'qu'on dit! remarqua l'étranger tout en surveillant du coin de l'œil sa chope de bière qu'il ne voulait pas laisser vide.

— Ce n'est pas tout à fait vrai. Lady Théo est une femme à la personnalité affirmée, qui sait ce qu'elle veut. De plus, elle connaît le domaine comme sa poche.

— N'empêche! A côté de son mari, c'est un bébé!

— Mais qu'est-ce que ça peut bien vous faire? demanda Henry, contrarié par ces remarques qui offensaient son maître.

Le colporteur leva les yeux au ciel.

— M'en fiche! Moi, j'fais que répéter ce que racontent les gens du village.

— Ce sont des langues de vipère, déclara Henry.

L'étranger n'allait pourtant pas s'arrêter en si bon chemin! Toutes les informations étaient bonnes à prendre.

— On dit même que les Belmont et les Gilbraith se détestent, ajouta-t-il, espérant en apprendre un peu plus.

— Je ne sais pas, grogna Henry. Tout le monde a l'air satisfait de ce mariage. Sa Seigneurie a pris femme et sa belle-famille pourra revenir au domaine: chacun y trouve son compte. C'est un arrangement très raisonnable, il me semble.

— Ouais... dit simplement l'étranger en se penchant pour remplir sa chope.

La barrique presque vide ne laissait plus couler qu'un mince filet de bière. Il l'inclina pour en tirer les dernières gouttes.

— Est-ce que vot' maître aime la chasse? reprit-il, changeant complètement de sujet.

— Il y va de temps à autre, comme tous les gentilshommes, pourquoi?

— Y paraît que l'étang de Webster est un bon endroit pour la chasse au canard. J'suis sûr que vot' maître est pas au courant, bien qu'il en soit l'propriétaire. Les gens du village vont y braconner. Y s'ra sûr'ment content de l'savoir!

Le colporteur tendit la main à Henry puis s'éloigna. Cet homme qui prêtait l'oreille à tous les ragots du village ne lui était pas très sympathique. Il en avait quand même tiré une information intéressante: Sa Seigneurie serait sans doute heureuse de connaître l'étang de Webster.

Henry traversa la cour pour rejoindre un groupe de laitières qui se chuchotaient des histoires en gloussant. Depuis quelques semaines, il avait des vues sur Betsy, une fille rougeaude aux formes avantageuses. A son approche, l'une de ses compagnes poussa Betsy du coude. Celle-ci s'empourpra un peu plus, à la grande satisfaction d'Henry.

— Ça vous dirait de faire un tour, petite demoiselle? demanda-t-il. Je vous offre un verre à l'auberge.

— Oh non, papa me tuerait s'il apprenait que je vais à l'auberge! s'exclama Betsy, choquée. Ce n'est pas un endroit convenable pour une jeune fille.

«Ces gens de la campagne font bien des embarras!» pensa Henry.

— Juste une petite promenade, alors? proposa-t-il.

— Allez, Betsy, papa ne dira rien. Monsieur Henry est un gentleman, souffla sa sœur.

Betsy resta songeuse. Après tout, une simple promenade avec un homme n'avait rien de compromettant.

— D'accord pour une balade au village, à condition que nous restions dans la grand-rue.

Elle attrapa le bras d'Henry avec une telle assurance qu'il se mit à douter de sa timidité. Ces paysans n'étaient peut-être pas aussi naïfs qu'ils le paraissaient!

Pendant ce temps-là, le colporteur faisait le tour de l'étang de Webster. Les canards glissaient sur l'eau ou se cachaient dans les hautes herbes du marais. C'était bien un lieu idéal pour la chasse!

L'étranger partit pour une observation attentive des sous-bois susceptibles de dissimuler un piège.

Un chasseur s'engageant par un petit matin bruineux sur ces chemins humides n'aurait aucune raison de se méfier. Surtout s'il était sur ses propres terres!

12

— Théo... Théo! Théo, où es-tu?

L'appel angoissé d'Emily retentit dans le long couloir qui menait au grand salon où Théo commençait à s'impatienter en attendant l'arrivée de Sylvester. Son mari avait accepté, à contrecœur, de faire un petit combat à mains nues avec elle : son jeu préféré ! Mais il avait probablement changé d'avis entre-temps.

Dès qu'elle entendit la voix de sa sœur, Théo partit à sa rencontre, le cœur battant. C'était le premier membre de sa famille qui se rendait au manoir depuis son mariage, et d'une manière bien peu cérémonieuse ! Sa mère lui avait pourtant dit que personne ne la dérangerait tant qu'elle n'aurait pas manifesté le désir de recevoir des visites. Qu'est-ce qui avait pu pousser Emily à surgir à l'improviste?

La vision qui s'offrit au regard de Théo dans le hall d'entrée confirma ses plus grandes craintes. Emily avait perdu l'allure posée et l'élégance qui étaient habituellement les siennes. De grosses larmes coulaient sur ses joues et un nuage de cheveux en bataille encadrait son visage. Il avait plu toute la nuit et elle avait dû marcher dans les flaques en remontant le sentier du cottage. Ses souliers et le bas de sa robe étaient maculés de boue, mais cela ne semblait pas la préoccuper.

— Que se passe-t-il? questionna aussitôt Théo.

— Edward! réussit à murmurer Emily. C'est Edward!

— Il a été tué?

Théo eut l'impression que son sang se glaçait dans ses veines et qu'une douleur la tenaillait au creux de l'estomac.

Emily hocha la tête. Elle pleurait tant, maintenant,

qu'elle était incapable de continuer à parler. Théo la saisit aux épaules et la secoua désespérément.

— Que s'est-il passé, Emily ? Pour l'amour de Dieu, parle !

— Calmez-vous toutes les deux !

Sylvester venait de pénétrer dans la maison. Tandis qu'il conversait avec le jardinier, Emily, l'air défait, était passée devant lui sans même lui dire bonjour. Il l'avait immédiatement suivie, pressentant quelque drame.

— Doucement, Théo, reprit-il en attrapant sa femme par la taille pour l'éloigner d'Emily. Qu'est-ce qu'il y a ? lui demanda-t-il à voix basse.

— Je ne sais pas. (Théo avait l'air presque aussi hagard que sa sœur.) Il est arrivé quelque chose à Edward, mais Emily ne parvient pas à m'en dire plus.

— Ne pleurez pas, Emily, ça ne sert à rien, dit-il en prenant doucement le bras de sa belle-sœur.

Il la poussa vers la bibliothèque où Théo les suivit.

La ferme autorité de Sylvester apaisa momentanément Emily qui tenta de maîtriser ses sanglots et s'essuya les joues avec le mouchoir qu'il lui tendait. Théo s'agitait nerveusement et dansait d'un pied sur l'autre. Enfin, Emily retrouva suffisamment de contrôle sur elle-même pour tenir des propos cohérents.

— Edward a été blessé, dit-elle d'une voix faible.

— C'est grave ?

Pâle comme un fantôme, les yeux grands ouverts, les mâchoires serrées, Théo attendait avec anxiété la réponse à sa question.

— Son bras... On l'a amputé... dit Emily dans un souffle, avant de s'effondrer sur le sofa, à nouveau en pleurs.

— Oh, non !

L'image d'Edward handicapé s'imposa à Théo. Un homme qui aimait tant le sport... L'ami qui lui avait appris à se battre à mains nues, à l'épée... Le compagnon d'enfance avec qui elle nageait dans la baie, grimpait sur les falaises, faisait des cabanes dans les branches… Non, ce n'était pas possible !

Sylvester alla s'asseoir à côté d'Emily qui, dans une quinte chaque fois plus impressionnante, cherchait sa respiration entre deux crises de violents sanglots.

— Emily !

Il lui souleva le menton pour la forcer à lever les yeux. Elle le regarda sans le voir. Ses lèvres s'entrouvrirent mais aucun son ne sortit de sa bouche. A chaque sanglot, son corps entrait en transe. Sylvester pensa qu'elle était au bord de la crise de nerfs et qu'il se devait d'agir. Dosant sa force, il lui donna une claque dont l'effet fut immédiat. Le regard d'Emily reprit vie et elle reconnut son entourage.

— Je vous demande pardon, Emily, dit-il, mais c'était la seule chose à faire.

— Emily est très nerveuse, elle ne peut s'empêcher de réagir violemment, dit Théo, dont la voix tremblante trahissait le chagrin.

Elle vint s'asseoir de l'autre côté d'Emily et la prit dans ses bras. Dans l'immédiat, sa sœur avait besoin de réconfort. Théo, quant à elle, aurait bien le temps plus tard de se faire à cette terrible nouvelle.

— Ma pauvre chérie, quel choc tu as dû avoir ! Comment as-tu été informée ?

— Par Lady Fairfax. Elle est descendue au cottage. Sir Charles et elle avaient reçu une lettre du colonel d'Edward.

— Comment est-ce arrivé ? demanda Sylvester en essayant de garder un ton calme.

Il s'approcha de la desserte, emplit un verre du premier alcool qu'il trouva et le tendit à Emily. A sa grimace, Sylvester pensa qu'il n'était sûrement pas tombé sur la boisson préférée de sa belle-sœur, mais l'urgence leur interdisait de faire les difficiles. Emily avait besoin d'un remontant au plus vite.

— Un tireur isolé l'a atteint à l'épaule, reprit Emily, qui parvenait maintenant à articuler des phrases ordonnées. Mais pourquoi, mon Dieu, l'a-t-on amputé?

— Pour empêcher la gangrène, lui expliqua Sylvester. L'amputation est une mesure à laquelle on a recours en dernière extrémité quand il s'agit de sauver une vie.

Des images tachées de sang se bousculèrent dans la tête de Sylvester; les cris d'angoisse et de douleur des soldats blessés résonnèrent à ses tempes. La table d'opération de l'hôpital de campagne éclairée par les flammes chancelantes des bougies... les seaux regorgeant de membres amputés... les chirurgiens épuisés qui déambulaient, l'air hagard... Toutes ces horreurs s'imposèrent à sa mémoire. Il essaya cependant de garder son sang-froid pour rassurer Emily de son mieux.

— Savez-vous que les Français sont beaucoup plus efficaces que nous en matière de médecine militaire? Dès qu'une bataille va avoir lieu, ils installent aussitôt une tente qui fera office d'hôpital et prévoient tout un bataillon de brancardiers pour ramasser leurs blessés. Surtout, ils n'hésitent pas à procéder à des amputations dès qu'elles s'avèrent nécessaires et n'attendent pas qu'il soit trop tard comme nous le faisons souvent. Heureusement nous apprenons, à leur exemple, à ne plus perdre un temps précieux... Rassurez-vous, Emily, ajouta-t-il, Edward aura eu la chance de tomber sur un chirurgien compétent qui aura su prendre la bonne décision au bon moment.

En l'occurrence, Sylvester n'était pas absolument certain de sa dernière affirmation, mais il fallait consoler Emily coûte que coûte, fût-ce par un pieux mensonge.

— Et que disait encore la lettre? demanda Théo en buvant une gorgée de sherry du verre de sa sœur.

D'épouvantables images qu'elle s'efforça de vite chasser de son esprit l'envahirent. Elle vit Edward plongé dans d'immenses souffrances, le bras sanguinolent. Quoi qu'il en soit, le pire était maintenant passé et il ne servait à rien de se torturer avec des pensées morbides.

— Il va rentrer chez lui, répondit Emily. Je suppose qu'il ne pourra plus jamais aller au combat.

«A quelque chose malheur est bon», pensa Théo. La vie d'Edward ne finirait pas à la fleur de l'âge sur un champ de bataille.

— Je suis sûre qu'il s'en sortira, reprit-elle. Tu sais bien, Emily chérie, comme il est fort et volontaire. Il ne se laissera pas abattre.

Sylvester écoutait Théo qui, en dépit de sa propre angoisse, faisait d'immenses efforts pour rassurer sa sœur. Mieux que quiconque, il mesurait les effets dévastateurs d'une amputation. Comment Edward Fairfax réagirait-il à ce coup du destin? La plupart des hommes qu'il avait connus dans la même situation sombraient dans l'amertume et le dégoût d'eux-mêmes, interprétant le moindre geste d'affection comme un élan de pitié envers les infirmes qu'ils étaient devenus. Si Emily s'attendait à retrouver Edward aussi heureux de vivre que par le passé, elle risquait d'avoir une grosse déception.

Une autre idée vint soudain troubler Sylvester.

— A quelle unité appartenait-il? demanda-t-il.

— Il était au 7e régiment de hussards de Sa Majesté depuis un an, répliqua Théo.

Ouf! Il y avait peu de chances qu'un jeune homme du septième régiment de hussards ait eu vent d'une affaire concernant le 3e régiment de dragons. Le régiment d'Edward n'avait donc pas fait partie du corps expéditionnaire et Edward Fairfax n'était même pas soldat, à l'époque de l'histoire de Vimiera. Si, par le plus grand des hasards, quelque rumeur était quand même parvenue jusqu'à lui, il ne ferait sans doute aucun lien avec l'actuel comte de Stoneridge. Et puis, tant d'eau avait coulé sous les ponts depuis... C'était de l'histoire ancienne.

Sylvester regarda son épouse; elle tenait toujours

sa sœur par le cou, le visage crispé. Il était impensable qu'un être si fort, si courageux, si direct que Théo pût accepter un mari accusé de couardise. L'idée qu'elle ait un jour connaissance de ce passé honteux le glaça jusqu'à la moelle. Voyons… Il déraisonnait… Cette situation était plus qu'improbable.

— Combien de temps prendra son rapatriement ? demanda Emily.

Sa voix avait retrouvé de l'énergie, mais elle continuait à tripoter convulsivement son mouchoir.

Le transport d'un homme affaibli prendrait forcément un certain temps. Il fallait d'abord disposer des charrettes nécessaires pour le convoyer jusqu'à la côte à travers une Espagne déchirée par la guerre, puis d'un navire pour le ramener jusqu'en Angleterre.

— C'est difficile à dire, Emily, repartit Sylvester. Entre une semaine et un mois, peut-être.

— Une éternité ! soupira Théo. Viens, Emily, je vais te raccompagner au cottage. Comment maman a-t-elle supporté la nouvelle ?

— Elle était sortie lorsque Lady Fairfax est arrivée. (Emily secoua la tête d'un air catastrophé.) La mère d'Edward ne voulait rien dire en l'absence de maman, mais elle était si bouleversée qu'elle n'a pu garder pour elle un si lourd fardeau.

— Cela se comprend ! (Théo se leva vivement et s'adressa à son mari :) Je ne sais pas à quelle heure je serai de retour, Stoneridge.

Elle poussa fermement Emily devant elle.

Sylvester resta bouche bée. Depuis leur mariage, elle le tutoyait et l'appelait naturellement par son prénom. Sous le choc, elle avait retrouvé ses anciennes habitudes. Il aurait bien aimé les accompagner au cottage mais, visiblement, Théo pensait que les Belmont devaient se retrouver entre elles. Après ces deux derniers jours d'intimité partagée, cette constatation le rendit un peu amer.

166

— Tu dois me trouver égoïste… dit Emily, hâtant le pas pour ne pas se laisser distancer par sa sœur, … je n'ai même pas pensé à te demander si tu étais heureuse.

Son propre avenir, si évident jusqu'à ce matin, lui semblait à présent complètement remis en question.

— Je suis très heureuse, répondit Théo. Tu connaîtras toi aussi bientôt le plaisir d'être désirée.

Et elle glissa son bras sous celui de son aînée.

— Oh, pauvre Edward… dit Emily d'une voix chargée de larmes.

— Arrête ! interrompit Théo. Edward se débrouillera très bien. Il n'est pas indispensable d'avoir deux bras pour être un amant hors pair… Pense à Lord Nelson qui, borgne et un bras en moins, a été aimé de Lady Hamilton ! plaisanta-t-elle afin de dédramatiser un peu la situation.

— Oh, mais ce n'est pas sur moi que je m'apitoie !

— Je le sais bien, et je suis persuadée qu'Edward saura faire face à la situation.

Afin d'éviter une nouvelle crise de larmes, Théo se voulait rassurante, mais au fond d'elle-même elle ne pouvait supporter l'idée qu'en ce moment, son ami de longue date souffrait, loin des siens, loin de ceux qui auraient pu le soutenir et lui donner la force d'accepter son handicap.

Au cottage, informée du drame par Clarissa, Lady Belmont les attendait. Elle regrettait que la lune de miel de Théo ait été troublée par un événement aussi tragique, mais elle savait, d'autre part, que sa fille leur en aurait voulu d'être laissée à l'écart. Comme elle s'y attendait, Théo était blême mais contenait ses larmes. Elle soutenait Emily qui, les yeux gonflés par les pleurs, tremblante, s'évanouit à la vue de sa mère. Elinor l'allongea sur le canapé et lui fit respirer des sels. Puis elle conseilla à Théo :

— Retourne auprès de ton mari, ma chérie. Tu ne peux rien faire pour Emily que je ne puisse faire moi-même.

Théo adressa à sa mère un regard embrumé. Elinor la prit dans ses bras et lui caressa les cheveux comme autrefois, lorsqu'elle avait un gros chagrin.

— Oh, maman, murmura-t-elle.

Sa tristesse et sa colère devant une telle injustice étaient tout entières contenues dans ces simples mots.

— Je serai forte, reprit Théo avec un sourire crispé.

Lady Belmont savait qu'elle disait vrai.

— Tu devrais t'en ouvrir à Sylvester, recommandat-elle, cela te fera du bien de pouvoir t'épancher. Ton mari a fait la guerre, il a vu des compagnons faire face à des situations identiques ; il pourra te rassurer.

Théo fronça les sourcils. Sylvester avait beaucoup de qualités, c'était un homme de décision qui parvenait toujours à ses fins. La preuve, il avait fait d'elle la comtesse de Stoneridge ! Mais il restait trop distant pour qu'elle puisse envisager de s'abandonner sur son épaule, de lui faire part de ses pensées les plus intimes. Avec lui, elle pouvait rire, faire l'amour, mais pas pleurer.

A pas lents, elle se mit en route pour le manoir. Marcher l'aidait à réfléchir. Peut-être avait-elle tort d'affirmer que Sylvester ne pouvait pas comprendre son chagrin ? Elle l'avait épousé pour tout partager, « pour le meilleur et pour le pire », comme l'avait dit le révérend. Puisqu'il avait pris l'héritage des Belmont, il était normal, après tout, qu'il devienne un membre de la famille à part entière. Mais comment le pourrait-il si elle refusait de lui livrer le fond de son cœur ?

Pour Edward, au contraire, la question ne se posait même pas. Il n'y avait entre eux ni rivalité ni haine. Les Fairfax et les Belmont étaient amis depuis trois générations. Quand il épouserait Emily, il serait immédiatement adopté par les Belmont comme un des leurs. Pauvre Edward !... Trop longtemps retenues, les larmes de Théo affluèrent tout d'un coup. Il n'y avait personne ; elle pouvait pleurer tout son soûl.

Plutôt que de rentrer directement au manoir en larmes, elle préféra se diriger vers le torrent et, afin d'exorciser son trop-plein d'angoisse, se mit à dévaler la colline en courant. Sa longue natte s'envolait, rebondissait, lui balayait le dos de droite à gauche.

De la fenêtre de la bibliothèque, Sylvester, qui la regardait arriver, la vit soudain bifurquer. Il était sur le point de la suivre lorsqu'il se ravisa. Si elle avait eu besoin de lui, elle serait venue le chercher, l'appeler à son secours... Il se força donc à se replonger dans les livres de comptes de l'année précédente, mais le cœur n'y était pas. Il ne parvenait pas à se concentrer. Il revoyait sans cesse le visage livide de Théo, ses grands yeux affolés à l'annonce de la blessure de son ami. Quel genre d'homme pouvait bien être cet Edward Fairfax pour inspirer tant d'affection, tant d'amitié à une femme qui, il le savait bien, ne se livrait pas facilement ? Face à un glorieux héros blessé, un mari accusé de couardise ne faisait pas le poids... Une espèce de jalousie tenaillait Sylvester. Il posa son porte-plume, repoussa sa chaise et inclina la tête en arrière, les yeux clos. Il lui fallait chasser de son esprit ces comparaisons stupides. Théo aimait Edward Fairfax comme un bon ami, il allait devenir son beau-frère et... rien de plus. Rien qui puisse inquiéter un époux en tout cas. Aucune attirance sexuelle entre eux.

Ah, bien sûr, la passion ne survit pas sans une profonde tendresse et ce n'était pas un sentiment de cette espèce qui avait poussé Sylvester à convoler. Il n'avait épousé une Belmont que pour répondre aux exigences de ce vieux fou de comte. Pourtant, il se sentait pris au piège de l'amour. Sinon, comment expliquer ce sentiment douloureux que faisait naître en lui la pensée d'Edward Fairfax ?

Décidé, il se remit à étudier les colonnes de chiffres. Il lui fallait se plonger dans le travail pour s'occuper l'esprit.

Une heure s'était écoulée lorsque Théo revint au

manoir. Elle paraissait calme, ses yeux étaient secs, mais elle était encore pâle et arborait un sourire absent. Sylvester lui caressa le visage et, doucement, embrassa ses lèvres. Elle se laissa faire machinalement, comme si ce contact, qui habituellement la bouleversait, ne lui procurait plus aucune sensation.

— Comment ta mère a-t-elle pris la nouvelle ?

— Comme on pouvait s'y attendre, répondit Théo. La vie ne l'a pas épargnée jusqu'à présent, mais je ne l'ai jamais entendue se plaindre, je ne l'ai jamais vue s'effondrer.

— Alors, tu veux toujours te battre avec moi ? demanda Sylvester, cherchant à divertir son épouse.

— Mais, je croyais que tu...

— Pour tout dire, je ne crois pas que le combat soit un jeu convenable entre mari et femme, mais pour une fois...

Sylvester était prêt à toutes les concessions pour l'aider à se départir de sa profonde tristesse. Il fut quand même soulagé de l'entendre dire qu'elle n'avait plus envie de jouer.

— Je vais aller au village, reprit-elle. Je dois rendre visite à la vieille Mme Moreton. Elle est malade depuis quelques semaines et elle ne reçoit pas beaucoup de visites. Il faut dire qu'elle est si désagréable parfois qu'elle fait le vide autour d'elle ! Je vais lui porter du thé à la menthe et de la confiture, je sais que cela lui fera plaisir.

Les efforts de Sylvester étaient tombés à plat. Sa jeune épouse n'avait décidément pas besoin de lui.

Comme d'habitude, Théo eut maintes occasions d'arrêter Dulcinée avant d'arriver à Lulworth. Il y avait toujours un fermier dans un champ, un autre sur une route pour la saluer au passage. Mais elle remarqua que quelque chose avait changé, qui la mit mal à l'aise. Depuis qu'elle était comtesse de Stoneridge, les femmes s'inclinaient plus bas devant elle, les hommes retiraient leurs chapeaux d'un geste plus large et beaucoup plus respectueux. Elle se sentait gênée de ce changement d'attitude. Pour la plupart, ces paysans la connaissaient depuis toujours : ils avaient eu l'occasion de bander ses genoux égratignés ou de lui donner du pain d'épice et du cidre pour son goûter lorsqu'elle était gamine, toujours par monts et par vaux.

En passant devant l'auberge, son regard fut immédiatement attiré par un homme qu'elle ne connaissait pas. Il était assis, les jambes croisées, l'œil aux aguets, sur le banc où d'ordinaire les hommes s'installaient pour somnoler.

Greg, l'aubergiste, profitait des heures calmes de l'après-midi pour deviser avec un de ses amis, à l'ombre d'un gros hêtre.

— Qui est cet étranger, Greg? demanda Théo, intriguée.

— Un colporteur, milady. Il a dit qu'il ne faisait que passer, mais je trouve qu'il reste bien longtemps ici, pour quelqu'un qui parcourt les routes. Enfin... faut pas que je me plaigne ; tant qu'il me paie bien !

Théo se renfrogna. Il était rare de voir des gens oisifs à Lulworth. Soudain, sans qu'elle l'ait cherché, le mystère de la selle de Zeus lui revint à l'esprit. Après avoir enquêté, même Sylvester était maintenant convaincu que le responsable était un étranger.

— Fait-il des affaires avec les fermiers? demanda encore Théo.

— Pas que je sache, Lady Théo. Il n'a même ni bagages ni matériel. Mais il est sympathique, il paie souvent sa tournée et nous en raconte une bien bonne de temps à autre !

— Bizarre! murmura Théo en repartant au pas sur Dulcinée.

Son imagination débordante lui faisait peut-être échafauder des hypothèses saugrenues, mais tout de même, quelqu'un avait bel et bien attenté à la vie de son mari. Cela au moins était une réalité. Sylvester avait trente-cinq ans, un passé et probablement des ennemis qu'elle ignorait... Pas comme Edward qu'elle connaissait si bien! Mais les choses pouvaient changer avec son époux et Théo sentait qu'il n'était pas impossible qu'un jour leur communion fût totale.

Dans son coin, le colporteur s'était rendu compte de l'intérêt que lui portait Lady Stoneridge. Aussi pensa-t-il qu'il était préférable de s'éloigner quelque temps, en attendant que sa victime tombe dans le machiavélique traquenard qu'il lui avait tendu. Le jour où les mâchoires du piège se refermeraient sur la chair de Sylvester Gilbraith, celui-ci pourrait bien hurler des heures durant et se vider entièrement de son sang: les gardes forestiers n'intervenaient jamais pour libérer les braconniers. Avant de décamper, le colporteur avait encore le temps de digérer sur son banc le succulent ragoût de lapin dont il s'était régalé à midi. Cette Mme Woods était une cuisinière hors pair, il allait la regretter!

Tout l'après-midi, en dépit de ses nombreuses occupations, Théo n'avait pu oublier l'image d'Edward. Elle le revoyait tirer au fusil, monter à cheval. Lui, si agile, si vif, si sportif! Lorsqu'elle regagna le manoir, elle se précipita immédiatement dans sa chambre de jeune fille. Elle avait un besoin vital de retrouver ses souvenirs d'enfance et les temps heureux de l'insouciance.

Sylvester s'adressa à Foster pour savoir s'il avait vu Lady Théo, puisque le majordome savait tout ce qui se passait sous le toit de Stoneridge! En effet, il renseigna le comte, du ton poli et distant qui était toujours le sien. Il avait vu Lady Théo passer comme une flèche et entendu la porte de sa chambre claquer. Le comte monta l'escalier à toute vitesse mais marqua un temps d'hésitation avant d'entrer. Si Théo s'imaginait qu'il la poursuivait, elle était capable de fort mal réagir. Pourtant, quelque chose l'empêchait de renoncer. Théo était sa femme et il se devait de la soutenir dans les moments difficiles.

Il frappa doucement, puis poussa la porte qui s'ouvrit en grinçant. A ce bruit, Théo dit simplement «Sylvester?» sans même tourner la tête vers lui. Elle se tenait près de la fenêtre, le front appuyé sur une vitre, le regard dans le lointain.

Il resta sur le seuil sans bouger en attendant qu'elle lui parle, mais son silence obstiné lui fit comprendre qu'elle ne souhaitait pas sa présence. Tristement, il fit demi-tour.

Théo resta immobile de longues minutes. Pourquoi avait-elle refusé la consolation de Sylvester? Une immense vague de chagrin la submergea et elle éclata en sanglots. Pleurait-elle sur elle ou sur le sort d'Edward?

13

Dans la diligence qui le menait vers Dorchester, maître Crighton regardait les minutes s'écouler avec une impatience non dissimulée. Depuis son départ de Londres, il était coincé dans la place minuscule que voulait bien lui laisser une grosse dame encombrée de paquets, de sacs et de paniers, et dont il devait subir — supplice suprême — les jacasseries interminables. Avec force précisions, elle décrivait, l'un après l'autre, les membres de sa famille et ne faisait grâce d'aucun détail à ce pauvre Crighton qui n'en pouvait mais.

Les deux personnes qui les accompagnaient n'étaient guère de meilleure compagnie.

Maître Crighton aurait aimé que l'homme face à lui puisse, à sa place, servir d'interlocuteur à la grosse dame. Cela l'aurait bien soulagé. Au lieu de cela, il ronflait depuis le départ et sa bouche ouverte exhalait une odeur fétide de bière et d'oignons qui venait se mêler à celle de ses bottes de fermier non nettoyées depuis des lustres. Ses jambes s'étaient, au fur et à mesure de son endormissement, subrepticement glissées entre les pieds de maître Crighton, au point d'interdire tout mouvement au pauvre notaire. Enfin, la dernière place était occupée par une dame qui tenait sur ses genoux un gamin infernal, lui-même serrant contre lui un canari en cage. Si maître Crighton n'avait pas revêtu ce jour-là un pantalon neuf et sa plus jolie cape, il serait allé s'asseoir à l'extérieur, à côté du cocher. Mais la route était poussiéreuse et le soleil faisait transpirer. Il ne lui restait qu'à prendre son mal en patience. Ses mollets endurèrent encore un énième coup de pied du sale gosse avant que la diligence ne pénètre, en fin de matinée, dans la cour de l'hostellerie de Dorchester. Le roulement sourd des roues sur les pavés retentit aux oreilles de maître Crighton comme la plus douce des mélodies. C'était la musique de la libération!

C'est sans regret que le notaire fit ses adieux à ses compagnons de voyage et sortit de ce lieu d'une promiscuité difficilement supportable. Il se massa les reins pour se remettre des courbatures occasionnées par les cahots et cligna des yeux, aveuglé par le soleil après les heures passées dans la pénombre de la diligence.

Le propriétaire de l'hostellerie se précipita à sa rencontre et lui lança un sonore «bonjour» en s'essuyant les mains sur son tablier. Avec un large sourire qui plissa ses yeux jusqu'à les transformer en deux petites fentes à peine ouvertes, il ajouta:

— Vous revoilà par ici, maître Crighton! C'est fou ce que le temps passe! On se sera à peine retournés, vous allez voir, ce sera déjà Noël! C'est toujours ce que je dis à ma femme: la vie est courte.

En guise de réponse, maître Crighton marmonna simplement un vague «hum». Après les fatigues du voyage, il n'avait guère envie de bavarder. Sur les pas de l'hôtelier, il entra dans la salle lambrissée de chêne, dont la fraîcheur le saisit agréablement.

— Comme d'habitude, une pinte de bière?

C'était une question à laquelle le propriétaire n'attendait pas de réponse. En effet, il connaissait parfaitement les goûts du notaire qui faisait régulièrement étape à l'hostellerie lorsqu'il venait visiter ses clients du Dorset. Sur le comptoir en acajou brillant, il posa une chope en étain d'où s'échappait une mousse abondante. Maître Crighton ferma les yeux de plaisir à la première gorgée de cette délicieuse bière désaltérante.

L'hôtelier claqua des doigts pour appeler le domestique en livrée.

— Monte le sac de Monsieur dans sa chambre habituelle, Fred! (Puis il se retourna vers le notaire.) Ma femme a préparé une petite selle de mouton pour le dîner, ce soir, vous allez vous régaler, je ne vous dis que ça! Une bonne nuit là-dessus, et vous serez frais et dispos!

— Merci, monsieur Grimsby, mais je crois que je vais aller au manoir de Stoneridge directement. Voulez-vous être assez aimable pour faire atteler le cheval à la carriole?

L'hôtelier opina de la tête. Le notaire espérait sans doute se faire inviter à dîner à Stoneridge. Cela lui arrivait souvent du temps du vieux comte, mais personne ne connaissait le nouveau maître des lieux et les choses pouvaient avoir changé. Maître Crighton regretterait peut-être son bon ragoût de mouton!

— Vous prendrez bien un petit en-cas avant de prendre la route? Un petit morceau de tourte à la viande, par exemple?

Le notaire consentit à déjeuner légèrement et alla s'asseoir dans le renfoncement près de la fenêtre en attendant d'être servi. C'était son coin de prédilection. De là, il avait vue sur la rue principale du bourg, toujours très vivante en pleine journée. Il adorait ces visites trimestrielles à la campagne qui lui permettaient d'oublier, pour quelques jours, la grisaille et le bruit londoniens. Il n'avait pas l'impression de travailler mais plutôt d'être en vacances.

Tôt dans l'après-midi, ce jour-là, Théo descendait au cottage, portant une brassée de roses qui allaient décorer le salon de sa mère. Il faisait très chaud et, à mi-chemin, elle décida de s'accorder une petite pause. Les roses, autour desquelles des abeilles bourdonnaient paresseusement, dégageaient un parfum enivrant. Elle aimait ces moments où le temps semble s'être arrêté et où le simple fait de vivre procure une intense joie physique.

— Théo, que fais-tu là? questionna Rosie, curieuse.

La petite dernière surgissait toujours là où on ne l'attendait pas. Théo sortit de sa rêverie et regarda sa jeune sœur en souriant.

— Je pourrais te retourner la question. N'es-tu pas supposée faire tes devoirs à cette heure-ci?

L'enfant retira ses lunettes qu'elle essuya sur un coin de sa robe. Elle fixa Théo de ses yeux myopes.

— Le révérend Haversham a dû se rendre à l'évêché, il nous a donné congé pour l'après-midi. J'en profite pour voir si je peux agrandir ma collection.

— Que cherches-tu?

Rosie haussa les épaules. Théo aurait dû savoir qu'elle ne cherchait jamais rien de particulier.

— Tout ce qui me tombe sous la main.

— Donne-moi des nouvelles du cottage.

La petite, ravie de la confiance que lui accordait Théo, se lança dans une description détaillée des derniers événements.

— Emily pleure toujours à cause d'Edward, ce qui énerve maman, et hier, Clarry a failli se trancher le doigt en découpant le rôti. Il y avait du sang partout et elle a manqué s'évanouir.

Si puéril que fût ce récit, il fit naître en Théo une bouffée de nostalgie qu'elle eut du mal à refréner.

— Je regrette bien que tu te sois mariée, reprit Rosie tristement, ce n'est plus pareil, maintenant que tu es partie! Emily et Clarissa ne sont pas toujours gentilles avec moi.

— Ne dis pas de sottises, Rosie! Si je n'avais pas épousé Stoneridge, nous aurions perdu le domaine. De toute façon, tu peux venir me voir chaque fois que tu le désires.

— Non, maman a dit que je ne devais pas te déranger avant trois semaines au moins. Hier et avant-hier, je voulais te demander un conseil pour ma souris blanche, mais elle m'a interdit d'aller au manoir.

Un crissement de roues sur le gravier interrompit la conversation des deux sœurs.

— Je me demande qui cela peut être, s'interrogea Théo en remontant vers le manoir, Rosie sur ses talons.

La carriole de l'hostellerie de Dorchester venait de s'arrêter; maître Crighton avait encore les rênes en mains.

— Bonjour Lady Théodora, Lady Rosalind, dit-il avec un réel plaisir. J'espère que vous allez bien.

Théo réalisa que la visite trimestrielle du notaire lui était complètement sortie de l'esprit, mais elle s'efforça de n'en rien laisser paraître, pour ne pas blesser maître Crighton.

— C'est un plaisir de vous voir, dit-elle aimablement. J'arrive tout de suite.

Elle confia la gerbe de roses à sa sœur en recommandant:

— Porte-les à maman, Rosie, veux-tu, et n'en perds pas en route...

Rosie enfouit son nez dans le gros bouquet avant de demander:

— Allez-vous aussi venir voir maman, maître Crighton?

— Je viendrai certainement présenter mes hommages à Lady Belmont, répliqua-t-il avec emphase.

— Je vais la prévenir, dit alors Rosie.

Théo fit une grimace dans le dos du notaire. Sa

mère le trouvait mortellement ennuyeux et sa visite ne la ravirait certainement pas.

— Permettez-moi de vous présenter mes sincères félicitations, Lady Théodora, dit-il en inclinant légèrement la tête. Voilà une union des plus raisonnables !

Théo pensa que c'était là une façon bien peu enthousiaste de qualifier son mariage ! Maître Crighton sortit un mouchoir pour éponger la sueur qui coulait de son front.

— Il y a encore quelques régularisations en suspens, reprit-il. Nous en discuterons après avoir réglé les habituelles questions des revenus de vos fermages et des investissements que vous souhaitez faire.

— De quelles «régularisations en suspens» voulez-vous parler ?

Mal à l'aise, le notaire se raidit, toussota, puis répondit maladroitement :

— Oh, juste quelques détails…

Théo, dont l'intérêt était aiguisé, écarquilla les yeux.

— Des détails ? Il me semble au contraire que le testament de mon grand-père était très clair.

De plus en plus gêné, maître Crighton s'empourpra.

— Les rentes… euh… les rentes de vos sœurs… bégaya-t-il, et votre propre part d'héritage, Lady Théodora,… euh… Tout cela doit être établi dans les règles.

Théo sentit que le notaire ne disait pas toute la vérité. Elle n'eut pas le temps de le questionner davantage ; ils venaient de pénétrer à l'intérieur du manoir.

Dans son cabinet de travail, Sylvester lisait un ouvrage sur la rotation des cultures, sujet que maîtrisaient parfaitement Théo et Beaumont et qui lui était inconnu. L'agriculture, les techniques de fermage restaient pour lui un univers à découvrir. Rien d'étonnant à cela puisqu'il avait été militaire pendant quinze ans de sa vie. En outre, même s'il l'avait voulu, le domaine des Gilbraith, que Théo avait un jour qualifié de «minuscule», à juste raison, ne lui aurait pas permis d'accéder à une connaissance approfondie de la terre. Quelle mouche avait bien pu piquer le vieux comte pour qu'un jour il eût envisagé de remettre Stoneridge entre les mains d'un ignorant en la matière ?

Des voix provenant de l'entrée le tirèrent brutalement de ses réflexions. Prêtant une oreille plus attentive, il reconnut Théo qui s'entretenait avec maître Crighton. L'idée de les savoir ensemble lui fit tourner les sangs. Il ne manquait plus que cela !

Que diable le bonhomme faisait-il ici sans prévenir de sa visite ? Et s'il avait dit à Théo… Non, voyons, il était stupide de céder à la panique. Sylvester tenta de se ressaisir et d'analyser objectivement la situation. Si son épouse apprenait maintenant toute la vérité sur le testament de son grand-père, cela n'avait plus grande importance. Il avait rempli son contrat et personne ne pourrait plus le déposséder de ce qu'il avait acquis légalement. Bien sûr, Théo pourrait l'accuser de l'avoir trompée… Cette pensée provoqua en lui un vif sentiment de répugnance. Les abjectes raisons de son mariage devaient rester secrètes jusqu'à la fin de ses jours. A moins que Crighton n'en ait déjà trop dit…

Sylvester prit une profonde inspiration, essaya de se calmer, puis il se leva pour aller à la rencontre des nouveaux arrivants.

— Oh, Sylvester ! l'interpella Théo. Maître Crighton arrive de Londres. Comme chaque trimestre, il nous rend visite pour régler nos affaires. J'ai complètement oublié de t'en parler ce matin !

— C'est vrai, milord, repartit le notaire en tendant la main au comte, j'ai pas mal de clients dans les environs qui me font l'honneur de me confier leurs affaires. Je fais des tournées, comme les marchands ambulants !

Maître Crighton se mit à rire de sa comparaison afin de dissimuler son embarras. Le nouveau comte n'avait pas été informé de sa visite et il risquait de s'en offenser. Mais surtout, le notaire craignait d'en avoir trop dit à Lady Théodora qui, apparemment, ignorait encore absolument tout des dispositions testamentaires de son grand-père. Une situation très inconfortable que le ton froid du comte de Stoneridge n'arrangea guère.

— Bien ! Allons dans mon cabinet de travail, voulez-vous ? Nous verrons cela.

Sylvester jeta un coup d'œil sur Théo qui se tenait en retrait. Il éprouva un soulagement à constater qu'elle paraissait parfaitement décontractée. Le notaire n'avait sans doute pas laissé échapper un mot de trop.

— Théo, pourrais-tu, je te prie, demander à Foster de nous servir quelques rafraîchissements dans mon cabinet ? suggéra-t-il en indiquant de la main la direction de son bureau à maître Crighton.

— Bien sûr, j'y vais de ce pas et je vous rejoins.

A ces mots, Sylvester réalisa brusquement qu'elle projetait de prendre part aux discussions. C'était probablement ainsi que les choses se passaient du vivant de son grand-père. Devant la porte du cabinet, il s'effaça pour laisser entrer le notaire et dit doucement à Théo :

— Je ne sais pas pour combien de temps nous en aurons. Attends-moi ! Peut-être pourrions-nous aller chasser le canard près de l'étang de Webster dès que j'en aurai terminé ?

Pendant quelques secondes, Théo resta plantée sur le pas de la porte sans bien comprendre ce qu'il venait de lui dire.

— Hé ! une minute ! (Elle poussa la porte qu'il refermait derrière lui.) Je viens aussi !

Sylvester soupira et ressortit de la pièce pour éviter de devoir palabrer avec son épouse devant le notaire.

— Non, Théo, je crains que ce ne soit pas possible, reprit-il sans élever le ton pour ne pas être entendu de maître Crighton. Je préfère conduire mes affaires seul. C'est toujours ce que j'ai fait et je ne tiens pas à changer mes habitudes.

— Tiens donc ! Moi non plus, je ne tiens pas à changer les miennes. J'ai toujours participé aux entretiens de mon grand-père avec maître Crighton.

A sa voix, Sylvester la sentit très déterminée, à la limite de la colère. Son visage était fermé et elle fusillait son mari du regard. A ce stade, il n'y avait guère que la méthode autoritaire pour mettre un terme à cette discussion. Le notaire devait se demander ce que signifiaient ces messes basses derrière la porte.

— Eh bien, aujourd'hui les choses seront différentes, coupa-t-il sèchement.

Il entra dans son bureau et ferma la porte au nez de Théo, qui resta ébahie. Instinctivement, elle posa la main sur la poignée et se ravisa à la dernière seconde. En surgissant dans la pièce, elle créerait immanquablement devant le notaire un esclandre auquel elle n'aurait rien à gagner. Sylvester, elle le savait, n'était pas homme à céder simplement pour échapper à une situation embarrassante. La colère était toujours mauvaise conseillère.

Théo était sur le point de faire demi-tour lorsque apparut Foster, qui apportait des boissons fraîches. La gorge serrée, elle remarqua qu'il avait disposé trois verres sur le plateau. L'idée qu'elle pût être scandaleusement évincée des discussions, comme une étrangère, n'avait pas même effleuré l'esprit du majordome.

Rouge de colère autant que de honte, mortifiée par cet affront sans précédent, elle sortit prendre l'air. Que se tramait-il ? Quels «détails» qu'elle devait ignorer le notaire était-il en train de régler avec le comte ? Théo n'était pas encline à la méfiance, mais son esprit logique ne comprenait pas pour quelle raison elle avait été bannie des discussions. Sylvester l'avait bien laissée assister aux entretiens avec le régisseur ! Elle ne voyait pas en quoi les affaires du notaire pouvaient être différentes. Il fallait qu'elle en ait le cœur net. Un peu honteuse de ce qu'elle allait faire, mais considérant qu'elle y était contrainte, elle rentra dans le manoir et se dirigea vers la bibliothèque, pièce attenante au cabinet de travail du comte.

Un des ancêtres de la famille Belmont s'était ménagé une cachette derrière la cheminée, probablement dans le but d'échapper à des persécutions politiques ou religieuses. Théo avait découvert cet endroit secret il y avait bien longtemps, au cours d'une partie de cache-cache avec ses sœurs et Edward, une veille de Noël. Jamais, jusqu'à ce jour, elle n'avait soupçonné qu'elle aurait à l'utiliser elle aussi. Cet espace communiquait directement avec la cheminée du bureau du comte qui bénéficiait ainsi d'un conduit commun avec celle de la bibliothèque.

Elle appuya sur le poussoir presque invisible qui commandait l'ouverture. La dalle de granit pivota en grinçant et une odeur de suie et de feu de bois lui chatouilla aussitôt les narines. L'idée que sa conduite n'était sûrement pas digne de la comtesse de Stoneridge ne l'empêcha pas de se glisser dans le réduit sombre où elle se recroquevilla. Après tout, elle était chez elle et ne faisait rien d'illégal. Elle allait ressortir de là noire comme un charbonnier ; tant pis ! Afin de ne pas rester dans l'obscurité totale, elle laissa la dalle entrouverte.

Le discours ampoulé et affecté de maître Crighton lui parvenait clairement, entrecoupé des remarques impatientes de Sylvester devant les longues circonlocutions du notaire. Ils parlaient du testament.

— Maintenant que vous avez satisfait aux exigences de feu le comte de Stoneridge, milord, j'ai le plaisir de vous remettre les documents relatifs au domaine.

Les *exigences* de son grand-père ? Théo tendit l'oreille pour ne rien manquer de cette conversation à laquelle elle ne comprenait pas un traître mot.

182

— J'ai donc droit, sans conteste, à l'intégralité du domaine ? questionna Sylvester.

— Depuis le jour de votre mariage, comme convenu, milord.

Théo sentit un froid mortel l'envahir. Elle s'appuya contre la dalle.

— Toute la fortune du comte devient vôtre, reprit le notaire, mais vous devez aussi, conformément aux obligations du testament, verser des rentes aux trois autres sœurs Belmont. J'ai ici les documents, milord. Si voulez bien parapher chacune des pages... Je vais authentifier votre signature.

— Je dois donc verser à chacune une rente annuelle de vingt mille livres... C'est une somme rondelette, dites-moi !...

Il sembla à Théo que Sylvester déchiffrait le document en même temps qu'il parlait.

— Sans nul doute, milord. Mais ne vous inquiétez aucunement, l'opulence de Stoneridge vous permettra sans problème de faire face à vos engagements, le rassura maître Crighton.

— C'est bon ! dit simplement Sylvester d'un ton qui ne trahissait aucune espèce d'émotion. Avec une telle rente, Clarissa n'aura aucun mal à trouver un mari et Edward Fairfax ne regrettera pas d'avoir choisi Emily, si j'ose dire. Elles le méritent, ce sont des jeunes filles attachantes... Même la jeune Rosie, avec ses lunettes et ses taches de rousseur, a un certain charme, ajouta-t-il en riant.

Théo se sentait de plus en plus mal. Elle serra les poings avec une telle force que ses ongles pénétrèrent dans sa chair sans qu'elle ressentît pourtant la moindre douleur. Avait-elle vraiment bien entendu ? La scène qui se déroulait dans ce bureau était si invraisemblable qu'elle doutait de sa réalité.

— Quant à la part de Lady Stoneridge... poursuivit le notaire. (Il se racla la gorge et Théo imagina qu'il cherchait ses mots.) Il serait peut-être indiqué... si je peux me permettre... (Le notaire prenait vraiment beaucoup de précautions.) Ne pensez-vous pas préférable qu'elle assiste à la suite de notre entretien?

Suggestion hasardeuse, en effet, de la part de maître Crighton!

— Il n'est pas le moins du monde utile qu'elle soit présente, répliqua Stoneridge plutôt sèchement. Je lui ferai part moi-même de ce qu'elle doit savoir.

Théo était folle de rage. *Sans conteste... l'intégralité du domaine... depuis le jour de votre mariage... comme convenu...* Ces mots résonnaient dans sa tête comme une obsession. Elle entendit encore le notaire faire un état chiffré de ses biens. Son grand-père avait été plus que généreux. Il avait tout prévu. Si son mari venait à disparaître avant elle, elle serait une femme riche et sans souci. Si elle avait des enfants, ceux-ci hériteraient de droit de sa fortune. C'est à son grand-père qu'elle devait tout cela, et non à son époux.

Pour Sylvester Gilbraith, elle n'avait été qu'une monnaie d'échange, un moyen d'hériter des terres de Stoneridge.

Son grand-père ne l'avait pas oubliée mais pourquoi l'avait-il obligée à passer sous les fourches caudines d'un mariage si odieux pour en arriver là? Son destin était maintenant lié à celui d'un homme profondément méprisable qui l'avait trompée et manipulée sans vergogne. C'en était définitivement fini de sa liberté. Avec son air cauteleux, il s'était fait passer auprès de sa mère pour un homme de devoir, généreux de surcroît. C'était un menteur, un vulgaire menteur! Un sale arriviste!

Figée, Théo écouta la fin de la conversation qui ne lui apprit rien de plus mais la conforta dans sa décision de mettre fin à ce simulacre de mariage. Elle n'aurait de cesse d'être vengée, de pouvoir dire à cet homme roué et sournois qui était son mari ce qu'elle pensait de lui.

Elle se souvint des promesses hypocrites qu'il lui avait faites de ne jamais abuser de son pouvoir de séduction, de ne jamais l'emprisonner, de tout partager. Elle était naïvement tombée dans ses filets et s'était offerte à lui en toute confiance. Lui, avait agi par calcul. Il l'avait possédée. Il s'était servi d'elle.

Lentement elle sortit de sa cachette, referma la dalle derrière elle, puis monta se rafraîchir et faire disparaître les traces de suie qui trahissaient sa curiosité. Le regard vide et le teint blafard, elle se sentit incapable d'affronter Sylvester en présence du notaire. La douleur la paralysait. Pour la première fois en vingt ans, le monde venait de s'écrouler autour d'elle. Elle n'avait plus de repères. Toute sa vie, on l'avait aimée et encouragée, elle avait eu confiance en elle, en ses possibilités, mais ces temps étaient définitivement révolus. Un étranger l'avait piétinée et traînée dans la boue. Elle avait été sacrifiée, achetée comme une marchandise.

14

— La prochaine fois que vous aurez des affaires à traiter avec moi, maître Crighton, prévenez-moi par courrier. Je me rendrai à votre étude. J'ai assez souvent l'occasion de venir à Londres pour que cela ne me pose aucun problème.

Le notaire se renfrogna et baissa la tête comme un enfant réprimandé.

— Je ne pensais pas vous déranger, milord. En général, mes clients préfèrent que je leur évite un déplacement, mais je suis à votre disposition pour changer mes habitudes et bien entendu...

D'un geste de la main, le comte interrompit le discours obséquieux dans lequel allait s'enliser maître Crighton.

— J'apprécie votre sollicitude, mais il ne sera pas nécessaire que vous reveniez jusqu'ici. Suis-je clair ?

— Oui, milord... Bien sûr, milord.

Sylvester se leva pour faire comprendre à son interlocuteur que l'entrevue était terminée et sonna pour demander à Foster de faire préparer la carriole de maître Crighton.

A la grande déception du notaire, aucune invitation à dîner ne lui avait été faite. Le comte lui avait seulement offert à boire. Et encore, un seul verre! On n'avait même pas proposé de le resservir. En sortant, il reprit ses gants et son chapeau qu'il avait laissés sur la table de l'entrée. Sylvester le raccompagna sur le seuil, lui serra rapidement la main et retourna dans son cabinet de travail sans même attendre son départ. La situation avait incontestablement changé au manoir de Stoneridge!

Sylvester n'avait en effet qu'une hâte: celle de voir disparaître maître Crighton avant que Théo ne revienne. Il arpenta son bureau en réfléchissant à la meilleure conduite à adopter vis-à-vis de sa femme. Certes, il devait s'attendre à la voir contrariée d'avoir été tenue à l'écart de la discussion, mais pour le moment le danger était passé et maître Crighton ne surgirait plus jamais à l'improviste. Sylvester devait maintenant se préparer à être conciliant, voire doux comme un agneau, et tout allait rentrer dans l'ordre. Il lui avait proposé une partie de chasse au canard, pourquoi ne pas y aller maintenant, en lui suggérant de faire le concours du meilleur chasseur? Théo était toujours partante lorsqu'il s'agissait de disputer une compétition. D'après Henry, les abords de l'étang de Webster étaient très riches en gibier. Ils y seraient tranquilles, puisque les lieux appartenaient au domaine privé de Stoneridge. Au pire, ils ne rencontreraient que quelques braconniers.

Un léger sourire se dessina sur les lèvres de Sylvester au moment où il se remémora la frayeur qui l'avait saisi en entendant la voix de Crighton. Cela s'était bien terminé. Combien de temps y avait-il de cela? Une heure, pas plus. Il éprouvait a posteriori un réel soulagement. Comment ferait-il pour vivre avec le terrible secret des conditions de son héritage ? Un jour, peut-être, il pourrait tout avouer à Théo. Mais il avait bien le temps de l'y préparer... Rien ne pressait.

L'arrivée de son épouse le tira de ses songes. Les paroles aimables qu'il allait lui adresser vinrent mourir sur ses lèvres lorsqu'il aperçut ses traits contractés. Son visage, plus pâle que jamais, offrait une expression égarée et farouche.

— Alors, Stoneridge, attaqua-t-elle, tu en as terminé avec maître Crighton ?

— Voyons, ne te fâche pas, Théo ! dit-il en s'approchant d'elle. Je sais bien que tu avais l'habitude de participer aux discussions concernant les affaires du domaine, mais...

Elle ne le laissa pas finir.

— Mais, cette fois, je n'avais pas le droit de tout entendre !... N'as-tu jamais pensé que tu avais payé le domaine trop cher en m'épousant ? poursuivit-elle d'une voix blanche. Il est vrai que tu aurais sans doute fait n'importe quoi pour arriver à tes fins !

— Tu as entendu ? demanda Sylvester, soudain livide.

— Je n'ai pas entendu, j'ai écouté ! dit-elle en le narguant. J'ai même espionné, c'est un sale défaut. Moins ignoble quand même que l'hypocrisie et le mensonge ! Je doute que mon grand-père ait réalisé à quelle espèce de monstre il léguait le domaine.

— Théo, cela suffit ! Tu vas m'écouter ! commanda-t-il.

Sylvester devait absolument redevenir maître de la situation avant qu'elle ne devienne irréversible.

— Jamais ! Je ne t'ai déjà que trop écouté, Stoneridge, c'est ce qui m'a perdue. A cause de cela, j'ai lié ma vie à celle d'un traître.

Les paroles cinglantes de Théo atteignirent Sylvester dans son amour-propre et le firent réagir durement.

— Cesse immédiatement ! Nous allons discuter

calmement, comme des gens raisonnables. Je comprends ce que tu ressens...

Encore une fois, Théo l'interrompit, furieuse :

— Ah, tu me comprends ! ricana-t-elle. Tu n'as pas hésité à abuser de moi et maintenant tu prétends savoir ce que je pense !

Dans un geste de rage incontrôlé, elle tourna les talons et claqua la porte derrière elle. Sylvester resta cloué sur place, assommé par les accusations de son épouse qui, il devait bien l'admettre, n'étaient pas totalement dénuées de vérité. Mais, entière et directe comme elle l'était, Théo avait dressé un tableau sans nuances, sans tenir compte de la complexité de la situation. En tout état de cause, ils n'avaient été tous les deux que des pions dans le jeu diabolique orchestré par feu le comte de Stoneridge.

Tout à coup, Sylvester se sentit hors d'état de supporter les odieuses calomnies proférées par sa femme. En titubant, comme dans un état second, il se laissa tomber sur un fauteuil. Pris d'un vertige, il inclina sa tête sur le dossier, un bourdonnement insupportable dans les oreilles.

Traître... Théo l'avait qualifié de traître ! Théo... ou le général Feringham ? Leurs voix se confondaient, se superposaient. La tête lui tournait, il ne savait plus où il était.

Vous êtes accusé d'avoir déshonoré le régiment... d'avoir abandonné votre drapeau à l'ennemi... d'avoir froidement laissé assassiner vos hommes... d'avoir condamné les survivants à croupir dans une prison ennemie...

Sylvester ferma les yeux pour effacer les images insoutenables de la salle du tribunal et se boucha les oreilles pour ne plus entendre la voix accusatrice du président de la cour martiale. Quel prix pouvait avoir un acquittement obtenu faute de preuves, alors même que personne ne croyait à son innocence ?

Sa femme le renvoyait une seconde fois au banc des accusés. Il avait retrouvé dans le regard de Théo la même lueur de mépris. C'était une douleur intolérable.

Comme un automate, il sortit de son bureau. Il interpella Foster qui resta saisi par la brutalité de sa question :

— Où est Lady Théodora ?

— Là-haut, je crois, milord, bégaya-t-il.

Stoneridge passa devant lui en le bousculant presque et monta les marches à toute vitesse. Foster, médusé, entendit claquer la porte de la chambre de la comtesse. Quelque chose n'allait pas ! Pour une fois, il se sentit désemparé, ne sachant que faire : envoyer la femme de chambre sous un prétexte quelconque ? monter lui-même ? Il attendit... Le calme revenu, il abandonna son idée et retourna, un peu inquiet cependant, astiquer l'argenterie à l'office.

Théo leva les yeux vers son mari, dont le visage décomposé trahissait de violentes émotions. Cela ne l'empêcha pas de l'apostropher d'une voix méprisante et glaciale.

— Ne puis-je même pas être tranquille chez moi ? demanda-t-elle. Tu veux sans doute me faire sentir que toute la maison t'appartient ! Est-ce donc trop demander que...

— En voilà assez, Théo, coupa-t-il. Qu'est-ce que tu fais là ?

Il venait d'apercevoir une valise ouverte sur le lit.

— Je pars au cottage. Le seul endroit sur lequel tu n'as pas mis tes sales mains ! répondit-elle d'une voix brisée par la colère.

Elle essuya vite d'un coin de sa manche quelques larmes qu'elle n'avait pu réprimer puis, sans jeter un seul coup d'œil vers Sylvester, entassa pêle-mêle dans sa valise quelques effets, ses affaires de toilette et ses brosses à cheveux en ivoire sculpté.

— Le cottage appartient en toute propriété à ma mère. Même un lâche de ton espèce n'oserait entrer de force chez une femme seule sans défense... Du moins, je l'espère! ajouta-t-elle pour indiquer qu'elle s'attendait aux pires bassesses de sa part.

Ces insultes répétées eurent raison du calme que Sylvester s'efforçait de garder avec tant de difficulté.

— Dieu du Ciel, c'en est trop! hurla-t-il. Tu vas retirer cela immédiatement.

Théo soutint fermement son regard, bien décidée à lui tenir tête.

— Jamais!

A peine avait-il esquissé un pas dans la direction de sa femme qu'une brosse vint lui frapper douloureusement l'épaule, pour finir sa trajectoire sur un coin de la cheminée. Il eut à peine le temps de se remettre que déjà une pluie d'autres objets traversait la pièce de la même façon. Théo, en proie à une véritable rage, lui lançait tout ce qu'elle avait sous la main, chaussures, vases, livres, coussins...

— Sale petite peste! aboya-t-il, tandis qu'une figurine précieuse venait se briser contre le mur dans un bruit cristallin.

Sylvester fonça sur sa femme, l'attrapa par la taille et la souleva du sol avant qu'elle ait le temps de contre-attaquer. Elle se mit à jurer comme un charretier. Le comte réalisa que les quelques paroles grossières de Théo qui l'avaient tant outré jusqu'à présent ne représentaient qu'une infime partie du registre lexical de son épouse. En d'autres circonstances, cela l'aurait peut-être fait réagir mais pour l'instant, il avait bien d'autres problèmes plus importants à régler.

Théo se retrouva acculée dans un coin de la pièce, le visage face au mur, solidement maintenue par Sylvester qui, serré contre elle, ne lui laissait aucune latitude de mouvement.

— Maintenant, reprit-il d'une voix déterminée, retire ce que tu as dit, Théo.

Pour toute réponse, elle l'injuria un peu plus, le vouant à tous les malheurs. La pression de ce corps qui l'emprisonnait littéralement exacerbait sa fureur.

Elle tenta un mouvement pour le forcer à reculer mais, au contraire, Sylvester se rapprocha encore, au point de l'étouffer presque.

— Retire ça, répéta-t-il. Je ne te lâcherai pas tant que tu ne te seras pas excusée.

Dans cette lutte corporelle, c'étaient deux volontés fermes et résolues, deux tempéraments décidés et entêtés qui s'affrontaient, aucun ne voulant abandonner à l'adversaire une partie de la victoire, aussi infime fût-elle. Théo se sentait profondément blessée, presque souillée. Pour Sylvester, tolérer le mépris de sa femme eût été se condamner à rouvrir pour toujours d'anciennes et profondes blessures. Depuis son procès, il tentait de survivre en enfouissant au plus profond de lui-même le dédain que lui manifestaient des hommes qu'il estimait. Mais il était impuissant devant cette douleur encore trop vive qui remontait à la surface et venait le ronger, lui briser l'âme à la moindre occasion. Plutôt mourir que d'avoir une telle souffrance pour compagne !

Pourtant, au plus profond de lui-même, il savait bien que rien ne se résoudrait par les invectives et les cris. Il fit un effort pour se calmer.

— Ecoute-moi, dit-il doucement. Tu as des raisons d'être en colère et je te dois une explication.

— Que pourrais-tu encore m'expliquer après avoir pris...

— Donne-moi une chance, Théo, l'interrompit-il. Tu ne connais qu'une partie de l'histoire.

— Laisse-moi partir !...

Elle se tortilla, sachant pourtant que cela ne servait probablement à rien.

Cette femme était trop entêtée. Cela ne valait vraiment pas la peine qu'il essaie d'être conciliant.

— Puisque tu le prends comme ça, sache que tu ne sortiras pas d'ici avant d'avoir retiré tes insultes. Je ne peux supporter d'être traité de lâche.

Théo se souvint qu'elle lui avait effectivement lancé cette épithète injurieuse... parmi d'autres ! Elle sentait ses mains chaudes enserrer ses poignets et la force de son corps contre elle ravivait des souvenirs encore vivaces de plaisir partagé. Des doutes se mêlaient confusément à sa colère.

Sylvester perçut ce changement.

— Finissons-en ! proposa-t-il.

La présence si proche de Sylvester atténuait maintenant sa fureur et faisait naître en elle des incertitudes.

— D'accord ! concéda-t-elle. Je retire ce que j'ai dit. Je n'ai pas de preuve *absolue* que tu sois un lâche.

Au grand étonnement de Théo, Sylvester ne manifesta aucun signe de satisfaction après les excuses qu'elle venait de lui faire. Elle trouva même qu'il avait davantage la mine d'un condamné que celle d'un homme heureux.

— Nous avons des choses à nous dire, maintenant, lui annonça-t-il.

Elle ne voyait vraiment pas ce qu'une discussion pourrait apporter et surtout, elle n'avait aucune envie de prêter l'oreille aux excuses qu'immanquablement il allait inventer.

— Sûrement pas ! Laisse-moi passer, répondit-elle en le poussant, je ne veux pas rester une minute de plus dans la même pièce que toi.

Elle avait déjà la main sur la poignée lorsque Sylvester la retint.

— Reste ici ! cria-t-il en se plaçant le dos contre la porte pour l'empêcher de sortir. Sacrée tête de mule, tu vas m'écouter !

L'espace de quelques secondes, Théo le vit fermer les yeux et se masser les tempes mais il sembla récupérer aussitôt.

— Pourquoi devrais-je écouter les paroles d'un menteur et d'un hypocrite ? demanda-t-elle.

— Je ne t'ai jamais menti.

— Quoi ! repartit Théo, indignée. Tu as le toupet de le nier ! (Elle se détourna avec une moue de dégoût.) Je te hais.

Sylvester serra les mâchoires, les muscles de son visage se contractèrent et sa bouche se pinça. Il luttait pour garder son calme.

— Ecoute une minute! (Dans ses efforts pour se maîtriser, il parlait presque à voix basse.) Je n'ai fait que me conformer aux volontés de ton grand-père.

Pour la première fois, il lui expliqua les détails du testament. Elle le regarda fixement d'un air où se mêlaient curiosité et écœurement.

— Et tu as l'impudence de faire endosser à mon grand-père ta propre cupidité! (Théo ricana.) Si tu ne m'avais pas épousée, tu aurais dû te contenter du manoir et mes sœurs et moi aurions partagé les terres et la fortune. Peu m'importe de partager tout cela avec toi aujourd'hui. J'ai payé du prix de ma liberté et mes sœurs ont perdu leur part d'héritage. Tout cela pour que tu puisses mettre la main sur le domaine! Et quand je pense que tu as eu le culot de te faire passer pour un bienfaiteur... Oh, je n'en peux plus, laisse-moi partir!

Ces derniers mots étaient presque suppliants. En même temps, Théo martela de ses poings le torse de son mari qui continuait de lui barrer le chemin.

Sylvester crut voir des éclairs de lumière blanche passer devant ses yeux et une étrange sensation de mal-être prit possession de son corps tout entier. Ses tempes se remirent à lui battre violemment, tandis que des pointes s'enfonçaient douloureusement dans sa nuque. Cela recommençait. Comme chaque fois. Sans prévenir. Un cri d'angoisse ne put sortir de ses lèvres: «Pourquoi maintenant?»

— Va-t'en! reprit Théo.

Il sembla à Sylvester que sa tête explosait. Il essaya de contrôler la panique qui l'envahissait, mais cela ne fit qu'accentuer la souffrance, qui devint rapidement intolérable. «Pourquoi fallait-il que cela arrive maintenant?»

Théo le regardait, intriguée. Elle le vit faiblir au

point presque de s'effondrer comme une poupée de chiffon.

— Allez, va-t'en !

Il céda en s'écartant maladroitement.

— Que se passe-t-il ? demanda Théo qui, inconsciemment, se sentait un peu responsable de l'état de Sylvester.

— Fiche le camp !

Puisant dans les dernières forces qu'il lui restait, il avait trouvé le moyen de hurler.

Théo sursauta. Il n'y avait pas plus de quelques minutes, il la suppliait presque de l'écouter et maintenant il la jetait dehors sans explication. La certitude aveugle qui avait empêché Théo de laisser Sylvester parler commençait maintenant à chanceler. Peut-être ne maîtrisait-elle pas tous les aspects de la situation ? Elle avait refusé de l'entendre. Cette histoire de fou devait bien avoir un sens. Son grand-père ne pouvait avoir manigancé ce plan machiavélique sans une bonne raison.

— Mais, je...

Elle se tut en voyant la mine de Sylvester.

Il ne disait rien mais la regardait avec des yeux perdus, le visage déformé par la douleur. Il traversa la pièce pour se rendre chez lui par la porte qui reliait leurs deux chambres. Théo, choquée, resta sans réaction. Elle l'avait déjà vu dans un état presque similaire lors de leur première rencontre au bord du torrent. Il avait la même lueur d'égarement dans les yeux et il titubait de la même façon. Etait-ce ce mal qui l'avait cloué au lit pendant presque deux jours ? Tandis qu'elle descendait, elle l'entendit sonner et, dans la seconde qui suivit, elle croisa Henry qui se précipitait vers la chambre du comte.

Après la tension occasionnée par ces derniers événements, Théo se sentait au bord de l'épuisement, perdue, comme abandonnée de tous. L'illusion de force que lui procurait la colère avait disparu en même temps que sa fureur. Le calme retrouvé la laissait sans défense, impuissante face au chagrin et à la douleur. L'air doux de ce début de soirée lui procura un léger bien-être. Indécise, elle resta quelque temps sur le pas de la porte du manoir. Elle aurait aimé se laisser consoler dans les bras de sa mère comme une enfant blessée, mais en même temps, c'eût été reconnaître que l'homme qui lui avait fait une cour assidue, qu'elle avait accepté d'épouser de son plein gré n'était qu'un sinistre coureur de dot. Cela lui paraissait un aveu abominable. Les larmes qui ne coulaient pas lui brûlaient les yeux. Elle devait trouver un moyen de s'en sortir sans le réconfort de qui que ce soit. Seule.

Théo se dirigea vers la roseraie. A peine avait-elle atteint la pelouse parsemée de scabieuses bleu-mauve qu'elle vit, loin devant, arriver un cavalier dont l'allure lui sembla familière. Comme il se rapprochait, elle plissa les yeux pour mieux le distinguer… puis elle se mit à courir vers lui.

— Edward! Edward! cria-t-elle, alors qu'il ne pouvait encore l'entendre.

Le cavalier lança son cheval au petit galop. Il eut tôt fait de couvrir la distance qui les séparait.

— Théo! (Edward tira sur les rênes pour arrêter Tonnerre, son fidèle cheval.) J'espérais bien te trouver ici, dit-il.

Sans chercher à cacher son émotion, elle leva les yeux vers son ami et le regarda simplement en silence, tellement heureuse de le voir revenu. Il tenait les deux rênes dans la main droite, la manche gauche épinglée sur sa veste. Maladroitement, il mit pied à terre. Lui qui autrefois était si agile, si souple dans le moindre de ses mouvements!

— Je n'arrive pas à m'y faire, dit-il simplement en évitant d'employer le mot «amputation». Je me sens tout déséquilibré, ça me rend fou d'être si malhabile.

— Tu t'y feras, tu verras. Dans quelque temps tu n'y penseras plus. (Théo s'approcha et, dans un élan d'affection, l'enlaça longuement.) C'est un tel bonheur de te retrouver, je me suis fait tant de souci pour toi !

— Si tu savais, tout est ma faute ! J'ai été tellement imprudent, je me le reprocherai toute ma vie ! J'aurais pu mourir.

— Ne dis pas cela !

Théo laissa ses mains sur les épaules d'Edward et recula pour mieux le contempler et se persuader de la réalité de sa présence. Il lui parut plus ridé, plus marqué, les traits empreints des souffrances qu'il avait endurées. Mais l'éclat de ses yeux verts prouvait qu'il avait conservé l'esprit et la pétulance d'autrefois.

— As-tu vu Emily ? demanda-t-elle.

Edward secoua la tête négativement.

— Je ne suis arrivé qu'hier soir. Je voulais te voir avant de rencontrer Emily… J'aimerais que tu m'accompagnes, dit-il, un peu gêné.

Théo comprit immédiatement la raison de cette demande. Edward avait tout simplement peur — ou honte — de se présenter devant sa fiancée tel qu'il était aujourd'hui.

— Emily t'attend avec une impatience que tu ne peux même pas imaginer. Elle sera folle de joie de te revoir.

Edward était reconnaissant à Théo de le soulager de ses craintes sans s'apitoyer sur son sort.

— Je vais venir avec toi, reprit Théo en réalisant soudain qu'elle ne voulait surtout pas rentrer au manoir pour y retrouver ses soucis matrimoniaux.

Brusquement, il la regarda plus attentivement. Théo et Edward avaient toujours eu le don de partager, sans paroles, leurs pensées secrètes.

— Ne devrais-je pas présenter mes respects à ton mari ? demanda-t-il.

— C'est impossible pour le moment, il est occupé.

Mentir à Edward lui était difficilement supportable, mais il n'y avait guère moyen de faire autrement.

— La nouvelle de ton mariage si soudain m'a énormément surpris.

— La décision a été rapide, en effet, répondit-elle en laissant transparaître une pointe d'amertume. Tout s'est fait en un mois. Stoneridge ne tergiverse pas quand il a pris une décision.

Edward fronça les sourcils.

— Que se passe-t-il, Théo, dis-moi la vérité !

Non, elle ne le pouvait pas... Pour la première fois, elle devait cacher ses sentiments à Edward, son ami envers qui elle n'avait jamais éprouvé la moindre parcelle de honte ou d'embarras. Voilà qu'elle devait lui faire des cachotteries ! De toute façon, même si elle avait pu lui avouer les secrets de son cœur, elle ne l'aurait pas fait. Edward avait bien assez de ses propres soucis.

— Rien de grave, dit-elle. Nous nous sommes un peu disputés, c'est tout. Veux-tu que je tienne les rênes de Tonnerre et que nous marchions côte à côte ?

Théo, souriante, avait réussi à effacer de son visage toute trace de son tourment. Edward n'insista pas, d'autant qu'il se sentait lui-même un peu angoissé à l'approche de ses retrouvailles avec Emily.

— Alors, raconte-moi tout... ton accident... reprit-elle, tandis qu'ils descendaient main dans la main vers le cottage.

Sous le récit laconique des faits, elle devina l'amertume d'Edward qui se reprochait encore de s'être si stupidement exposé ; elle perçut les souffrances physiques et morales qu'il avait traversées : la blessure, l'amputation, et l'affreux voyage de retour jusqu'en Angleterre. Mais elle sut épargner à son ami les lamentations compatissantes qu'il redoutait tant. Il n'attendait rien d'autre de Théo que de le comprendre à demi-mot.

Dès qu'ils arrivèrent devant le cottage, Edward se sentit chanceler.

— Je ne veux pas surprendre Emily. Sois gentille, Théo, supplia-t-il, va l'avertir !

— L'avertir, et de quoi? du retour de son fiancé? Tu sais qu'elle aime les surprises! Elle va verser des larmes de joie, j'en suis sûre.

— Mais, Théo... reprit Edward, toujours hésitant, tu sais bien de quoi je veux parler.

Théo le rabroua gentiment, comme on peut se le permettre avec un ami d'enfance.

— Allez, cesse de dire des bêtises, Edward!

Elle attacha Tonnerre à la grille et prit Edward par la main en le tirant derrière elle comme un enfant timide.

— Emily... maman! cria-t-elle. Venez voir qui est là!

Emily se trouvait précisément dans l'entrée au moment où Edward et Théo pénétrèrent dans le cottage.

— Edward, oh, Edward...

Les mots restèrent dans sa gorge nouée. En pleurs, elle enlaça son fiancé.

Lady Elinor qui, depuis le salon, avait entendu les cris joyeux de Théo puis les pleurs d'Emily, se préparait à surmonter le flot d'émotions d'un événement qu'elle avait déjà deviné. Lorsqu'elle arriva dans le hall, elle se trouva face à trois visages bouleversés.

Négligeant délibérément la main qu'Edward lui tendait, elle le prit dans ses bras et l'étreignit affectueusement.

— Cher Edward, c'est tellement merveilleux de vous revoir!

Edward prit soudain un teint cramoisi et d'un trait, comme s'il prenait son élan pour réciter une phrase pénible préparée depuis longtemps, il déclara:

— Emily, je suis venu te dire que je te délie de ta promesse de m'épouser.

Un lourd silence suivit les paroles d'Edward. Ce fut encore Théo qui reprit la parole pour dédramatiser la situation en se moquant de son ami:

— Edward, tu n'es qu'un grand bébé! Comment peux-tu dire des choses aussi sottes?

Avant qu'Edward ait pu répondre, Emily s'était précipitée contre sa poitrine en éclatant en sanglots.

— Rien n'a changé, Edward, rien du tout, dit-elle dès qu'elle eut retrouvé sa voix.

De son bras valide, Edward serra Emily sur son cœur.

— Je peux le voir?

Une petite voix venait d'interrompre cette scène de tendresse. Lâchant Emily, Edward se baissa pour embrasser la petite Rosie qui venait de faire son apparition.

— Voir quoi? lui demanda sa mère.

— Voir l'endroit où le bras d'Edward est coupé! dit-elle sans se démonter.

Un concert de reproches indignés se fit entendre.

— Mais ça m'intéresse, insista Rosie.

— D'accord, répliqua Théo, mais ce n'est pas une raison pour te conduire comme une sale gosse mal élevée.

— Je ne suis pas «une sale gosse mal élevée». Tu me le montres, ton bras, Edward?

— Un jour... quand il sera bien guéri, dit-il en riant.

Rosie avait fait du cauchemar d'Edward un fait presque ordinaire, tout juste un peu plus intéressant que les autres. L'affection interdisait tout sentiment de dégoût ou de pitié.

Elinor mit un terme à l'interrogatoire inquisitorial de Rosie en proposant à Edward de rester dîner, ce qu'il accepta fort volontiers.

— J'espère que je suis également invitée, dit Théo en riant.

— Et Stoneridge? questionna Edward en ouvrant de grands yeux.

— Il a un engagement, il n'est pas libre!

Un court instant, Théo fut sur le point d'épancher son cœur et de chercher la consolation de ses chagrins et de ses frustrations dans les bras de sa mère, mais elle se ressaisit rapidement et s'enfonça dans son mensonge :

— Il doit se rendre à Dorchester pour affaires. Il dînera là-bas, reprit-elle.

Elinor fit un simple signe de tête. Sa fille mentait, c'était évident. Théo n'avait jamais su cacher à sa mère ses angoisses et ses malheurs, mais elle avait toujours mis un point d'honneur à s'en sortir seule. Si, en outre, le litige concernait cette fois le couple Stoneridge, Lady Elinor n'avait aucune intention d'intervenir pour jouer la mère protectrice ou la belle-mère envahissante. S'immiscer entre deux personnalités aussi fortes que celles de Sylvester et de Théo eût été plus dangereux que bénéfique.

15

Vers minuit, Sylvester dut prendre un somnifère pour trouver le sommeil. A l'aube naissante, il se réveilla, heureux enfin de constater que ces dernières heures de repos avaient dissipé ses violents maux de tête. Mais cette euphorie disparut rapidement, dès que lui revinrent en mémoire les causes de sa dernière crise. Certes, l'attaque avait été de courte durée cette fois, mais elle s'était produite à un moment inopportun, en pleine discussion avec Théo.

Il sauta du lit et se dirigea vers la fenêtre qu'il ouvrit toute grande. Un jour nouveau commençait, qui verrait peut-être l'amélioration de ses relations avec son épouse. Il prit une grande inspiration pour savourer à pleins poumons les embruns marins qui venaient jusqu'à lui, portés par la brise légère qui soufflait de la côte toute proche. A l'horizon, dans la lumière bleue des premières heures du jour, il devinait la baie et la falaise, estompées encore par un léger brouillard qui voilait leurs contours.

Il jeta un coup d'œil vers la porte qui donnait sur la chambre de Théo, se remémorant les accusations qu'elle avait portées contre lui. A cette heure-ci, elle devait dormir profondément. Un autre jour, il serait peut-être allé la réveiller avec des caresses langoureuses comme elle les aimait. Elle se serait étirée comme un petit animal surpris dans son sommeil, aurait poussé de vagues gémissements de plaisir et offert ses lèvres toutes chaudes à Sylvester. Enfin, elle aurait ouvert sur lui ses grands yeux d'un bleu limpide. Mais mieux valait ne pas tenter le diable...

Afin de profiter de la paix que l'on ne trouve qu'à ces heures matinales, et pensant que cela l'aiderait à remettre de l'ordre dans ses pensées, Sylvester décida de se rendre à l'étang de Webster. Fusil et gibecière en bandoulière, il traversa le verger et se retrouva sur un terrain buissonneux où s'entremêlaient lianes et ronces. Les tiges épineuses griffaient ses culottes de peau ou s'accrochaient à sa veste, rendant sa progression difficile. Mais l'air sentait délicieusement bon et cela valait bien de supporter quelques piqûres. La terre mouillée et les herbes sauvages exhalaient des parfums magiques dans lesquels venaient de temps à autre, selon le vent, s'immiscer des bouffées d'air marin. Le soleil encore voilé répandait généreusement sur tout l'horizon une lueur rougeoyante autour de son orbe de feu. La nature s'éveillait, joyeuse et primesautière, dans le chant harmonieux de la vie sauvage et le chœur des oiseaux.

Sylvester s'engagea dans un passage étroit qu'il supposa être un chemin. Mais il y avait bien longtemps, sans doute, qu'aucun homme n'avait foulé cet endroit encombré de tiges piquantes qui lui barraient le passage à chaque pas. La chasse s'annonçait excellente !

De la pointe de son fusil, il écarta encore quelques branchages et aperçut enfin les eaux scintillantes de l'étang. C'était en réalité un assez grand lac aux eaux tranquilles recouvertes de nénuphars, enclos sur tout son pourtour par un rideau de roseaux dont la brise rythmait le balancement.

Au moment où Sylvester s'avançait vers la rive, un projectile reçu en plein dos lui causa une douleur si vive qu'il serait tombé s'il ne s'était raccroché de justesse à un tronc d'arbre, le souffle coupé. Il murmura quelques jurons puis se retourna immédiatement pour découvrir son assaillant. Devant lui se tenait un homme jeune qui portait un fusil sur l'épaule et dont une des manches était remontée et accrochée à sa veste.

— Je vous demande pardon, dit Edward, mais vous alliez poser votre pied sur ce sale truc-là. (Il indiqua du doigt un piège de forme ovale muni de dents acérées.) Je n'ai pas trouvé d'autre moyen de vous en empêcher.

— Doux Jésus! s'exclama Sylvester en imaginant les dégâts qu'auraient causés dans ses chairs les lames de ce piège cruel, s'il avait eu le malheur de s'y faire prendre.

— Il n'y a jamais eu de pièges pour prendre les braconniers sur les terres des Belmont, dit Edward, visiblement perplexe. Je suppose que vous êtes Lord Stoneridge, ajouta-t-il en regardant plus attentivement son interlocuteur.

Au même moment, un craquement de branches les fit tous deux réagir instinctivement en soldats. Ils se retournèrent vivement et pointèrent leur arme.

— Il y a un maudit piège à homme, là-bas, dit Théo en apparaissant devant eux.

— Et un autre ici, ajouta Edward en abaissant son fusil.

Théo ramassa une branche et la glissa dans le piège qui, parfaitement huilé, se referma immédiatement sur sa proie, entaillant profondément le morceau de bois.

— J'ai aussi refermé l'autre piège précisa-t-elle puis, levant les yeux vers son mari, elle ajouta: Que faisais-tu ici, Stoneridge? Nous n'avons jamais toléré de pièges humains sur nos terres!

Sylvester comprit immédiatement à son regard défiant et hostile qu'elle le soupçonnait d'être l'auteur de cette odieuse action. De toute évidence, la nuit n'avait guère adouci ses griefs!

— Je n'y suis pour rien, rétorqua Sylvester posément. J'ai moi-même failli me faire prendre dans ce satané engin. N'eût été le réflexe rapide de... (Il se tourna vers Edward.)... Lieutenant Fairfax, je présume?

— Oui, milord. (Edward lui serra la main.) Ne croyez surtout pas que je braconne sur vos terres, j'avais rendez-vous ici avec Théo pour chasser.

— Cher ami, repartit Sylvester, je vous dois une fière chandelle!

Théo arborait encore une mine contrariée, mais elle semblait s'être un peu apaisée.

— Je crois que quelqu'un t'en veut, Stoneridge, dit-elle avec calme.

— Qui? demanda Sylvester, persuadé qu'elle parlait d'elle-même de façon déguisée.

— Les clous sur la selle de Zeus, l'autre jour... les pièges, aujourd'hui... Ne trouves-tu pas que cela fait beaucoup pour n'être qu'une coïncidence?

— Tu as une imagination débordante, Théo! N'importe qui pouvait se faire prendre dans ces pièges.

— Presque personne ne vient ici. Qui t'a indiqué cet endroit?

Sylvester se gratta le menton en essayant de se souvenir.

— Je ne sais plus... Ah, si, reprit-il soudain, c'est Henry. Je crois que quelqu'un du village le lui avait dit.

— Je pense que nous ferions bien de battre les sous-bois au cas où nous trouverions encore quelques-uns de ces ignobles pièges, proposa Théo.

Une demi-heure plus tard, Edward avait fait deux autres découvertes rigoureusement identiques.

— Avez-vous remarqué qu'ils sont tous placés sur le chemin qui mène du manoir à l'étang? demanda judicieusement Théo.

Edward regarda le comte qui, dubitatif, semblait perdu dans ses pensées.

— C'est vrai, milord! dit-il. Théo a raison, on dirait bien que quelqu'un vous veut du mal.

— Je suis sûre que ce n'est pas quelqu'un de chez nous, reprit-elle d'un ton affirmatif. Edward et moi connaissons tous les gens d'ici... mieux que toi!

Sylvester ne répondit pas à la provocation.

— Un ennemi peut vous en vouloir depuis des années... suggéra Edward.

Sylvester resta pensif. Théo et Edward avaient raison on l'avait directement visé à plusieurs reprises. Le piège mortel qui lui avait été tendu aujourd'hui lui apparut dans toute son horreur. La seule personne qui avait de justes raisons de lui en vouloir, c'était Théo, dont la culpabilité n'était même pas à imaginer. Certes, depuis trente-cinq ans il n'avait pas mené une vie irréprochable, mais rien dans sa conduite ne justifiait un acte de vengeance si ignoble.

— Nous allons réfléchir à tête reposée. En attendant, cette histoire m'a coupé l'envie de chasser, dit-il.

— A moi aussi, renchérit Edward.

— Allons prendre ensemble un bon petit déjeuner, proposa Sylvester en donnant une tape amicale sur l'épaule d'Edward. J'enverrai quelqu'un pour nettoyer le terrain. Allez, viens, Théo, nous rentrons.

— Mais j'ai envie de poursuivre ma partie de chasse! s'exclama-t-elle.

Cette obstination agaça profondément Sylvester.

— Il n'en est pas question! Il est bien trop dangereux de rester ici. Ne sois pas si têtue!

Voilà qu'elle ne pouvait même plus se promener sur ses propres terres en toute quiétude! Tout cela à cause de Sylvester Gilbraith qu'elle avait eu le malheur d'épouser. La présence d'Edward l'incita à ravaler les accusations qu'elle allait formuler à voix haute. Quant à lui, témoin involontaire de cette altercation, il sentait nettement que quelque dissension opposait Théo à son mari.

— Allez, dit-il en essayant d'arranger la situation, j'ai très faim. Si tu ne viens pas, tu vas m'obliger à rester avec toi.

La jeune femme capitula et les rejoignit sur le sentier, où le comte prit la tête du petit groupe, en direction du manoir.

Tout en se frayant prudemment un chemin au milieu des broussailles, chacun réfléchissait. Théo marchait entre son ami et son mari. Deux hommes ô combien différents ! Elle avait choisi l'un pour sa tendresse et sa tolérance, l'autre pour sa force et son autorité. Paradoxalement, elle avait besoin de l'un et de l'autre. Ces attaques répétées contre Sylvester commençaient à la tourmenter sérieusement. Les images du colporteur sans bagages rencontré à l'auberge revenaient à son esprit. Elle se demandait si vraiment cet inquiétant personnage n'avait pas un lien quelconque avec les derniers événements. Son imagination ne lui jouait-elle pas des tours ?

Sylvester se sentait un peu exclu de ce couple d'amis que formaient Edward et Théo. Il faisait figure d'outsider, de pièce rapportée. Un petit déjeuner amical, dans une ambiance décontractée, lui fournirait une occasion de mieux connaître le lieutenant Fairfax, mais aussi de s'assurer qu'il ne savait rien de l'histoire de Vimiera.

Au même moment précisément, l'histoire rapportée par son colonel revenait à l'esprit d'Edward. Pendant ces dernières semaines de souffrance, la trahison de Sylvester Gilbraith lui était complètement sortie de l'esprit. S'agissait-il bien de l'homme qui marchait devant lui ? Apparemment, Théo n'avait jamais entendu parler de cette affaire. A bien y réfléchir, il était parfaitement plausible que Gilbraith n'ait pas jugé bon de relater un fait si humiliant pour lui. Assez étrangement, il se dégageait de cet homme qui avait été capable d'abandonner ses compagnons d'armes un esprit de solide camaraderie qui avait plu à Edward dès la première minute. Pas une seule fois il ne lui avait posé de questions sur son amputation. Il n'avait pas non plus détourné le regard en faisant semblant de ne pas la remarquer, comme cela arrivait assez souvent. Bien que sa blessure fût récente, Edward avait déjà eu l'occasion de souffrir de cette attitude. Le comte de Stoneridge était le type d'homme fort qui devait parfaitement convenir à la nature directe de Théo. Le jeune lieutenant connaissait assez bien son amie pour affirmer qu'elle avait besoin d'un homme d'expérience qui saurait la dominer et ne craindrait pas son tempérament parfois sauvage. L'antagonisme qui semblait régner entre elle et le comte surprenait d'autant plus Edward.

Dès que les trois chasseurs furent hors de vue et que la nature eut repris son rythme troublé un temps par cette présence humaine, l'étranger, tapi dans le creux d'un gros chêne de l'autre côté de l'étang, sortit de sa cachette. Décidément, ce coin perdu d'Angleterre lui portait la poisse! Depuis le temps qu'il était là à espionner, recroquevillé dans ce tronc d'arbre, il avait des crampes. Enfin, il avait été sur le point de réussir... Vite fait, bien fait, il aurait administré le coup de grâce à sa victime prise au piège. Une balle provenant du propre fusil du comte aurait fait croire à un suicide pour éviter une longue et insupportable agonie. Manquer son coup si près du but, quelle déveine! Tout cela à cause de ce sacré handicapé qui était venu se mêler de ce qui ne le regardait pas! Le «colporteur» commençait à se dire que la chance l'avait abandonné, qu'il était maudit. Lui qui d'habitude ne ratait jamais ses cibles! Il fallait maintenant tout reprendre de zéro. Un accident de ce type était long à mettre sur pied: il en savait quelque chose! Il lui faudrait encore attendre pour toucher l'argent promis et pouvoir acheter la petite taverne qu'il convoitait à Cheapside depuis longtemps.

Dans la salle à manger du manoir, le petit déjeuner se déroulait sous les meilleurs auspices. Le comte avait le don de mettre les gens à l'aise et la première impression favorable du lieutenant s'en trouva confirmée. A la fin de la collation, Edward réalisa que, parfaitement en confiance, il s'était laissé aller à raconter son expérience de la guerre en Espagne qui pourtant n'avait duré qu'un an. Sylvester, quant à lui, s'était contenté de quelques remarques d'ordre stratégique et politique. Modestement, il n'avait rapporté aucun de ses faits de guerre.

Edward avait du mal à imaginer que cet homme qui avait pris le temps de l'écouter, de le laisser parler sans se mettre lui-même en avant, pût être le lâche qu'on lui avait décrit. Le jeune lieutenant avait trouvé en Sylvester quelqu'un qui comprenait vraiment ses souffrances, mieux que ses propres parents, de qui il n'avait pas obtenu le soulagement et l'apaisement dont il avait besoin. Par pudeur et par affection, il leur avait épargné le récit de ses malheurs. Il n'avait délivré à chacun d'eux que la version de la guerre qu'il souhaitait entendre. A sa mère, il n'avait parlé que du confort des camps, de la gentillesse des villageois et du courage de leurs partisans. A son père, il n'avait relaté que des succès militaires, des faits glorieux et des actes valeureux. Pour lui, il avait gardé la réalité de la guerre : la cruauté des hommes, la terreur, le bruit, la soif, les cris des blessés, les heures d'angoisse... Sylvester lui donnait une chance d'exorciser ces démons.

Théo regardait et écoutait ces deux hommes qui semblaient ne plus remarquer sa présence. Elle était heureuse de leur permettre d'établir une relation de franche camaraderie, de partager une expérience masculine dont elle était forcément exclue. En fait, elle connaissait mal celui qui était son mari! Elle ne savait de son enfance que ce qu'il avait bien voulu lui dévoiler. Cet homme si réservé semblait avoir érigé autour de lui des barrières pour se protéger. Avait-il commis quelque acte criminel ou blessé quelqu'un qui cherchait aujourd'hui à se venger? Après tout, il lui avait bien fait du mal, à elle! Pourquoi pas à quelqu'un d'autre? Mais il était inutile de ressasser et de se perdre en conjectures.

— Si vous voulez bien m'excuser, déclara-t-elle soudain en se levant, j'ai à faire. Edward, voudrais-tu venir dîner demain soir avec tes parents? Je pourrais aussi inviter maman et mes sœurs et nous nous retrouverions comme autrefois, au bon vieux temps...

A cette évocation, une flamme nostalgique traversa son regard.

— Rosie va encore demander à voir mes cicatrices. C'est une sacrée coquine! s'exclama Edward en riant. Merci pour ton invitation, Théo. Je suis sûr que mes parents seront ravis.

— Alors à demain! dit-elle.

Elle se dirigea vers la porte et les deux hommes se levèrent poliment. Au moment où elle avait la main sur la poignée, Sylvester l'interpella:

— Veux-tu me retrouver dans la bibliothèque dans une demi-heure? J'ai des choses à te dire.

Elle hésita, prête à évoquer un empêchement, puis se ravisa immédiatement. A quoi bon?

— J'y serai, dit-elle simplement, puis elle referma la porte derrière elle.

— Pardonnez-moi, milord, mais... balbutia Edward.

Il s'interrompit aussitôt.

— Je vous en prie, continuez, reprit Sylvester en fixant son compagnon.

— Non, rien... rien... J'allais dire une sottise, reprit Edward maladroitement.

— Vous en avez trop dit... ou pas assez!

— Vous allez penser que ce ne sont pas mes affaires, milord, déclara Edward d'un trait, mais je connais assez Théo pour la croire malheureuse.

— Sans doute la connaissez-vous mieux que moi! répliqua Sylvester.

Il était profondément soulagé. Il s'attendait que Fairfax lui parle de Vimiera!

— Non... non... Ce n'est pas ce que je veux dire, reprit Edward, rouge comme une pivoine. Excusez-moi, je me mêle de ce qui ne me regarde pas.

— En effet! acquiesça Sylvester. Cependant, vous avez raison, elle n'est pas heureuse en ce moment. Rassurez-vous, cela ne durera pas!

Edward n'avait qu'une hâte: s'en aller. Il se leva pour prendre congé.

Sylvester le raccompagna sur le perron du manoir.

— Faites mes compliments à Sir Charles et à Lady Fairfax! dit-il d'une voix redevenue très aimable.

16

Sylvester Gilbraith regarda son hôte s'éloigner, un léger sourire de satisfaction au coin des lèvres. Edward Fairfax n'avait à aucun moment évoqué le scandale de Vimiera. De toute évidence, il n'en avait jamais entendu parler. Pour l'instant, le comte était un peu rassuré. Evidemment, l'avenir ne s'annonçait pas forcément aussi limpide qu'aujourd'hui. Un ami bien intentionné, parmi tous ceux qu'Edward avait gardés à l'armée, pouvait toujours lui parler de cette malheureuse affaire.

Décidément, le comte de Stoneridge se sentirait poursuivi, traqué pour le restant de ses jours. D'un pas lent, il s'en retourna vers la bibliothèque, où il se laissa choir sur un fauteuil. Là, immobile, les yeux baissés, il resta de longs instants à fixer le parquet ciré. Etait-il condamné à vivre caché au fond de cette campagne du Dorset, dans la terreur qu'un jour Théo ait vent de « l'histoire » ? Mais quel autre choix avait-il, sinon de tout avouer ?

La porte grinça. Il leva la tête. Son épouse se tenait sur le seuil.

— Que t'est-il arrivé hier ? demanda-t-elle sans préambule.

— Rien qu'une vieille blessure qui me fait encore souffrir de temps en temps.

— Ah ? fit-elle, étonnée. Comment cela ?

Sylvester, qui n'avait pas envie d'entrer dans les détails, fit un vague geste de la main pour couper court.

— J'ai eu la migraine, c'est tout. Nous avons des sujets bien plus importants à traiter.

Vertement remise à sa place, Théo réalisa encore une fois combien son mari était réservé, impénétrable, presque secret. Après tout, peu lui importait de savoir ce que cet homme avait fait ou vécu autrefois !

La mine paisible qu'arborait Théo rasséréna Sylvester. Au fond d'elle-même pourtant, des sentiments confus et contradictoires se mêlaient. D'elle ou de Sylvester, qui était le chasseur ? qui était le gibier ?

— Ferme la porte à clé ! commanda-t-il. (Comme elle le regardait, intriguée, il ajouta :) Je ne veux pas que nous soyons dérangés. Tu peux laisser la clé sur la porte. Rassure-toi, je n'ai pas l'intention de te garder prisonnière !

— Eh bien, cela changera ! dit-elle d'un ton sarcastique, accompagnant sa réflexion d'un petit ricanement.

Au milieu de la pièce, Sylvester, appuyé à la table d'acajou, regarda Théo s'exécuter. A cet instant, il éprouva pour elle un sentiment qui ressemblait à de la compassion, dont il fut lui-même étonné. Il avait plutôt l'habitude de relations conflictuelles. Mais elle paraissait maintenant vulnérable comme une jeune fille blessée par un chagrin d'amour. Les doutes, les incertitudes, les peines de Théo mettaient son âme fragile à nu. Sylvester commençait à la comprendre. Il se devait de l'aider à sortir de cette souffrance, sans tenir compte de l'agressivité dont elle faisait preuve parfois et qui n'était qu'un moyen de défense.

— Viens près de moi, Théo, dit-il en tendant les mains vers elle.

Face à lui, elle ne bougea pas d'un pouce, demeurant les bras croisés sur sa poitrine. Elle portait une de ces petites robes à smocks qu'elle mettait pour parcourir la campagne ; ses sandalettes ouvertes laissaient voir ses pieds nus et deux longues tresses noires tombaient sur ses épaules.

Comme elle restait immobile avec ce petit air de défi qu'il lui connaissait bien, Sylvester s'approcha d'elle. Il lui prit les poignets, l'obligeant à décroiser les bras, et l'attira vers lui. Aussitôt, un frisson parcourut le corps de Théo. Du bout du doigt, il dessina le contour de sa bouche et le regard de la jeune femme s'enflamma.

— Non, Sylvester ! protesta-t-elle en détournant la tête. Je ne vais pas te laisser faire. Il faut que les choses soient claires : tu m'as demandé de venir pour discuter et ce n'est pas ce que tu t'apprêtes à faire, me semble-t-il !

Ignorant sa protestation, il posa ses lèvres sur celles de sa femme, tandis qu'il caressait son dos et la plaquait contre lui. Il la désirait. Leurs respirations se firent plus courtes.

— Non, murmura-t-elle. Non... Ne fais pas cela ! Je ne veux pas.

Elle essaya mollement de se dégager, mais il l'en empêcha.

— Si ! Je sais que tu le veux, souffla-t-il à voix basse.

Oui, il avait raison. Elle le voulait ardemment ! Malgré leurs différends, elle désirait encore cet homme dont elle ne savait plus très bien si elle le détestait ou si elle l'adorait. Elle ne pouvait que céder à la puissance de son torse, à la force de ses bras, à l'odeur de sa peau.

Mais du tréfonds de son être s'élevait un cri d'angoisse : elle désirait enfin voir clair en elle, se libérer de cette confusion de sentiments qui la faisait tant souffrir. Elle voulait lui faire confiance, s'ouvrir à lui, douce et aimante, et croire que lui aussi avait besoin d'elle. Mais la blessure était profonde et Théo refusait encore d'écouter la petite voix qui lui disait de s'abandonner au désir, de se libérer du carcan de l'amour-propre et de la raison.

— Tu m'as promis... chuchota-t-elle, tu m'as promis de ne jamais abuser de ton pouvoir.

Elle le regardait avec des yeux presque suppliants.

— Je t'ai promis aussi de tout partager. Je te désire aussi fort que tu me désires.

Le regard de Sylvester transperça Théo jusqu'au fond de l'âme. Sa main douce caressa le galbe de ses cuisses, puis se perdit sous les plis de sa robe fleurie. Résister encore devenait pour elle une épreuve trop douloureuse. Elle voulait croire ce qu'il lui disait ; elle allait se donner à lui sans ces arrière-pensées destructrices qui la tourmentaient. Mais un dernier ressentiment monta en elle comme un poison et freina son abandon. D'un mouvement de la jambe, elle attrapa Sylvester par-derrière et exerça une pression du torse en avant qui le surprit tant qu'elle le fit basculer. En tombant, il se raccrocha à la robe de sa femme et le tissu se déchira. De l'autre main, il saisit Théo derrière les genoux, l'entraînant dans sa chute.

— Ma petite bohémienne chérie ! s'exclama-t-il, les yeux noyés de passion et de désir.

Ils roulèrent sur le tapis et la jeune femme se retrouva captive sous le poids du corps de Sylvester. Il enserra ses jambes dans les siennes et sa bouche se posa sur celle de Théo qui se déroba encore quelques secondes. Enfin, elle s'abandonna à la volupté d'un baiser si violent qu'un goût de sang monta à ses lèvres.

— Tu vois, murmura Sylvester à l'oreille de son épouse, dès que je t'ai rencontrée, je savais que ce serait magique entre nous. Tu me résistais tout à l'heure, mais ton corps me désire.

En guise de réponse, elle ferma les yeux.

— C'est de la fausse pudeur que de ne pas l'admettre, ma chérie, reprit-il. Il n'y a aucun mal à cela.

Leurs regards se croisèrent, brillant de ce désir sauvage auquel ils se soumettaient délicieusement. Elle se cabra, se raidit, tout entière tendue vers lui, et leurs deux corps ne firent plus qu'un.

Doucement, très doucement, ils naviguèrent ensemble... jusqu'à cet instant où, s'encourageant mutuellement à se combler, ils parvinrent à la jouissance.

Epuisés, étourdis, ils restèrent allongés, muets, encore unis sous la caresse d'un rayon de soleil qui illuminait déjà la bibliothèque à cette heure matinale. Au bout d'un long moment, Sylvester se laissa rouler à côté de Théo, puis il caressa les cheveux de la jeune femme abandonnée contre lui.

— Crois-moi, ma petite bohémienne, je n'ai pas mal agi envers toi. Je n'ai fait que me soumettre aux conditions dictées par ton grand-père, je n'avais pas le choix. J'ai longtemps cherché la raison de ces manigances et j'avoue avoir maudit cet homme plusieurs fois, mais je crois avoir maintenant découvert ses raisons. Non, ton grand-père n'était ni fou ni machiavélique. Il était au contraire très réaliste. Ecoute-moi. (Théo le regardait avec de grands yeux ébahis.) Il savait parfaitement que sans les terres, le titre et le manoir n'étaient rien. Par ailleurs, il voulait que le domaine reste entre les mains d'une enfant de son fils. Un partage en quatre, entre toi et tes trois sœurs, l'aurait rendu ingérable. Ton mariage a été la solution qu'a trouvée ton grand-père pour contourner cette difficulté. Il a dû longtemps y réfléchir. Fais-moi confiance, Théo, je ne suis ni meilleur ni pire qu'un autre. Aucun homme n'aurait refusé l'opportunité qui m'était offerte à ce moment-là.

Les mains de Sylvester s'attardèrent longuement sur la jeune femme dont le corps apaisé était encore empli de l'extase qu'il venait de connaître. Les pensées les plus confuses se bousculaient pourtant en elle. Sylvester disait-il vrai? Ses trois sœurs auraient volontiers consenti qu'elle continue à gérer le domaine. Mais leurs maris auraient pu avoir des idées différentes. Une image d'elle-même s'imposa soudain à son esprit: elle se vit vieille fille acariâtre palabrant sans cesse, récriminant contre ses sœurs, se chamaillant avec leurs maris, semant la discorde dans la famille. Elle s'agita légèrement dans les bras de Sylvester, s'étira, s'écarta un peu de lui et finit par s'asseoir à ses côtés.

— Tu ne dois pas oublier que tu as pris mon indépendance en m'épousant, dit-elle à voix basse. Pourquoi est-ce à moi que c'est arrivé?

— Ecoute-moi encore un peu! reprit Sylvester. Quand je suis venu à Stoneridge la première fois, je n'avais aucun a priori. Je pensais même devoir épouser Clarissa, puisqu'elle est plus âgée que toi. C'est peut-être ce qui serait arrivé si ta mère ne m'en avait pas dissuadé. (Sylvester eut un léger sourire et il serra très fort les mains de Théo dans les siennes.) Et elle a eu raison! ajouta-t-il. Toi et moi sommes faits l'un pour l'autre.

— Qu'est-ce qui te permet de l'affirmer?

— Je le sais depuis le premier jour où je t'ai vue, dès le premier regard furieux que tu m'as lancé. (Sylvester souriait en caressant la bouche de Théo.) Comment résister à un être aussi fier, aussi fort que toi? Ton destin devait s'unir au mien, c'était écrit.

Elle voulait le croire. De toutes ses forces. De tout son être.

— Si tu m'as vraiment choisie pour moi-même, pourquoi ne m'as-tu pas tout expliqué lorsque tu me faisais la cour?

Les yeux gris de Sylvester s'assombrirent. Pour tester sa franchise, Théo en arrivait à se montrer de mauvaise foi !

— Voyons, sois réaliste ! Si je t'avais dit la vérité, tu sais bien que tu ne m'aurais jamais cru.

Le comte se leva et commença à se rhabiller, tandis que sa femme restait assise par terre, méditant ce qu'il venait de lui dire.

— Tu dis que tu as perdu ton indépendance, repartit-il, mais, dans une certaine mesure, je pourrais en dire autant.

— Ah, vraiment ? Je croyais que le mariage ne procurait aux hommes que des avantages, dit-elle en allant à son tour à la recherche de ses vêtements éparpillés par terre.

Sylvester se passa la main dans les cheveux pour finir de remettre vaguement en place ses boucles brunes tout en désordre après le doux orage.

— J'espère qu'un jour, ma petite rebelle, tu reconnaîtras que tu as été plus gagnante que perdante ! dit-il, juste au moment où elle allait sortir.

Un lourd silence envahit la bibliothèque après le départ de Théo. Sylvester se versa un verre de madère pour se remettre de ses émotions. Il s'assit devant la cheminée où, à cette saison, une grosse vasque de cuivre emplie de bouquets mordorés remplaçait le feu de l'hiver.

A peine venait-il de s'installer que Foster frappa pour annoncer l'arrivée de Lady Belmont. D'un bond, le comte se leva et s'avança vers sa belle-mère.

— C'est un réel plaisir que de vous voir ici.

— J'espère que je ne vous dérange pas, dit-elle.

— Pas le moins du monde. Théo est en haut. Foster va la prévenir de votre présence. Puis-je vous offrir un rafraîchissement ?

— Oui, volontiers. (Puis, se tournant vers le majordome, elle ajouta :) Je monterai voir Lady Théo dans quelques minutes, Foster, après que je me serai entretenue avec Lord Stoneridge. Ne la dérangez pas !

Sylvester se demanda quelle pouvait bien être la raison de ce tête-à-tête impromptu. Il versa un verre d'orangeade fraîche à Lady Belmont et prit place en face d'elle.

— J'irai droit au but, dit-elle en retirant ses gants. Voilà : j'ai l'intention de me rendre à Londres pour la saison. Grâce à votre générosité, j'ai les moyens d'introduire Emily, Clarissa et Théo auprès de la haute société. La présentation d'Emily aurait dû avoir lieu il y a deux ans déjà, mais la maladie puis le décès de son grand-père ont retardé l'événement.

— Voudriez-vous loger à la résidence Belmont lors de votre séjour à Londres ? Je serais vraiment ravi de la mettre à votre disposition.

— Grand Dieu, non ! s'exclama Elinor. Loin de moi l'idée de vous causer le moindre dérangement. Je louerai une demeure convenable que se chargera de me trouver maître Crighton. A présent, je souhaiterais vous parler de ma fille.

Sylvester, surpris, demanda :

— Souhaitez-vous qu'elle vienne avec vous ?

Elinor reposa son verre sur la table.

— Pour être franche, dit-elle, j'aurais aimé que ce soit vous qui l'accompagniez. Théo est une femme mariée ; il est beaucoup plus convenable que vous soyez avec elle pour son entrée dans le monde.

Le visage dissimulé sous le large bord de son chapeau de paille, Lady Belmont attendit, un peu craintive, la réaction de Sylvester. S'il était réellement en froid avec Théo, elle n'allait pas tarder à l'apprendre. Mais la demande de sa belle-mère venait de faire naître chez le comte bien d'autres terreurs qu'elle ne soupçonnait même pas.

Aller à Londres était la pire des tortures : celle de devoir affronter des visages dédaigneux, supporter des murmures sur son passage ou, pire, essuyer des quolibets émis à voix haute. Lady Belmont ne savait pas le sacrifice qu'elle exigeait de lui ! Il était à prévoir qu'un jour ou l'autre, cette terrible honte le rattraperait ; même terré dans le coin le plus reculé, il ne pouvait échapper à son destin. Jusqu'à ce jour il avait réussi, tant bien que mal, à vivre avec cet infâme déshonneur, mais maintenant les choses avaient changé. Il avait uni sa vie à celle d'une femme. Une femme farouche dont le caractère entier et absolu ne supporterait pas de compromission. Qu'elle apprenne l'accusation de son mari, et Sylvester serait définitivement anéanti, terrassé. Le visage de Neil Gérald, le jour du procès, lui revint en mémoire. Il revit l'embarras de son ami qui, croyait-il, n'avait rien pu dire pour lui porter secours, ne disposant d'aucun argument pour étayer sa défense.

Aurait-il encore la force de supporter ces regards malveillants ?

— Sylvester ?

— Je me fie à votre jugement, reprit-il, mais je vous laisse le soin de persuader Théo. Elle est si attachée au domaine qu'elle ne sera probablement pas enthousiasmée à l'idée de le quitter.

Elinor se leva et reprit ses gants de dentelle.

— Je vais essayer d'être convaincante et, puisque j'ai votre accord, je vais lui parler sur-le-champ.

Sylvester raccompagna sa belle-mère puis demeura prostré, accablé par la décision qu'il venait de prendre. C'en était fait, il avait accepté. Il lui faudrait boire le calice jusqu'à la lie.

Si seulement ces terribles heures de Vimiera avaient pu se graver dans sa mémoire... s'il pouvait, d'une façon ou d'une autre, prouver qu'il avait été accusé par erreur... Une fois pour toutes : vivre normalement... revivre, enfin !

Il devait y avoir une explication qu'il ignorait encore. Il devait aussi y avoir un moyen de découvrir la vérité.

17

La voiture à cheval qui transportait la comtesse Lieven et Sally Jersey s'arrêta rue Brook, devant une de ces grandes maisons élégantes comme il en existe à Londres.

— Lancer trois filles dans le monde en une saison, quelle aventure! Lady Belmont n'a peur de rien, observa la comtesse d'un air pincé.

— Mais l'une d'elles seulement est à marier, reprit Sally en ramassant son ombrelle et son réticule.

La comtesse fit une grimace et leva le menton pour prendre un air hautain qu'elle croyait être des plus distingués.

— J'espère au moins qu'elles ont de bonnes manières, dit-elle en posant le pied sur le trottoir. Vous rendez-vous compte; aller s'enterrer tant d'années à la campagne!

— J'ai du mal à imaginer que Lady Elinor n'ait pas donné une éducation irréprochable à ses filles. (Avec sa gentillesse naturelle, Sally portait toujours des jugements bienveillants sur son entourage.) Je mettrais ma main au feu que ces jeunes personnes sont charmantes et je leur ferai volontiers des lettres de recommandation sans même les avoir rencontrées.

— Vous avez une fâcheuse tendance à faire confiance les yeux fermés, critiqua la comtesse. Un jour, vous vous compromettrez par trop de naïveté, vous devez être plus prudente. N'oubliez pas que nous avons une réputation à soutenir, ma chère! Et... que savons-nous de ce jeune Fairfax?

— Il appartient à une famille très convenable du Dorset, précisa Sally Jersey. Ce n'est pas un mariage grandiose mais une union des plus honnêtes tout de même. (Puis elle ajouta avec un sourire rêveur :) Un mariage d'amour, d'après ce que j'ai entendu dire.

Cette dernière précision acheva d'horrifier la comtesse Lieven.

— Je me demande ce que les filles ont dans la tête, de nos jours, dit-elle en reniflant. Un mariage d'amour ! Pouah ! Par chance, la plus jeune s'est montrée un peu plus sensée en épousant Stoneridge.

Précédée de son valet de pied et suivie de Sally Jersey, la comtesse monta la volée de marches en se tortillant. Dans une profonde courbette, le majordome de Lady Belmont fit entrer ces augustes visiteuses et le valet s'en retourna vers la voiture.

Dans l'entrée, la comtesse Lieven promena son regard d'aigle sur ce qui l'entourait. Elle ne put retenir un petit commentaire acerbe :

— C'est d'assez bon goût... pour une maison de location ! dit-elle à voix basse.

Majestueusement, elle traversa l'immense hall, Sally trottinant sur ses talons d'une démarche moins élégante.

— Je ne saurais dire pourquoi, mais il me semble que Sylvester Gilbraith a été mêlé à un scandale. Mon mari, le comte, a dû me parler de cela.

— Je crois savoir qu'il s'agissait d'une affaire militaire. Pas grand-chose sans doute ! dit Sally. Seuls les hommes s'intéressent à ces histoires de régiment.

— En tous les cas, je n'ai jamais pu supporter sa mère, Lavinia Gilbraith. C'est une femme exécrable !

En son for intérieur, Sally pensa qu'en la matière, la comtesse supplantait largement la mère du comte, mais elle n'en souffla mot.

— Je ne pense pas que cela doive influencer notre jugement sur les jeunes filles Belmont, dit-elle simplement.

Le majordome ouvrit toute grande la porte à deux battants d'un superbe salon et annonça les invitées. En ce début de saison, les réunions mondaines étaient encore rares et les visiteurs se pressaient chez Lady

Belmont, à la fois heureux de profiter d'une occasion de sortir et curieux de rencontrer de nouvelles têtes. La jeunesse des filles Belmont attirait autour d'elles, les jours de réception, tout un aréopage d'admirateurs. D'autres hommes plus âgés se bousculaient autour de Lady Elinor qui, à tort et trop modestement, ne faisait aucun rapprochement entre son charme et leur présence assidue. Certes, sa mémoire la ramenait parfois quelques années en arrière quand, jeune débutante, elle avait brisé plus d'un cœur en annonçant son mariage avec Kit Belmont. Mais elle chassait vite ces pensées nostalgiques, s'interdisant de s'apitoyer sur son sort pour se concentrer sur des sujets plus pragmatiques.

A l'annonce du majordome, Elinor se leva pour accueillir ses visiteuses, suivie d'Emily et de Clarissa dont les yeux baissés trahissaient l'émotion que leur causait cette rencontre.

— Elinor, ma chère, quel bonheur de vous revoir à Londres ! s'exclama Sally en étreignant avec une joie sincère son amie d'autrefois. Pourquoi vous êtes-vous cachée si longtemps ? Vous nous avez manqué terriblement, n'est-ce pas, comtesse ?

— Oui, terriblement, répéta froidement la comtesse Lieven en tendant la main à Lady Elinor.

Ne se laissant nullement impressionner, Elinor poussa devant elle Emily et Clarissa tout en jetant un coup d'œil vers la pendule qui trônait sur la cheminée. A cette heure, Théo avait promis d'être là pour être présentée à la comtesse Lieven et à Sally Jersey. Même si elle la redoutait, elle savait que la rencontre de ces femmes influentes était trop importante pour que l'on s'y dérobât. Précisément, la porte s'ouvrit à cet instant et Théo entra dans le salon avec sa vivacité habituelle. Le petit vent qui soufflait en cette fin septembre avait rosi ses joues et fait briller ses yeux. De larges mèches d'ébène s'échappaient de son chapeau de paille à rubans et retombaient en larges boucles sur son front. D'un geste de la main, Elinor invita sa fille à entrer dans le salon et fit les présentations d'usage:

— Permettez-moi de vous présenter ma fille, la comtesse de Stoneridge. Théo, voici la comtesse Lieven et Lady Jersey.

— Je suis enchantée de faire votre connaissance, dit Théo, serrant sans cérémonie la main des deux visiteuses.

Lady Jersey la gratifia d'un sourire, tandis que la comtesse Lieven ne cherchait même pas à cacher son indignation devant les manières bien trop spontanées de la jeune mariée.

— Lord Stoneridge n'est pas avec vous? lui demanda-t-elle.

— Il a tenu à ramener lui-même la calèche aux écuries, mais il ne devrait pas tarder.

Si la comtesse avait observé Théo un peu plus attentivement, elle aurait remarqué qu'à cet instant son visage exprimait une légère contrariété. Depuis leur arrivée dans la capitale, Sylvester montrait peu de goût pour les sorties mondaines de ce début de saison londonienne. D'une façon tout à fait inexplicable, il encourageait la jeune femme à se joindre à sa mère et à ses sœurs pour assister à toutes les réceptions qui réunissaient la meilleure société, mais il refusait obstinément d'y participer lui-même. Théo, soupçonnant son mari de vouloir se débarrasser d'elle pour être plus libre de faire ce qu'il voulait, n'osait cependant pas l'interroger franchement. Les relations du couple s'étaient quelque peu tendues et leurs conversations restaient conventionnelles et de pure forme. Théo rongeait son frein et, paradoxalement, en venait presque à regretter les violentes disputes qu'ils avaient connues.

Tout le long du chemin qui les avait menés de la résidence Belmont à la demeure de Lady Elinor, Sylvester avait paru distrait, absent, et même parfois irascible. Finalement, sans donner d'explication, alors que son cocher pouvait très bien se charger de la voiture, il avait décrété qu'il irait lui-même aux écuries.

Oubliant ses préoccupations du moment, Théo s'avança pour embrasser ses sœurs. Emily servait le thé et Clarissa offrait des petits gâteaux. Au moment où elle arriva près d'Edward, celui-ci fit un mouvement de la tête pour lui recommander discrètement de participer au service. Théo lui sourit et murmura suffisamment bas pour n'être entendue que de lui seul :

— Emily et Clarry se débrouillent très bien sans moi. Je n'ai que faire de ces deux dragons !

Edward mit la main devant sa bouche pour étouffer un rire.

— Vilaine ! marmonna-t-il.

Son regard se porta sur Emily et il sentit son cœur fondre de tendresse et de fierté. Sa bien-aimée allait et venait avec une grâce naturelle qui contrastait étrangement avec les manières empesées des visiteuses de cet après-midi. Elle portait une robe de mousseline rebrodée particulièrement charmante, dont les tons chauds mettaient en valeur la blancheur satinée de sa peau. Ses cheveux aux reflets auburn étaient attachés par un large ruban de satin vert.

Edward quitta son ange des yeux et revint sur terre lorsque Théo chuchota près de lui :

— Je crois que le comte de Wetherby a un faible pour maman. Regarde, il la suit pas à pas !

— Sir Bellamy aussi, précisa Edward.

Les deux hommes encadraient en effet Lady Elinor et, penchés vers elle, lui adressaient des regards langoureux qui en disaient long.

A cet instant, le comte de Stoneridge fit son entrée. La tenue de Sylvester faisait ressortir sa noble prestance, et la jeune femme ressentit aussitôt une grande bouffée de fierté à la vue de son mari dont elle ne put s'empêcher d'admirer à la fois l'allure et la stature. Sa redingote lui serrait élégamment la taille et laissait voir un gilet blanc d'une finesse extrême. Une cravate de soie du plus bel effet était souplement nouée sur sa chemise à plis. Sa distinction classique s'opposait à l'exubérance voyante, pour ne pas dire choquante, de l'habillement des hommes présents dans ce salon. Nombre d'entre eux avaient succombé à la mode de ces gilets rayés qui les faisaient ressembler à des guêpes et de ces énormes cravates amidonnées et raides aux couleurs criardes, très en vogue dans la capitale.

Sylvester resta quelques secondes sur le seuil, anxieux de l'accueil qui allait lui être réservé. Depuis qu'il était à Londres, c'était la première fois qu'il se retrouvait réellement face à la haute société. Certes, il avait certains soirs accompagné sa femme au théâtre ou chevauché dans Hyde Park aux heures où l'on y croise le meilleur monde. Mais il avait soigneusement évité d'assister aux réceptions que donnait Lady Elinor pour renouer avec ses anciennes relations, ou aux raouts de la résidence Carlton que ses jeunes belles-sœurs affectionnaient particulièrement. Cette fois, il lui avait été impossible de refuser, sans offenser sa belle-mère et embarrasser son épouse, de participer à cette réunion informelle destinée à présenter les jeunes Belmont à ces femmes dont l'influence était telle qu'elles pouvaient, de quelques paroles bien senties, faire et défaire les réputations.

Le visage fermé, il observa l'assemblée et reconnut immédiatement quelques visages d'hommes qui avaient appartenu au même régiment que lui. Elinor se précipita chaleureusement vers son gendre pour l'accueillir.

— Sylvester! dit-elle. Nous désespérions de vous voir arriver. Vous connaissez la comtesse Lieven et Lady Jersey, bien sûr.

Le comte s'inclina devant les deux femmes qui lui répondirent, selon leur habitude, l'une par un regard glacial, l'autre par un sourire.

— Je suis sûre que vous connaissez aussi Lord Wetherby, Sir Robert Bellamy et le vicomte Franklin, qui doit être l'un de vos anciens camarades d'armée, reprit Elinor en montrant de la main un groupe d'hommes qui devisaient près de la cheminée.

Un lourd silence tomba, telle une chape de plomb, sur le salon. Au moment où Sylvester faisait un salut de la tête, Théo remarqua que l'un des hommes présents jetait sur lui un regard profondément dédaigneux. Aucun d'entre eux n'esquissa le moindre mouvement pour venir vers lui et lui tendre la main. Elle vit son mari se diriger vers la fenêtre, seul. Les bras croisés, il regarda dehors, les yeux dans le lointain, les traits si tendus qu'on eût dit son visage taillé dans de la pierre. Désemparée, Théo jeta un coup d'œil vers Edward pour demander de l'aide à son ami, mais celui-ci arborait une mine aussi décontenancée. Enfin, Lord Wetherby rompit le silence par une de ces considérations anodines qui rendent bien service parfois, et l'on entendit à nouveau le cliquetis des tasses reposées sur les soucoupes de porcelaine.

Ne suivant que son instinct, Théo s'approcha du comte et glissa son bras sous le sien.

Entraînant son mari, elle l'amena devant l'homme qui l'avait bafoué quelques minutes auparavant, puis elle planta son regard enfiévré dans celui du vicomte Franklin.

En une seconde, Sylvester se sentit entouré de tout le clan Belmont. «Voulez-vous une tasse de thé?» lui proposait Lady Elinor, «Que diriez-vous d'un petit macaron? ils sont délicieux», suggérait Emily, tandis que Théo se serrait contre son mari. La famille se regroupait autour de celui qui avait subi un affront comme si cette humiliation avait blessé chacun de ses membres. La sollicitude des Belmont se manifestait instinctivement au moment où il avait besoin de leur soutien. Leur affection souleva en Sylvester des élans de gratitude, troublés toutefois par la honte de l'insulte dont toute l'assemblée avait été témoin.

Puis Théo lui demanda :

— Je serais ravie de faire la connaissance du vicomte Franklin. Peux-tu me présenter, Sylvester ?

«Vicomte Franklin, je crois que vous avez également combattu dans la péninsule Ibérique ?

Resplendissant dans son uniforme prestigieux, le vicomte était un bel homme de l'âge de Sylvester. Son assurance ne résista pas au regard fixe et pénétrant de la jeune femme. Les yeux rageurs de la comtesse avaient pris des reflets d'encre. Elle était bien décidée à ne faire qu'une bouchée de ce jeune arrogant qui avait offensé l'homme qu'elle aimait.

Le vicomte Franklin aurait voulu disparaître au fond d'un gouffre. Ses hauts faits militaires se limitaient à des joutes oratoires disputées dans les antichambres des cabinets ministériels. De sa vie, il n'avait jamais mis le pied sur un champ de bataille ou combattu un ennemi de face. Humilié par la question de Théo, il toussota, renifla, secoua la tête.

— Malheureusement, comtesse, je n'ai jamais eu cette chance, répondit-il, les yeux baissés.

Théo n'allait pas laisser échapper la perche qu'il lui tendait pour le mortifier un peu plus.

— Vraiment ? dit-elle, faussement contrite. Je ne crois pas que le mot de «chance» soit parfaitement bienvenu. Mon mari et le lieutenant Fairfax vous le diraient, je pense.

Elle embrassa du regard l'ensemble du groupe. Tous ces hommes semblaient particulièrement mal à l'aise. Edward, qui par solidarité s'était rapproché du comte, murmura quelques paroles sur l'honneur et la patrie, et Sylvester garda un visage impassible. Le vicomte Franklin restait silencieux, ne sachant comment répondre aux sarcasmes de la comtesse. Involontairement, son regard se posa sur la manche repliée d'Edward et sur la cicatrice de Lord Stoneridge, ce qui acheva de le plonger dans la plus horrible des gênes. Théo s'était rapprochée de Sylvester et enlaçait son bras encore plus étroitement. Cet après-midi, toutes griffes dehors, elle n'abandonnerait pas son mari à la meute.

Après ces minutes de tension, Edward intervint juste à propos pour changer de sujet.

— J'espère que la campagne de Lulworth ne te manque pas, dit-il à Théo. As-tu déjà conduit seule la calèche dans Londres ?

— Pas encore mais Stoneridge a décidé d'acquérir un tilbury rien que pour moi. J'espère que je ne vous choque pas, messieurs, dit-elle en lançant un regard de défi autour d'elle.

— Nullement, milady, répondit Sir Bellamy en baissant la tête obséquieusement. Nous admirons tous ici votre immense habileté.

— Je pense en effet que je ne ferai pas verser la voiture ! plaisanta Théo qui avait retrouvé un ton naturellement aimable.

— Si j'avais le moindre doute, je ne te laisserais pas conduire seule les chevaux, ma chérie, reprit Sylvester. J'ai une confiance aveugle en tes capacités... à faire ce que tu as décidé.

A ces mots, le comte lança un petit regard complice à son épouse, allusion à l'attitude déterminée dont elle venait de faire preuve pour l'épauler alors qu'il était en difficulté.

Une petite voix vint inopinément interrompre la conversation :

— Sylvester, j'ai quelque chose d'important à vous dire !

Surprise, Théo se retourna et découvrit Rosie qui, derrière ses lunettes, fixait attentivement le comte. Un de ses rubans était dénoué et sa robe de soie était déjà couverte de taches d'herbe et de terre. Elle tenait un bocal dans la main, la paume soigneusement pressée sur le couvercle pour en prévenir l'ouverture.

— Que fais-tu là, Rosie ? lui demanda sa sœur.

— J'étais dans le jardin avec Flossie et le domestique nous a dit que Sylvester était là. Je dois lui rap-

226

peler qu'il a promis de m'emmener au cirque, dit-elle, le plus sérieusement du monde.

Un murmure d'amusement s'éleva du groupe des invités, tandis que Rosie regardait son beau-frère avec intérêt en attendant sa réponse. Avant que Sylvester ait pu prendre la parole, Lady Elinor s'était précipitée sur sa fille pour la réprimander.

— Rosie, tout de même! Tu sais bien que tu ne devais pas venir au salon cet après-midi et... regarde-toi! (Elle fit un geste désespéré en montrant la robe de l'enfant.) Qu'y a-t-il dans ce pot?

— Il est préférable que nous ne le sachions pas! intervint Sylvester qui riait sous cape. Veuillez excuser Rosie, Lady Elinor. Elle avait une question urgente à me poser!

— Oh, là! là! soupira Elinor. De quoi s'agit-il?

— Je voulais savoir quand Sylvester m'emmènerait au cirque Astley. Une promesse est une promesse!

Théo se précipita pour venir à la rescousse de sa mère.

— Dehors! Tu n'es qu'une petite fille désobéissante! dit-elle en poussant Rosie vers la sortie.

— Mais... le cirque... quand? eut le temps de crier Rosie avant de disparaître.

— Après-demain, si tu es sage, répondit Sylvester en riant.

Théo referma la porte sur l'enfant qui marmonna encore, à l'adresse de son beau-frère sans doute, quelques paroles que personne ne comprit.

D'une certaine façon, l'arrivée impromptue de Rosie avait été bénéfique: elle avait détendu l'atmosphère. Sylvester profita de cette diversion pour signaler discrètement à Théo qu'il était temps de se retirer. Il alla présenter ses respects à la comtesse Lieven et à Sally Jersey, puis échangea quelques mots avec les jeunes hommes qui se pressaient autour d'Emily et de Clarissa. En dépit de sa honte, le comte sut rester poli et courtois, comme si rien ne s'était passé. Il sentait peser sur lui le regard insistant de Théo et s'attendait à l'épreuve suprême : être soumis au feu de ses questions.

Mais à sa grande surprise, quand ils se retrouvèrent seuls dans le tilbury, la jeune femme se contenta de remarques générales et de commentaires banals sur l'après-midi. Le comte devina néanmoins le tourment qu'elle essayait de dissimuler sous ces observations anodines.

Il ne se trompait pas : elle était profondément inquiète. Pourquoi ces hommes avaient-ils réagi de cette façon ? Quel acte honteux avait bien pu commettre Sylvester pour s'attirer un tel camouflet ? Apparemment, il ne voulait rien lui dire ; elle aurait la délicatesse de respecter son silence pour ne pas exacerber une sensibilité qu'elle sentait à fleur de peau. Il y a peu, elle aurait peut-être supposé le comte capable de quelque vilenie. Maintenant, elle avait compris qu'il ne l'avait pas dupée comme elle l'avait cru. Si elle absolvait son grand-père, elle devait aussi absoudre Sylvester. Honnêtement, ce mariage l'avait entraînée dans une aventure passionnante qu'elle ne regrettait pas. Comment, dans ces conditions, continuer à parler de piège ou de sacrifice ? Elle s'était trompée. L'homme qu'elle avait épousé était honnête. Mais pourquoi alors gardait-il un secret si lourd ? Les pensées les plus contradictoires assaillaient Théo.

En arrivant rue Curzon, devant la résidence Belmont, le comte donna l'ordre à son cocher d'arrêter les chevaux.

— Tu voudras bien m'excuser, dit-il poliment, mais je dois me rendre à la banque Hoare. Bien sûr, je serai là pour le dîner. Nous parlerons de la sortie au cirque Astley. Emily et Clarissa viendront-elles aussi ?

— Je suppose que oui. Edward également, précisa Théo en descendant de la calèche. Ce sera une sortie familiale... Nous avons intérêt à être tous unis, ajouta-t-elle gravement en soutenant le regard de Sylvester.

— Je le crois aussi, dit simplement le comte sans plus de commentaires.

Puis il demanda au cocher de repartir.

A son retour, Sylvester trouva son épouse dans le salon, allongée sur une méridienne. Elle s'était habillée pour le dîner et portait une élégante robe de soie bleu pâle.

— Excuse mon retard, dit Sylvester. Je vais me changer et j'arrive !

— Pourquoi te changer puisque nous sommes seuls ? demanda-t-elle en le regardant tendrement.

— Simplement pour plaire à ma femme !

Il s'approcha d'elle par-derrière, se pencha et prit son visage entre ses mains. Elle inclina la tête en arrière pour mieux savourer les caresses de Sylvester puis, n'y résistant plus, elle bondit, enlaça sa taille et se blottit contre sa poitrine.

— Je ne crois pas que ta femme y soit sensible ce soir, dit-elle. Au contraire, plus tu seras vêtu légèrement, plus tu lui plairas, ajouta-t-elle, coquine.

Serrés l'un contre l'autre, ils sentirent la fièvre monter en eux. Pour affronter le monde, ils devraient être aussi unis que lorsque le désir prenait possession d'eux. Cette fois, Théo allait lui donner plus que son corps.

Sylvester ne résista pas longtemps aux promesses voluptueuses qu'offrait le regard de sa femme. Il prit sa bouche comme un homme avide et elle se pressa violemment contre lui sous l'assaut de ce baiser.

Avec sa réserve coutumière, Foster ouvrit doucement la porte pour annoncer que le dîner était servi, mais il la referma avec plus de discrétion encore que d'habitude !

18

Au milieu de la piste, un cheval caparaçonné de couleurs vives caracolait avec légèreté. On eût dit qu'il dansait sur la pointe de ses sabots. Debout sur sa croupe, une écuyère suivait le rythme de l'animal, sautillait pour prendre de l'élan, puis virevoltait dans les airs pour retomber d'aplomb après une superbe pirouette. Elle portait un costume chatoyant, parfaitement adapté à ce genre de performance : un chemisier blanc aux manches larges et au col officier, un pantalon de cuir et des bottes de cosaque rouges.

Cet exercice de haute voltige appelait l'admiration des spectateurs qui s'étaient pressés pour assister à la représentation du cirque Astley. Emily serrait la main d'Edward et poussait des petits cris chaque fois que l'acrobate s'envolait, Clarissa et Théo ouvraient de grands yeux ronds et Rosie, les mains sur les genoux, s'était penchée en avant pour ne rien perdre du spectacle.

Une troupe de jongleurs succéda au numéro de la voltigeuse. Clarissa devint toute pâle lorsque l'un d'eux mit une torche de feu dans sa bouche.

— Il va se brûler ! s'exclama-t-elle en se mordant les doigts.

— Comment fait-il ? Il y a sûrement un truc, constata Rosie, plus pragmatique.

— Oh, Rosie, tu n'as aucune poésie ! Il faut croire à la magie.

Rosie regarda Clarissa en se demandant si sa sœur n'était pas soudain devenue folle.

— Mais je veux comprendre, dit-elle en tapant du pied avec cette ferme volonté qui la caractérisait.

— Ce doit être merveilleux de faire cela, chuchota Théo à l'oreille de Sylvester. Quelle vie excitante !

— Quoi ? Tu voudrais être artiste de cirque ? (Le comte leva les sourcils d'un air étonné.) Regarde de plus près, tu verras que ces costumes sont élimés et beaucoup moins pimpants qu'ils ne le paraissent à la lumière des torches. Imagine-toi vivre dans une roulotte... sur les routes par tous les temps...

Sylvester se recula un peu sur son siège et regarda sa femme de profil. Elle fixait le spectacle comme si elle avait été envoûtée. Maintenant, six cavaliers dessinaient des figures sur la piste. Leurs chevaux, qui arboraient un plumet blanc d'apparat sur le sommet de la tête, s'étaient lancés dans un joyeux carrousel et effectuaient des quatre membres de savants pas de côté.

— C'est fascinant de vivre en prenant des risques, reprit Théo sans quitter la piste des yeux. Pas comme... comme...

Elle n'en dit pas plus, mais le comte comprit ce qu'elle voulait dire. Ce n'était pas réellement la vie de saltimbanque qui la faisait rêver mais les symboles de liberté et d'indépendance dont elle était chargée. Bien qu'elle s'efforçât de cacher son ennui à sa mère et à ses sœurs afin de ne pas troubler leur plaisir, la jeune femme s'ennuyait profondément, à Londres, dans ces réunions mondaines qu'elle méprisait.

Contrairement à Théo, les fiancés assis à ses côtés semblaient jouir du spectacle de cirque sans arrière-pensée. Ils se tenaient toujours tendrement main dans la main et échangeaient des regards amoureux de temps à autre. Depuis qu'il était à Londres, Edward résidait officiellement rue Albermarle. En réalité, il n'y allait que pour se coucher, passant le plus clair de son temps rue Brook, près de sa bien-aimée.

Si le lieutenant était au courant de la sombre affaire de Vimiera, il n'en avait toujours rien dit. Mieux encore, il n'avait pas hésité à se joindre au clan Belmont pour défendre Sylvester l'autre après-midi. D'ailleurs, ni Théo ni ses sœurs n'avaient reparlé de l'affront du vicomte Franklin. Peut-être était-ce tout simplement leur façon à elles de lui montrer qu'il était maintenant l'un des leurs, qu'elles lui faisaient confiance? Il aurait tant voulu prouver à cette famille extraordinaire qu'il en était digne!

Le comte ferma les yeux; ses tempes tambourinaient.

Si la mémoire des instants qui avaient précédé sa blessure ne lui revenait pas, peut-être aurait-il encore la chance de trouver quelque témoin qui se souvînt? Un simple soldat qu'on aurait négligé d'appeler à la barre le jour de son procès? Sylvester refusait de baisser les bras. S'il s'était rendu à l'ennemi, il était impossible que ce fût par couardise, cet abject travers qu'il repoussait de toutes ses forces. Ces derniers temps, il était allé jusqu'à compulser les archives, se forçant à soutenir courageusement les regards condescendants des militaires croisés dans les couloirs. Malheureusement, le procès-verbal de son jugement ne lui avait rien appris de nouveau. Il devrait donc questionner toutes les personnes susceptibles de lui fournir des informations. Il *fallait* que la vérité éclate. Le visage de Neil Gérald s'imposa encore à son esprit: son ancien compagnon l'aiderait peut-être. La saison démarrait à peine et Sylvester n'avait pas encore eu l'occasion de le croiser à Londres. Mais dès qu'il le rencontrerait, il l'interrogerait sur Vimiera. Si, en société, son ami devait l'éviter comme le faisaient les autres, le comte de Stoneridge le poursuivrait jusque chez lui. Le moindre renseignement pouvait lui être utile, le moindre indice pouvait déverrouiller sa mémoire. A moins que la vérité ne fût déjà connue: celle d'une capitulation sans résistance, celle de la reddition d'un pleutre.

— Non… Non…

Théo se tourna vers son mari qui venait malgré lui de murmurer ces mots de refus. Une réelle panique s'empara d'elle lorsqu'elle découvrit l'expression de son visage. Il avait un air halluciné et ses traits étaient tordus par la douleur. Pour la première fois, elle se demanda si ces crises n'avaient pas un lien direct avec le secret qu'il lui taisait.

Instinctivement, elle refusait de croire que Sylvester ait pu commettre un acte déshonorant. Jusqu'à présent, elle s'était gardée de faire part de ce souci à sa mère, de la même façon qu'elle lui avait caché les conditions du testament de son grand-père. Il n'était pourtant pas dans ses habitudes de faire des cachotteries à sa famille; son tempérament spontané et franc s'accommodait mal de pareilles dissimulations. Mais l'honneur de l'homme à qui elle s'était unie était en jeu et elle sentait que c'était à elle de le défendre.

Le temps qu'elle jette un rapide coup d'œil autour d'elle, le comte avait repris un air presque normal. Edward et ses sœurs, toujours captivés par la représentation, ne s'étaient aperçus de rien.

— Comme j'aimerais monter à cheval! s'exclama Théo.

— Mais tu t'es déjà promenée ce matin à Hyde Park, dit Clarissa qui ne comprenait pas cette envie soudaine de chevauchées.

— Tu appelles cela monter à cheval! dit-elle. Nuance! J'ai trottiné dans les allées du parc sous les yeux des vieilles biques de Londres. J'ai envie de galops effrénés, de sentir le vent, la pluie…

Indomptable Théo! Un sourire éclaira le visage du comte qui adressa un regard de connivence à Edward.

Un cri de Rosie vint soudain les surprendre:

— Regardez le prestidigitateur qui avale une épée! C'est encore un truquage, je suis sûre qu'elle se plie à l'intérieur.

— Cette petite est le cauchemar des magiciens! dit Sylvester à Théo qui pouffa de rire.

Un grand défilé mit fin au spectacle. Lorsque, dans un brouhaha général, chacun se leva, la joie se lisait encore sur tous les visages.

— Allons souper tous ensemble! proposa Sylvester. Que diriez-vous de la Coupole, rue d'Oxford? demanda-t-il tandis qu'il aidait Théo à remettre sa cape sur ses épaules.

Les cheveux de la jeune femme étaient remontés en une natte enroulée autour de sa tête et le comte ne put résister à la nuque qui s'offrait à ses lèvres. Il se pencha et y déposa un baiser. Théo se retourna, frémissante sous la douce caresse de cette bouche aimée et, à son tour, embrassa son mari. Avec tact, Clarissa, Emily et Edward détournèrent le regard mais Rosie, qui fixait les amoureux, s'impatienta à la vue de ces baisers interminables qui retardaient son dîner.

— Alors, on y va, oui ou non? demanda-t-elle en sautillant sur place.

— Oui, tout de suite, mademoiselle, plaisanta Sylvester.

— Il y aura de la glace à la fraise au restaurant?

— Bien sûr, la rassura Sylvester. Mais d'abord, sortons de cette cohue.

Pris dans la bousculade d'une foule bigarrée, ils se dirigèrent vers la sortie. Petits vendeurs des rues ou gamins espiègles, tous ceux qui avaient pu dépenser l'unique penny exigé à l'entrée étaient venus profiter du spectacle. Au milieu du bruit et des cris, quelques marchands de fleurs ou de fruits et un joueur d'orgue de Barbarie, accompagné de son petit singe, essayaient de leur soutirer leurs derniers sous.

— Je vais voir le singe, cria Rosie en fendant la foule en direction de l'animal.

Théo s'élança derrière elle et l'attrapa au collet.

— Tu n'es pas à Lulworth ici! Tu ne dois pas te sauver comme cela, tu m'entends? On va finir par te perdre.

— Mais je voulais seulement voir de quelle espèce de singe il s'agissait.

— Allez, viens, c'est un petit singe noir!

Rosie trouva la réponse d'Edward un peu simplette, mais elle n'offrit guère de résistance lorsqu'il lui attrapa fermement la main pour prévenir toute nouvelle velléité de fugue. Bras dessus, bras dessous, Emily et Clarissa leur emboîtèrent le pas vers le lieu où les attendaient le tilbury ainsi que la calèche avec cocher et postillon.

Un peu plus loin, Théo et Sylvester jouaient des coudes pour sortir de la foule. Dès qu'ils émergèrent de cette masse étouffante, Théo constata la présence de trois hommes qui les serraient de près. Trois brutes épaisses au visage sinistre. Par réflexe, elle chercha Sylvester des yeux : il était derrière elle. L'un des trois hommes avait réussi à se glisser entre eux deux. Elle comprit le danger au moment où elle lut l'inquiétude dans le regard de son mari.

— Théo, cours à la voiture ! eut-il le temps de hurler.

A cet instant, il reçut un violent coup de botte cloutée qui lui déchira le mollet. Il était pris au piège. La foule qui s'était éclaircie continuait à passer, indifférente. Ces lâches n'avaient pris aucun risque : un homme qui emmenait sa famille au cirque n'était évidemment pas armé. Un des agresseurs leva le bras, le menaçant d'une énorme masse hérissée de pointes de fer. Instinctivement, le comte porta les mains à sa tête pour se protéger. Il crut à nouveau sentir la pointe de la baïonnette qui s'enfonçait dans son front et eut envie de crier. La terreur l'en empêcha. A la même seconde, Théo bondit et lança son pied à toute volée dans les reins de l'homme, qui poussa un hurlement et se plia en deux. Elle lui envoya un second coup aussi bien dirigé que le premier, usant de son pied comme d'une arme. Le malfrat pivota sur lui-même et lâcha sa masse en criant de plus belle.

Les deux autres hommes s'étaient jetés sur Sylvester et la lame d'un couteau étincelait devant ses yeux. N'écoutant que son courage et son instinct de survie, le comte assena un bon coup de poing dans la mâchoire de l'un des agresseurs qui sembla étourdi quelques secondes, secoua la tête, puis se remit en position pour renouveler son attaque. Il y serait parvenu si Théo, arrivant par-derrière, ne lui avait enfoncé ses doigts dans les yeux. La terreur et la rage décuplaient ses forces. L'homme aveuglé poussa un beuglement avant de s'effondrer sous la puissance d'un dernier coup de pied dans les côtes.

Sylvester réussit plus facilement à se débarrasser seul du troisième assaillant qui se retrouva par terre, plié sur lui-même, se tordant de douleur en se tenant le ventre, son couteau à trois mètres de lui.

Incapable de prononcer un seul mot, le comte se retourna vers sa femme. Elle était échevelée, sa respiration rapide et forte soulevait sa poitrine, ses joues étaient en feu et ses yeux lançaient des éclairs. Elle se tenait bien campée sur le sol, les jambes légèrement écartées et les poings en avant. On l'eût crue prête à affronter un autre adversaire. Elle ramassa son chapeau qu'elle tapota sur sa cuisse pour en faire tomber la poussière, le remit de travers sur sa tête et fit un superbe sourire qui décontenança Sylvester.

— Ça leur apprendra! dit-elle.

— Pour sûr! s'exclama le comte qui retrouvait ses esprits. Mais, diable, qui t'a appris à te battre de cette façon?

— C'est Edward! Tu savais bien que je savais me battre, dit-elle avec une réelle naïveté.

— Pas à ce point-là!

— Plains-toi! dit-elle, moqueuse. Je t'ai bien rendu service, non? Si tu veux mon avis, ces bandits en avaient après autre chose que ta bourse ou ta montre.

Les exclamations horrifiées d'Edward, qui venait de découvrir la scène, les interrompirent.

— Mon Dieu, mais que vous est-il arrivé? Nous nous demandions où vous étiez passés!

— Nous avons été attaqués par des voyous et nous avons dû nous défendre, dit Sylvester.

— Tu aurais dû me voir, Edward! ajouta Théo, pleine d'enthousiasme. Je me suis souvenue de toutes les prises que tu m'avais enseignées et puis tu sais, tous ces trucs avec les doigts...

Elle tortilla les mains pour mieux se faire comprendre. Face au regard du comte, Edward se serait caché dans un trou de souris.

— Ce n'est pas ma faute... milord! bredouilla-t-il. Je ne lui ai expliqué qu'une fois...

— Mon épouse est une élève particulièrement douée! (Sylvester partit d'un grand éclat de rire.) Je dois reconnaître que sans elle, j'aurais la gorge tranchée à l'heure qu'il est!

— Qu'allons-nous faire d'eux maintenant? demanda Théo.

— Ne t'en occupe pas, je m'en charge, répondit Sylvester. Où sont les filles, Fairfax?

— Elles vous attendent dans la calèche. Je suis désolé, j'étais si occupé à les y installer que je n'ai pas vu ce qui vous arrivait. De toute façon... (sa voix se fit plus basse et son regard s'assombrit)...un handicapé n'est pas bon à grand-chose.

— Ne dites pas de bêtises, reprit le comte d'un ton un peu rude, tout en posant la main sur son épaule dans un geste affectueux. Passez devant avec Théo! Je vous rejoins.

Revenant sur ses pas, il retrouva ses assaillants. L'un d'eux, à genoux, tentait avec difficulté de se remettre debout. Stoneridge posa son pied sur le torse de l'homme, qui s'étala aussitôt de tout son long.

— A nous deux! Maintenant, tu vas me dire pour qui tu travailles si tu ne veux pas que je te fasse subir le sort que tu me réservais.

Il accentua la pression de son pied sur le bandit qui poussa des couinements de rat apeuré.

— Ouais, ouais... gars! Nous, on n'a fait qu'obéir! J'vous promets que l'type avait un masque su' l'visage. On sait pas qui que c'est, qu'on vous dit! Il est venu à la Taverne des Pêcheurs, rue des Docks, nous a amenés ici et vous a désigné du doigt. «Vous aurez une guinée», qu'il a dit! Si on avait su, sacrebleu!

Sylvester était sûr que les trois hommes ne pouvaient le renseigner davantage: celui qui les avait envoyés n'était pas assez fou pour avoir révélé son identité à ces pauvres bougres. Il avait quand même un indice : la Taverne des Pêcheurs.

Abandonnant les voyous à leur sort, il rejoignit les voitures où tous l'attendaient. Edward et Théo semblaient en grande conversation.

— Tu es folle, Théo ! Tu ne peux décemment pas conduire le tilbury découvert dans l'état où tu es !

— Pfft... Qui me verra ?

— Allez ! intervint Emily en se penchant par la portière de la calèche. Viens avec nous et laisse Sylvester et Edward conduire le tilbury ! En chemin, tu nous raconteras ce qui s'est passé. Nous sommes impatientes de le savoir.

Stoneridge arriva sur ces entrefaites.

— Quel est l'objet de ce remue-ménage ? demanda-t-il.

— Edward est stupide, dit Théo, qui espérait un arbitrage de son mari en sa faveur. Il prétend que je ne peux monter dans le tilbury parce que tout le monde va voir que ma robe est un peu déchirée.

— Un peu ! Mais regarde-toi ! s'exclama Edward en montrant la robe jaune fendue jusqu'à la taille.

— Ce n'est rien du tout ! Aurais-tu préféré que j'enlève ma robe pour éviter de la déchirer ? Bien sûr, j'ai de beaux jupons avec de la dentelle, des froufrous, des nœuds roses et je...

Théo, qui s'amusait beaucoup à choquer Edward, n'avait pas remarqué les regards lubriques qu'échangeaient le postillon et le cocher.

— Ça suffit ! coupa le comte, interrompant les digressions de sa femme. Monte dans la calèche avec tes sœurs. Edward et moi vous précéderons dans le tilbury.

Stoneridge s'était efforcé de prendre un ton sévère, mais au fond de lui-même, il considérait assurément son épouse avec une sorte de tendre amusement et éprouvait pour elle un sentiment proche de l'admiration. Il ordonna au cocher de conduire les jeunes femmes à la résidence Belmont pour que Théo puisse se changer, puis il rejoignit Edward dans le tilbury.

— De quel genre de voyous s'agissait-il ? lui demanda le jeune lieutenant dès qu'ils furent seuls.

— Difficile à dire. (Sylvester réfléchit.) Je suis sûr qu'ils auraient été ravis de me délester de mon dernier sou, mais ces « accidents » se multiplient, et ça ne me dit rien qui vaille.

— Je comprends, dit Edward en hochant la tête. D'après vous, qui est le coupable ?

— Dieu seul le sait ! J'ai pensé au début que c'était l'œuvre d'un fermier mécontent, mais ce n'est pas si simple que cela ! Surtout, Edward, n'en dites rien à Théo. J'ai assez de mal à essayer d'y voir clair moi-même sans qu'elle vienne s'en mêler.

— C'est vrai, elle a toujours besoin de se passionner pour quelque chose !

— Que n'a-t-elle les occupations des jeunes femmes de son âge ! Les magasins, les expositions, les bals...

— Elle est trop différente, dit Edward.

— Je le sais bien. Je n'ai jamais rencontré une femme comme elle. (Sylvester étouffa un soupir où se mêlaient regrets et émerveillement.) Je me demande bien pourquoi sa mère et son grand-père lui ont permis d'être si indépendante.

— Sans doute savaient-ils qu'ils ne pourraient jamais la faire entrer dans un moule. Elle est... spéciale.

— Spéciale... c'est le mot juste, constata Sylvester avec un air rêveur.

Ce soir, en compagnie du comte, Edward se sentait parfaitement bien.

— Avez-vous l'intention de poursuivre vos investigations, milord, pour découvrir qui se cache derrière ces attaques ?

— Je crois que j'y ai intérêt, si je veux rester en vie ! plaisanta Sylvester.

— Si je peux vous être d'une utilité quelconque...

bien qu'avec un seul bras... reprit timidement Edward.

— Pour l'amour de Dieu, jeune homme, cessez! Avec un seul bras, on peut monter à cheval, chasser, se battre à l'épée, pêcher et faire l'amour. Si j'ai besoin de vous, soyez sûr que je n'hésiterai pas à solliciter votre aide.

Il y avait davantage de réconfort que de dureté dans le ton impatient de Sylvester.

Arrivés les premiers, les deux hommes prirent le temps de s'offrir un verre. Ils dégustaient leur vin en silence, jouissant simplement de l'instant présent, lorsque Théo pénétra dans le salon. Ses sœurs avaient préféré ne pas descendre et attendre dans la calèche.

— C'est du bordeaux? demanda-t-elle en respirant le vin de la carafe. Hum... fit-elle en fermant les yeux.

— Dépêche-toi d'aller te changer, dit le comte. Nous sommes tous affamés.

— Eh bien moi, j'ai soif! dit-elle en se versant un peu de vin et en se laissant tomber sur le sofa.

Sylvester regarda sa femme. Elle rayonnait, vive, enjouée, épanouie. Il réalisa que, depuis leur mariage, il l'avait rarement vue aussi sincèrement heureuse... en dehors de leurs délicieux moments d'intimité. Se dépenser physiquement, être utile, sauver son mari lui procuraient une espèce de joie délirante. Jamais elle ne plierait sous le joug des conventions; jamais elle ne se soumettrait à une vie traditionnelle. La maternité lui permettrait peut-être d'assouvir son trop-plein d'énergie. Sylvester repensa à leurs nuits passionnées: il ne doutait pas de l'imminence d'un heureux événement!

— Fais vite, Théo, dit-il en riant. Je t'accorde dix minutes!

— Tu ne partirais pas sans moi!

— Chiche!

— Quoi! Après ce que j'ai fait pour toi!

— Dépêche-toi! Plus que... neuf minutes pour te préparer!

C'étaient deux enfants qui se titillaient! Les yeux brillants, ils se regardèrent comme deux complices. Depuis leur arrivée à Londres, ces moments d'entente parfaite s'étaient faits rares et ils en souffraient. Théo, mutine, embrassa son mari sur la joue et, d'un pas leste, monta se changer dans sa chambre.

La Coupole était un lieu très fréquenté. La salle de restaurant se trouvait au rez-de-chaussée, la salle de concert et la salle de bal étaient à l'étage. On y rencontrait plus de bourgeois aisés que d'aristocrates et Sylvester avait pensé que cet endroit conviendrait mieux que la Piazza, trop chic, à leur petite soirée familiale. Il ne regretta pas son choix : cinq minutes après leur arrivée, de grands éclats de rire provenaient déjà du petit groupe et Rosie, impatiente, criait : « J'ai faim ! » à tue-tête.

Seule Clarissa ne participait pas à la liesse générale. Elle semblait ailleurs, préoccupée par autre chose. Ce fut Théo qui, la première, remarqua son regard absent et rêveur.

— Qu'est-ce que tu regardes, Clarry ? lui demanda-t-elle en se soulevant légèrement de sa chaise pour mieux voir par-dessus l'épaule de sa sœur.

Clarissa devint rouge de confusion.

— Je t'en supplie, ne te retourne pas ! Ne regarde pas comme ça, Théo !

Théo fit la sourde oreille aux recommandations pourtant pressantes de Clarissa et poussa soudain une exclamation qui acheva de mettre sa sœur sens dessus dessous.

— Oh, mais quel beau jeune homme ! Regarde, Emily ! Clarissa a choisi son chevalier servant !

— Quoi ! Un chevalier... en armure ? s'écria Rosie en se mettant carrément debout.

— Mais non ! Assieds-toi, petite sotte ! reprit Théo en la tirant par sa robe pour l'obliger à se rasseoir. (Puis elle se retourna vers Clarissa et ajouta en riant :) Ton prince charmant est avec une dame âgée qui doit être sa mère. C'est bon signe ! Veux-tu que je l'aborde, que j'aille me présenter ?

— Théo ! s'exclamèrent en chœur Emily et Clarissa, choquées — mais pas vraiment surprises — d'entendre cette proposition hardie.

Le comte et Edward gardaient le silence, mais riaient sous cape en entendant la conversation des jeunes femmes.

— Alors, j'ai une meilleure idée, repartit Théo d'un ton décidé. Sylvester, dit-elle en se tournant vers son mari, tu vois ce beau jeune homme blond assis près de la fenêtre avec une dame d'un certain âge ? Va près d'eux, invite-les à notre table en prétendant les connaître. Tu t'excuseras ensuite de ta méprise, mais l'invitation sera lancée.

— Voyons, Théo, je ne ferai jamais une chose pareille. Tu as vraiment de ces idées !

— C'est bon ! Puisque c'est ainsi, j'irai moi-même.

Là-dessus, la jeune femme bondit de sa chaise et, avant que quelqu'un ait pu la rattraper, elle partait d'un pas décidé vers l'élu de sa sœur.

— Comment ose-t-elle ! s'exclama Clarissa qui, les joues de plus en plus empourprées, se tamponnait le visage avec sa serviette.

Edward et Emily étaient morts de rire, comme s'ils participaient à une bonne farce. Sylvester, lui, avait l'étrange sensation de partager sa soirée avec un groupe de fous dont il ne comprenait pas l'hilarité. Rosie, la bouche encore pleine de glace à la fraise, crut bon de lui venir en aide :

— Théo n'est pas timide, elle ne craint jamais de parler aux étrangers, lui dit-elle en pensant lui fournir une information capitale.

«Timide» n'était en effet pas le qualificatif qu'il aurait attribué à sa femme ! Penchée vers le jeune homme et sa mère, elle semblait leur parler le plus simplement du monde, comme si elle les avait toujours connus.

Trois minutes plus tard, elle revenait aussi naturel-

lement qu'elle s'en était allée, radieuse, un grand
sourire aux lèvres.

— Mission accomplie! dit-elle en se rasseyant.
(Puis elle ajouta à voix basse:) Il s'appelle Jonathan
Lacey et il est bien en compagnie de sa mère! Il a un
de ces regards... à vous faire perdre la tête! et des
mains d'artiste... fines, longues! En tous les cas, je
peux vous dire que sa mère est ravie à l'idée d'être
reçue par la comtesse de Stoneridge. Je parie que
dans un jour ou deux, nous aurons sa visite!

— Mais qu'as-tu raconté? demanda Edward, qui
riait encore derrière la serviette qu'il tenait devant sa
bouche.

— Facile...! J'ai fait ce que j'avais demandé à Sylvester!

— Quelqu'un peut-il m'expliquer ce qui se passe
ici ce soir? dit le comte. Etes-vous tous de connivence? J'avoue que je ne comprends rien à vos plaisanteries!

— Evidemment! tu n'es pas un Belmont! répondit
Théo sans réfléchir.

A peine avait-elle prononcé ces mots qu'elle les
regrettait, mais il était trop tard. Un silence gêné
suivit cette réflexion. Edward essaya de rattraper la
bévue de Théo.

— Moi non plus, je ne suis pas un Belmont. Mais
j'ai sur vous un avantage, milord: celui de connaître
cette bande de farfelues depuis que je suis en culottes
courtes.

— Avec le temps, Sylvester, tu pourras aussi devenir l'un des nôtres, dit Théo en tentant maladroitement de revenir sur ses malencontreuses paroles.

— Je ne suis pas un Belmont, mais tu es bien une
Gilbraith par ton mariage, déclara Stoneridge d'un
ton froid.

Il venait de prononcer le nom maudit de Gilbraith!
L'impression d'avoir été prise au piège envahit à
nouveau la jeune femme. C'était plus fort qu'elle!
Tout ce qu'elle avait réussi à comprendre ces der-

nières semaines, tous ces bons sentiments avaient disparu comme par enchantement. Elle jeta un regard furieux à son mari.

— Moi, une Gilbraith! Comme ta mère et ta sœur! Ah, sûrement pas!

— Théo, arrête! la supplia Edward, confus d'assister à ce début de querelle dont il ne comprenait pas bien la raison.

— Ce n'est ni le lieu ni le moment de parler de cela, coupa Sylvester. Rosie a sommeil, rentrons!

Ils échangèrent encore quelques banalités qui ne trompèrent personne puis ils se séparèrent, tous gênés et embarrassés, après une soirée qui avait pourtant si bien commencé.

Sur le chemin du retour, Théo relança le sujet, ne sachant pas elle-même si elle voulait se justifier ou se faire pardonner.

— J'ai été désagréable, mais je n'ai pas pu m'en empêcher. Tu n'aurais pas dû me rappeler que j'étais une Gilbraith, dit-elle. J'essaie d'oublier, mais ça revient toujours... Je ne sais pas pourquoi... Je suis malheureuse... à cause de toi.

— A cause de moi?

La lueur vacillante d'un bec de gaz éclaira au passage l'intérieur de la calèche. Théo vit le regard dur de son mari. Ils arrivèrent rue Curzon, tous deux silencieux.

— J'espère que vous avez passé une bonne soirée, milady... milord, dit Foster en les accueillant. Et Lady Rosalind? S'est-elle bien amusée?

— Sûrement! Elle s'est empiffrée de glace à la fraise, plaisanta Théo.

Cacher ses émotions au personnel n'avait jamais été difficile. Pourquoi ne savait-elle pas aussi bien jouer la comédie avec son mari?

Elle monta se coucher tandis que le comte demandait au majordome de lui servir un cognac dans le salon. Il était assis, l'air absent, lorsque Foster entra avec le plateau.

— Laissez tout cela sur la table, s'il vous plaît. Je me servirai.

Sylvester se sentait d'humeur morose. Quelqu'un avait cherché à attenter à sa vie et Théo avait encore manifesté de l'agressivité à son égard : ce n'était pas vraiment ce qu'on pouvait appeler une soirée réussie !

Brusquement, il se leva, ouvrit le tiroir du secrétaire, en sortit un pistolet, vérifia s'il était chargé, le glissa au fond de sa poche et quitta la pièce en toute hâte. Tout cela ne lui prit que quelques secondes.

— Foster ! Mon chapeau et ma canne.

Le majordome le vit presser le pommeau de la canne qui découvrit une lame affûtée. Sans doute les rues n'étaient-elles pas particulièrement sûres à cette heure de la nuit, mais tout de même, cette prudence était très exagérée pour une promenade dans les beaux quartiers de St. James. Foster ignorait simplement que la destination du comte n'était pas aussi avouable qu'il le supposait.

Pendant ce temps-là, Théo regardait, rêveuse, à la fenêtre de sa chambre, en attendant que son mari monte la rejoindre. Elle espérait fortement que quelques heures de passion et d'extase lui permettraient de chasser de son esprit les pensées qui la tourmentaient encore. Comme elle avait été stupide, odieuse ! Sylvester ne méritait pas cela. Et s'il se lassait de ses caprices, maintenant ? Elle se mit à imaginer une vie sans lui où s'égrèneraient des jours ternes et désespérément sombres. Soudain, elle crut voir le comte traverser le jardin. Il lui fallut quelques secondes pour réaliser qu'elle ne rêvait pas, puis elle appela sa femme de chambre.

— Vite, ma cape !

— Mais, il est onze heures, milady ! dit Dora abasourdie.

D'un geste impatient, Théo jeta sa cape sur ses épaules et sortit précipitamment. Si elle tardait trop, Stoneridge aurait disparu avant qu'elle ne le rattrape.

— Foster ouvrez-moi. Sa Seigneurie a-t-elle dit où elle allait ?

— Non, milady.

Le majordome hésita quelques instants, puis il déverrouilla la porte. Le comte venait de sortir et il ne pouvait rien arriver à Lady Théodora dans la rue Curzon.

19

Théo arriva à l'angle de la rue Curzon et de la rue Audley juste à temps pour voir Sylvester héler un fiacre. Par bonheur, une autre voiture passait par là. Sans réfléchir, elle lui fit signe, s'y engouffra et prit place sur la banquette au velours rouge passé et râpé.

— Suivez-le ! lança-t-elle au cocher en montrant le fiacre qui s'éloignait devant eux.

— A vos ordres, m'ame.

Le cocher fouetta son cheval en espérant que la course serait longue et onéreuse. Quelques minutes venaient de s'écouler lorsqu'elle réalisa qu'elle n'avait pas un shilling en poche, mais elle ne s'en inquiéta pas outre mesure. Soit Sylvester paierait pour elle à l'arrivée, soit, si elle le perdait de vue, elle retournerait rue Curzon et ferait attendre le cocher le temps de remonter chercher de l'argent.

Partagée entre l'inquiétude et l'excitation que lui procurait une aventure peu commune, elle se demanda jusqu'où la mènerait cette folle sortie en pleine nuit. Ecartant le rideau crasseux, elle jeta un coup d'œil sur les rues désertes et sombres. L'endroit où elle se trouvait lui était totalement inconnu. Jusqu'à présent, elle ne s'était guère aventurée au-delà du périmètre restreint des quartiers élégants de Londres. Si Sylvester avait eu l'intention de se rendre à l'un de ces clubs de St. James tout proche, il y serait sans doute allé à pied.

Après un temps qui lui sembla assez long, mais qu'elle n'aurait pu déterminer avec précision, ils arrivèrent près de la Tamise dont ils longèrent les quais. Sur les pavés irréguliers, la voiture se mit à cahoter et à grincer de plus belle. La comtesse passa la tête par la fenêtre. L'air qu'on respirait là était étrange, écœurant. Différent, en tout cas, de celui de la rue Curzon où les frondaisons des tilleuls, la verdure des pelouses et les parterres fleuris exhalaient de si doux parfums. Il y avait ici comme une odeur de saleté et de fumée mélangées. Le fleuve s'étirait avec lenteur en méandres vaseux et ses eaux glauques et noires venaient lécher paresseusement les cailloux des berges.

— Les suivez-vous toujours ? cria Théo au cocher par la portière.

— Ouais. Y tournent sur la rue des Docks. Sale quartier, m'ame !

Elle s'adossa, l'air rêveur, la tête en arrière.

Quel terrible secret pouvait conduire Sylvester à fréquenter de pareils endroits ? Elle savait qu'elle abordait les zones interdites de la vie de son mari et cette idée lui donna la chair de poule. Que dirait-il lorsqu'il l'apprendrait ? Elle fut sur le point de demander au cocher de faire demi-tour puis se ravisa. Elle expliquerait au comte qu'elle ne se mêlait pas de ses affaires par simple curiosité, qu'elle n'était pas une de ces mégères dominatrices qui étouffent leur mari par jalousie ou autorité excessive. Il comprendrait qu'elle voulait tout partager avec lui, généreusement. Par... amour ? Ce mot, qui lui venait à l'esprit pour la première fois, la fit frémir.

Le fiacre enfila une petite rue étroite et sombre, puis s'arrêta. En descendant, Théo fut saisie par une odeur nauséabonde et réprima un haut-le-cœur. De part et d'autre de la ruelle s'écoulaient deux filets d'eau sale et fangeuse. Le cocher de Sylvester avait rangé son fiacre juste devant une taverne et attendait probablement le retour de son client.

L'enseigne en ferraille rouillée qui annonçait «Taverne des Pêcheurs» se balançait en grinçant au-dessus d'une étroite porte en bois toute de guingois. Une fumée étouffante s'échappait par les interstices de l'unique fenêtre mal close et des lueurs vacillantes tremblotaient derrière les vitres obscurcies par la crasse. Des voix stridentes provenaient de l'intérieur.

Soudain un cri retentit, suivi de quelques rires gras, et la porte s'ouvrit brusquement. A la lumière des chandelles, Théo eut le temps de voir une forme humaine valser puis atterrir sur les pavés. L'homme se massa le dos, se releva en titubant, donna un coup de pied dans la porte et pénétra à nouveau dans la taverne. Immédiatement, le même homme, poursuivi par une horrible femme rougeaude qui brandissait un rouleau à pâtisserie, se retrouva dehors.

— Sale porc! mugit-elle. Va-t'en donc chez ta régulière, Tom Brig. Tu verras si elle te donne à boire autant qu'tu veux! Ivrogne! Sac à vin! Foutue bête! Fous l'camp d'chez moi, et plus vite que ça!

De toute sa hauteur, les poings sur les hanches, la femme dominait le dénommé Tom Brig assis par terre. Ses manches retroussées dévoilaient les bras costauds de ces tavernières qui n'hésitaient pas, à l'occasion, à faire le coup de poing avec les clients récalcitrants. Sa jupe recouverte d'un tablier taché laissait dépasser, par endroits, un jupon sale et effi-loché. En jurant, elle rentra à l'auberge, claqua la porte derrière elle et la ruelle se retrouva dans l'obs-curité. Tom Brig, qui avait sans aucun doute bu plus que de raison, poussa un gémissement et finit par s'effondrer dans le caniveau sur un tas de légumes qui devaient pourrir là depuis un bon bout de temps. Sa bouche entrouverte laissait couler un filet de liquide mousseux et écœurant qu'il régurgitait.

Dégoûtée, Théo détourna le regard, prit une grande inspiration pour se donner du courage, enjamba l'homme et poussa bravement la porte de la taverne. Elle se trouva sur le seuil d'une pièce carrée, de petite dimension, encore moins éclairée qu'elle ne l'imaginait de l'extérieur. Le sol recouvert de sciure de bois était jonché de papiers gras. Un feu brûlait dans la cheminée qui tirait mal et refoulait toutes les fumées dans la salle. Mais surtout, la graisse animale des lampes à huile accrochées aux poutres noircies dégageait des émanations fétides et insupportables.

Pendant une bonne minute, la jeune femme ne distingua rien. La fumée lui piquait les yeux. Puis une voix s'exclama :

— R'gard' donc, Meg, l'beau cadeau qui nous tombe du ciel aujourd'hui !

Des yeux injectés de sang se tournèrent vers elle et des bouches écœurantes lui adressèrent des sourires grimaçants. Elle hésita un peu, puis aperçut Sylvester à l'autre bout de la pièce, accoudé au comptoir, une chope devant lui. Cela lui redonna assez de force pour oser traverser la salle bondée. Elle ignora stoïquement les mains qui accrochaient son vêtement au passage, les sifflements et les offres salaces.

Sylvester se frotta les yeux, se demandant s'il n'avait pas des visions : sa femme s'avançait vers lui. Tandis qu'il essayait de remettre de l'ordre dans ses idées, Théo vint se planter devant lui et l'apostropha comme si elle avait un message de la plus haute importance à lui délivrer :

— Sylvester, j'ai quelque chose à te dire : je te demande pardon d'avoir gâché la fin de cette soirée au restaurant. Je ne pense pas un mot de ce que j'ai déclaré.

Il rêvait... Sa femme était venue jusqu'ici simplement pour lui faire des excuses !

— Rassure-moi ! dit-il. Je crois que je deviens fou. Par quel miracle es-tu devant moi à cet instant ?

— Je t'ai suivi, répondit-elle naturellement. Au fait, qu'est-ce que tu bois ? (Elle renifla le contenu de

249

la chope.) Pouah! ça pue horriblement, mais je suppose que c'est la boisson préférée des clients ici.

Sur ces mots, réconfortée de savoir son mari à ses côtés, elle se tourna pour regarder autour d'elle. Puis elle reprit :

— Qu'es-tu venu faire dans un endroit pareil?

Le comte se demanda s'il allait se mettre à hurler, mais il jugea le lieu tout à fait inadéquat pour une scène de ménage.

— Comment as-tu osé me suivre? demanda-t-il, frustré de ne pouvoir donner libre cours à sa colère.

— Je voulais te dire que… je regrette ce qui s'est passé et que… maintenant, je ne pense plus que tu m'aies piégée en m'épousant.

Théo avait prononcé ces paroles si gravement que Sylvester en fut tout décontenancé. Elle posa la main sur son bras et le regarda de ses grands yeux d'un bleu si profond. Cette femme hors du commun était réellement imprévisible.

— Je suis ravi d'entendre une telle déclaration, plaisanta-t-il. Pareille nouvelle pouvait quand même attendre un meilleur moment et trouver un meilleur lieu, non?

— Non, non, répliqua-t-elle très sérieusement. Impossible!

Elle attrapa la chope du comte et la porta à ses lèvres.

— Beurk! fit-elle. C'est infect!

Il lui donna une petite tape sur les doigts et lui reprit immédiatement le verre des mains.

Sylvester se sentait attendri et admiratif devant cette femme qui n'en finissait pas de le surprendre. Malgré tout, il ne pouvait s'empêcher de lui en vouloir. Maintenant, il ne pouvait plus attendre l'arrivée de l'homme qui en voulait à sa vie.

— Il aurait été préférable que tu restes sagement à la résidence. Tu as pris des risques inutiles, lui reprocha-t-il.

Elle protesta, mais son mari la prit par le poignet

et la tira derrière lui vers la sortie de cet antre sordide.

— Oh, au fait, je suis partie précipitamment sans argent. Tu dois payer ma course, dit-elle en voyant son fiacre qu'elle avait complètement oublié et qui attendait toujours devant la taverne.

— Alors, c'est pour aujourd'hui ou pour demain? cria le cocher. J'vais pas passer ma nuit ici, m'ame! Ça fera deux shillings.

— Quoi, depuis la rue Curzon? Mais c'est du vol! s'exclama Sylvester.

— Il devait te suivre, c'était une tâche difficile, observa Théo.

— Si je comprends bien, je devrais en plus lui dire merci, dit le comte avec une pointe d'ironie, puis il tendit au cocher la somme qu'il réclamait.

— As-tu remarqué cet homme au fond de l'auberge? demanda-t-elle. (Elle réfléchit quelques instants, puis ajouta:) Bizarre... il cachait son visage et il n'avait pas l'air d'être à sa place dans ce bouge. Il avait de belles bottes de cuir et portait des vêtements de bonne coupe.

Théo se souvint des livres qu'elle lisait lorsqu'elle était enfant: des histoires policières qui se terminaient toujours bien. A une époque, elle voyait des mystères partout. En quelque sorte, cela l'amusait, ce soir, de jouer au détective! Sylvester, qui n'avait rien remarqué, ne put s'empêcher d'être impressionné par sa remarque.

— Tu es sacrément observatrice!

— Tu ne m'as pas répondu, reprit-elle. Tu l'as vu, cet homme? Qui était-ce?

— Si je le savais, je ne serais pas là, petite curieuse!

Le ton de la voix du comte, amusé et aimable, rassura Théo. Son mari ne lui en voulait pas trop. Elle ignorait qu'il avait même plutôt envie de la féliciter et de la remercier.

Entraînant son épouse derrière lui, Stoneridge se dirigea vers la voiture qui l'avait conduit jusque-là. Il ordonna au cocher de déplacer son fiacre de quelques mètres, de sorte qu'il pût, sans être vu, surveiller la porte de la taverne. Il fit monter Théo devant lui et ils s'installèrent sur la banquette.

Elle se recula pour lui permettre de regarder par le petit carreau de la portière. Sylvester semblait embarrassé. Pourtant, sa présence en ce lieu insalubre ne pouvait être le fruit du hasard. Une raison précise qu'elle ignorait avait bien dû guider ses pas. Soudain, elle eut une illumination.

— Tes agresseurs… cet après-midi !

— Quoi, mes agresseurs ? demanda le comte qui ne voyait pas ce qu'elle voulait dire.

— Je suis sûre que tu espères trouver ici celui qui te les a envoyés !

Théo était plus que perspicace : c'était un fin limier ! De crainte d'encourager sa curiosité, Stoneridge se garda bien de lui faire part de cette remarque. Soudain, il retint sa respiration. Sa patience était récompensée ; l'inconnu venait de sortir de la taverne. L'homme s'arrêta pour remettre en place la grosse écharpe qui cachait son visage puis il se mit en route et disparut droit devant dans la ruelle lugubre.

Cela n'avait pas duré plus de vingt secondes. Le comte n'avait pas vu les traits du mystérieux personnage, mais déjà il connaissait son identité. Ce geste nonchalant, presque lymphatique… cette façon de se tenir un peu voûté, les épaules rentrées, comme au temps où, pour se moquer de lui, ses camarades lui demandaient s'il craignait « que le ciel ne lui tombe sur la tête »… Sylvester avait trop longtemps côtoyé Neil Gérald pour ne pas le reconnaître. Depuis l'âge de dix ans ils avaient fréquenté la même école.

— Doux Jésus ! murmura-t-il, se reculant instinctivement dans l'intérieur obscur du fiacre.

Gérald l'avait sûrement aperçu dans la taverne, mais heureusement, il devait penser que le comte ne l'avait pas reconnu. Tapi au fond de la salle enfumée, le visage masqué, il eût fallu à Sylvester des yeux de lynx et une clairvoyance peu banale pour mettre un nom sur sa silhouette. De plus, l'arrivée inopinée de son épouse l'avait empêché de rester plus de cinq minutes dans la place.

Théo lui avait rendu un double service. Elle lui avait permis d'identifier celui qui en voulait à sa vie, tout en laissant croire à son agresseur qu'il n'avait pas été démasqué.

Le comte frappa à la vitre pour donner l'ordre au cocher de repartir. Il en savait assez… pour ce soir.

— Cet homme, qui était-ce? demanda la jeune femme.

Il n'était pas question de tout lui raconter.

— Je ne sais pas! répondit-il, en espérant naïvement que ce mensonge la découragerait.

— Pas la moindre idée?

— Viens près de moi, dit-il en la prenant dans ses bras.

Docilement, elle se laissa aller, posa la tête sur l'épaule, puis elle prit un air enjôleur.

— Dis-moi… Qui a voulu te tuer?

— Je crois que je vais me fâcher, maintenant. Je trouve très désagréable que mon épouse vienne fourrer son nez dans des affaires qui ne la concernent pas, répondit-il sèchement.

— Ce qui concerne mon mari me concerne aussi, affirma-t-elle sur le même ton. Je voulais te demander de retourner au manoir, mais maintenant que nous sommes pris dans cette aventure, je ne trouve plus Londres aussi ennuyeux!

— Je ne vais pas te laisser te mêler de ces histoires dans l'unique but de tromper ton ennui. Il est hors de question que tu prennes à nouveau des risques comme tu l'as fait ce soir.

Théo se mordit les lèvres pour éviter d'envenimer la situation. Elle n'avait senti de danger à aucun moment au cours de cette soirée, mais Sylvester ne semblait pas d'humeur à entendre ses protestations. Elle se serra un peu plus fort contre lui et reprit joyeusement :

— C'est vrai, on a mieux à faire que de se quereller pour ça !

— Ah, ma petite bohémienne ! murmura-t-il.

Il prit sa bouche, doucement d'abord, puis avec plus de fougue, sous l'emprise du désir. Il glissa sa main sous la cape de sa femme à la recherche des rondeurs si douces de ses seins. Théo frémit, sentit la chaleur monter en elle et se livra, elle aussi, à quelques privautés qui, en raison de l'endroit inhabituel où ils se trouvaient, n'en prirent que plus de saveur.

Quelques heures plus tard, Sylvester était allongé, les doigts entremêlés aux cheveux de Théo qui, en s'assoupissant à ses côtés, avait incliné la tête vers lui. Le lit était empli du parfum délicieusement troublant de sa femme et la nuit était silencieuse. Autant de conditions favorables qui auraient dû permettre au comte de sombrer dans un sommeil paisible. Au contraire, il réfléchissait, les yeux grands ouverts dans l'obscurité de la chambre à coucher, assailli par une multitude de questions qui lui paraissaient désespérément insolubles. Certes, son épouse semblait beaucoup mieux disposée envers lui et la vision nouvelle qu'elle avait de leur mariage lui procurait une profonde satisfaction. Mais ce bonheur n'était pas sans ombre. A quoi bon se réjouir si ses jours étaient comptés ? Le problème de son agresseur restait entier. Un jour peut-être Neil Gérald parviendrait-il à ses fins ?

De quelque point de vue qu'il envisageât la situation, le comte ne parvenait pas à comprendre quel ressentiment avait pu pousser son ami d'enfance à lui en vouloir au point de désirer sa mort. Il fallait que cette rancœur fût bien profonde pour qu'il en arrive là. Leur passé commun lui revenait à la mémoire et les images défilaient, les unes après les autres.

Gérald avait toujours été un gamin renfermé dont

une pusillanimité excessive avait fait la risée de ses condisciples. Mais, pour autant qu'il pût s'en souvenir, Sylvester n'avait jamais participé à ces moqueries générales. Il avait même, plus d'une fois, pris la défense du pauvre Neil qui pleurnichait dans un coin de la cour ou du dortoir.

Au procès du major Gilbraith, Gérald avait eu l'attitude honnête et logique d'un homme qui n'avait pas assisté aux événements : il n'avait ni témoigné en sa faveur ni fourni de témoignage accablant qui pût, objectivement, le faire condamner. Sylvester avait simplement trouvé maladroite l'insistance avec laquelle Neil avait souligné leur profonde amitié. Insistance qui avait semé le doute dans l'esprit des jurés, leur laissant croire que Gérald taisait une partie de la vérité.

Et si... ? A force d'y réfléchir, de s'interroger, d'élaborer toutes sortes d'hypothèses, le comte se surprit à penser que ce qu'il avait pris pour de la maladresse naturelle était peut-être, au contraire, une ruse savamment préméditée. Aussitôt après, il s'en voulut d'avoir de telles pensées. Voilà qu'il se mettait à voir le diable partout ! L'angoisse le faisait délirer. Il fallait recommencer à raisonner, encore et encore. Reconstituer l'histoire, étape après étape. Essayer de garder la tête froide, coûte que coûte. La fatigue de l'insomnie rendait ce travail mental d'autant plus difficile.

Si, comme il le supposait, Neil Gérald lui gardait rancune pour une obscure blessure d'enfance, sa soif de vengeance aurait dû largement être assouvie après le procès : la carrière du major Gilbraith avait été brisée et sa réputation ternie à jamais. Dans ces conditions, pourquoi le persécuter aujourd'hui encore ?

Il eût été si simple de se débarrasser de lui lorsqu'il était passé en cour martiale : un faux témoignage de Gérald, l'affirmation qu'il avait assisté à la capitulation sans condition du major, et c'en était fait de sa vie. Le verdict serait tombé comme un couperet : sa culpabilité démontrée, Sylvester aurait été passé par les armes. Au lieu de cela, Neil Gérald avait pris le risque de le voir libéré par un non-lieu.

Le comte en vint à la conclusion qu'il devait y avoir une autre explication. Une clé qu'il ne détenait pas encore. Peut-être quelque secret qui emprisonnait Neil Gérald, quelque terreur qui l'étouffait comme autrefois et qui ne s'était réveillée qu'avec le retour du comte sur la scène publique, dans la haute société londonienne. Céder à la panique devant l'imminence d'un danger était bien une réaction typique de Gérald. Profondément bouleversé, il était capable de commettre l'irréparable.

Sylvester essaya de redonner vie aux dramatiques moments de Vimiera. Il se revit avec ses hommes dans la plaine portugaise, à l'heure du coucher du soleil. Depuis l'aube, ils repoussaient les ennemis qui, par vagues successives, n'avaient cessé de les harceler. Sur le front, son petit bataillon avait une lourde responsabilité. Il était l'unique verrou qui protégeait le pont situé à l'arrière, passage obligé pour franchir la rivière. S'il sautait, c'était le gros de l'armée qui était attaqué et probablement fait prisonnier. Le scintillement des eaux sous le soleil, aveuglant à certaines heures, lui revint en mémoire. Combien de fois, au cours de cette journée, s'était-il retourné vers le fleuve ! Des dizaines et des dizaines... Il ne le savait plus très bien. Les renforts commandés par Gérald devaient arriver de ce côté. Il fallait impérativement tenir jusqu'à la tombée de la nuit.

Sylvester ferma les yeux. Qu'y avait-il de nouveau dans ces souvenirs ? Rien. Strictement rien. Tout cela était bel et bien consigné dans le rapport auquel il avait eu accès.

Des images plus diffuses, des impressions, plutôt, venaient maintenant le tourmenter en flashes désordonnés. Il vit l'ombre d'un oiseau de proie, tache noire menaçante sur le ciel chauffé à blanc. Il ressentit ces tenailles de la peur le saisir aux tripes. Seuls les inconscients ou les simples d'esprit n'éprouvent pas d'appréhension face à la mort. Il entendit résonner le cri d'angoisse du jeune soldat, un gamin à peine sorti de l'enfance, qui se mourait près de lui et qui appelait sa mère. Son hurlement lui vrilla le cerveau, insupportable. La voix du sergent Henley aussi, qui exhortait les hommes à tirer sur la ligne bleue des Français devant eux.

Ils s'étaient bien battus. Jusqu'à l'épuisement. Pas une seule fois l'idée de faire demi-tour, de repasser le pont pour se réfugier à l'arrière, n'avait effleuré son esprit. C'eût été si facile pourtant ! Mais un soldat digne de ce nom se devait d'accomplir sa mission jusqu'au bout. Jusqu'à l'arrivée des renforts...

Et puis... ? Le soleil s'était couché face à eux, juste derrière les lignes ennemies. Le halo rougeoyant qui avait embrasé le ciel avait rendu leurs tirs de plus en plus difficiles.

La mémoire de Sylvester retenait encore une lumière vive auréolée de formes noires indéterminées, vagues, aux contours flous et mouvants... Le regard halluciné d'un Français au-dessus de lui... La baïonnette qui se rapprochait...

Ici, la scène s'arrêtait. En dépit d'efforts insensés, il n'avait jamais pu aller plus loin.

Il ne gardait, des semaines de délire qui avaient suivi, que le souvenir de la voix d'Henry, intermittente, lorsque la fièvre voulait bien lui accorder une rémission. Enfin... le réveil dans cette immonde geôle toulousaine.

Doucement, Sylvester sortit du lit et alla se verser un verre d'eau. Il regarda par la fenêtre. Une imperceptible clarté d'avant l'aurore, indécise encore, pointait à l'est. Le ciel se chargeait de ces teintes mauves, pleines de promesses, qui n'appartiennent plus tout à fait à la nuit et pas encore au jour.

Théo murmura, ronronna, roula sur le côté et chercha Sylvester de la main, à tâtons. Sa voix ensommeillée le sortit de sa rêverie.

— Où es-tu ?

— Rendors-toi! Il est très tôt, chuchota-t-il en venant se recoucher à ses côtés.

Mais elle s'assit, s'étira, se frotta les yeux et le regarda d'une façon si étrange qu'on eût dit qu'elle s'étonnait de le voir allongé près d'elle.

Elle était sûre qu'hier soir son mari avait reconnu l'homme qui était sorti de la Taverne des Pêcheurs et qu'il ne voulait pas le lui dire. Pour quelle raison? Voulait-il la préserver ou considérait-il simplement qu'il n'avait pas à partager son passé avec sa femme? En dépit du trouble que provoquaient en elle ces incertitudes, elle se refusait à le questionner directement. Puisqu'il lui défendait d'intervenir, elle ferait son enquête, seule. Seule, ou... avec l'aide d'Edward peut-être? Elle replongea sous les draps et se lova contre son mari.

Lorsque leurs peaux nues se touchèrent, une douce tiédeur les enveloppa. Le nuage noir de la chevelure de Théo ondulait, glissait à chacun de ses mouvements, puis s'étirait en cascade pour se fondre sur leurs deux corps, au hasard de leurs positions, dessinant des vagues aux formes évocatrices. Sylvester pensait qu'elle allait l'interroger sur la soirée de la veille, mais elle se serra contre lui et, à sa grande surprise, se contenta de lui demander s'il faisait jour.

Du bout des lèvres, elle suivit la fine cicatrice qui courait jusqu'à ses hanches.

— Comment est-ce arrivé? lui demanda-t-elle.

— Bof! Souvenir d'une escarmouche vieille de dix ans, dit-il sur le ton de la plaisanterie.

Elle fit un signe de tête, puis plongea dans le regard du comte: l'océan de ses yeux gris était plus tumultueux que de coutume. Son mari portait en lui des cicatrices invisibles bien plus douloureuses que celles qu'il avait sur le corps.

— Allez! dit-il en l'enlaçant. Ma petite femme est une adorable bohémienne!... Une bohémienne comme je les aime!

Puis il partit d'un grand rire franc et, glissant le

bras sous sa nuque, il s'allongea sur elle. Théo ne dit rien. Il n'y avait rien de plus à dire, d'ailleurs. Jamais personne avant lui ne s'était penché sur elle avec ce regard chaud et prenant.

Tandis qu'un pâle soleil se levait sur la Tamise, en ce matin d'octobre, Neil Gérald faisait les cent pas dans le logement triste et misérable qu'il louait dans la rue Ludgate.

Occupant anonyme qui payait, sans se faire remarquer, le loyer d'une chambre anonyme d'un immeuble anonyme.

Il jeta un coup d'œil autour de lui : quelques meubles de mauvaise qualité se disputaient la décoration de la pièce. Les rideaux, dont la netteté pouvait aisément être mise en doute, étaient agités de frémissements sous l'effet du vent qui s'infiltrait par les interstices — mille fois colmatés, mille fois réapparus — d'une étroite fenêtre dont le bois pourrissait sous les pluies et les vents d'est.

Gérald était d'humeur morose. Il avait espéré que la mort de Sylvester le délivrerait du chantage qu'exerçait sur lui son ancien sergent, Jud O'Flannery, qu'il n'aurait plus à faire ces visites régulières et humiliantes à l'Auberge du Bon Accueil et qu'enfin il pourrait réintégrer son élégante demeure de la rue Half Moon et y mener, au grand jour, la vie d'un célibataire insouciant. Au lieu de cela, il devait continuer à se cacher dans ce trou à rats de la rue Ludgate, craignant constamment d'être reconnu.

Les événements de la veille au soir le laissaient plus que perplexe. Les trois hommes qu'il avait recrutés pour le débarrasser de Gilbraith n'étaient pas du genre à oublier de venir au rendez-vous pour se faire payer ! Et, comble d'ironie, à leur place, il avait vu apparaître leur supposée victime ! En y réfléchissant calmement a posteriori, Gérald ne comprenait pas ce qui avait pu se passer. Il avait bien accompagné les trois brutes au cirque et leur avait bien désigné la

259

personne visée. Sylvester avait pour toute escorte trois jeunes femmes, une enfant et un infirme. De cela, au moins, il était sûr et certain. La suite des événements restait en revanche un épais mystère.

Heureusement, son ancien ami n'avait pu le reconnaître. Bien dissimulé comme il l'était, dans un coin sombre derrière un vieux pilier, il était au moins sûr de ne pas avoir été découvert. Et puis, par chance, il y avait eu cette fille étrange, au manteau rouge et aux cheveux noirs, qui était arrivée à point nommé pour obliger le comte à sortir immédiatement. Une jeunesse, pour Gilbraith! Sa maîtresse, sans doute. Il fallait bien qu'il ait quelques petites compensations à une union qui avait toutes les apparences d'un mariage de raison. Et, apparemment, Sylvester avait été contrarié par cette arrivée inopinée. Mais Neil Gérald avait frôlé le danger de bien trop près pour se permettre, maintenant, de s'attendrir sur les déboires extraconjugaux de Sylvester Gilbraith. Il était temps de changer de tactique s'il ne voulait pas continuer à jouer avec le feu.

Au moment où il allait envisager d'autres manœuvres pour l'avenir, une servante maigrichonne, qui ne devait pas manger à sa faim tous les jours, passa son nez rosi par le froid dans l'entrebâillement de la porte.

— M'sieur veut-il que j'fasse un peu d'feu?

Neil la fit entrer. On devinait qu'elle était encore jeune, mais la fraîcheur de son corps avait cédé sous le poids de la fatigue et des travaux excessifs. Ses hanches plates étaient serrées dans une jupe de cotonnade grossière. Neil Gérald ne put s'empêcher de repenser, sans une certaine jalousie, à la fille qui était venue voir Sylvester Gilbraith, hier soir. Mais il n'avait pas serré de femme dans ses bras depuis des semaines et, pour le sortir de ses idées sombres, celle-ci ferait bien l'affaire.

Il s'approcha d'elle tandis qu'elle s'évertuait à

genoux à faire partir un feu qui refusait de prendre, faute de bon bois. Il lui jeta une pièce de monnaie qui roula au sol. La fille leva des yeux étonnés.

— C'est pour moi, m'sieur?

— Oui, si tu fais bien tout ce que je te demande, dit-il en commençant à se déshabiller.

La servante ramassa la pièce, se releva et essuya ses mains sur son tablier.

— Si vous voulez, m'sieur, mais...

— Mais quoi?

Elle semblait hésitante et Neil Gérald fut sur le point de la renvoyer.

— C'est que... c'est la première fois, murmura-t-elle.

Il leva les yeux au ciel. Ce truc usé était vieux comme le monde! Les vierges valaient plus cher que les autres. Dans les maisons closes de Covent Garden, il connaissait ainsi des filles qui avaient perdu leur virginité une bonne douzaine de fois. La drôlesse essayait simplement de faire monter les enchères.

— Tu me prends pour un pigeon! s'exclama Gérald avec impatience. Pas d'histoires! Si tu es d'accord, allonge-toi là! Sinon, sors d'ici!

La malheureuse, qui fixait le plancher depuis quelques minutes, consentit à lever les yeux et se dirigea à pas hésitants vers le lit. Neil Gérald se jeta sur elle. Elle se mit à trembler lorsqu'il lui enleva son tablier et sa jupe. Sa réticence n'était pas feinte et cela ajouta au plaisir de l'homme. Il la bouscula sans délicatesse et la posséda brutalement. Lorsqu'il réalisa qu'elle ne lui avait pas menti, il lança sur le lit une pièce supplémentaire que la pauvre fille prit en pleurant. Apaisé et considérant qu'il avait été plus que généreux, il mit la servante dehors.

Ce sordide intermède lui avait redonné des forces. Il décida qu'il quitterait très rapidement son affreux logement pour se retrouver dans la peau du fringant capitaine Neil Gérald, demeurant rue Half

Moon. Beau parti. Fortune enviable. Carrière militaire honorable.

Il allait changer de méthode et prendre Sylvester Gilbraith par les sentiments.

20

Le hasard préside parfois, à sa façon, à la destinée des êtres qui savent l'utiliser.

Ce jour-là — pure coïncidence —, Théo recevait la visite de ses sœurs, lorsque le majordome annonça la visite de Mme Lacey et de son fils, Jonathan.

— Tu vois, Clarry, je te l'avais bien dit ! s'exclama-t-elle. Faites-les entrer, Foster !

Le visage de Clarissa pâlit et elle laissa tomber le tricot qu'elle était en train de réaliser.

— Que dirait maman si elle savait ce que tu as fait, Théo ?

— Ne t'inquiète pas, elle n'en saura rien.

— A moins que Rosie ne mange le morceau ! rectifia Emily.

Théo se précipita, l'air avenant et la main tendue, lorsque les Lacey pénétrèrent dans le salon.

— Madame Lacey, comme c'est aimable à vous de me faire une visite... Je suis très heureuse de vous revoir, monsieur Lacey... J'espère que vous ne me tenez pas rigueur de ma méprise à La Coupole, l'autre soir. Elle nous aura au moins donné l'occasion de devenir amis !

Derrière elle, Théo entendit des toussotements gênés. Elle se retourna, fit signe à ses sœurs d'avancer et les présenta. Emily affichait la même sérénité que sa cadette. On eût dit, à les voir, que cette rencontre était vraiment fortuite. A l'inverse, il fallut quelques secondes à Clarissa pour redevenir maîtresse d'elle-même. Elle dut faire de réels efforts pour dompter les palpitations de son cœur.

Jonathan Lacey salua profondément les jeunes femmes. Théo l'épiait du coin de l'œil. C'était incontestablement un bel homme, élégant, bien bâti, manquant peut-être de maturité pour la séduire complètement. Le type parfait du jeune homme qui plaisait à Clarissa, cependant. Cette dernière le regardait, puis baissait timidement les yeux au moment où leurs regards se croisaient. Lui la fixait comme s'il avait eu une apparition divine.

La comtesse de Stoneridge, appliquée à tenir son rôle, les invita à s'asseoir, proposa du thé et entama une conversation purement conventionnelle.

— Habitez-vous Londres depuis longtemps ?

L'honorable Mme Lacey se lança dans un long discours pour relater son récent veuvage et les regrets éternels qu'elle aurait de l'excellent M. John Lacey, feu son mari, pasteur anglican de son état, qui souhaitait ardemment voir son fils unique suivre la même voie que lui. Apparemment, Jonathan avait d'autres talents dont sa mère semblait fière et heureuse : c'était un portraitiste très doué. A regret, ils avaient dû quitter leur belle campagne du Herefordshire pour la capitale. Londres était, hélas, l'unique endroit où son cher fils pouvait espérer se faire des relations, obtenir des commandes et devenir célèbre. Elle entama ensuite une longue étude comparée des avantages de la ville et de la campagne.

«Ah, ah !» furent les seules paroles que Théo trouva à dire pour montrer qu'elle suivait avec intérêt le monologue de son invitée. Elle n'était pas très douée pour les conversations de salon ! D'autant plus que la scène qui se déroulait sur l'autre canapé de la pièce l'intéressait beaucoup plus : Clarissa et Jonathan étaient en grande conversation.

On entendit soudain des pas pressés dans l'entrée et la porte s'ouvrit comme sous l'effet d'une tornade. Rosie, hors d'haleine, fit son apparition sur le seuil.

Vu l'urgence de la situation, elle resta sur le pas de la porte et s'adressa à Théo :

— Peux-tu me prêter trois shillings ? Je n'ai plus un seul penny et il faut absolument que j'achète le livre sur les araignées que j'ai vu chez Hatchards. C'est très, très pressé. Quelqu'un pourrait l'acheter avant moi... S'il te plaît, Théo, dit-elle d'une voix suppliante.

— Je ne savais pas que les livres sur les araignées étaient si populaires ! plaisanta Clarissa.

Emily intervint pour gronder sa petite sœur :

— Rosie, ce ne sont pas des manières. Entre et viens dire bonjour aux invités de Théo, Mme Lacey et M. Jonathan Lacey.

Sachant qu'elle avait tout intérêt à obtempérer pour obtenir son argent, la petite espiègle vint faire une révérence de circonstance devant les hôtes. Puis elle marqua un temps d'arrêt et son visage s'illumina.

— Oh, n'êtes-vous pas...

Théo bondit, attrapa Rosie par le bras et la poussa vers la sortie en lui disant qu'elle allait lui donner ses trois shillings. Dans l'entrée, elle lui fit des recommandations à voix basse.

— Tu ne dois absolument pas parler de ce qui s'est passé à La Coupole, Rosie. Tu m'entends ?

— Mais ce n'est pas ce que j'allais faire, protesta la gamine, qui se sentait injustement accusée. J'allais juste demander si c'était le « chevalier » de Clarissa.

— Oui ! Et maintenant que tu le sais, ne le redemande plus jamais !

Sylvester entra juste à temps pour surprendre leurs chuchotements.

— Que sont ces conciliabules ?

— De très importantes affaires de famille, répondit Théo en riant. Sylvester, pourrais-tu te charger de donner trois shillings à Rosie ?

— C'est pour acheter un livre chez Hatchards, mais je vous rembourserai dès que j'aurai mon argent de poche du mois prochain, précisa Rosie en se redressant fièrement. Je vous le promets.

— C'est bien ! Dans ce cas, je ne te ferai pas signer de reconnaissance de dette, dit Sylvester en s'efforçant de prendre un air sérieux et solennel. Je me contenterai de ta parole. De quel livre s'agit-il ?

Cette question provoqua une description qui dura une bonne minute et que Sylvester écouta avec un intérêt feint. Il sortit de sa poche quelques pièces qu'il tendit à Rosie. L'enfant se confondit en remerciements, puis partit en courant.

— Je dois retourner au salon où des invités m'attendent. Tu sais... mes amis de La Coupole ? dit Théo, un sourire sur les lèvres. Tu devrais venir faire leur connaissance. Peut-être même pourrais-tu faire entrer Jonathan Lacey dans l'un de tes clubs ?

Ce disant, elle réalisa sa maladresse. Sylvester était lui-même bien trop mal accueilli dans ces milieux-là pour que son parrainage présentât un quelconque intérêt. Le comte ne fit aucun commentaire mais son épouse vit comme une lueur de tristesse vite réprimée passer dans son regard. Elle se sentit soulagée lorsqu'il reprit sur le ton de la plaisanterie :

— Dis-moi, ma chérie, tu fais un drôle de travail ! Comment appelle-t-on cela... Marieuse ? Entremetteuse ?

— C'est pour le bonheur de Clarry, protesta Théo. Viens, Sylvester, je vais te présenter son amoureux. Il est normal de se mettre en quatre pour sa famille, non ?

Le comte nota avec bonheur que, pour la première fois, sa femme le considérait comme un membre du clan Belmont.

Au salon, il écouta patiemment les bavardages de Mme Lacey qu'il trouva un peu fastidieux, mais que n'aurait-il fait «pour le bonheur de Clarry»! La personnalité de Jonathan Lacey se révéla au fil de la conversation. C'était un jeune homme sérieux sans doute, mais un peu détaché de la réalité. Il ne manifestait naïvement aucun intérêt pour ces futilités qu'il était de bon ton d'apprécier dans la haute société. Il aimait monter à cheval, mais considérait que la chasse était un jeu cruel, n'avait strictement aucune opinion sur les mérites respectifs de Stultz et Weston, grands faiseurs dans le vent, et l'idée qu'il pût appartenir à l'un de ces clubs fermés de St. James ne lui avait même pas effleuré l'esprit.

Clarissa, tout sourire, hochait la tête à chaque phrase du beau jeune homme dont elle buvait littéralement les paroles. Sylvester pensa qu'une femme si inconditionnellement admirative ne lui aurait pas convenu du tout. Il avait besoin de la rivalité, du challenge permanent qu'il trouvait auprès de Théo. Justement, celle-ci avait l'air de s'ennuyer mortellement et le comte se sentit attendri par les efforts qu'elle faisait pour le bien de sa sœur. Tout, dans son regard, ses gestes, ses accents, accusait la lassitude. Elle aussi était plus faite pour le défi que pour l'adoration perpétuelle. Elle le lui avait bien prouvé, et avec quel panache, en affrontant le vicomte Franklin lors de cette pénible réception chez Lady Belmont. Depuis ce jour, avec beaucoup de délicatesse, elle n'avait plus demandé à son mari de participer à ce genre de réunions mondaines et manifestait une grande prudence dès que, de près ou de loin, ce sujet était abordé. Mais évidemment, cette situation ne pouvait perdurer.

Dès ce soir, c'était décidé, il essaierait d'en dénouer le mystère, en priant le ciel pour être sur la bonne piste. Neil Gérald avait regagné ses pénates de la rue Half Moon. Sylvester l'avait aperçu de loin qui se promenait nonchalamment à Piccadilly. Ce soir, le comte tenterait de le retrouver dans l'un des clubs de St. James. S'il le fallait, il les visiterait tous, l'un après l'autre : le White, le Watier et le Brook. Il y recevrait probablement un accueil plus que glacial, mais il était indispensable qu'il reprenne contact avec Gérald. Si celui-ci se dérobait, il l'attendrait à la sortie et le harcèlerait jusqu'à l'obliger à la confrontation.

Perdu dans ses pensées, Sylvester revint brusquement à la réalité. Il se rendit compte que Théo l'observait et supposa qu'elle s'était rendu compte de sa distraction. Poliment, comme si de rien n'était, il se tourna vers Jonathan Lacey pour lui poser des questions sur sa peinture.

— Vous devez venir nous voir, dit Emily à Mme Lacey. Je suis certaine que ma mère sera ravie de vous recevoir.

— Je ne sors pas beaucoup, ces temps-ci, mais je serais très honorée de faire la connaissance de madame votre mère. (Mme Lacey adressa un sourire affectueux à son fils, puis elle donna en se levant le signal du départ.) Il faut vraiment que nous rentrions, maintenant.

— Emily, Clarissa... dit Théo, M. Lacey pourrait peut-être vous raccompagner puisque vous allez partir ensemble. N'oubliez pas que vous avez promis à maman de rentrer pour quatre heures !

Sylvester étouffa un sifflement d'étonnement devant cette manœuvre rusée. Théo était une remarquable improvisatrice ! Ses deux aînées comprirent le message contenu dans ce pieux mensonge et, en cinq minutes, Jonathan Lacey se retrouva en route pour la rue Brook, une fille Belmont à chaque bras, tandis que sa mère s'en retournait seule chez elle en calèche.

— Ouf, souffla Théo dès qu'ils furent sortis, tout s'est bien passé ! C'est extraordinaire, ils semblent faits l'un pour l'autre.

— Tu as fait ce qu'il faut pour cela ! remarqua Sylvester, un sourire au coin des lèvres. Je n'ai jamais vu pareille machination. Tu devrais avoir honte de toi, petite bohémienne !

Il ne réussit pas à décourager Théo de ce qu'elle considérait être non pas comme une « machination » mais comme une véritable mission.

— Pas du tout ! protesta-t-elle. Je ferai tout ce qui est en mon pouvoir si je peux contribuer au bonheur de Clarry. Il faut absolument que nous aidions Jonathan à obtenir des commandes. Je ne pense pas qu'il ait de fortune personnelle et la rente de Clarry ne sera pas suffisante pour eux deux, non ?

Sous-entendait-elle qu'un partage du domaine en quatre eût été préférable ? Certainement pas pour un homme aussi peu porté à gérer les choses matérielles que semblait l'être Jonathan Lacey ! Sylvester épia la réaction de sa femme, mais il ne lut aucune sorte d'animosité dans son regard. Elle lui avait posé cette question, simplement. Sans arrière-pensée.

— Bien investi, notre capital produit des intérêts suffisamment conséquents pour que la part de tes sœurs leur permette de vivre plus que décemment. Même si elles se marient, rassure-toi !

— Ah, bon, acquiesça-t-elle. De toute façon, on pourrait aussi les aider, si nécessaire.

— Hé, hé... Je crois que tu mets la charrue avant les bœufs.

Théo secoua la tête négativement. Pour elle, les choses étaient simples.

— Clarry est amoureuse. Lui aussi, ça se voit ! dit-elle.

— Les filles de cet âge tombent tout le temps amoureuses !

— Pas Clarry ! Elle a toujours dit qu'elle resterait vieille fille si elle ne trouvait pas son prince charmant.

— Romantisme... quand tu nous tiens ! dit Sylvester, amusé.

Aussitôt après, son visage se rembrunit. Il avait oublié qu'il devait informer Théo d'une désagréable nouvelle. Sans rien dire, il lui tendit une lettre. Le sang de la jeune femme ne fit qu'un tour ; elle s'imagina qu'il allait lui faire des confidences.

— Oh, non... dit-elle en se laissant choir sur le sofa. Quand as-tu reçu cela ?

— Ce matin ! Il n'y en aura que pour quelques jours. Ma mère et Mary détestent la capitale. Elles ne viennent à Londres que pour rencontrer l'apothicaire de la rue Harley. Elles s'en retourneront rapidement chez elles. Nous ne pouvons pas faire autrement que… (Sylvester s'agita, toussota, marqua une pause, puis continua :) … que de les accueillir sous notre toit.

Les traits de Théo se figèrent à l'horreur de cette pensée.

— Elles seraient bien mieux au Grand Hôtel. Tu les imagines, ici, à passer leur temps à ronchonner ? Pitié, pitié, Sylvester !

Là-dessus, elle joignit ses mains en position de prière. Cette supplication amusa le comte, qui pourtant resta ferme dans ses exigences.

— Tu sais bien que nous ne pouvons nous dérober à notre devoir, dit-il.

Théo se releva d'un bond et se mit à tourner dans le salon comme une toupie déviée de sa trajectoire…

— Oh, non… non… non… Ta sœur va se plaindre des courants d'air, du personnel. Ta mère va me lancer des piques à longueur de journée. S'il te plaît, Sylvester, implora-t-elle, ne leur dis pas de venir !

Le comte se mit carrément à rire devant la danse qu'elle exécutait devant lui, sachant qu'il y avait une bonne part de jeu et de comédie dans ses étranges virevoltes. Il l'attrapa par la taille et la souleva. Elle agita ses pieds dans le vide pour faire semblant de protester, mais ses yeux rieurs disaient clairement qu'elle ne comptait guère arriver à ses fins.

— Tu pourras rabrouer Mary autant que tu le voudras, mais il te faudra être polie avec ma mère.

— Et si elle ne l'est pas avec moi ? gémit Théo.

— Ce sera mon affaire, dit Sylvester en la reposant sur le sol.

Elle fronça le nez en grimaçant et soupira, résignée.

— Quand arrivent-elles ?

— Je ne le sais pas exactement. Elles ne le précisent pas. Au fait… je rentrerai un peu plus tard, ce soir, dit-il en quittant le salon.

— Ce n'est pas grave, je ne serai pas à la maison de bonne heure non plus. Je dois me rendre à une soirée, à Almacks.

Elle resta sur le pas de la porte, indécise quelques

secondes. Elle avait quartier libre et un léger retard à la réception passerait inaperçu. D'un pas décidé, elle monta prendre sa pelisse, son chapeau, ses gants, et se mit en route pour la rue Albermarle.

Edward était sur le point de sortir se promener lorsque son amie arriva.

— Je t'attrape au vol, constata-t-elle. J'ai besoin de te parler quelques minutes. Tu partais ?

Il n'était pas question de renvoyer Théo.

— Non, non... Entre, dit-il d'un ton amène. Alors, que puis-je pour toi ? lui demanda-t-il lorsqu'ils se furent assis au salon.

Théo n'était pas du genre à tourner autour du pot. Elle alla droit au but.

— Il faut que tu m'accompagnes à la Taverne des Pêcheurs, rue des Docks.

Edward leva les sourcils d'étonnement. Ces quartiers n'étaient guère fréquentables. Théo se mit alors à lui relater par le menu tous les événements de la veille.

— Sylvester me cache des tas de choses, dit-elle. Je suis persuadée qu'il a reconnu l'homme de la taverne et qu'il sait qui se cache derrière ses « accidents ». Mais il ne veut pas que je l'aide. Je dois me débrouiller seule pour éclaircir ce mystère.

Contrairement à ses habitudes, et au grand étonnement de Théo, Edward ne se montra pas coopératif.

— Si ton mari t'a demandé de ne pas t'en mêler, tu dois respecter sa volonté. Ce sont ses affaires, après tout.

— Mais enfin, Edward, tu as bien vu ce qui s'est passé chez maman, l'autre après-midi. Je *dois* aider Sylvester. Malgré lui ! Tu ne m'enlèveras pas de l'idée que... (elle se mordilla la lèvre)...qu'il y a derrière toute cette affaire quelque chose dont il a honte et qui le tourmente terriblement... au point qu'il n'ose pas me l'avouer. Je me demande si ses « accidents » n'ont pas un rapport avec son secret. Qu'en penses-tu ?

Sur ce, Théo se leva et se mit à arpenter la pièce,

aussi énervée qu'un lion en cage. Edward resta silencieux. Elle le connaissait suffisamment bien pour savoir qu'en cet instant, il éprouvait une espèce de gêne dont elle ignorait la cause.

— Eh bien, répéta-t-elle, qu'en penses-tu ?

— Ecoute, Théo. (Lorsque son ami commençait ses phrases sur ce ton, c'était qu'il avait une chose importante à lui dire. Elle se fit plus attentive.) Je ne sais pas s'il faut le croire, peut-être cela n'a-t-il rien à voir avec les problèmes de Sylvester, mais on m'a raconté une drôle d'histoire lorsque j'étais en Espagne.

— De quoi s'agit-il ?

Elle s'approcha et regarda fixement Edward, pour ne rien perdre de ses révélations.

— Je ne voulais pas t'en parler... Jusqu'à présent, je pensais qu'il s'agissait de calomnies, mais...

Il s'arrêta. Les mots de « cour martiale » lui restaient en travers de la gorge, imprononçables.

— Allez, Edward, continue, pria Théo, impatiente.

— Il serait peut-être préférable que tu demandes à Sylvester de te raconter l'histoire lui-même. Moi, je ne la tiens pas du témoin direct. Les faits ont pu être considérablement déformés, à force d'être rapportés.

— Parbleu ! s'exclama-t-elle, furieuse, c'est toi qui vas me relater cette affaire, et tout de suite !

La colère de Théo était bien compréhensible. Que n'avait-il tenu sa langue plutôt que de se mettre à colporter des ragots ! Le pauvre Edward, réellement confus, sentait bien qu'il en avait trop dit pour se rétracter. Succinctement, il rapporta l'essentiel de ce qu'il avait entendu dire. Théo l'écouta, bouche bée, les yeux écarquillés devant l'invraisemblance de ce scandale.

— Sylvester, un lâche ! s'écria-t-elle lorsque Edward eut terminé, mais c'est impossible ! Il a des défauts, mais sûrement pas celui de manquer de courage. J'en mettrais ma main au feu !

— Je partage ton avis, reprit Edward. Son acquittement prouve bien qu'il s'agissait d'une erreur. Le colonel Beamish a appelé cela... une «sale affaire», si ma mémoire est bonne.

— Mais enfin! Sylvester a été blessé. Grièvement, même!

Théo s'efforçait de reconstituer la vérité en associant aux dires d'Edward les quelques informations qu'elle tenait directement de son mari.

— Oui, je sais. Un Français lui a transpercé le front de sa baïonnette. Mais d'après le colonel Beamish, cela se serait passé après sa capitulation.

— Cette histoire ne tient pas debout, repartit-elle, mais elle me convainc davantage que nous sommes en train de découvrir, petit à petit, les éléments d'un puzzle. Il nous faut maintenant trouver le fil conducteur pour donner un sens à tout cela. Allons ensemble à la Taverne des Pêcheurs!

Edward opposa encore une fois un «non» catégorique à la supplique de Théo. Par chance, il avait une bonne excuse à avancer.

— Tu sais bien que ta mère m'attend pour dîner et qu'ensuite, nous devons tous aller au bal d'Almacks.

— Il y a des priorités, quand même, dit-elle en élevant la voix. Je ne te reconnais pas, Edward, nous avons toujours vécu des tas d'aventures ensemble. Pourquoi pas celle-ci?

— Je suis vraiment désolé, mais je refuse de m'immiscer dans la vie de Stoneridge. Et puis, côté aventures... (une ombre nostalgique assombrit son regard)... je ne suis plus bon à grand-chose.

— Tu dis encore des bêtises, dit Théo en prenant affectueusement son ami par le cou. J'ai réellement besoin de toi pour aider Sylvester.

En même temps, la jeune femme songea qu'il y avait peu encore, elle se sentait totalement incapable de faire part de ses soucis à son mari. Ce soir, elle n'avait plus qu'un désir — une obsession, presque —, celui de tout partager avec lui, joies et peines. Ses sentiments avaient évolué à son insu. Doucement.

Irrémédiablement. Mais aussi, elle l'admettait sans pudeur,... merveilleusement.

Déchiré entre l'envie de lui faire plaisir et sa répugnance à se mêler de la vie privée du comte, Edward gardait un silence gêné.

— Bon! dit-elle en haussant les épaules, résignée. Je crois que je ferais mieux de rentrer chez moi pour me préparer pour le bal.

— Je ne voudrais pas que tu t'imagines que je te laisse tomber.

— Non, bien sûr que non! N'en parlons plus!

Edward la regarda s'éloigner mais l'inquiétude le tenaillait. Il n'était pas sûr de l'avoir vraiment dissuadée de se rendre dans cette taverne mal famée où elle risquait sa vie.

Prévenir Sylvester eût été trahir Théo. Edward ne voyait pas bien comment se sortir de ce dilemme.

Il monta se changer pour partir dîner.

21

A peine venait-il d'entrer au White que Sylvester aperçut Neil Gérald en train de faire une partie de cartes. Il en ressentit une sorte d'excitation semblable à celle d'un chasseur qui a repéré sa proie. Il prit le temps de jeter un coup d'œil circulaire sur la salle, puis il se dirigea vers l'homme, d'un air apparemment décontracté. En réalité, il s'efforçait de dissimuler soigneusement ses émotions. Son visage restait impénétrable et ses traits fermés affichaient une complète froideur.

Il traversa le grand salon pour aller directement à la table de whist. A son passage, les conversations cessèrent, puis reprirent. Certains de ses anciens amis, surpris et ne sachant trop quelle attitude adopter, grimacèrent un vague sourire crispé; d'autres, plus nombreux, détournèrent carrément le regard. Cela n'altéra en rien sa raideur hiératique et ne l'empêcha nullement de se diriger sans fléchir vers le but qu'il s'était fixé.

Au moment où il arrivait à la hauteur de Gérald, un murmure presque imperceptible se propagea, comme une onde, de table en table. Seul un observateur attentif aurait remarqué que, à ce moment, Neil Gérald manifestait un peu de brusquerie dans le geste et qu'il était pris d'un très léger tremblement. Mais aussitôt, son visage s'éclaira d'un grand sourire.

— Stoneridge, comment vas-tu ? s'exclama-t-il comme s'ils s'étaient quittés la veille.

En direction de la table, les regards se firent soudain plus francs, plus directs. Les autres membres du club, enfin soulagés, observèrent Sylvester, qui serrait fermement la main que Neil lui tendait. La main de l'homme qui essayait de le tuer ! La main de Judas !

— Veux-tu t'asseoir avec nous ? proposa-t-il. Nous avons presque fini la partie... Si tu veux bien m'attendre, nous irons prendre un verre.

Pour une raison que Sylvester ignorait, Neil Gérald avait décidé de se montrer aimable et accueillant, et il faisait de réels efforts pour y parvenir. Le duc de Carterton lui tendit aimablement une de ces jolies petites chaises dorées qui décoraient ce club chic et immédiatement Lord Belton, courtois, se poussa pour lui laisser de la place. N'eût été la gravité de son problème, le comte aurait presque trouvé cocasse le soudain retournement qui venait de s'opérer.

— J'espère que tout va bien, Belton. Ça fait un bout de temps... dit Sylvester, essayant de converser naturellement.

— Ça va, ça va, merci !... Goûtez donc cet excellent vin, Stoneridge !

Dans la seconde qui suivit, un verre empli d'un vin à la belle robe pourpre était offert à Sylvester.

Comme si tous ces hommes avaient quelque faute à se faire pardonner, ils redoublaient d'amabilité à son égard. L'attitude de Neil Gérald, qui avait vécu de près les événements de Vimiera, était maintenant déterminante. La chaleur de son accueil lavait officiellement Gilbraith de tout soupçon et obligeait les autres à faire de même.

Cette réaction, à laquelle il ne s'attendait pas, plongea Stoneridge dans la plus grande perplexité. Comment cet homme qui avait essayé de le tuer il y a peu pouvait-il lui sourire aujourd'hui ?

Un petit quart d'heure s'écoula jusqu'à la fin de la partie, puis le comte et Gérald se retirèrent dans un coin tranquille du salon. En dépit de l'apparence impassible que Sylvester conservait, il était de plus en plus sur ses gardes.

— Au fait, je n'ai pas eu l'occasion de te féliciter pour ton mariage, dit Neil en remplissant leurs deux verres. Mais mieux vaut tard que jamais ! Est-ce que Lady Stoneridge est aussi à Londres ?

Cette question surprit le comte. Qui son ancien ami croyait-il avoir vu à la Taverne des Pêcheurs, alors ?

— Oui. Elle est en ville avec sa mère et ses sœurs.

— Pas toutes sous ton toit, j'espère ! (Il éclata de rire.) Ce n'est pas une sinécure que d'avoir un régiment de femmes chez soi !

A cette plaisanterie, Sylvester s'efforça de prendre un air amusé et répliqua :

— Non, Lady Belmont a sa propre résidence, rue Brook.

— Si tu le permets, j'irai un de ces jours faire une visite de politesse à Lady Stoneridge, dit Gérald. Je suppose que ce soir elle participe au grand bal d'Almacks. C'est l'événement de la saison !

— Bien sûr ! Sa mère et ses sœurs également, précisa le comte qui, adossé à sa chaise, épiait le visage de son ancien compagnon.

Malheureusement pour Sylvester, Gérald était excellent comédien. Il semblait parfaitement à l'aise.

— Je compte moi-même aller faire un petit tour à Almacks, reprit Neil. Juste pour montrer le bout de mon nez et faire savoir que je suis arrivé à Londres pour la saison.

— Ah, tu viens seulement d'arriver? Pas étonnant que je ne t'aie pas vu jusqu'à présent, lança le comte, en espérant que Gérald manifesterait peut-être un léger trouble.

Mais celui-ci continua sur le même ton enjoué, comme si de rien n'était:

— Il faut absolument que nous dînions ensemble un soir, Sylvester. Il y a si longtemps...

— Au moins trois ans.

— Ah, déjà? Disons... jeudi. Je t'invite, bien sûr! Es-tu libre?

— Avec grand plaisir.

— Alors, rendez-vous à huit heures rue Half Moon, ça te convient? Nous irons au club après le dîner faire une partie de whist. Tu as toujours été un joueur redoutable.

— Oh, tu exagères!

Le ton était badin et en apparence sans équivoque.

— Et si tu venais avec moi à Almacks maintenant? Ce n'est pas folichon, dit Gérald en riant, mais cela fait partie des obligations!

Sylvester n'avait pas envisagé d'aller au bal, mais après tout... Se présenter à Almacks en compagnie de Neil Gérald lui procurerait, ce soir, une réhabilitation définitive.

— Pourquoi pas? dit-il d'un ton neutre qui fit croire à Gérald que cette proposition le laissait presque indifférent. Mais je dois d'abord repasser chez moi pour me changer, ajouta-t-il en montrant la tenue de Neil, beaucoup plus élégante que la sienne.

— Je t'attends ici, alors. Nous ferons le chemin ensemble.

Leur conversation se poursuivit encore quelques minutes, aussi décontractée et amicale.

Lorsque Sylvester retraversa le salon, nombre de ses anciens camarades — ceux qui l'avaient dédaigneusement ignoré à son arrivée — lui adressèrent des petits gestes de la main. Les signes de la reconnaissance, de l'appartenance au groupe, de l'acceptation! Sylvester Gilbraith venait de réussir son retour dans la haute société, d'être intronisé pour la seconde fois. Il revenait d'un voyage en enfer. Les deux vieux amis s'étaient réconciliés au vu et au su de tous: l'élite lui accordait sa bénédiction.

Mais pour lui, une autre partie avait commencé: celle de la revanche! L'ennemi avait un nom, un visage et, surtout, des défauts qu'il connaissait depuis l'enfance. La réponse au mystère de Vimiera se trouvait peut-être dans les terreurs incontrôlées de Neil Gérald.

Celui qui connaît les points faibles de son adversaire jouit d'une supériorité incontestable. Fort de ces certitudes, Sylvester sentit l'espoir renaître en lui, comme une jubilation devant une chance qu'on n'attend plus!

Il était onze heures lorsque les deux «amis» arrivèrent à Almacks, cinq minutes avant la fermeture des portes. Ils montèrent l'escalier et se retrouvèrent au seuil de la grande salle de bal. Lady Sefton, en grande conversation avec Lady Lieven (toutes deux étaient présidentes de la soirée), fut la première à apercevoir les deux hommes. Elle vint à leur rencontre et, derrière son face-à-main, se mit à examiner ostensiblement les nouveaux arrivants de la tête aux pieds.

— Lord Stoneridge, dit-elle après quelques instants, votre épouse nous a fait grande impression... Capitaine Gérald, c'est un grand plaisir de vous revoir à Londres!

Sylvester chercha sa femme des yeux dans cette brillante assemblée. Les couples, enlacés sous les lustres de cristal étincelant valsaient, dans une farandole de couleurs chatoyantes. Il l'aperçut en train de danser avec un homme élégant, aux tempes légèrement grisonnantes. Ils semblaient s'entendre à merveille et Théo affichait un sourire qui ne trompait pas. Elle était ce soir particulièrement en beauté. Sa longue robe de soie vert émeraude virevoltait au rythme de la valse. Une magnifique guipure mettait en valeur sa poitrine et le collier de rubis et diamants des Stoneridge ornait son profond décolleté, faisant ressortir le velours de sa peau. De ses longs cheveux noirs noués dans un joli catogan s'échappaient, avec le plus grand naturel, de très fines boucles qui embellissaient encore un visage où les yeux paraissaient d'un bleu plus merveilleux que jamais.

Sylvester eut un pincement au cœur en la voyant si jolie et il ne put s'empêcher de penser à l'instant où elle se délivrerait de tous ces atours pour une folle nuit d'amour. Des images érotiques s'imposèrent si fort à son esprit qu'il sentit la chaleur lui monter aux joues. Par chance, Neil Gérald vint interrompre à propos ce flot de pensées hardies.

— Regarde, voilà Garsington qui nous fait signe. J'avais l'intention de lui demander ce qu'il comptait faire pour la soirée à Harringay, la semaine prochaine. Tu sais qu'il est le champion de l'organisation ! dit Neil en riant.

Ils se dirigèrent vers le vicomte, qui conversait avec quelques amis. Sylvester remarqua qu'ils réagissaient de la même façon que les membres du White. D'abord méprisants, ils semblèrent soudain embarrassés et beaucoup moins sûrs d'eux. Puis ils affichèrent un air beaucoup plus affable dès qu'ils comprirent que Neil Gérald leur recommandait d'accueillir le comte de Stoneridge.

Au même moment, au grand étonnement de son cavalier, Théo s'arrêta net de tourbillonner.

— Quelque chose ne va pas ? demanda Lord Praed, qui craignait de lui avoir marché sur le pied. Je suis un piètre danseur !

— Oh, non... non... je suis désolée. Je viens d'apercevoir mon mari.

Lord Praed leva les sourcils. Y avait-il là de quoi se

figer sur place? Devant son évidente perplexité, Théo crut bon de se justifier:

— Si vous saviez comme… Stoneridge rechigne à m'accompagner dans ce genre de soirées, vous comprendriez! balbutia-t-elle.

— Non seulement je le comprends, mais je compatis! s'exclama Lord Praed.

— Ce que vous me dites là est très discourtois, remarqua Théo, choquée.

Lord Praed se mit à rire en réalisant sa maladresse.

— Milady, j'ai passé une excellente soirée en votre compagnie. Mais pour tout vous avouer, c'est bien la première fois que j'ai une conversation sur les engrais et les cultures au cours d'un bal mondain!

Théo éclata alors d'un grand rire franc. Comme elle, en effet, Nathaniel Praed était plus à l'aise sur ses terres que sous les bougies des lustres!

Courtoisement, il proposa à la jeune femme de la raccompagner jusqu'à son époux.

— Volontiers, répondit Théo, ne réussissant pas à masquer son impatience.

Quelle mouche avait pu piquer Sylvester pour l'inciter à venir jusqu'ici? Il discutait et riait avec des hommes qu'il semblait connaître intimement depuis des années. Eux-mêmes arboraient une mine des plus aimables! Se pouvait-il qu'ils fussent les seuls à ne pas avoir entendu parler de Vimiera?

Lorsque le comte réalisa que Théo et son cavalier quittaient la piste, il se dirigea vers Lady Belmont. Elle s'entretenait avec une femme aux cheveux blond vénitien qui portait une robe de velours noir d'une ampleur surprenante.

— Quelle agréable surprise, dit Elinor. Je ne pense pas que vous connaissiez mon gendre, le comte de Stoneridge… Sylvester, voici Lady Gabrielle Praed!

A la façon curieuse dont sa belle-mère le regardait, Sylvester sentit très nettement qu'elle avait remarqué qu'on lui avait réservé, ce soir, un accueil beaucoup plus chaleureux que l'autre après-midi chez elle. Mais il savait bien qu'elle n'en soufflerait mot.

— Je suis enchanté de faire votre connaissance, dit-il à Lady Praed en lui baisant la main.

Avant qu'ils n'entament une réelle conversation, Théo et son cavalier les avaient rejoints.

— Voici mon mari, le comte Nathaniel Praed! Il a déjà fait amplement connaissance avec votre épouse. Ils ont dû parler de terres et de cultures... je crois qu'ils se sont découvert des affinités et des goûts communs plutôt... rares... dans nos milieux de Londres, ajouta-t-elle en adressant un tendre sourire à Lord Praed.

— Permettez-moi de vous rendre Lady Stoneridge. Votre arrivée a éclipsé tous les efforts désespérés que je faisais pour la divertir! plaisanta Nathaniel.

— Ne dites pas cela, milord, reprit Théo en rougissant légèrement. Vous avez mille qualités que j'apprécie beaucoup.

— Vous me faites trop d'honneur! Si vous et le comte me le permettez, je vous ferai une visite pour vous porter le livre dont je vous ai parlé.

Lord Praed, prévenant, se pencha vers sa femme pour lui demander si elle allait bien.

— Il est peut-être temps de rentrer, maintenant, dit-il en la prenant par le bras.

Son mari l'aida à se lever avec autant de délicatesse que si elle allait se casser. Lorsqu'elle fut debout, Sylvester comprit pourquoi il avait trouvé sa silhouette étrange.

— J'ai de plus en plus de mal à me mouvoir. Je crois que nous allons encore avoir des jumeaux, dit-elle.

— Alors ça fera six! répliqua son mari en riant. Nous aimons tellement les enfants!

Dès que ce couple charmant se fut éloigné, Théo questionna Sylvester sur la raison de sa présence.

— Ça m'a pris comme ça! J'ai eu envie de venir faire un petit tour, dit-il, laconique.

Elle comprit qu'elle n'en saurait pas plus. Peutêtre au fond disait-il vrai ? Un mari pouvait bien, tout simplement, avoir envie de retrouver sa femme !

— Avez-vous vu Clarissa ? demanda Lady Elinor.

— Tout à l'heure, elle dansait avec Lord Littleton, mais elle avait un air si malheureux ! Elle s'inquiète pour Jonathan, qui n'a que très peu de commandes. S'il vous plaît, maman, dit Théo d'un ton suppliant, ne pourriez-vous en parler à Lady Jersey dès ce soir ?

— Ce jeune homme me paraît tout à fait comme il faut, quoiqu'un peu... rêveur. Mais je ne ferai rien avant de connaître Mme Lacey.

Théo baissa les yeux, malgré son ardent désir d'aider sa sœur. Elle savait bien que sa mère ne changerait pas d'avis et qu'il était inutile d'insister.

Une voix qu'elle ne connaissait pas la fit soudain sursauter :

— Sylvester, fais-moi l'honneur de me présenter Lady Stoneridge.

— Voici un ami que je viens de retrouver après une longue absence, dit le comte en s'adressant à sa femme.

Théo se retourna et se trouva face à Neil Gérald. L'homme lui sembla de belle carrure mais la rudesse de ses traits lui déplut au premier instant. Des yeux bruns qui manquaient de chaleur et un nez aquilin durcissaient son visage taillé au couteau. Elle s'efforça de cacher cette aversion immédiate, lui adressa un sourire et lui tendit la main.

Neil Gérald, abasourdi, s'inclina vers elle. Quoi ! Cette créature de rêve était la femme qu'avait épousée Sylvester ! Et dire qu'il l'avait prise pour sa maîtresse ! Rien à voir, comme il l'avait imaginé, avec ces oies blanches qui n'ont d'autre qualité que d'être de riches héritières. Maintenant qu'il la voyait de près, elle lui paraissait encore plus flamboyante. Il se dégageait de sa personne une espèce de sensualité tellement naturelle qu'elle-même n'en semblait pas consciente.

— Je suis enchantée de faire votre connaissance,

capitaine Gérald, dit-elle en jetant sur lui un regard bleu qui l'intimida. Etiez-vous dans l'armée avec mon mari ?

Théo guettait furtivement les réactions du capitaine. Avait-il aussi entendu parler de Vimiera ? Depuis qu'Edward la lui avait racontée, elle était obsédée par cette histoire.

— Nous étions en classe ensemble, répondit Gérald en éludant la question directe de la jeune femme. Nous avons traversé des sacrés moments, n'est-ce pas, Sylvester ?

Il adressa au comte un sourire de connivence et lui tapa sur l'épaule. Il paraissait franchement heureux de retrouver son camarade de jeunesse et Théo fut surprise de voir que son mari ne semblait pas partager ce bonheur.

Sylvester n'aimait pas la façon dont Neil Gérald fixait Théo. Non qu'il fût jaloux, mais tout de même, il y avait dans ce regard une lueur de concupiscence, à peine dissimulée, qui lui déplaisait fortement.

Aussi, lorsque le comte attrapa sa femme par le bras et dit, à l'adresse de Gérald : «Excuse-nous, mais ma femme souhaiterait rentrer, elle se sent un peu lasse», Théo ne s'étonna pas réellement. Elle comprit que Sylvester ne souhaitait pas prolonger cette entrevue et elle se soumit sur-le-champ à sa volonté... d'autant plus volontiers que la gourmandise des lèvres de son époux et la brillance de son regard lui laissaient augurer une nuit divine...

22

Lorsque Emily, Clarissa et Edward arrivèrent, Théo était absente.

— C'est bon, nous allons attendre. Nous sommes

peut-être un peu en avance. A-t-elle dit à quelle heure elle reviendrait ? demanda Edward à Foster.

— Non, monsieur. Voulez-vous patienter dans la bibliothèque ?

— Bonne idée ! Portez-nous du thé ! dit Emily.

Bien que Foster fût officiellement le serviteur du comte et de la comtesse de Stoneridge, les filles Belmont continuaient à le considérer comme leur propre majordome, comme du temps où la résidence Belmont de Londres et le manoir de Lulworth leur appartenaient encore. Lorsqu'il revint avec le plateau, Edward lui demanda encore :

— Savez-vous où est allée Lady Théodora ?

— Non, monsieur. Elle ne m'a rien dit. Elle est partie seule, sans sa servante ni son valet, c'est tout ce que je peux vous dire.

Le jeune homme attendit que Foster fût sorti de la bibliothèque pour manifester son inquiétude à haute voix.

— Ne trouvez-vous pas cela bizarre ? demanda-t-il en s'approchant de la fenêtre pour voir si elle arrivait.

C'était un bel après-midi. Un soleil pâle d'automne éclairait la rue Curzon, déserte. Seul un enfant s'amusait à faire rouler son cerceau sur le trottoir.

— Théo ne tient pas toujours Foster au courant de ses déplacements, répondit Emily. Elle a l'habitude d'aller et venir pour ses affaires.

— Mais elle n'a pas d'affaires à Londres. Ce n'est pas Lulworth, ici ! s'exclama Edward, de plus en plus soucieux.

Il fixait désespérément le bout de la rue comme si son regard impatient avait pu la faire surgir par miracle. Un vague pressentiment de malheur envahissait le jeune Fairfax. Théo était fantaisiste, certes, mais il n'était pas dans ses habitudes de disparaître sans avertir quand elle avait rendez-vous.

— Je me demande ce que Stoneridge va dire quand il va apprendre cela ?

— Apprendre quoi? demanda une voix qui les fit tous sursauter.

Sylvester se tenait sur le seuil. Visiblement, il revenait d'une promenade à cheval. Sa tenue était poussiéreuse et il avait encore sa cravache en main.

— Rien, rien... Théo est absente, c'est tout! dit Emily sur un ton faussement joyeux.

Il n'était pas question d'avouer au comte que sa femme déambulait quelque part dans Londres, sans escorte.

— Depuis combien de temps est-elle partie? demanda Stoneridge en se tournant vers Foster.

— Je ne sais pas exactement, milord.

Le majordome couvrait les sottises de sa maîtresse depuis qu'elle était toute petite. Ce n'était pas maintenant qu'il allait commencer à la trahir!

— Enfin, Foster, reprit Sylvester, un peu agacé par cette imprécision. Une heure, deux heures...?

— Une demi-heure, peut-être, finit-il par admettre tout en raccourcissant considérablement le temps.

— Attendez-la un peu, elle peut revenir d'une minute à l'autre. Elle ne va jamais bien loin sans m'en avertir. Je suppose que vous ne l'aviez pas informée de votre visite.

— Si... justement... bredouilla Emily. Nous devions nous rendre ensemble chez Mme Lacey.

Pendant que Sylvester interrogeait ses belles-sœurs, Edward gardait le silence. Les idées les plus sombres n'en finissaient pas de tourner dans sa tête. Tout à coup, il reposa son verre sur la table et bondit, tel un diable qui sort d'une boîte. Son pressentiment était devenu certitude: il savait où Théo était partie seule.

— Excusez-moi... bégaya-t-il brusquement. Je viens de me souvenir... que... j'ai rendez-vous chez mon tailleur!

Il bouscula le majordome et sortit en trombe sous les regards éberlués, ne laissant à personne le temps de le questionner.

— Qu'est-ce qui lui prend? demanda le comte.

Foster, embarrassé, s'éclipsa discrètement. Clarissa s'était recroquevillée dans un coin de la bibliothèque et se tenait coite. Emily sentit qu'elle devait dire quelque chose... Elle n'avait jamais eu le sens de la repartie et, sous le regard pénétrant de Sylvester, qui l'impressionnait, elle perdait complètement ses moyens.

— Répondez-moi, Emily, reprit Sylvester. Est-ce qu'Edward a souvent ce genre de réminiscences soudaines ?

— Ça lui arrive, marmonna-t-elle.

— Hum. (Sylvester prit un air pensif et se frotta le menton.) Pensez-vous que son brusque départ puisse avoir un lien avec l'absence de Théo ?

Le rouge monta aux joues d'Emily, pourtant elle fit encore un effort désespéré pour détromper son beau-frère. Hélas, aucun argument sensé ne lui vint à l'esprit.

— Je ne sais pas ! dit-elle tout simplement.

— On aurait cru qu'il avait brusquement une révélation. N'êtes-vous pas de mon avis ?

Elle aurait tant aimé pouvoir improviser une explication raisonnable ! Au lieu de cela, elle se sentait aussi coincée que les papillons que Rosie épinglait sur ses planches ! Elle eut une pensée amère pour son fiancé et Clarissa qui l'abandonnaient, la laissant subir seule l'interrogatoire du comte de Stoneridge, aimable, certes, mais très intimidant. Elle ne savait que répondre mais, plus angoissant encore, elle ignorait aussi ce qu'il ne fallait pas dire !

— Peut-être... C'est possible... Ils ont toujours été si proches...

Devant la résidence, la calèche des Belmont attendait toujours et le cocher somnolait sur son siège.

— Aviez-vous une raison particulière pour rendre visite à Mme Lacey aujourd'hui ? demanda Sylvester.

Emily était enfin heureuse de pouvoir apporter une réponse franche à une question simple !

— Edward voulait demander à Jonathan de l'accompagner à Tatersalls, où il doit se rendre demain pour acheter un nouveau cheval. Là-bas, notre ami aurait pu faire des connaissances intéressantes.

— Bel exemple de solidarité familiale! ne put s'empêcher de s'exclamer Sylvester.

Il devait bien l'admettre, Edward était vraiment un garçon charmant. C'était ce même sens du service, outre l'amitié qu'il éprouvait pour Théo, qui avait dû le pousser à partir d'un bond pour aller à la rescousse de la jeune comtesse. Brusquement, la vérité s'imposa à l'esprit de Sylvester. Qu'il était sot de ne pas y avoir pensé plus tôt!

Si son épouse avait disparu sans avertir qui que ce soit, c'est qu'elle voulait garder secret son déplacement. Il en était sûr et certain, elle était repartie à la Taverne des Pêcheurs! Intimes comme ils l'étaient, Théo avait dû raconter à Edward leur soirée là-bas et lui faire part de son intention d'y retourner. Conscient du danger, le jeune homme s'était précipité à son aide.

En y réfléchissant rétrospectivement, Sylvester réalisa que sa femme avait cédé bien trop facilement lorsqu'il lui avait demandé de ne plus se mêler de ses affaires. Une si prompte soumission lui ressemblait si peu qu'elle aurait dû lui mettre la puce à l'oreille. Comment avait-il pu imaginer qu'elle obtempérerait docilement? Il était impardonnable de ne s'être pas souvenu qu'elle n'en faisait qu'à sa tête. Ni lui ni personne ne pourrait jamais dompter Théo, il le savait bien pourtant! Mon Dieu, qu'il avait été bête, il s'était laissé avoir comme un gamin!

Sans réfléchir, elle avait plongé tête baissée dans l'aventure, au péril de sa vie. Dans le quartier des docks, on se faisait trucider pour quelques pence. Il ne se passait pas de semaine sans qu'on retrouvât le corps de quelque imprudent flottant sur les eaux sales de la Tamise.

Comme si cela ne suffisait pas, elle était allée se mettre aussi en travers des projets de Neil Gérald, un homme dangereux et prêt à tout.

— Emily, Clarissa! Permettez-moi de vous raccompagner jusqu'à votre calèche, dit brusquement Sylvester, blanc de rage.

Les deux femmes se regardèrent, intriguées, se demandant si elles n'avaient pas mal interprété son message. Le comte les congédiait-il vraiment sans ménagement ? Son regard glacial et ses lèvres pincées ne leur permirent pas d'en douter très longtemps. Qu'avait bien pu faire Théo pour provoquer cette transformation aussi soudaine qu'impressionnante ?

— Ne vous dérangez pas ! dit Emily quand elle fut sûre que Sylvester leur demandait bel et bien de quitter les lieux. Foster peut venir avec nous.

Comme s'il n'avait pas entendu ses propos, le comte reprit, sur un ton de commandement :

— Venez !

Toutes deux se levèrent et, presque apeurées, se pressèrent de sortir. D'une main ferme, Sylvester les aida à monter dans la calèche. Clarissa ne put s'empêcher de comparer la dureté du comte à la douceur de Jonathan Lacey. Par bonheur, elle avait trouvé un homme d'une grande tendresse. Depuis quelque temps, il lui semblait qu'elle s'était habituée à son beau-frère et qu'elle se sentait plus à l'aise en sa présence, mais cet après-midi, il l'effrayait carrément. Comment Théo faisait-elle pour supporter un tel mari ?

Au grand soulagement des jeunes femmes, Stoneridge ordonna au cocher de partir, et la calèche s'ébranla. Emily fit entendre un profond soupir et s'affala sur le dossier rembourré. Elle aurait donné tout l'or du monde pour ne pas avoir à revivre l'heure qui venait de s'écouler.

Sylvester se précipita pour remonter à la maison. Dès qu'il eut posé le pied dans le hall d'entrée, il se mit à ordonner d'une voix tonitruante :

— Foster, faites atteler les chevaux bais à ma voiture, les gris sont trop fatigués aujourd'hui. Vite ! Vite !

— Tout de suite, milord !

En majordome stylé, Foster resta impassible, ne manifestant aucun signe de surprise. La colère rentrée de son maître, qui ne lui avait pas échappé, ne laissait pourtant pas de le troubler.

Cinq minutes plus tard, Sylvester fonçait à bride abattue en direction de la rue des Docks, s'efforçant de chasser de son esprit les images épouvantables du drame qui s'y déroulait peut-être. Dans les petites rues étroites, les passants virent passer un homme qui, méprisant le danger à la manière d'un fou, les obligeait à faire un bond en arrière pour ne pas être renversés ou écrasés.

A l'Auberge du Bon Accueil, Neil Gérald dévisageait sans mot dire l'affreux Jud O'Flannery. Dans un sourire, son ancien sergent laissa apparaître deux dents noires :

— Alors, cap'taine ! C'est l'chat qu'a mangé vot' langue ?

— Je ne comprends pas pourquoi vous me dites cela, chuchota Neil Gérald.

S'il avait pu exprimer toute la rage, toute l'humiliation, toute l'angoisse, aussi, qu'il éprouvait aujourd'hui comme à chacune de ses visites forcées chez Jud, il aurait hurlé sa réponse. Pourtant, paralysé par la terreur, il n'avait pu lâcher qu'une phrase presque inaudible. Derrière lui, il sentait le poids des regards. Les clients de l'auberge fixaient la scène en sirotant leur bière, à demi ivres. En dépit de ses passages réguliers, Neil Gérald n'était pas des leurs et, dans ces lieux-là, un étranger inspirait toujours curiosité et méfiance.

Le capitaine ne parviendrait jamais à regarder sans crainte Jud O'Flannery. Il considéra ses deux grosses mains occupées à servir les clients au comptoir. Deux grosses mains sales et velues comme des araignées noires. Extrêmement puissantes. Capables de vous étouffer en un rien de temps ou de vous briser la mâchoire d'un coup. Un seul geste de ces horribles mains pour appeler à l'aide, et Neil Gérald serait aussitôt cerné par cinq ou six voyous, tout dévoués à leur maître. Jud savait qu'il terrorisait Neil et il en jouait largement. Il se mit à le fixer de son œil unique que l'alcool rendait larmoyant.

— Il paraît qu'on m'fait des infidélités, cap'taine ? Qu'on fréquente une aut' taverne ? dit-il en accompagnant ses mots d'un ricanement sardonique. J'ai mes sources ! Vous v'nez ici comme qui dirait régulièrement, mais vous trinquez jamais avec nous, vous parlez jamais gentiment à vot' ancien sergent ! Et voilà qu'on vient m'dire qu'à la Taverne des Pêcheurs, vous vous montrez aimable et l'vez vot' verre comme les aut'. Est-ce que Long Meg reçoit du meilleur monde que moi ? Hein, cap'taine ?

Neil se sentit devenir moite mais, de crainte d'attirer l'attention, il n'osa même pas essuyer la sueur qui commençait à perler sur son front.

— Un homme a bien le droit de boire où il veut, quand il a soif, dit-il, à voix presque basse.

Aussitôt après, il plongea la main dans sa poche, sortit de sa bourse les cinq guinées d'or qu'il était venu apporter à Jud en échange de son silence, puis il s'apprêta à partir. Il n'en pouvait plus. Si Jud se mettait maintenant à le questionner sur ses allées et venues à la Taverne des Pêcheurs, il ne pourrait le supporter. Mais, au premier mouvement qu'il esquissa, il sentit qu'on l'attrapait par la manche. La voix de Jud se fit plus dure.

— Une minute, cap'taine ! Ça m'contrarierait beaucoup d'apprend' qu'vous avez cherché à met' fin à not' p'tit accord… Voyez c'que j'veux dire ?

A cet instant, Jud O'Flannery se pencha par-dessus le comptoir et s'approcha si près de Neil Gérald que celui-ci eut instinctivement un mouvement de recul pour échapper aux effluves de l'haleine fétide qu'il recevait en plein visage. Mais il ne put aller bien loin. Le tavernier, qui le tenait toujours par la manche, saisit aussitôt de l'autre main sans précaution la cravate amidonnée que le capitaine avait mis un bon quart d'heure à nouer.

— Vous feriez pas ça, hein, cap'taine? répéta Jud en lui postillonnant dans la figure.

— Je... Je ne sais pas... de quoi vous voulez parler, bégaya Neil pour sa défense.

— P'têt' que mes indicateurs pourraient vous l'dire!

A ces mots, Jud O'Flannery envoya valser Neil Gérald à l'autre bout de la salle, où il s'écroula aux pieds d'un groupe de buveurs. L'un des hommes le releva en l'attrapant par le col et le repoussa violemment. Epouvanté, le capitaine ne fit aucun mouvement pour se défendre et se laissa rebondir comme une balle. Il atterrit dans une autre table, renversant sur ses vêtements le contenu de deux chopes de bière.

— Eh, tu peux pas faire attention, non? beugla un client, si rouge qu'on l'eût cru au bord de l'apoplexie.

Un autre homme remit Neil Gérald debout et lui envoya son poing en pleine figure. Le coup lui fit voir trente-six chandelles et il sentit du sang couler dans sa bouche. Enfin, au milieu de rires gras et de mauvaises plaisanteries, on le laissa sortir en titubant.

— A la s'maine prochaine, cap'taine! cria Jud en ricanant.

Sous le regard abasourdi du jeune garçon à qui il avait confié la garde de ses chevaux, Gérald se hissa avec difficulté sur le siège de son tilbury. Comme d'habitude, l'odeur d'urine qui empestait la rue le saisit à la gorge.

— Et ma paie? cria le gamin. Faut-y qu'j'aille la chercher au Bon Accueil?

Neil Gérald n'avait aucune envie de le laisser aller demander du renfort à l'auberge. Il l'injuria mais, en même temps, lui jeta six pence. Le garçon s'empressa de les empocher avant qu'un plus fort ou qu'un plus rapide que lui ne vienne le délester de ses piécettes.

Encore tout tremblant de la rixe en règle à laquelle il venait involontairement de participer, le capitaine fouetta ses chevaux et disparut dans le dédale des venelles malsaines. Il n'avait jamais pu supporter la violence physique. Quand il était jeune, une simple menace suffisait pour qu'un étrange malaise l'étreigne, que l'anxiété l'étouffe et qu'enfin, il finisse par céder à la panique. Sylvester Gilbraith, lui, savait se défendre. Avec ses poings s'il le fallait! Combien de fois avait-il admiré, envié ce camarade qui ne se laissait jamais intimider! Le souvenir de ces années-là oppressait encore Gérald.

Les mêmes faits s'étaient répétés! Exactement comme à l'école de Westminster! Non seulement ces odieux malfrats l'avaient frappé, mais ils avaient ri de sa frayeur, ils s'étaient moqués de lui, ils l'avaient avili sans vergogne. Ils l'avaient meurtri dans sa chair et dans son âme. Impossible de fuir, pourtant. Il lui faudrait retourner au Bon Accueil. Semaine après semaine. Encore et encore. Eternellement. Sa vie ne serait qu'une longue suite d'humiliations. Il avait bien trop peur maintenant pour chercher à louer les services d'autres assassins qui pourraient le débarrasser de Sylvester. Si Jud l'apprenait encore... Mon Dieu! Qui avait pu si bien renseigner son ancien sergent? Peut-être était-ce l'homme que le capitaine Gérald avait envoyé dans le Dorset et qui, à la suite de ses échecs successifs, n'avait pas reçu les émoluments qu'il espérait? Le bandit l'avait quitté en proférant des menaces. Il était bien possible qu'il soit allé vendre ses informations à Jud.

En passant dans la rue des Docks, Neil ralentit: un fiacre stationné devant la Taverne des Pêcheurs venait d'attirer son attention. Il n'arrivait pas si souvent que des visiteurs louent une voiture pour se perdre dans ce genre de quartier! Sa curiosité fut à son comble lorsqu'il vit une femme en descendre. Au moment où elle échangeait quelques mots avec le cocher, sa capuche tomba et découvrit son visage, auréolé d'une longue chevelure très noire. Juste ciel!

Que venait faire dans ces parages la comtesse de Stoneridge ? Seule !

Il était concevable que Sylvester tente de revenir à la taverne pour chercher les informations qu'il n'avait pas trouvées la première fois. Mais qu'il mandate sa femme pour ce faire était impensable. Gérald avait bien vu — c'était un signe qui ne trompait pas — avec quelle colère il l'avait éconduite quand il l'avait aperçue en ce lieu, l'autre soir. Par-dessus tout, le capitaine connaissait trop bien Gilbraith pour le croire capable de se décharger d'une mission périlleuse sur autrui.

Neil relança ses chevaux et, comme par miracle, une idée lui vint. Il avait eu tort de se désespérer. La chance était avec lui ! Une autre solution, toute simple, s'offrait à lui : il allait se servir de la comtesse pour venir à bout de Sylvester. A n'en pas douter, cette femme était impulsive et téméraire. Autrement, comment expliquer sa présence ici ? Il lui suffirait de trouver le bon moyen de la faire mordre à l'appât. Après... ce serait un jeu d'enfant que d'atteindre le comte par son intermédiaire. Plus besoin de chercher à tuer Gilbraith, il suffisait de le neutraliser. Pourquoi ne pas lui faire subir un chantage à la manière de Jud ? Quelle belle revanche !

Comme un homme qui vient de purger une longue peine et devant qui s'ouvrent les portes de la prison, Neil Gérald sentit des frissons d'excitation à l'idée de n'avoir plus à retourner au Bon Accueil. Il quitterait Londres pour quelques mois, le temps de se mettre à l'abri de Jud. Mais, il en était quasiment certain, son ancien sergent ne s'épuiserait pas en vaines poursuites ; il trouverait d'autres pigeons à plumer, tout simplement. S'il prenait au tavernier la fantaisie de tout raconter, personne ne l'écouterait. La parole d'un vieil ivrogne ne vaudrait pas grand-chose si Gilbraith refusait de la confirmer. Et justement, s'il s'y prenait bien... le capitaine Gérald tiendrait le comte de Stoneridge pieds et poings liés !

Brusquement, il se sentit soulagé ! D'un revers de la main, il essuya sa lèvre qui saignait encore. Cette petite blessure n'était plus qu'un mauvais souvenir. Pour la première fois de sa vie, il avait le sentiment d'être né sous une bonne étoile. Il serait bientôt délivré de ses angoisses. Manipuler une jeune femme naïve serait autrement moins pénible que de s'en remettre à des bandits sans foi ni loi pour organiser des « accidents » mortels !

Pendant que Neil Gérald envisageait son avenir sous ces heureux auspices, Théo, ignorante de ce qui se tramait, poussait la porte de la Taverne des Pêcheurs.

Dès son entrée, les mêmes relents d'alcool et de graillon que la première fois lui soulevèrent le cœur. A cette heure du jour, il y avait encore peu de clients, dans la salle toujours aussi sombre. Près du feu, un homme tirait des bouffées de sa pipe en somnolant à moitié et une jeune femme, à la propreté plus que douteuse, était appuyée sur le zinc. Elle tenait dans ses bras un bébé emmailloté dans des langes crasseux.

— Donne-moi deux pence de gin, Long Meg, dit-elle.

La cabaretière grogna et s'avança vers elle.

— Montre tes sous d'abord !

— Fais-moi un peu d'crédit, pleurnicha la femme. Y a qu'le gin pour faire dormir le p'tit.

Long Meg émergea de derrière le comptoir. Théo reconnut la grosse femme rougeaude et imposante qui avait jeté Tom Brig dehors en le menaçant d'un rouleau à pâtisserie.

— La maison fait p'us d'crédit, j't'e l'ai déjà dit ! (Puis, apercevant la comtesse de Stoneridge, elle se tourna vers elle et ajouta :) Et c'te p'tite demoiselle, qu'est-ce qu'elle veut ?

Bien que ne se sentant pas très à son aise, Théo s'efforça de paraître amicale et souriante.

— Je voudrais vous poser quelques questions, répondit-elle.

— Et quoi donc que vous voulez savoir?

Long Meg s'était plantée, les poings sur les hanches, face à la jeune femme qu'elle fixait de ses petits yeux perçants.

— Je m'appelle Pamela... commença Théo qui avait préparé une histoire destinée à masquer la vérité.

— Z'étiez pas ici, l'aut' soir, avec un beau gentleman? l'interrompit soudain Long Meg d'un air suspicieux. Qu'est-ce qu'vous voulez?

— Avoir des renseignements sur l'un de vos clients.

Long Meg rejeta la tête en arrière et se mit à éclater d'un rire rauque.

— On est pas bavard par ici, m'zelle! J'm'occupe pas des affaires de mes clients, c'est pas mes oignons. Et j'veux pas d'entourloupes... Compris?

La lourde silhouette de Long Meg se dressait, menaçante, devant Théo qui commençait à sentir le danger. Les mises en garde de Sylvester lui revinrent à l'esprit.

— Je comprends parfaitement mais... je vous paierai bien, reprit-elle, comprenant que seul cet argument était de nature à mettre la tavernière dans de meilleures dispositions.

La grosse femme s'approcha un peu plus. Son corps massif semblait encore plus impressionnant.

— Qu'est-ce qu'vous avez dans c'te si jolie p'tite bourse? demanda-t-elle en s'emparant du réticule de Théo.

Aussitôt, et comme par réflexe, la jeune comtesse lui attrapa le bras pour récupérer son bien. Long Meg, qui n'avait nullement l'intention de se laisser déposséder, leva la main pour l'en empêcher, brandissant le sac le plus haut possible au-dessus de sa tête. D'un coup de pied bien envoyé, Théo atteignit le gros ventre que la cabaretière lui offrait comme une cible facile. Long Meg poussa un rugissement et immédiatement deux hommes surgirent de l'arrière-salle. En passant, ils bousculèrent la femme, dont le bébé avait fini par s'endormir. Elle s'écarta sans rien dire, regardant la scène de l'air détaché qu'arborent les êtres grisés par l'alcool.

Seule contre trois, Théo réalisa qu'elle n'avait aucune chance de s'en sortir. Que n'avait-elle emporté une arme à feu! Comme elle s'en voulait de n'avoir pas même songé qu'on pût l'attaquer pour la voler! Elle fit quelques pas en arrière et balança devant elle une chaise qui se trouvait à sa portée pour stopper l'avancée de ses assaillants. Si elle réussissait à sortir à reculons avant qu'ils ne l'attrapent, elle se précipiterait dans le fiacre et disparaîtrait. Mais les deux hommes ne lui en laissèrent guère le temps. Ils arrivèrent à sa hauteur tandis que Long Meg les suivait de près, l'air furieux. Le coup de pied de Théo avait été juste assez douloureux pour la éveiller sa rage. La lutte était désespérée, mais la jeune femme tenta une dernière attaque. Elle attrapa une chope de bière qui traînait sur une table et la jeta à la figure d'un des deux hommes. L'autre aussitôt la saisit par le bras. Elle se contorsionna et parvint à lui faire lâcher prise. Au moment où il allait la ressaisir, un coup de feu éclata dans l'obscurité de la salle.

— Lâchez-la, fit une voix.

Théo, éberluée mais heureusement soulagée, se retourna pour voir Edward sur le seuil, un pistolet dans la main. Il ne lui laissa pas le temps de lui demander par quel miracle il se trouvait là.

— Dépêche-toi! ordonna-t-il. Cours!

En une fraction de seconde, elle franchit les deux mètres qui la séparaient de la sortie. Elle eut encore le réflexe de claquer la porte au nez de ses trois agresseurs. Le coup de feu, entendu jusque dans la rue, avait fait fuir les cochers. Constatant avec horreur que les fiacres avaient disparu, le sien comme celui d'Edward, Théo s'agrippa au bras de son ami et ils s'éloignèrent en courant à toutes jambes dans la ruelle. Derrière eux retentirent aussitôt les pas de leurs poursuivants et leurs hurlements pour appeler du renfort au cas où quelque bandit désœuvré, errant dans les parages, pourrait leur venir en aide. Théo trébucha sur les pavés, faillit tomber puis se releva. Elle réalisa qu'avec un seul bras, Edward n'avait pas le temps de recharger son pistolet. Il fallait courir… courir… jusqu'à en perdre le souffle. Le martèlement des pas sur la chaussée résonnait douloureusement en elle. Seule la peur lui donnait la force de continuer. Dans sa course, la corps déséquilibré d'Edward se balançait de droite à gauche, l'empêchant de courir aussi vite que par le passé.

C'est après l'intersection de Smithfield que la calèche du comte de Stoneridge vint à toute allure s'arrêter juste derrière eux, barrant ainsi la route à leurs ennemis qui les suivaient à distance. Ces derniers s'immobilisèrent, effrayés par cet attelage fou dont les chevaux énervés hennissaient et ruaient dans les brancards. Le comte regarda les trois agresseurs sans dire un mot, puis il tendit les rênes pour intimer à ses chevaux l'ordre de reculer. La calèche partit en marche arrière, bloquant définitivement les deux hommes et Long Meg qui battirent en retraite en jurant tout leur soûl.

Hors d'haleine, Théo et Edward s'accordèrent une pause pour reprendre leur souffle.

— Montez, tous les deux ! leur cria Sylvester.

Ils sursautèrent en entendant cette voix connue.

Ils l'avaient échappé belle ! Mais en voyant le visage de son mari si dur et si furieux, Théo se demanda si elle n'était pas tombée de Charybde en Scylla. Timidement, elle essaya de disculper Edward.

— Il ne faut pas blâmer Edward pour… dit-elle en montant dans la calèche.

Sylvester ne la laissa pas terminer sa phrase.

— Je ne le blâme pas. Dépêchez-vous de vous installer ! dit-il d'une voix glaciale.

23

Sylvester n'aida ni Théo ni Edward à grimper dans la calèche. Il se poussa simplement, sans dire un seul mot, pour leur laisser de la place. Dès qu'ils furent assis, il fit repartir les chevaux.

Ils avaient quitté la rue des Docks depuis un bon moment lorsque Edward se racla la gorge et reprit le premier la parole.

— Je vous demande pardon, dit-il, embarrassé. J'aurais dû savoir... me souvenir que...

— Je ne vous tiens nullement pour responsable des agissements de ma femme, l'interrompit brusquement Sylvester, d'une voix tellement tranchante qu'elle en était presque blessante.

Edward replongea dans le silence, mortifié d'avoir eu besoin du comte pour sauver la jeune femme. Autrefois, il aurait pu faire face tout seul à pareille situation. Il avait eu le tort d'oublier qu'il était maintenant handicapé. Il s'était conduit comme un enfant vaniteux qui se prétend plus fort qu'il n'est et il souffrait de devoir reconnaître ses limites.

Devinant les pensées de son ami, Théo posa une main consolatrice sur le bras d'Edward. Elle non plus n'était pas à son aise. Le visage de son mari, qu'elle voyait de profil, la glaçait.

— Sylvester? murmura-t-elle, hésitante.

— Je pense que tu n'aimerais pas entendre ce que j'ai à te dire. Aussi est-il préférable que tu te taises! lui déclara-t-il sur un ton que la fureur contenue rendait presque méchant.

Ces paroles peu amènes découragèrent toute tentative de conversation. C'est dans le plus grand silence qu'ils continuèrent leur course, passèrent devant les banques de la Cité, la cathédrale St. Paul, puis longèrent le Strand. A partir de là, la ville leur sembla plus familière, avec ses larges avenues, ses maisons élégantes et ses belles boutiques.

Le grand air et le trajet avaient permis à Sylvester de se défaire sinon de sa colère, du moins de l'immense peur qu'il avait éprouvée pour Théo. Il avait retrouvé un semblant de calme et menait maintenant ses chevaux à un pas plus lent, laissant prudemment un espace calculé entre sa calèche et les landaus ou les haquets qu'ils croisaient. Cependant, une certaine tension l'habitait encore, de sorte qu'il restait insensible à la présence de Théo, assise pourtant juste à côté de lui. Après un long silence, il demanda soudain :

— Verriez-vous un inconvénient à ce que je vous laisse à Piccadilly, Fairfax ? Vous serez à deux pas de chez vous.

— Ce serait parfait. Je vous suis très obligé.

A vrai dire, Edward, encore tout penaud, était plutôt soulagé qu'on lui permette de disparaître le plus vite possible. A l'angle de Piccadilly et de la rue Albermarle, il descendit maladroitement de la calèche, puis resta sur le trottoir quelques secondes, cherchant quelque chose à dire. Mais Sylvester ne lui en laissa pas l'occasion ; il le salua rapidement et relança ses chevaux immédiatement. Edward vit Théo lui faire un signe de la main tandis que la voiture s'éloignait. Sa pauvre amie avait la mine déconfite d'une condamnée transportée en charrette vers la guillotine. Depuis qu'il la connaissait, elle s'était rarement montrée aussi apeurée. Elle arborait ce même air de panique qu'il ne lui avait vu qu'exceptionnellement lorsque, gamine, après une grosse bêtise, elle avait dû affronter le courroux de son grand-père. Edward lui-même n'avait jamais rencontré quelqu'un d'aussi intimidant que le comte de Stoneridge cet après-midi-là.

Lorsqu'il avait réalisé que sa femme était probablement partie seule dans le quartier des docks, Sylvester avait éprouvé une angoisse bien trop réelle,

bien trop profonde, pour qu'il pût en quelques instants, par un simple acte de volonté, retrouver le
calme. La terreur qui l'avait saisi aux tripes au
moment où il avait imaginé ce qui pouvait arriver à
Théo l'avait bouleversé presque physiquement et
amené au bord de la nausée.

De Piccadilly jusqu'aux écuries, le comte n'ouvrit
pas la bouche.

Lorsqu'ils furent arrivés, il confia les chevaux
au palefrenier et, d'un geste autoritaire, tendit la
main vers son épouse pour l'aider à descendre de la
calèche. La jeune femme leva les yeux vers son mari.
Comme chaque fois qu'il était en colère, la cicatrice
de son front se faisait plus nette, plus apparente, et
lui conférait un air encore plus austère, effrayant,
aussi. Le comte paraissait si furieux que Théo en
eut la chair de poule. En une seconde, elle mesura
les conséquences de ses actes. Elle s'était conduite
comme une écervelée, insouciante et irresponsable.
Sylvester n'allait pas manquer de le lui rappeler. De
quelle façon, elle l'ignorait encore, et un frisson de
terreur la parcourut à l'idée des représailles qu'il
pourrait exercer. Comment pourrait-elle connaître
cet homme qui gouvernait sa vie s'il persistait à lui
cacher soigneusement son passé et ses projets ?

Le comte fit passer sa femme devant lui et, d'une
pression de la main dans le dos, la poussa énergi-
quement vers l'entrée de la résidence Belmont. Foster, qui leur ouvrit la porte, resta sidéré devant la
pâleur du visage de sa jeune maîtresse et les mâchoires serrées de Lord Stoneridge. Il les laissa entrer
sans mot dire, sans une parole de bienvenue.

La main de Sylvester glissa sur la taille de Théo
mais, toujours aussi déterminé, il continua à la pousser vers le grand escalier de marbre. La jeune femme
traversa très rapidement le grand hall d'entrée et
monta vers ses appartements, Sylvester sur ses talons.
La proximité de ce corps qu'elle aimait ne souleva en
elle aucun de ces frissons infiniment délicieux qui la

parcouraient habituellement. Au contraire, elle tressaillit de peur à l'idée de ce qui l'attendait. Guidée par
le comte, elle pénétra dans sa chambre. La vue de ses
objets familiers, de son mobilier raffiné et confortable,
du bon feu qui crépitait dans la cheminée lui apporta
un peu de réconfort sans toutefois la rassurer réellement.

Sylvester claqua la porte et Théo se retourna,
effrayée. Il avait tellement tremblé pour elle qu'il
éprouvait maintenant le besoin d'une petite revanche.

— Comment as-tu pu te conduire aussi sottement!

Théo baissait les yeux et se tordait les doigts pour
se donner une contenance.

— Je sais. J'ai vraiment été stupide. J'aurais pu
emporter un pistolet.

Le comte ouvrit des yeux ronds. Il n'en croyait pas
ses oreilles.

— Quoi! s'exclama-t-il, hors de lui. Tu défies mes
ordres... tu te mêles de mes affaires sans scrupules...
tu mets ta vie en danger... et tu ne trouves aucun
regret à formuler si ce n'est celui de n'avoir pas pris
de pistolet! Je rêve!

— Mais tu ne comprends pas! Que pouvais-je faire
d'autre? Tu ne m'as pas laissé le choix. J'ai accepté de
t'épouser pour tout mettre en commun; c'est ce que
tu m'avais promis. Au lieu de cela, tu m'échappes
autant que tu le peux et ne me laisses partager que ton
quotidien. Tu me caches le plus important qui est...

Elle ne put finir, les sanglots l'étouffaient. Elle
détourna le regard pour dissimuler les larmes qui lui
montaient aux yeux.

— C'est un comble! Dis carrément que je suis le
seul fautif! cria Sylvester, furieux. (Il fit un pas vers
elle mais se retint de la toucher; ses mains trem-
blaient trop.) Je suis trop énervé pour discuter de
tout cela maintenant, poursuivit-il. Reste ici jusqu'à
mon retour!

— Quoi?

— Dorénavant, je veux savoir où tu es, dit-il en se

dirigeant vers la porte. Précisément et à chaque minute ! En attendant que je me calme, je t'interdis de sortir de ta chambre et… si tu mets le nez dehors, tu t'en souviendras pour le restant de tes jours.

Il sortit sans se retourner et referma violemment la porte derrière lui, laissant Théo abasourdie. De la paume de la main, elle essuya les larmes de colère qui perlaient sur ses joues et machinalement regarda par la fenêtre. Elle vit Sylvester sortir de la maison et se retourner, mais il ne fit aucun signe et s'éloigna. Elle le suivit des yeux un moment, puis le perdit de vue. Lorsqu'elle réalisa qu'il l'avait vraiment laissée seule dans sa chambre et condamnée à ne pas en bouger, elle ressentit comme un nœud à l'estomac et sa gorge se serra. Se laissant aller, elle s'effondra lourdement dans le fauteuil qui faisait face à la cheminée. Les jambes allongées, les bras ballants, la tête vide, elle se mit à regarder le feu d'un œil fixe, comme subjuguée par la danse des flammes. Petit à petit, sa respiration se fit plus régulière et elle reprit ses esprits. Elle inclina le visage en arrière et réfléchit.

Maintenant que son jeu était découvert et que Sylvester savait qu'elle était capable d'outrepasser ses ordres, il prendrait probablement toutes les dispositions pour l'empêcher de recommencer. Peut-être même irait-il jusqu'à entraver ses déplacements ? La pensée de n'être plus libre de ses mouvements lui donna véritablement froid dans le dos.

Elle imagina son mari en train d'arpenter les rues de Londres, plongé dans une profonde réflexion. Il devait chercher la meilleure solution pour faire d'elle une épouse modèle, obéissante, soumise. Une de ces femmes qui ne posent jamais de questions embarrassantes et qui prennent les désirs de leur mari pour des ordres. Un petit agneau doux et docile qui se précipite pour porter les pantoufles de son seigneur et maître dès qu'il rentre, qui fait préparer ses petits plats préférés et qui trottine dans la maison, muet et effacé, pour anticiper chacune de ses exigences. Une vraie petite statue dans les mains de son Pygmalion!... La pauvre Théo frémit d'horreur.

Désobéir ne lui faisait pas particulièrement plaisir, mais si Sylvester s'imaginait qu'elle se laisserait manipuler comme une pâte à modeler, il se trompait gravement. Elle lui donnerait du fil à retordre!

Un bruit de roues sur les pavés, juste sous ses fenêtres, la tira de sa rêverie. Elle se précipita pour regarder ce qui se passait et aperçut, stationnée devant la résidence Belmont, une diligence dont le toit était encombré de valises, de malles et de cartons. De la boue séchée maculait la peinture jaune de ses roues et six valets escortaient la voiture. Compte tenu de ces précautions peu communes, Théo pensa que ces voyageurs avaient dû effectuer un voyage particulièrement dangereux. Un postillon ouvrit la porte, déplia le marchepied et Théo resta clouée sur place en voyant descendre... Lady Gilbraith! Sa belle-mère ajusta son bonnet et, derrière son face-à-main, se mit à observer ostensiblement la façade de la résidence Belmont, de droite à gauche puis de bas en haut! Foster arriva pour accueillir ces dames au moment où Mary émergeait de la diligence. Elle tenait, comme de coutume, un mouchoir blanc sur son nez et s'était enroulée dans une espèce de couverture violette qui achevait de la rendre ridicule.

En d'autres circonstances, Théo aurait pouffé de rire, mais ce jour-là le spectacle ne l'amusa pas du tout! Ses yeux horrifiés ne pouvaient se détacher de la montagne de bagages qui lui laissait craindre un séjour d'une longueur insupportable. Enfin, elle se retourna en entendant frapper à sa porte.

— Je vous prie de... m'excuser... milady, dit la femme de chambre, légèrement essoufflée d'avoir couru. Foster m'envoie vous dire que Lady Gilbraith vient d'arriver.

Théo se trouvait devant une alternative cocasse: ou bien elle obéissait à son mari et restait enfermée, ou bien elle contrevenait à ses recommandations et allait accueillir sa belle-famille comme la courtoisie et l'hospitalité l'exigeaient. Elle pensa que Sylvester n'aurait pas le front de lui reprocher de s'être conformée aux règles de la politesse la plus élémentaire et opta pour la seconde solution.

Le miroir lui renvoya l'image d'une jeune femme échevelée à l'air défait. Son après-midi mouvementé dans le quartier des docks n'avait pas particulièrement contribué à faire d'elle un modèle de soin !

— Vite, Dora ! Ma robe de soie beige ! Je ne dois pas faire attendre Lady Gilbraith.

Dix minutes plus tard, Théo descendait, toute pimpante. Dans le hall, les serviteurs allaient et venaient, continuant à décharger les innombrables bagages.

— J'ai fait entrer Lady Gilbraith et sa fille au salon, dit le majordome. Je me suis permis de leur proposer du thé mais Lady Gilbraith a refusé, en disant que nous ne saurions pas le faire à son goût.

Bien que passablement irrité, Foster, comme d'habitude, ne laissait rien paraître de ses pensées.

— Portez-lui du café, plutôt. Je crois me souvenir qu'elle préfère cela. (Puis Théo ajouta en chuchotant :) Vous a-t-elle dit combien de temps elle comptait rester ici ?

— Je ne saurais le dire, milady. Dois-je préparer la chambre chinoise pour Mlle Gilbraith et la suite pour Lady Gilbraith ?

Théo acquiesça d'un simple signe de tête et Foster disparut. La jeune comtesse se redressa, prête à jouer son rôle de belle-fille charmante, prit une inspiration, puis poussa la porte du salon comme le torero entre dans l'arène.

— Bienvenue à la résidence Belmont ! Je suis enchantée de vous revoir, toutes les deux, dit-elle aimablement. Votre voyage ne vous a pas trop fatiguées ?

— Si, si ! répondit sa belle-mère en prenant un air épuisé. C'était extrêmement éprouvant ! (Sa lassitude ne l'empêcha tout de même pas de scruter Théo et d'ajouter :) Hum… votre teint semble légèrement plus clair… je dois reconnaître que c'est un peu moins laid ! Au fait, où est mon fils ?

Théo ne pouvait décemment pas dévoiler la vérité.

— Il a dû s'absenter. S'il avait su que vous arriviez aujourd'hui, soyez sûres qu'il vous aurait attendues. Comme il va le regretter ! s'exclama-t-elle en rongeant son frein.

Puis la comtesse se tourna vers sa belle-sœur, toujours affublée de son accoutrement comique.

— J'espère que vous allez bien, Mary ?

Lady Gilbraith s'interposa, ne permettant pas à sa fille de répondre elle-même.

— Croyez-vous vraiment qu'elle ait l'air d'une personne bien portante ? Nous sommes venues voir cet imbécile d'apothicaire de la rue Harley. J'espère qu'il va pouvoir faire quelque chose pour elle. De toute façon, soupira-t-elle, je n'ai pas bien confiance dans ces gens-là ! Ce sont tous des charlatans et ils coûtent cher, en plus !

— Si je pouvais avoir un bain à la farine de moutarde, dit Mary d'une voix plaintive, je suis sûre que cela me ferait du bien.

A cet instant, Foster entra dans le salon, apportant le café. Théo en profita pour lui demander de préparer le bain de Mary, puis elle se tourna vers la malade avec sollicitude.

— Voulez-vous des cataplasmes ou préférez-vous vous tremper entièrement ?

En entendant Théo faire référence devant le majordome à des choses si intimes, Mary jeta un coup d'œil courroucé à sa belle-sœur et devint rouge comme une pivoine. Avec sa discrétion habituelle, Foster fit semblant de n'avoir rien entendu.

— Je vais faire monter un baquet dans la chambre chinoise, dit-il simplement avant de s'éclipser.

Théo servit le café, puis elle rajouta du lait, à la demande de sa belle-mère qui déclara le breuvage bien trop agressif pour son foie.

— Allez-vous également consulter l'apothicaire pour votre foie ? demanda la jeune comtesse de son ton le plus prévenant.

— Quelle question indiscrète ! s'exclama Lady Gilbraith, l'air pincé. Il est vrai que les Belmont ont toujours manqué de finesse.

Théo sentit la moutarde lui monter au nez. Elle se mordit les lèvres pour ne pas répondre. Quand elle fut sûre de bien se contrôler à nouveau, elle s'adressa à Mary :

— Un peu de café ?

— Je n'en bois jamais, dit sa belle-sœur, vexée qu'on ne connaisse pas ses goûts. Je crois que je vais monter dans ma chambre.

— Mais bien entendu ! Je vais vous accompagner, dit Théo en se levant immédiatement.

En passant devant la fenêtre, elle reconnut la silhouette de Sylvester qui s'approchait de la maison. Son cœur fit un bond dans sa poitrine. Comment allait-il réagir en constatant qu'elle avait osé enfreindre ses ordres ?

La voiture des Gilbraith avait été conduite aux écuries, de sorte qu'en entrant, Sylvester ignorait totalement que sa mère et sa sœur étaient arrivées. Ses traits étaient toujours sombres, mais les signes de sa colère avaient disparu. Sa décision était prise : sa femme partirait dès le lendemain pour le manoir de Stoneridge. C'était le meilleur moyen de l'empêcher de se mêler de ses affaires. Ainsi, il pourrait régler tranquillement son problème avec Neil Gérald sans que Théo vienne se mettre en travers de son chemin. En outre, Sylvester, qui avait longuement réfléchi pendant cette heure passée à marcher, était persuadé que cet éloignement donnerait une bonne leçon à son épouse et l'inciterait désormais à réfléchir davantage avant d'agir.

Il entra dans le hall au moment où un valet portait la dernière malle sur ses épaules et où Théo sortait du salon.

— Ah, mon ami, tu es là! dit-elle avec un petit sourire forcé. Ta mère et Mary sont arrivées, j'ai bien été obligée de les accueillir.

Le comte ne répondit pas. Sachant que ce silence n'était pas nécessairement une approbation, la jeune femme ne se sentit guère rassurée. Au salon, une pluie de lamentations variées et de reniflements marqua l'arrivée de Sylvester.

— Je vais accompagner Lady Gilbraith et Mary jusqu'à leur chambre. Elles pourront ainsi se reposer avant le dîner, reprit Théo.

Son mari approuva de la tête et ajouta aussitôt:

— Je suis désolé, mère, mais je vais devoir vous laisser seule avec mon épouse ce soir. J'ignorais votre arrivée et j'ai pris un engagement dont je ne peux me libérer.

Théo frémit. Sylvester ne pouvait pas trouver de plus horrible punition qu'une soirée en tête-à-tête avec ces deux détestables mégères!

Le comte monta se changer pour dîner. A la façon dont il s'emberlificotait dans les plis de son jabot, Henry comprit que son maître était particulièrement énervé. Aussi se fit-il le plus discret possible pour l'aider à s'habiller.

Sylvester, dont les plans étaient remis en cause par l'arrivée de sa famille, était en effet contrarié. Il était hors de question d'envoyer Théo au manoir tant que Lady Gilbraith serait à Londres. Il ne lui restait qu'à espérer que sa femme serait trop accaparée par ses visiteuses pour pouvoir s'adonner à ses fantaisies dangereuses. Après ce qu'elle lui avait fait, il n'était pas mécontent de lui infliger dès le premier soir une corvée pénible.

Une demi-heure plus tard, Sylvester quittait la maison, ignorant que sa femme avait dépêché un messager pour appeler à l'aide. Toutes les Belmont réunies, Edward Fairfax et Jonathan Lacey étaient déjà en route pour partager avec Théo sa redoutable épreuve.

Dans sa petite demeure élégante de la rue Half Moon, Neil Gérald se préparait à recevoir ses invités, tous appartenant ou ayant appartenu au 3e régiment de dragons de Sa Majesté. C'étaient les seules personnes qui pouvaient encore éprouver quelque réticence à l'égard de Sylvester Gilbraith, et Gérald avait bien l'intention de remédier à cette situation. Si ces hommes l'accueillaient de bon cœur, le comte serait sans doute beaucoup moins enclin à se poser des questions sur un passé oublié. Il comprendrait qu'il était dans son intérêt de ne pas réveiller un scandale que tout un chacun semblait disposé à enterrer définitivement. Tout de même, par mesure de sécurité, Neil Gérald projetait une ultime manœuvre qui lui assurerait la tranquillité à laquelle il aspirait tant et qui mettrait un terme au chantage de Jud O'Flannery. Pour cela, il devait utiliser Lady Stoneridge : fier comme il l'était, Sylvester accepterait n'importe quoi et s'accuserait des pires bassesses plutôt que de devoir reconnaître devant toute la haute société de Londres que sa femme le trompait.

On frappa à la porte et le domestique s'empressa d'aller ouvrir. Au brouhaha de voix qui s'ensuivit, Gérald comprit que plusieurs invités venaient d'arriver en même temps. Le premier homme qui entra avait le même rang militaire que lui. C'était un capitaine sympathique qui avait dû passer un bon moment à soigner sa toilette et friser ses longs favoris.

— Bonsoir, Neil ! Il fait frisquet, ce soir, dit-il en se frottant les mains. Mais que t'est-il arrivé ? s'exclama-t-il en apercevant soudain le visage de Gérald. Ça m'a tout l'air d'un beau coquart !

Neil posa sa main sur son œil au beurre noir et esquissa un léger sourire.

— Je suis tombé de cheval, expliqua-t-il. Un sale canasson indomptable que j'ai bien envie d'envoyer à l'abattoir !

— Ah, ça, mon vieux, il n'y a rien à faire avec une vieille rosse. C'est bien mon avis aussi ! Mais regarde qui j'ai trouvé en arrivant, dit-il en montrant l'homme à l'air jovial qui se trouvait à ses côtés. Voilà des mois que je n'avais pas vu Barney !

— J'étais en Espagne, précisa le dernier arrivé.

— A l'état-major, hein ? Alors, quoi de neuf ?

Barney ne répondit pas. En entrant dans le salon, il avait aperçu une table garnie de boissons et de victuailles.

— Tu attends tout le régiment ? demanda-t-il à Neil en riant.

Gérald tendit à boire à chacun.

— Nous ne serons que cinq. Vous deux, Peter Fortescue et Sylvester Gilbraith.

— Le comte de Stoneridge ? s'étonna Barney. C'est vrai, j'ai entendu dire qu'il était à Londres. Il s'est marié, non ?

— Il n'y a pas très longtemps, en effet. Peu après qu'il eut hérité du titre.

— Je croyais que tu n'avais plus envie de le revoir après cette sombre histoire de Vimiera ?

Neil haussa les épaules.

— Bof... De l'eau a coulé sous les ponts depuis ce temps-là ! Et puis, personne n'a jamais su ce qui s'était passé réellement. Il a été acquitté, après tout, et je ne vois pas pourquoi je l'éviterais. C'est un ami de longue date !

La réflexion de Gérald laissa les deux hommes pensifs. Inquiet, il se demanda s'il réussirait à les convaincre.

— Je dois dire que je l'ai toujours pris pour un type correct, déclara le capitaine en finissant son verre. Je lui accorde bien volontiers le bénéfice du doute.

A l'instant où Gérald, réjoui de sentir ses amis dans de bonnes dispositions, remplissait à nouveau les verres, on frappa. Neil, qui espérait que Sylvester arriverait le dernier pour prévenir tout le monde, fut heureux d'apercevoir, derrière son domestique, la haute silhouette un peu dégingandée du major Fortescue. Ses amis l'accueillirent chaleureusement.

Gérald lui offrit à boire et répondit aux questions qu'immanquablement il posa en voyant son visage enflé.

— Sais-tu que Gérald a invité Gilbraith? demanda le capitaine. Tu te souviens sans doute de cette drôle d'histoire de reddition sans condition?

— Parfaitement. Mais je n'ai jamais cru un mot de cette affaire. Gilbraith a eu tort de démissionner comme s'il était coupable.

— Il était grièvement blessé, précisa Neil.

— Quand même, il a eu tort, répéta Fortescue.

En arrivant dans le hall d'entrée où il confia sa cape et ses gants au domestique, Sylvester entendit les voix de ses anciens compagnons d'armes. Gérald lui avait dit qu'il rencontrerait ce soir des camarades, sans lui préciser de qui il s'agissait. Pourquoi ce traître qui essayait de le tuer se montrait-il soudainement si amical? Ce double jeu n'était-il qu'un moyen de parvenir à ses fins? Sylvester se raidit, serra les mâchoires et se prépara à entrer dans le salon.

— Ah, Sylvester, sois le bienvenu! s'écria Neil, tout sourire et la main tendue vers lui. Ne me demande pas ce qui m'est arrivé, dit-il sur un ton plaisant en montrant son visage, je suis tombé de cheval! Tu connais tout le monde ici, bien sûr.

— Bien sûr, mais ça fait des lustres...

Sylvester laissa volontairement sa phrase en suspens.

— Trop longtemps, renchérit le major Fortescue en lui serrant cordialement la main. Pourquoi as-tu démissionné si rapidement, mon vieux?

— Une blessure à la tête n'est pas une mince affaire, Peter. Elle me fait encore souffrir.

Son vieil ami se mit à l'observer attentivement et Sylvester crut qu'il allait lui parler de Vimiera. Mais dans son regard, il y avait davantage d'étonnement que d'hostilité, et le major Fortescue ne dit pas un mot. Pendant toute la soirée, ce douloureux souvenir ne fut jamais évoqué. A certains moments, la chaude amitié aidant, Sylvester se prit à penser qu'il n'était pas si difficile de tout oublier et de faire comme si rien n'était réellement arrivé. Enfin croire que cette histoire n'était qu'un atroce cauchemar ! Au fond de lui, il savait pourtant que cela était impossible, qu'il ne pourrait jamais revivre normalement avec l'ombre de cette odieuse lâcheté qui planait au-dessus de sa vie comme une tache indélébile. Et puis, il ne pouvait ignorer la menace de mort que Neil Gérald représentait constamment pour lui.

Le comte prit tout son temps pour scruter son ancien condisciple de Westminster. Hormis les tuméfactions provoquées par sa chute de cheval — événement auquel Sylvester n'accordait guère de foi —, il avait conservé les mêmes traits et surtout ces mêmes petits yeux que la peur rendait mobiles. Anormalement mobiles. Stoneridge ressentait un dégoût profond et presque instinctif, bien plus puissant qu'un simple sentiment de colère, pour cet homme qui lui adressait des sourires mielleux et des paroles doucereuses.

La soirée se termina autour de la table de jeu. Au grand désespoir du capitaine, qui était son partenaire, Neil se montra distrait et maladroit.

— Tu sers un excellent vin, mais tu es un piètre joueur ! se moqua Fortescue à la fin de la partie de cartes.

— En attendant, en m'associant à Gérald, j'ai perdu vingt livres, bougonna gentiment le capitaine. J'aurais dû laisser ma place à Barney !

La soirée s'acheva dans les rires et le petit groupe se dispersa. Au moment du départ, Sylvester traîna un peu plus dans le but de rester seul avec Neil qui, par politesse, se sentit obligé d'offrir un dernier verre. Ignorant délibérément le peu d'enthousiasme de Gérald, le comte accepta et les deux hommes s'installèrent près du feu.

— Dis-moi, as-tu parlé de Vimiera avec nos amis avant que j'arrive ? demanda de but en blanc Sylvester.

Neil balaya la pièce du regard et finit par faire un petit sourire figé.

— Oh, un ou deux mots peut-être, pas grand-chose. Pour tous, c'est une affaire… euh… morte et enterrée, comme on dit. A quoi bon gâcher une bonne amitié! Personne ne t'en reparlera plus jamais.

— Grâce à toi! Je te dois beaucoup, dit Sylvester, dissimulant habilement qu'il n'en croyait pas un mot. Je sais que ça fait longtemps, mais pourrais-tu me dire exactement ce qui s'est passé cet après-midi-là?

Les lèvres de Gérald s'étirèrent et ses traits se durcirent. Il fit un vague geste de la main pour indiquer que ces souvenirs n'avaient guère d'importance.

— Ça te fait du mal de remuer tout cela, Sylvester. N'y pense plus, ça ne sert à rien.

— Tu étais bien en chemin avec les renforts. As-tu assisté à ma capitulation? M'as-tu vu abandonner mon drapeau?

Gérald ferma les yeux comme si les images qui lui revenaient le faisaient souffrir, puis il reprit:

— Comme je l'ai dit au procès, quand je suis arrivé, tu t'étais déjà rendu. Je n'ai rien vu qui puisse t'aider.

— Les renforts que tu menais étaient-ils importants? insista Sylvester.

— Cent cinquante hommes, comme prévu par le plan de bataille.

— Au nom de quoi alors aurais-je pu décider de capituler? (Sylvester soutint fixement le regard de Neil qui se déroba vite.) Je peux m'estimer heureux de m'en être tiré avec un simple coup de baïonnette. Il paraît que les Français ont massacré la moitié de mes hommes comme des sauvages après que je me fus rendu.

— Je n'en sais pas plus, dit Neil en se levant brusquement, et personne ne saura jamais la vérité. Ne remue pas toute cette boue, c'est inutile!

Comprenant que Neil Gérald donnait clairement le

signal du départ, Sylvester posa son verre sur la table et se leva aussi. Puis, regardant Neil avec défi, froidement, il déclara :

— Je ne peux pas oublier. Je ne peux vivre avec l'idée d'avoir commis un acte aussi lâche. *Je saurai la vérité.* (Une lueur de panique passa nettement dans les yeux de Neil Gérald.) Allez, il est temps que je te quitte. J'espère que je ne me suis pas trop éternisé, mais c'est si bon de se retrouver comme autrefois ! Merci encore pour cette délicieuse soirée.

Gérald raccompagna Sylvester dans le hall d'entrée. Au moment où ils se serraient la main, une dernière question acheva de paniquer Neil.

— Au fait, dit Sylvester, comment s'appelait ton sergent ? Tu sais, celui qui est venu témoigner au procès, cette espèce d'affreux type à la tête de brute...

Comme si c'était hier, il revoyait ce sergent borgne dont il avait oublié le nom, avec cette horrible balafre violacée qui lui traversait la joue de bas en haut.

Gérald sembla hésiter une seconde. Impossible de prononcer le nom de Jud O'Flannery.

— J'ai complètement oublié, dit-il.

— Dommage, j'aurais pu aller le questionner aussi. Bonne nuit et merci encore, fit Sylvester en s'éloignant.

Alors que le comte regagnait à pied la rue Curzon, Neil resta un long moment sur le perron, immobile, comme pétrifié, paralysé par la terreur qui, une fois de plus, s'était emparée de tout son être. La partie n'était pas gagnée d'avance et la lutte serait peut-être plus âpre qu'il ne l'avait cru.

Il fallait impérativement qu'il pense à autre chose...

Il jeta une cape sur ses épaules et sortit. Il connaissait, près de chez lui, une petite maison discrète où il avait ses habitudes. Il savait qu'en échange de quelque menue monnaie, on prendrait soin de lui et on saurait lui faire momentanément oublier ses soucis.

La fille qu'on lui amena se révéla parfaite. Elle

subit avec docilité les brutalités qu'il lui fit subir pour assouvir son besoin vital de se sentir puissant et sut, en bonne professionnelle, soupirer et gémir au bon moment, lui laissant croire qu'il était un amant merveilleux.

24

Il était plus de minuit lorsque Sylvester rejoignit son domicile. Au moment où il entra, un domestique traversait l'entrée en portant un plateau chargé de vaisselle sale. S'étonnant de voir encore toutes les chandelles allumées dans le salon, il s'enquit auprès de Foster de la raison de cette agitation inhabituelle à cette heure tardive. Sa mère et sa sœur avaient coutume d'aller au lit de bonne heure et Théo aurait dû logiquement faire de même.

— Il y a eu une petite fête, dit le majordome, radieux, en débarrassant le comte de sa canne et de ses vêtements. Comme au bon vieux temps, milord ! Toute la famille s'est réunie autour de la table. Il y avait même M. Edward et le prétendant de Lady Clarry. Ce jeune monsieur Lacey est très agréable, et je parierais qu'il fera partie de la famille avant Noël.

Il fallait que Foster fût très heureux pour se permettre, contrairement à ses habitudes, d'émettre un avis à voix haute. Mais il se départit vite de sa mine réjouie en apercevant l'air exaspéré du comte.

— Dois-je comprendre que Lady Belmont et ses filles sont venues dîner ici avec ma mère et ma sœur ?

— Oui, milord. Mais Lady Gilbraith et Mlle Gilbraith sont montées se coucher assez tôt. J'ai cru deviner qu'elles n'appréciaient guère le jeu de loto et autres amusements du même genre. Madame votre mère a dit que cela faisait trop de bruit. Il est vrai que plus d'une fois Lady Belmont a dû calmer l'ardeur de ses filles qui riaient trop fort.

En dépit du ton plus sérieux qu'avait repris Foster, Sylvester aurait juré qu'il s'amusait beaucoup de cette situation.

— Fermez le verrou, voulez-vous ! coupa-t-il assez froidement. Je vais me coucher.

— Oh, à propos, milord, je dois vous dire que Mlle Gilbraith n'est plus dans la chambre chinoise. Elle craignait que les dragons qui ornent le papier peint ne l'empêchent de dormir.

Sylvester, partagé entre l'irritation et le rire, ne fit aucun commentaire et monta dans sa chambre.

C'était donc cela ! Théo s'était arrangée pour échapper habilement à la soirée désagréable et ennuyeuse qui l'attendait. Elle s'était débrouillée pour transformer cette épreuve en moment de plaisir. Il en avait plus qu'assez d'avoir une femme qui n'en faisait qu'à sa tête. Sa belle-famille avait dû faire des gorges chaudes des dragons chinois de Mary !

Un rai de lumière sous la porte de la chambre de Théo lui laissa supposer qu'elle ne dormait pas. La perfide devait encore savourer la réussite de son stratagème ! Sylvester entra dans sa chambre le moins discrètement qu'il put et claqua la porte derrière lui. Le fait de savoir son mari de retour effraierait peut-être la petite rebelle qu'il avait épousée. Du moins l'espérait-il !

Henry avait pour consigne de ne pas l'attendre lorsqu'il rentrait tard. Seul le feu qui crépitait encore dans la cheminée donnait un peu de lumière à la pièce. Rapidement, il se déshabilla mais, au moment de se mettre au lit, il entendit, provenant de la chambre d'à côté, comme un bruit de chaise qui glissait sur le parquet. Il enfila sa robe de chambre et, précautionneusement, rouvrit sa porte. La maison était plongée dans un profond silence ; les lumières vacillantes des chandeliers éclairaient faiblement le corridor. A pas de loup, il se glissa jusqu'aux appartements de son épouse et entra doucement. Théo, un verre à la main, était assise devant sa coiffeuse sur laquelle reposait une petite bouteille de couleur foncée. Elle tournait le dos à la porte. Dès qu'elle aperçut le reflet de Sylvester dans le miroir, elle se retourna brusquement.

— Tu ne dors pas encore ! s'exclama-t-il en pénétrant dans la chambre.

— Je n'ai pas sommeil.

— Tu as peut-être eu une soirée trop excitante !

L'allusion à la fête qui venait d'avoir lieu était claire et le rouge de la honte monta aux joues de Théo.

— J'ai pensé que ta mère aimerait avoir de la compagnie, dit-elle pour se justifier.

— Assez de boniments !

Théo regarda son mari pendant une minute sans savoir comment se sortir de cette situation puis, d'un air résolu, elle finit par déclarer :

— Je suis vraiment désolée de m'être conduite aussi stupidement cet après-midi.

Sylvester s'approcha d'elle et lui prit le menton, la regardant sévèrement.

— Réalises-tu que tu as entraîné Edward avec toi et que vous auriez pu tous les deux être tués ? Cela ne doit plus se reproduire, Théo ! Dès que ma mère partira, tu iras à Stoneridge.

— Toute seule ? s'écria-t-elle.

Une lueur d'indignation passa dans ses yeux bleus comme un éclair.

— Oui, je te rejoindrai quand j'aurai fini de régler quelques problèmes ici.

— Alors, c'est ça ! (Elle fit un mouvement de côté et il lâcha son visage.) Tu refuses encore que je partage ce que tu appelles tes «problèmes» ! Tu ne comprendras jamais rien ! Je veux faire partie de ta vie. Quelle qu'elle soit, heureuse ou malheureuse ! Je veux t'aider. Quand on aime quelqu'un, on veut tout partager. Mais tu ne peux pas comprendre ces sentiments...

Les gros sanglots de colère qui nouaient sa gorge l'empêchèrent de continuer.

— Mais si ! Je comprends parfaitement. Viens près de moi, dit-il doucement.

La chaude lueur que le feu répandait dans la chambre laissait deviner, par un savant jeu de transparence, les formes voluptueuses du corps de la jeune femme sous les voiles de son déshabillé. Comme une ombre légère, se dessinaient les vallons de ses seins. Ces contours suggestifs que Sylvester soupçonnait plus qu'il ne les voyait réellement firent remonter à sa mémoire les images de ces délicieux moments de fusion qu'il connaissait avec elle. Vivement ému, il la prit dans ses bras.

— Viens, reprit-il dans un souffle. Laisse-moi te montrer comme je peux t'aimer.

— Non, ne me touche pas, dit-elle vivement en s'écartant. Plus jamais, Stoneridge !

— En voilà des sottises !

Sylvester se mit à rire et, en une seconde, il la rattrapa et la plaqua contre lui. Partagée entre la colère et le désir, elle tourna la tête au moment où il tentait de l'embrasser. Elle essaya de s'en aller mais son mari la serra un peu plus encore. Une confusion de sentiments la déchirait. Ce corps qu'elle repoussait l'attirait irrésistiblement.

Le comte promena langoureusement sa bouche sur le visage de sa femme puis lui mordilla le lobe de l'oreille. Sachant qu'elle n'hésiterait pas à s'échapper s'il relâchait sa pression, il continuait de la tenir fermement. Elle était bien trop menue, bien trop légère pour pouvoir le repousser ; seule la façon dont elle savait placer son corps lui permettait de déstabiliser efficacement son adversaire. Sylvester passa une jambe derrière elle, de sorte qu'elle ne se trouve plus assez en équilibre pour tenter quelque mouvement de dégagement. Elle comprit ce qu'il faisait et, ne réussissant pas à s'y opposer, elle lui lança un regard furieux. Il se contenta de sourire : il savait qu'elle allait céder et attendait ce moment.

— Ma chérie, murmura-t-il, ne crois-tu pas que nous devrions nous laisser aller au plaisir, plutôt que de poursuivre cette lutte ?

Théo sentit que son mari devenait plus impulsif. En ces instants de profond désir, cet homme qui avait un puissant contrôle sur lui-même devenait quelqu'un d'autre. C'était comme si toutes ses inhibitions, toutes ses retenues s'effaçaient soudain. La flamme pétillante de ses yeux trahissait qu'il avait profondément envie d'elle et son souffle, tout proche, la bouleversait aussi. Mais elle voulait résister, lui prouver qu'elle était décidée à partager sa vie et que ce serait tout ou rien !

Elle se raidit pour lutter contre elle-même, pour ne plus sentir ce frisson d'excitation qui la parcourait de la tête aux pieds. Ce combat était une souffrance.

— Ne fais pas cette tête-là, dit Sylvester en la soulevant dans ses bras. On dirait que tu pars pour le bûcher !

Il la posa doucement sur le lit. Elle ouvrait des yeux immenses que troublait le mélange de sentiments contradictoires qui se bousculaient en elle. Sa longue chevelure ondoyante tombait sur les plis vaporeux de sa chemise de nuit blanche. La violence du désir devint telle en Sylvester qu'il se retint pour ne pas la bousculer, mais le respect et l'amour qu'il avait pour elle le lui interdisaient. Sa vanité aussi dédaignait une victoire par la force.

Il s'allongea sur le lit, de façon à pouvoir la contempler. Elle ne bougea pas. Lentement, il dessina du bout du doigt le contour de son visage, puis s'attarda longuement sur ses lèvres brûlantes, espérant qu'elle réagirait. Mais, bien que son regard se fût assombri, Théo continuait à rester immobile. Il laissa glisser sa main le long de son cou, de sa gorge, et jusqu'à son décolleté. Lorsqu'il effleura ses seins, la lueur sensuelle qui enflammait les yeux de la jeune femme devint encore plus perceptible. Elle défiait son mari sans un mot, sans un mouvement.

Rapidement, le comte se débarrassa de ses vêtements et elle ne put s'empêcher de poser son regard sur le corps nu qui se dressait, magnifique, devant elle. Il remonta le long du galbe de sa jambe, caressa son genou au tracé si joliment arrondi, puis plongea sous les voiles tourbillonnants de sa chemise de nuit. Résister à l'irrésistible! A ces suprêmes brusqueries! La jeune comtesse fixait le plafond, maintenant, mais ses lèvres se faisaient pulpeuses et elle ne parvenait plus à dissimuler son trouble. Quand ses caresses se firent plus intimes, Sylvester sentit le corps de sa femme se raidir sous ses doigts. Enfin, elle ne put retenir un soupir. Alors il commença à la dévêtir, doucement, progressivement. Pendant quelques secondes qui parurent une éternité à Théo, il l'admira, nue. Elle devait faire des efforts surhumains pour ne pas poser sa bouche sur le torse qui la dominait, crier son impatience, mettre les mains sur ses épaules et l'attirer vers elle.

— Ma bohémienne est une vraie petite mule! chuchota-t-il.

Il sentait nettement que les efforts qu'elle faisait pour ne pas succomber à la tentation lui faisaient vivre une véritable torture. En lui aussi, l'attente exacerbait le désir et devenait douleur.

Enivré par la retenue qu'il s'imposait, il parcourut de baisers fougueux et de caresses passionnées tout le corps de sa femme qui, encore mue par une force qu'elle ne soupçonnait même pas, réussissait à ne pas bouger. Et puis soudain, ce fut la déchirure. Théo poussa un gémissement et, avec une frénésie incontrôlée, elle enlaça Sylvester. Son corps se contracta, s'arc-bouta, en même temps que sa respiration se faisait plus courte. Il se pressa contre elle, repoussa en arrière les vagues de ses cheveux de jais et laissa glisser ses lèvres jusqu'à la base de son cou. Il savoura avec de tendres délices ce petit creux chaud, tellement innocent et qui l'émouvait jusqu'au tréfonds de son être. Embrasée par le feu de la passion, Théo lui offrit sa bouche comme une grenade sucrée. Ils se laissèrent l'un et l'autre gagner par une force qui les dominait et un désir irraisonné de jouissance imprima à leurs deux corps un rythme unique. Sylvester retint le spasme qui montait en lui, tandis que tout en elle devenait brûlant, insistant comme une demande urgente.

— Attends, petite bohémienne, trouva-t-il encore la force de murmurer.

Puis, dans une violente convulsion, au paroxysme du désir, il céda à l'appel irrésistible de sa femme. Lentement, ils rouvrirent les yeux, partageant un même bonheur qui les laissait sans défense. Ils se regardèrent comme s'ils se découvraient. Après un long moment, Sylvester plaisanta :

— Je prenais mon temps et tu m'as pressé. Tu es une délicieuse sorcière !

— Ne crois pas que les choses se font toujours comme tu le veux ! répondit-elle.

Le comte lui adressa un tendre sourire.

— Il y a bien longtemps que j'en ai pris mon parti, dit-il en se laissant glisser à côté d'elle.

Ils restèrent allongés, les yeux fermés. Divinement épuisés.

Lorsqu'ils furent reposés, Théo ne put réprimer une grimace en songeant qu'elle ne disposait plus que de quelques jours avant le départ de sa belle-mère et de sa belle-sœur.

— Pourquoi fais-tu cette tête-là ? s'étonna Sylvester.

Elle répondit n'importe quoi.

— J'ai soif ! fit-elle.

Son mari se leva pour lui chercher à boire. Il prit le verre qui se trouvait encore sur la coiffeuse, le remplit d'eau et y trempa ses lèvres.

— Pouah ! Qu'est-ce que tu buvais dans ce verre

quand je suis arrivé? (Il se pencha sur le flacon qui se trouvait à côté.) Qu'est-ce qu'il y a là-dedans?

— J'aurais dû t'en parler avant, répondit-elle, sans pouvoir cacher son embarras.

— Hum, j'ai comme le vague pressentiment que tu vas me dire quelque chose de désagréable!

— C'est une potion pour ne pas avoir d'enfant, murmura-t-elle. Je l'ai eue par une ensorceleuse de Lulworth qui sait fabriquer toutes sortes de philtres.

Sylvester en resta bouche bée, se demandant s'il ne rêvait pas. Ce n'était pas aux femmes de s'occuper de ces choses-là! Il prit la bouteille dans ses mains et regarda Théo, incrédule.

— Es-tu en train de me dire que tu bois cet horrible breuvage depuis notre mariage?

— Oui, avoua-t-elle. Tu ne te demandais pas pourquoi je n'étais pas enceinte?

— J'avoue que cette question m'a traversé l'esprit. Mais, Dieu du ciel, Théo, pourquoi ne m'en as-tu pas parlé?

— Au début, tu voulais un enfant tout de suite et je ne me sentais pas prête. J'ai pensé que tu refuserais de m'écouter.

— Enfin, je ne suis pas une brute. (Sylvester fronça les sourcils.) Je ne t'aurais jamais imposé une grossesse non désirée.

— Eh bien, je me suis trompée. Je te connaissais mal. Et puis, les femmes ne sont pas supposées avoir un avis sur ces questions. Et encore moins le mettre en pratique!

Théo, que les regrets plongeaient dans l'embarras, tripotait nerveusement les draps. Sylvester se passa les doigts dans les cheveux. Il se sentait contrarié et blessé d'avoir naïvement pensé que, comme toutes les autres femmes, Théo accepterait la maternité comme une fatalité.

— Puis-je savoir pourquoi tu refuses de porter un enfant de moi?

— Ce n'est pas ce que j'ai dit. Je ne le veux pas

tout de suite. C'est tout! répliqua-t-elle avec un sourire timide.

— Sais-tu au moins ce qu'il y a là-dedans? demanda le comte en montrant la petite fiole brunâtre. T'es-tu jamais demandé si ce flacon ne contenait pas de produits nocifs? Si ces ingrédients t'ont empêchée d'être enceinte, ils auraient pu aussi produire d'autres effets.

— Dame Merriweather ne m'aurait jamais donné un breuvage dangereux, dit-elle, troublée.

— Une paysanne! Mais qu'est-ce qu'elle peut bien connaître à la médecine! Ces potions peuvent avoir des effets secondaires que tu ne soupçonnes même pas. Il est arrivé des tas d'accidents, comme cela!

Théo se renfrogna.

— Alors que suggères-tu? demanda-t-elle.

— Débarrasse-toi de cette horrible substance et fais-moi confiance, dit-il en retournant se coucher.

Il souffla la chandelle qui se consumait sur la table de nuit. Dès qu'il fut allongé, elle se rapprocha de lui et, avec un petit air cajoleur et terriblement séduisant, lui murmura:

— Allons, viens me donner la preuve de tes grands talents!

25

Le lendemain matin, Théo n'ouvrit les yeux que bien après le lever du soleil. Encore tout ensommeillée, elle se redressa un peu pour jeter un regard sur la pendule. Il était presque dix heures. Comment avait-elle dormi si tard? Le temps de s'éveiller complètement et elle se souvint! Elle se laissa retomber sur les oreillers, la mémoire et le corps encore emplis de ces odeurs, de ces tendresses et de ces douces violences de la nuit.

A ses côtés, la place était vide. Déçue, elle imagina avec regret le réveil câlin qu'elle aurait pu avoir si, exceptionnellement, son mari ne s'était pas levé à l'aube. Il lui avait dit qu'il l'aimait, et pourtant il persistait à ne partager avec elle que des moments de plaisir physique. Intenses, certes, mais limités. Aussitôt après, il retournait vaquer à ses occupations et replongeait dans ses soucis. Sans elle! Peut-être avait-il des excuses... Comment pouvait-il donner un sens au mot «amour» alors qu'il n'en avait pas reçu de sa propre mère? La jeune comtesse se mit à penser à Lady Gilbraith: râleuse impénitente, femme aigrie et égoïste qui n'aimait qu'elle-même et n'avait même pas réussi à créer un lien d'affection entre le frère et la sœur. Mary aussi était tellement désagréable! Pourvu que les petits motifs de la chambre rose, cette fois, n'aient pas gêné le sommeil de sa délicate belle-sœur! Tourner en dérision ses invitées acariâtres procurait à Théo une sorte de satisfaction qui lui donnait la patience de les supporter. Et Dieu sait qu'elle en avait besoin!

Brusquement, avec une énergie inattendue, la jeune comtesse bondit de son lit tel un cabri et passa vite une robe de chambre. Elle venait de réaliser que sa belle-mère devait l'attendre depuis un bon moment... Que de récriminations en perspective!

Elle avait la main sur le cordon de la sonnette pour appeler Dora lorsque, de la chambre voisine, lui parvinrent des chuchotements. Elle reconnut la voix d'Henry et dressa l'oreille. Un frisson la fit tressaillir: elle venait d'entendre une plainte lugubre, une lamentation rauque, presque animale, entrecoupée de douloureux haut-le-cœur. Doucement, elle s'approcha de la cloison pour y coller son oreille. Son sang ne fit qu'un tour lorsque les affreux gémissements se renouvelèrent. Sylvester devait subir l'assaut d'une crise comme celle qu'il avait connue au manoir: ces terribles migraines qui faisaient partie de la vie secrète de son mari, de cette sphère où il lui était interdit de pénétrer. Délicatement, elle tourna la poignée de la porte qui reliait leurs deux chambres. En vain. Elle sortit dans le couloir et, sans plus de succès, renouvela sa tentative par l'extérieur. Son mari l'exaspérait! Quel avenir envisager auprès d'un homme qui la tenait à l'écart dès qu'il se sentait vulnérable?

De retour dans sa chambre, elle réfléchit quelques minutes. Puisqu'il ne l'avait pas appris dans sa jeunesse, elle allait lui montrer ce que c'était que l'amour!

Rapidement, elle enfila une tenue pratique qu'elle mettait pour monter à cheval, natta ses cheveux, puis alla ouvrir la fenêtre qui donnait sur un étroit balcon de fer forgé, identique à celui qui ornait la fenêtre de Sylvester, à un bon mètre de distance. Dans la rue Curzon, deux étages en dessous, passait une calèche. Théo se pencha et vit que le rideau de la chambre voisine s'agitait sous l'effet du vent. La fenêtre de Sylvester était grande ouverte. Elle ne savait pas ce que c'était que le vertige. Plus d'une fois, elle et Edward avaient escaladé la falaise de Lulworth, à la recherche de goélands. Jamais elle n'avait craint de regarder en bas, là où les vagues mugissaient, dans un chaos de roches blanchissantes. Se tournant dos à la rue, sans une hésitation, elle passa une jambe pardessus la balustrade et chercha du pied, à tâtons, l'étroite corniche qui séparait les deux balcons. En tendant le bras aussi loin que possible, elle réussit à agripper la rambarde et, dès qu'elle se sentit assez stable pour ne pas rester dans cette position écartelée, elle enjamba le balcon. Avant d'avoir pu poser l'autre pied sur la corniche, elle se trouva en équilibre instable au-dessus du vide. Le cœur battant, elle balança son corps vers la fenêtre de Sylvester et se jeta presque au vol sur l'autre balcon. D'un geste sûr, elle empoigna des deux mains la balustrade, qu'elle serra aussi fort qu'elle put. Poser ses deux pieds sur le balcon de l'autre appartement puis l'enjamber furent ensuite tâches faciles. Lorsqu'elle se retrouva à quatre pattes sur le ciment, elle respira profondément avant de pénétrer dans la pièce.

Silencieusement, elle se glissa dans la chambre obscure dont l'atmosphère, en dépit de la fenêtre ouverte, lui parut aussi étouffante qu'une serre.

— Qui va là? murmura Henry en écartant les tentures du lit.

— C'est moi, susurra-t-elle.

Elle n'avait, jusqu'à présent, eu que peu de contacts avec le valet particulier de son mari, qui entretenait au contraire avec le comte des relations privilégiées. Henry partageait avec Sylvester des secrets qu'elle ignorait. Il fallait que cela change!

— Milady! s'exclama le domestique, aussi scandalisé que surpris.

La voix de Sylvester se fit entendre. La voix ténue d'un homme affaibli qui rappela à Théo, horrifiée, celle de son grand-père mourant.

— Que se passe-t-il, Henry? demanda-t-il.

— Ce n'est rien, milord, ne vous inquiétez pas! répondit Henry en attrapant fermement le bras de Théo. Milady, vous devez sortir immédiatement. Sa Seigneurie ne veut recevoir aucun visiteur.

— Je ne suis pas un «visiteur»! (Le ton de Théo était froid et déterminé.) Je suis la femme du comte de Stoneridge!

— Pardonnez-moi d'insister, milady, reprit Henry.

— Ôtez tout de suite votre main de mon bras, interrompit la jeune femme de la même voix glaciale, ou je suis capable de vous briser le poignet.

D'un geste menaçant, elle plaça sa main sur celle du domestique à la manière d'une lame tranchante et Henry céda à cette injonction furieuse. A cet instant, le corps de Sylvester fut à nouveau secoué par d'horribles convulsions nauséeuses. A la fois terrifiée et compatissante, Théo déclara:

— Vous pouvez rester si vous le voulez, mais désormais, c'est moi qui soignerai mon mari. C'est mon devoir d'épouse.

Pris entre deux feux : les consignes impératives du comte et la détermination forcenée de la comtesse, Henry ne savait plus que faire. Théo s'avança, souleva doucement les rideaux à la tête du lit et aperçut son mari. Défiguré par des paupières affreusement gonflées, son visage avait pris des teintes grisâtres et de profondes rides se dessinaient autour de sa bouche qui grimaçait un affreux rictus. Une effroyable souffrance se lisait sur ses traits émaciés. Péniblement, il tendit la main vers la table de nuit pour y chercher à boire. Avec une douceur infinie, Théo glissa le bras sous la tête de Sylvester et porta le verre à ses lèvres. Il l'aperçut en entrouvrant les yeux.

— Théo… que fais-tu là ? marmonna-t-il dans un râle. Qui t'a ouvert la porte ?

— Chut, fit-elle, il ne faut pas t'agiter. Je suis entrée par la fenêtre ouverte. Comme je voudrais pouvoir te guérir ! dit-elle en posant un tendre baiser sur son front.

Du bout des lèvres, il esquissa un mouvement qui ressemblait vaguement à un sourire, puis ouvrit la bouche pour parler. Mais les mots se transformèrent en un triste grognement. Il signifia de la main qu'il souhaitait boire encore un peu. Henry se précipita mais Théo, le devançant, répondit au désir de son mari avant lui. Puis Sylvester retomba lourdement sur ses oreillers, terrassé par une nouvelle attaque. Ignorant la présence du domestique qui tournait autour d'elle comme la mouche du coche, la jeune femme essuya le visage du malade et, d'une main aimante, lui tamponna le front avec un linge imbibé d'eau de lavande.

— Théo, murmura-t-il difficilement après quelques instants, j'apprécie ce que tu fais, mais tu ne dois pas rester là. Je ne veux pas que tu me voies comme ça !

— Chut, chut, reprit-elle. Tu es mon mari, et je veux prendre part à ta souffrance.

Probablement plus par faiblesse que par conviction, le comte cessa de protester et retomba dans le lourd silence de la souffrance.

Théo quitta le chevet de son mari et s'approcha d'Henry. Encore tout abasourdi par ce qui venait de se produire, le domestique se tenait en retrait, complètement figé.

— Je descends voir Lady Gilbraith, chuchota-t-elle, mais je remonterai aussitôt. Ne refermez cette porte sous aucun prétexte !

Il y avait une telle autorité dans cet ordre qu'Henry s'inclina en signe d'obéissance et s'écarta pour la laisser passer.

Elle dévala l'escalier et, arrivée dans le hall d'entrée, entendit la voix grincheuse de sa belle-mère.

— Je me demande comment on peut tenir une maison de cette façon ! disait-elle. Il est bientôt onze heures et nous n'avons encore vu ni Stoneridge ni sa femme.

— Je vous demande pardon, dit Théo en accourant. Sylvester est malade.

— Malade ? Qu'est-ce que vous me chantez là ? Il n'a jamais été malade de sa vie ! Et vous, quelle mollassonne êtes-vous donc pour vous lever à cette heure tardive !

La jeune femme se maîtrisa pour parler calmement :

— La blessure de guerre de Sylvester lui provoque encore de violents maux de tête. Je suis désolée de ne pouvoir m'occuper de vous comme je le voudrais aujourd'hui, mais je vais devoir retourner auprès de lui. Faites comme chez vous et n'hésitez pas à réclamer ce dont vous avez besoin. Si vous souhaitez sortir, la calèche est à votre disposition. Maintenant, si vous voulez bien m'excuser…

— Bonté divine, ma fille ! s'exclama sa belle-mère. Vous êtes plus que naïve, vous êtes sotte ! Quand un homme a mal à la tête, c'est qu'il a trop bu. Il n'y a aucune raison pour que vous vous en occupiez !

326

J'exige que vous m'accompagniez. Mary ne se sent pas bien, elle renifle beaucoup trop.

— Pardonnez-moi, mais c'est tout à fait impossible, repartit Théo d'une voix décidée. Foster est à votre service.

Lady Gilbraith passa par toutes les couleurs, et une colère méchante assombrit son front. Avant que l'explosion n'ait lieu et qu'elle ne se mette à éructer, Théo fit précipitamment demi-tour.

Pendant toute cette longue journée et une partie de la nuit, elle veilla son mari en essayant de le soulager de son mieux. Elle réussit à se dominer pour ne pas laisser transparaître l'horreur qu'elle éprouvait devant les ravages de la souffrance qui transformait un homme puissant, fort, déterminé, volontaire, en une pauvre épave brisée, éreintée, qui avait à peine la force de lever la tête de l'oreiller.

Henry, resté de longues heures sur la réserve, avait fini par changer d'attitude et s'était montré plus ouvert quand il avait constaté l'efficacité de la comtesse, dont pas une seconde la détermination n'avait faibli, pas un instant le dévouement n'avait chancelé. Elle avait même parfois eu recours à ses conseils et la confiance s'était établie entre eux.

Naturellement, comme la nuit avançait, Henry se mit à raconter à Théo comment il avait fait la connaissance du major, laissé pour mort des semaines durant, sans aucune assistance médicale, dans une prison française du côté de Toulouse. Il lui relata qu'il l'avait vu la première fois la tête enveloppée de bandages sales et pleins de sang, et qu'il s'était occupé de lui.

Elle écouta attentivement ce récit. Les pièces du puzzle de la vie de son mari se mettaient en place, petit à petit.

— Vous étiez aussi à Vimiera avec Sa Seigneurie ? demanda-t-elle à voix basse.

Henry fit un signe négatif de la tête.

— Non, milady. Mais Sa Seigneurie en parle toujours pendant ses crises.

— Et qu'est-ce qu'il dit? demanda Théo en essayant de cacher sa curiosité.

— Des choses incompréhensibles, milady. Il délire la plupart du temps. En plus, il a complètement perdu la mémoire des instants qui ont précédé sa blessure.

— Ah! fit-elle simplement, bien déçue.

— Nous pourrions lui donner un somnifère maintenant. S'il parvient à le garder assez longtemps, il pourra s'endormir profondément. Il a bien besoin de sommeil!

— Croyez-vous qu'après cela, ce sera terminé? demanda-t-elle en surveillant Henry qui versait des gouttes dans un verre.

— Plaise à Dieu! soupira le domestique. Voilà, milord, buvez!

Sylvester avait les yeux ouverts, mais son regard fixe et vide laissait supposer qu'il était à peine conscient de ce qui se passait autour de lui. En grimaçant il avala le sédatif, retomba sur le lit et ne dit pas un mot. Henry tira les rideaux et conseilla à la comtesse d'aller se reposer. La nuit dernière avait été courte et Théo était morte de fatigue. Elle hésitait cependant à se retirer, guettant la respiration de son mari.

— Allez vous coucher, milady. Il va dormir, maintenant, soyez sans crainte! Je vais m'allonger près de lui sur le lit de camp.

— J'y vais. Dites-moi, avait-il des crises similaires en prison ou cela ne lui a-t-il pris qu'après?

— Non, non. En prison! Et elles étaient même plus violentes, expliqua Henry. (Son visage se plissa et il maugréa:) Et ces ordures de Français qui ne lui donnaient même pas un cachet pour soulager la douleur! J'entends encore ses cris... et ce nom qu'il répétait tout le temps, toujours le même...

— Quel nom?

— Je ne sais plus très bien, milady. Je crois que

c'était Gérald. Miles... ou Niles... Gérald. Oui, Miles Gérald ou quelque chose comme ça !

Epuisée, Théo souhaita une bonne nuit à Henry et se retira, non sans avoir ordonné au domestique de venir la chercher si le comte se sentait mal. Elle se déshabilla beaucoup plus vite que de coutume et sombra dans un profond sommeil.

En dépit de sa fatigue, elle s'éveilla de très bonne heure le lendemain matin. Instinctivement elle se mit à guetter, inquiète, les bruits provenant de la chambre de Sylvester. C'est avec soulagement qu'elle entendit le souffle d'une respiration régulière. Elle comprenait maintenant quel calvaire ce devait être pour son mari que de vivre constamment sous la menace d'une nouvelle crise.

Elle demanda à Dora de lui monter de l'eau chaude, prit un bon bain, s'habilla et grignota quelques biscuits dans sa chambre en guise de petit déjeuner. Quand elle fut prête, elle commença à penser à ce qu'elle avait à faire. Tout d'abord, il lui fallait aller rue Brook demander à sa mère de s'occuper de Lady Gilbraith à sa place. Déchargée de cette tâche, elle aurait du temps pour se pencher sur la vie mystérieuse du comte et tenter de dénouer les fils emmêlés de cet écheveau. Edward pourrait peut-être l'aider à trouver à Londres d'anciens compagnons de Sylvester à Vimiera.

Foster lui indiqua que ni Lady Gilbraith ni Mary n'avaient encore sonné pour appeler leurs femmes de chambre. Par chance, il était encore très tôt et elle avait quelques heures de tranquillité devant elle.

— Faites préparer le tilbury que je conduirai moi-même, je dois aller rue Brook, dit-elle au majordome.

En attendant, elle se rendit dans la bibliothèque où elle rédigea un petit mot à l'intention de son mari, puis elle prit son manteau, ses gants, et monta rapidement dans la chambre de Sylvester. La pièce était encore plongée dans une semi-pénombre, mais

Henry, déjà levé, mettait de l'ordre autour de lui. Elle entra sur la pointe des pieds. Le domestique lui confirma que le comte dormait encore et prit respectueusement l'enveloppe qu'elle lui tendait.

— Veuillez lui remettre ce pli quand il se réveillera! dit-elle en chuchotant.

A cette heure, la journée était encore fraîche mais elle s'annonçait belle. L'air vif du matin, les premiers rayons encore timides d'un soleil montant mirent aussitôt du baume au cœur de Théo. Une joie étrange et inconnue l'enveloppait. Un bouleversement s'était produit en elle pendant ces longues heures passées au chevet de Sylvester. Une confirmation, plutôt. Une douce certitude : elle était passionnément amoureuse de son mari. Elle n'avait plus qu'un désir, qu'il ne souffre plus. En ce moment, elle aurait tout donné pour revoir son sourire radieux et son regard gris, profond et lumineux. Depuis plusieurs semaines déjà, elle sentait qu'elle tenait profondément à lui, mais jamais comme ce matin cette pensée ne lui avait procuré une telle plénitude, une telle jubilation, une telle émotion. Tout lui paraissait désormais magique. Elle découvrait que les choses les plus simples pouvaient lui procurer une réelle jouissance : les cris d'enfants aux joues roses qui jouaient à la balle dans un parc, l'odeur d'un feu de bois et puis ces feuillages d'automne mordorés, rouge sang, ou vieil or, où le soleil allumait de mystérieux reflets diamantés.

Elle menait ses chevaux avec vivacité, prenant un plaisir certain au maniement artistique du fouet et des rênes. Sylvester aurait été heureux de l'élégance de son geste! Au moment où elle traversait la place Berkeley, elle aperçut de loin une silhouette familière sur laquelle elle ne put immédiatement mettre un nom.

Quand Neil Gérald reconnut la comtesse de Stoneridge, son cœur se mit à battre plus fort. Tout de suite, il remarqua qu'elle était accompagnée d'un valet. Cela faisait deux jours qu'il l'avait aperçue descendant d'un fiacre devant la Taverne des Pêcheurs et depuis, il n'avait pas réussi à la revoir. Il s'était présenté la veille rue Curzon, mais le majordome lui avait dit que la comtesse ne recevait pas. Les dieux étaient avec lui ce matin en lui donnant une chance de commencer à tendre ses filets.

En arrivant à la hauteur du capitaine, Théo reconnut Neil Gérald. C'est à cet instant seulement que le déclic se fit. Henry avait évoqué le nom de Miles Gérald. S'agissait-il d'une coïncidence ? Peut-être pas. L'idée d'être sur une piste lui procura un frisson d'excitation et lui donna la chair de poule. Etrangement, l'homme avait le visage gonflé comme s'il s'était cogné dans un mur, mais Théo n'osa pas faire de remarques.

— Bonjour, capitaine Gérald, dit-elle, souriante. Vous êtes bien matinal !

— Vous également, Lady Stoneridge ! Je ne voudrais pas vous paraître irrévérencieux mais permettez-moi de vous féliciter. Vous maîtrisez magistralement votre attelage.

Il se lança ensuite dans une logorrhée de flatteries qui renforça en Théo les doutes qu'elle avait sur sa sincérité.

— Merci, monsieur, dit-elle quand il eut enfin terminé. Je me rends rue Brook. Si vous voulez profiter de ma voiture...

Elle n'avait en tête aucun plan prémédité mais pensait que l'inspiration lui viendrait en route.

— Vous me faites trop d'honneur, Lady Stoneridge ! reprit-il en montant à ses côtés. La rue Brook se trouve justement sur mon chemin.

Après les banalités d'usage et les considérations sur la saison, Théo prit un air faussement naïf et dit :

— Vous êtes un grand ami de Sylvester. Etiez-vous aussi avec lui à Vimiera ? Je ne me souviens plus de ce que vous m'avez dit, l'autre jour, au bal d'Almacks.

Elle se rappelait parfaitement, au contraire, que

Neil Gérald avait détourné la conversation pour ne pas répondre à ses questions.

Des pensées affolées se bousculèrent dans la tête du capitaine. Que savait cette femme ? Que voulait-elle apprendre, pour s'être rendue deux fois à la Taverne des Pêcheurs ?

— Nous étions ensemble, mais pas dans le même bataillon.

— Heureusement ! En comparaison de ce qui est arrivé à mon mari, vous avez eu plus de chance que lui.

Elle paraissait très calme et ralentit sagement les chevaux en traversant la rue Grosvenor. Gérald se sentit un peu rassuré.

— C'est un vieux scandale qu'il vaut mieux oublier, milady.

— Quel scandale ? demanda-t-elle d'un air innocent. Voulez-vous parler de son passage en cour martiale ? C'est une procédure banale en pareil cas, mais mon mari a été acquitté, n'est-ce pas ?

Elle détourna le regard, ne donnant pas à Neil Gérald l'occasion de lire dans ses yeux bleus qu'elle était profondément pensive.

— Bien sûr, répliqua-t-il, ce n'était que pure routine. Mais votre mari a été très ennuyé par cette affaire. Et je le comprends !

— Etiez-vous proche du lieu des hostilités ?

Si le nom de Neil Gérald hantait l'esprit de Sylvester pendant son délire, il devait bien y avoir une raison, qu'elle voulait découvrir.

Un léger tremblement agita les mains du capitaine.

— Euh… mon bataillon était engagé ailleurs, dit-il après un temps d'hésitation.

Théo en était intimement convaincue : cet homme mentait effrontément et, pour une raison qu'elle ignorait, il avait peur. Il était temps qu'elle change de sujet pour ne pas trop se dévoiler.

— Ma sœur, Emily, va épouser en juin prochain

le lieutenant Fairfax, qui a aussi combattu dans la péninsule Ibérique.

— Où il s'est illustré héroïquement, ajouta Gérald, heureux de la diversion que Théo lui offrait.

A l'entrée de la rue Brook, la comtesse profita d'un ralentissement dû à une carriole qui déchargeait des marchandises pour prendre congé du capitaine.

— Si cela vous convient, je peux vous déposer ici.

Neil Gérald sauta à terre.

— J'espère pouvoir vous rendre votre amabilité, dit-il. Me feriez-vous l'honneur de m'accompagner pour une promenade demain ? (Puis il ajouta avec un sourire engageant :) J'aimerais tellement que vous puissiez conduire mes alezans. Ils ne sont pas très dociles, mais je pense qu'ils vous plairont !

Un sentiment de triomphe s'empara de Théo. L'adversaire mordait à l'hameçon.

— Je serais ravie ! dit-elle avec un large sourire, puis elle s'éloigna.

En se rendant chez sa mère, Théo réfléchissait. Sans savoir pourquoi, elle avait la vague intuition que l'homme tapi dans l'ombre à la Taverne des Pêcheurs était bien Neil Gérald et qu'il avait un rapport avec les attaques dirigées contre Sylvester. Peut-être tout cela était-il aussi en relation avec Vimiera ? Un coin du voile se soulevait mais le mystère restait encore épais. Elle aurait demain une occasion en or d'en savoir plus. Sans s'en douter, Gérald lui avait tendu la perche.

Une fois arrivée à destination, elle confia le tilbury à son valet et monta les marches quatre à quatre.

— Ne m'annoncez pas ! dit-elle à Dennis, le major-dome de sa mère. Ce sera une surprise.

Lady Belmont et ses filles prenaient leur petit déjeuner à l'arrière de la maison, dans la petite salle à manger qui ouvrait sur un joli jardin anglais. Théo arriva comme une tornade.

— Coucou, me voilà ! Bonjour tout le monde, claironna-t-elle d'un air enjoué.

Sa mère leva les yeux, surprise par cette visite si matinale.

— Théo ! Mais que fais-tu dehors à cette heure-ci ?

— Les vieilles taupes dormaient, j'en ai profité pour m'échapper. Ne me gronde pas, dit-elle en embrassant sa mère qui faisait une moue désapprobatrice, je ne les appelle jamais comme cela quand je m'adresse à elles. Je meurs de faim, je n'ai pas encore pris mon petit déjeuner.

— Je suis venue te voir hier, ronchonna Rosie, mais Foster m'a renvoyée.

— Sylvester avait la migraine. Comme au manoir, vous vous en souvenez, maman ?

— Pauvre homme ! s'exclama Elinor, compatissante. J'espère qu'il va mieux ?

— Quand je suis partie, il dormait profondément. (Théo s'assit à la table familiale et s'adressa à ses sœurs :) Emily et Clarissa, j'ai besoin que vous m'accompagniez faire une course.

— Où ? Pour quoi faire ? demanda Emily, intriguée.

— C'est un secret, répliqua-t-elle en se versant du café. Je ne peux pas vous le dire, mais j'ai besoin de vous.

— Oh, je n'aime pas cela, soupira Lady Belmont qui s'inquiétait toujours lorsqu'elle sentait sa fille si énergique et bouillonnante d'idées. Quelle sottise as-tu encore inventée ?

Avant que Théo ne lui réponde, Dennis annonça :

— Le lieutenant Fairfax, milady !

— J'espère que je ne vous dérange pas, dit Edward. Je sais qu'il est tôt, mais…

— Mais tu n'as pas pu t'en empêcher, dit Rosie. Edward est toujours fourré chez nous !

— Arrête ! protesta Emily. On dirait que cela te déplaît de le voir.

— Pas du tout, c'était juste une observation, précisa la petite. C'est comme le « chevalier » de Clarry qui passe son temps ici !

— Ça suffit, Rosie ! dit Elinor. Asseyez-vous, Edward ! Nous sommes toutes ravies de vous voir.

Le jeune homme prit place à la table familiale.

— Alors, Théo, dit-il, tu as réussi à échapper à tes pies-grièches ?

— Voyons, Edward ! Quel exemple vous donnez à Rosie ! Allez, les enfants, je ne veux plus entendre un mot méchant sur les Gilbraith.

— C'est bien, maman, reprit Théo. Puisque vous les aimez tant, j'allais justement vous demander de vous occuper d'elles aujourd'hui.

Lady Belmont fit une telle grimace que les rires fusèrent dans la salle à manger.

— Quant à moi, dit Edward, je voulais inviter Emily à faire un tour dans le parc.

Théo ne laissa pas le choix à sa sœur.

— C'est tout à fait impossible, dit-elle. Emily et Clarry doivent m'accompagner et je ne te propose pas de venir avec nous, Edward. Tu ne te sentirais pas du tout à l'aise… Maman, pourrions-nous utiliser votre calèche ? Je suis venue avec le tilbury, qui n'est pas confortable pour trois personnes.

— Si tu me promets que tu ne t'apprêtes pas à faire une bêtise !

— Mais je suis une femme mariée ! s'exclama Théo qui sentait que sa mère la traitait encore en petite fille. Je ne fais plus de bêtises !

— Oh que si ! dit Elinor dont le ton trahissait une pointe d'ironie.

— Je dois être revenue à onze heures, observa Clarissa. Jonathan doit finir mon portrait pour que sa mère puisse l'accrocher chez elle. Elle va donner une soirée où elle aura l'occasion de montrer au Tout-Londres combien son fils est talentueux.

— Est-ce un joli tableau ? demanda Théo.

— Jonathan ne veut pas que je le voie tant qu'il ne l'a pas terminé, dit Clarissa en rougissant.

— Si j'étais toi, reprit Rosie de son air espiègle, je soulèverais le voile pour regarder en dessous !

— Mais c'est de la triche !

— Je ne vois pas pourquoi. C'est ton portrait, donc il t'appartient.

— Rosie semble être aussi peu soucieuse des conventions que Théo ! dit Edward en faisant un clin d'œil à son amie.

La jeune comtesse le regarda, amusée. Depuis les événements malheureux de la Taverne des Pêcheurs, ils n'avaient pas eu l'occasion de s'entretenir en privé mais Edward ne semblait pas lui tenir rigueur de l'avoir entraîné dans cette folle aventure. Pour l'instant, elle avait un autre plan, mais elle lui en parlerait plus tard. Elle se pencha vers lui et lui fit un petit baiser sur la joue.

— Et toi, tu es un vieux rigoriste ! dit-elle en riant. Bon, si Clarissa doit être de retour à onze heures, et si je dois rentrer pour ma belle-mère, nous ferions bien de partir tout de suite. Je ne sais pas du tout combien de temps cela va nous prendre.

Un concert de questions se fit à nouveau entendre, mais Théo, bien décidée à garder son secret, se contenta de sourire malicieusement.

Quinze minutes plus tard, les trois filles Belmont étaient en route pour la rue Bond, vers une destination connue de Théo seule.

26

Pendant ce temps-là, Sylvester émergeait de son long cauchemar.

Il ouvrit les yeux avec beaucoup de lenteur et de précaution : miraculeusement, la souffrance avait disparu. Il se sentit envahi d'un bien-être immense. La vie était belle. Il s'étira avec délices et prit le temps de remuer ses membres consciencieusement, méthodiquement, comme pour s'assurer que son corps fonctionnait bien !

Soudain, d'autres images, plus douces, plus tendres, vinrent s'immiscer dans les souvenirs douloureux. Il se souvint de la flamme bleu myosotis des yeux de Théo, de sa voix apaisante, de sa main douce et bienfaisante. Elle avait allégé sa torture. Etait-ce possible ?

Attentif au moindre bruit et au moindre mouvement de son maître, Henry s'approcha du lit, l'air anxieux. Son visage s'éclaira d'un franc sourire en écartant les rideaux.

— Bonjour, milord ! Il est plus de neuf heures. Enfin, vous allez mieux !

Le comte répondit au salut de son domestique et se redressa sur ses oreillers.

— Dites-moi, Henry, ai-je rêvé ou ai-je bien vu Lady Stoneridge ici ?

— Elle était bien ici, répliqua le domestique, plutôt gêné, se sentant vaguement fautif.

— Pourquoi diable l'avez-vous laissée entrer ?

Henry toussota nerveusement plusieurs fois.

— C'est que... enfin, je ne l'ai pas laissée entrer, elle est passée par la fenêtre.

Sylvester se souvint alors que Théo le lui avait dit, mais sur le moment, les mots ne s'étaient pas imprimés dans son esprit. Il sortit du lit, se précipita à la fenêtre et s'avança sur le balcon. Une dizaine de mètres plus bas, la rue Curzon s'éveillait, en ce début de journée. Il tressaillit d'horreur en songeant à la traversée périlleuse que son épouse avait entreprise pour venir le rejoindre.

Sa femme était incorrigible. Définitivement incorrigible. Il devait en prendre son parti !

Encore tout tremblant, il ordonna à Henry de lui préparer un bain et de lui faire monter un plateau pour son petit déjeuner.

— Tout de suite, milord. Ah, au fait... (Le domestique ouvrit le tiroir du petit secrétaire et en sortit une enveloppe.) ... Lady Stoneridge m'a demandé de vous remettre ceci.

— Merci, Henry.

Le comte se frotta le menton et fit la moue en reconnaissant l'écriture de Théo. Qu'avait-elle encore inventé ? Il déplia la lettre et lut :

Mon amour,

Henry m'a assuré que tu te sentirais mieux après une bonne nuit, sinon je ne t'aurais pas quitté. Ta mère dort encore, j'ai donc quelques heures devant moi. Je pars rue Brook. Rejoins-moi là-bas où je t'attendrai avec impatience.

Je t'embrasse passionnément.

Théo

«Mon amour»... C'était la première fois que son épouse l'appelait ainsi. Théo n'était pourtant pas femme à jouer la comédie des sentiments. Elle était directe, pure comme l'eau d'une source quand elle livrait son âme. En repensant à son doux visage penché sur lui, à son regard inquiet et... amoureux, le comte tressaillit de joie. Le temps de résoudre le mystère de Neil Gérald et il la rejoindrait à Stoneridge. Une nouvelle vie commencerait, où aucune ombre ne viendrait plus troubler leur amour réciproque. Ce matin, Sylvester se sentait un autre homme. Plus heureux en tout cas.

Il trouva du plaisir à se préparer et à se sustenter. Après des heures passées au fond de son lit, il soigna sa toilette et avala un copieux petit déjeuner. Puis il quitta sa chambre. Apparemment, la maison était encore calme. Soulagé, il constata que sa mère et Mary ne s'étaient pas encore manifestées. De crainte qu'elles n'apparaissent d'une minute à l'autre, il ordonna à Foster avec un empressement teinté d'une once de culpabilité de faire seller Zeus immédiatement.

338

— Certainement, milord! Mais que devrai-je dire à Lady Gilbraith et à Mademoiselle Mary quand elles se lèveront?

— Dites que Lady Stoneridge et moi avons été obligés de nous absenter et que nous les rejoindrons pour le déjeuner.

— Alors, qu'est-ce que tu en penses? demanda Théo en faisant un tour complet sur elle-même.

Edward la regarda, absolument consterné.

— C'est... Ça fait un choc, balbutia-t-il.

— Oui, n'est-ce pas? acquiesça Clarry. Tu nous aurais vues, Emily et moi, quand monsieur Charles a commencé à donner des coups de ciseaux! Quel spectacle! Il y en avait partout!

— Oh, tu exagères! dit Théo. Il n'y en avait pas tant que cela!

— Si, si! protesta Emily, Clarry a raison. Ils étaient très longs. Tu ne t'étais pas fait couper les cheveux depuis des années!

— Eh bien, voilà qui est fait! affirma Théo. Je sais que cela change mais dis-moi, Edward, est-ce mieux?

— C'est... très moderne. On ne te reconnaît plus.

— Tu ne m'as pas répondu, reprit-elle en laissant percer un brin d'impatience. Et vous, Jonathan, qu'en dites-vous?

Le bien-aimé de Clarissa quitta sa peinture des yeux, jeta un rapide regard vers Théo et annonça sans détour:

— J'espère bien que Clarissa ne fera jamais la même chose!

La réponse n'était pas directe mais suffisamment claire!

— Théo... Sylvester vient d'arriver, je l'ai vu! s'écria soudain Emily qui se tenait près de la fenêtre.

La jeune comtesse s'approcha. Elle vit son mari confier Zeus à un palefrenier et grimper à toute vitesse les marches du perron.

— Attention! Vous allez voir ce que vous allez voir! murmura-t-elle en allant se placer face à la porte du salon.

La porte s'ouvrit et Sylvester resta cloué sur place, aussi raide qu'une statue, incapable de prononcer un mot.

— Mais... Théo... Qu'as-tu fait? s'exclama-t-il dès qu'il eut retrouvé sa voix:

Elle pencha la tête d'un côté, puis de l'autre, en souriant d'un air aguicheur.

— Ça te plaît?

— Viens ici!

— Ça te plaît? répéta-t-elle.

— Viens ici! tonna le comte.

Emily et Clarissa sursautèrent de frayeur en entendant la voix tonitruante de leur beau-frère. Elles se tournèrent vers Théo, prêtes à la plaindre bien sincèrement. Mais leur sœur ne semblait pas particulièrement affectée; elle avançait vers son mari en traînant les pieds. Sylvester prit le visage de sa femme dans ses deux mains et lui inclina la tête de chaque côté. Puis il la fit tourner sur place en l'observant très attentivement.

— Tu mériterais que je torde ton petit cou! dit-il enfin.

La lueur qui pétillait dans son regard rassura la jeune femme.

— Tu ne l'aimes pas, mon cou? dit-elle avec un sourire enjôleur.

— Si, bien sûr! Mais j'ai perdu ma petite bohémienne!

Théo était réellement transformée. Ses cheveux noirs et brillants, naturellement bouclés, auréolaient son visage avec grâce, retombant dans un flou de petits accroche-cœurs. Cette coiffure plus courte la faisait paraître aérienne comme un elfe, rehaussait la finesse de ses traits et donnait à ses yeux bleus encore plus de profondeur.

— Oh, Théo! dit soudain Lady Belmont dont la

voix tremblante trahissait la violence du choc qu'elle venait d'avoir. Comment as-tu pu ?

— Ce sont mes cheveux. J'en fais ce que je veux, répliqua Théo.

— Tu les as vendus ? demanda Rosie, qui venait d'entrer dans le salon avec sa mère.

— Vendus ! (Théo regarda sa petite sœur avec surprise.) Qu'est-ce que tu veux dire ?

— J'ai lu dans *La Gazette* qu'on pouvait vendre ses cheveux pour en faire des perruques. Les tiens sont... enfin... étaient très beaux ! Tu aurais pu en tirer beaucoup d'argent.

— Je n'ai jamais entendu des sottises pareilles !

— Evidemment, tu es trop riche pour penser à cela ! reprit Rosie en se renfrognant. Ce n'est pas comme moi, ajouta-t-elle d'un ton pleurnicheur. (Puis elle se tourna vers son beau-frère, Sylvester.) Je sais que je vous dois encore les trois shillings que vous m'avez avancés pour mon livre sur les araignées. Est-ce que je pourrais vous payer en plusieurs fois ? Je ne peux vous rendre qu'un shilling ce mois-ci.

— Mais c'était un cadeau, Rosie !

— Non, non, reprit l'enfant sur un ton solennel. Vous m'avez fait un prêt. Vous avez même dit que ma parole vous suffisait !

— C'était pour rire ! C'était vraiment un cadeau, dit Sylvester, tout embarrassé.

— Ah ! (Rosie resta pensive.) Bon, alors merci, Sylvester. Je n'avais vraiment pas compris cela, dit la gamine en se retirant.

— A l'avenir, méfie-toi ! reprit Théo en riant. Cette sacrée Rosie prend tout ce qu'on lui dit au pied de la lettre !

Un instant, Sylvester songea avec un léger amusement qu'il n'était pas encore au bout de ses découvertes avec la famille Belmont !

Depuis son arrivée, Lady Elinor ne cessait de fixer Théo.

— Mes cheveux... Ça vous déplaît vraiment, maman ? Dites-moi la vérité !

— Non. Sincèrement, cela te va bien, répliqua Elinor avec douceur. Il faut seulement que je m'y habitue. Laisse-moi un ou deux jours !

Le comte pensa que lui aurait du mal à s'y faire. Il avait toujours trouvé extrêmement sensuelles les longues vagues ondulantes de la chevelure de sa femme. Et pourtant, il devait admettre que sa belle-mère avait entièrement raison : Théo était magnifique ; cette coiffure lui allait à la perfection.

— Clarissa, cessez de remuer ! dit soudain Jonathan. Vous rendez mon travail difficile !

La comtesse de Stoneridge avait capté l'attention et toute la famille avait presque oublié l'artiste qui, dans son coin, poursuivait son œuvre. Il gardait sa toile jalousement tournée vers lui pour éviter de l'exposer aux regards indiscrets.

— Laissez-nous voir votre tableau ! supplia Emily. Vous nous faites languir. Nous sommes tous tellement impatients !

— Un peintre ne découvre jamais sa toile avant de l'avoir terminée, répliqua Jonathan.

— Pour une fois, brisons les habitudes ! Allez... Montrez-nous votre chef-d'œuvre ! enchérit Théo.

Le jeune homme rougit à ce compliment, posa son pinceau et sa palette et dit d'une voix un peu hésitante :

— Vraiment... Vous le voulez vraiment ?

— Oui, oui ! dit Théo en gesticulant sur place.

Jonathan attrapa son chevalet et le tourna d'un air grave et cérémonieux comme s'il tenait le saint sacrement.

Emily fut la première à donner son avis.

— Comme... c'est charmant ! dit-elle d'une voix faible qui manquait de conviction.

Sylvester sentit que Théo allait pouffer de rire. Il mit aussitôt la main sur sa nuque et y exerça une très forte pression. La jeune femme comprit le message et fit tous les efforts dont elle était capable pour éviter de s'esclaffer. Clarissa s'avança à son tour pour examiner de près son portrait.

— C'est très joli, Jonathan, dit-elle. Mais... est-ce bien ressemblant ?

— Bien sûr, dit Théo, feignant l'admiration. C'est bien toi... mais en nymphe romaine. Jonathan a parfaitement traduit tes traits, le contour de ton visage, la couleur de tes cheveux. On te retrouve parfaitement.

Rosie, que l'on n'avait pas encore entendue, écarquillait les yeux d'un air totalement perplexe.

— Je n'y comprends rien, dit-elle. Clarissa porte une jolie robe, et vous l'habillez avec des grands voiles. Elle est dans le salon, et vous mettez une fontaine à côté d'elle !

— C'est une traduction artistique, dit Clarissa, déjà prête à défendre bec et ongles son bien-aimé. C'est comme cela que Jonathan me voit.

— Eh bien, reprit Rosie, dubitative, il a de drôles d'yeux. Il voit encore plus mal que moi ! Pourtant il n'a pas de lunettes !

— Ça suffit, Rosie, dit Emily en venant au secours de Clarissa. Ne parle pas de choses qui te dépassent. C'est très réussi, Jonathan. Je suis sûre que vous aurez bientôt beaucoup de commandes. Qu'en pensez-vous, Sylvester ?

— Certainement, répondit mollement le comte en serrant plus fort le cou de Théo à nouveau secouée par un rire convulsif. C'est un très joli portrait.

— Au fait, dit soudain Rosie, j'ai oublié de vous dire que le déjeuner était prêt. Il y a des tartes au fromage.

— Chic ! s'écria Théo. Ça fait des semaines que je n'en ai pas mangé.

— Je suis désolée de te décevoir, dit Sylvester, mais tu ne sembles pas te souvenir que nous avons quelques obligations rue Curzon !

— Oh, grogna Théo, dépitée, j'avais oublié ! Nous devons partir, maman.

— Bien sûr, ma chérie, dit Elinor, le devoir t'appelle. N'oublie pas la réception chez les Vanbrugh, ce soir! Tu pourrais peut-être y amener Lady Gilbraith et Mary?

Théo regarda son mari en faisant la moue.

— C'est un engagement que tu as pris de longue date, tu dois t'y rendre. Mais je suis certain que ma mère ne voudra pas t'y accompagner. Elle sort peu en ce moment. Quant à Mary, je crains fort que son état ne lui donne guère envie de batifoler!

— Tu t'occuperas d'elles?

— Je suis désolé, répliqua le comte, j'ai moi-même un empêchement.

— Alors tu viendras me chercher, Edward? demanda Théo en se tournant vers son ami.

Au ton très déterminé de la comtesse, il comprit qu'elle avait un secret important à lui confier.

— D'accord. Je serai là à neuf heures, dit-il. A ce soir.

Sylvester chargea le valet de rentrer avec Zeus et monta dans le tilbury avec Théo. Lorsqu'ils furent installés, la jeune femme se laissa aller aux commentaires qu'elle avait eu tant de mal à refréner.

— La peinture de Jonathan est prétentieuse et grotesque. Clarissa en naïade minaudière, c'est à mourir de rire! Il ne réussira jamais à vivre de son art.

— Détrompe-toi! Je ne suis pas si catégorique que toi. Ce retour à l'Antiquité est très à la mode et je ne serais pas surpris que M. Lacey soit la coqueluche du Tout-Londres dans quelques mois.

— Tu plaisantes? dit Théo, incrédule. Tu veux me faire croire que les gens paieraient pour acquérir ces horreurs!

— Parfaitement! Hum, je me demande comment il te peindrait, ajouta-t-il avec un air songeur et un sourire en coin. Peut-être en dryade mystérieuse avec tes boucles noires, un sous-bois romantique en arrière-plan...

— Quand je pense que j'allais te demander de lui commander un portrait de moi, j'en frémis ! Même pour l'amour de Clarry, je ne le laisserai jamais m'approcher un pinceau à la main !

Sylvester se mit à rire devant l'indignation réelle de Théo.

— A propos, a-t-il déjà demandé la main de Clarissa ?

— Pas encore, mais il a eu une conversation très sérieuse avec maman. Il ne fera sa demande officielle que lorsqu'il aura obtenu sa première commande. (Théo fit une pause et grimaça.) A ce compte-là, je crains fort qu'il ne se marie jamais ! Ce sera à Clarissa de prendre l'initiative.

— Je la vois mal faire une chose pareille, commenta le comte. Rosie et toi en seriez bien capables, mais Emily et Clarissa, sûrement pas ! Vous êtes tellement différentes !

— Tu te trompes. Maintenant que Clarry a trouvé son prince charmant, crois-moi, elle ne le laissera jamais partir.

Cette affirmation laissa Sylvester rêveur. Théo avait peut-être raison, après tout. La passion pousse parfois les êtres les plus réservés à des actions d'éclat.

En arrivant rue Curzon, il se fit soudain silencieux. Surprise, la comtesse jeta subrepticement un coup d'œil vers son mari. Il s'était fermé et ses traits s'étaient assombris comme sous l'effet d'une contrariété soudaine.

— Regarde la maison ! dit-il après un moment.

La jeune femme ne comprit pas immédiatement la raison de cet ordre. La demeure n'avait changé en rien. C'était la même belle façade avec son double fronton de brique rouge, la même bâtisse élégante...

— Regarde là-haut, insista Sylvester. Tu vois les deux balcons ?

Théo leva les yeux et aperçut le chemin fort peu orthodoxe qu'elle avait emprunté pour passer d'une chambre à l'autre. Vu d'en dessous, cela paraissait absolument terrifiant.

— Pourrais-tu me dire ce que je dois faire pour te rendre raisonnable ? J'avoue que je suis à court d'inspiration, dit-il, la mine sévère.

— C'est bien plus impressionnant vu d'ici ! Il fallait absolument que j'aille te voir.

Pour elle, les choses étaient simples et évidentes : puisque c'était le seul chemin, elle l'avait pris !

Le comte poussa un grand soupir. Mais soudain, le gris de ses yeux prit des teintes plus chaudes, plus tendres aussi. Il se mit à caresser longuement le visage de sa femme et plongea son regard dans le sien.

— Petite bohémienne, murmura-t-il, tu as su me réconforter. Mais je manquerais à tous mes devoirs d'époux si je n'exprimais pas mon légitime courroux devant ton intrépidité. Indomptable, indomptable, répéta-t-il en martelant le mot.

En guise de réponse, Théo nicha tendrement son visage au creux de l'épaule de son mari.

Un petit palefrenier se précipita vers le tilbury. Il était haut comme trois pommes et n'avait pas plus de onze ou douze ans. Etonné, le comte regarda ce petit bonhomme qu'il n'avait encore jamais vu, se demandant s'il réussirait à conduire seul la voiture jusqu'à l'écurie.

— Sois sans crainte ! le rassura Théo. Timmy est le fils du palefrenier du presbytère de Lulworth. Je viens de l'engager. Sa mère voudrait qu'il soit domestique mais, comme son père, il n'aime que les chevaux ! Je le laisse s'en occuper de temps à autre, n'est-ce pas, Timmy ?

— Oui, m'ame, répondit le gamin, dont le regard vif pétillait de joie. Mais faut pas que maman le sache, ça la rendrait triste.

— Elle n'en saura rien. Tu es sous ma responsabilité à Londres. Qu'en penses-tu, Sylvester ?

— Je pense que Timmy pourrait aller à l'écurie et demander à Don de lui trouver du travail, répondit le comte qui laissait Théo entièrement libre de régler à sa guise les problèmes d'intendance et de personnel.

L'enfant avait du mal à contenir son bonheur : son rêve se réalisait. Il fila sans demander son reste, tandis que le comte et la comtesse entraient à la résidence Belmont. Foster vint leur ouvrir la porte et resta ébahi en voyant Théo.

— Vous pardonnerez ce commentaire personnel mais, dit-il en montrant la coiffure de la jeune femme, c'est très joli.

Dans un geste familier, elle posa la main sur le bras du majordome.

— Merci Foster, dit-elle. Vous savez toujours me réconforter !

Le visage du domestique s'empourpra de plaisir.

— Un messager a porté cette lettre pour vous, dit-il en tendant à la comtesse un pli cacheté. Oh, Lady Gilbraith et mademoiselle Gilbraith m'ont demandé de vous dire qu'elles étaient parties en calèche rue Harley, chez l'apothicaire.

— C'est merveilleux ! chuchota Théo à l'oreille de son mari. Enfin, ajouta-t-elle, songeant soudain qu'il était plus convenable de modérer son enthousiasme, je veux dire que... j'espère qu'elles trouveront de bonnes potions, ta mère pour son foie, Mary pour ses reniflements.

— Puisque nous sommes seuls, veuillez nous faire servir le déjeuner dans le petit salon privé, dit le comte.

Foster fit un signe de la tête et disparut vers l'office d'un pas aussi discret que de coutume.

Sylvester choisissait toujours ce lieu lorsqu'il voulait un peu plus d'intimité avec sa femme. Théo ne l'ignorait pas et elle se réjouissait par avance d'instants qui s'annonçaient pleins de bonheur. Seul le retour anticipé de Lady Gilbraith et de Mary l'inquiétait un peu.

— Et si elles rentrent... alors que nous sommes occupés à...

Elle ne termina pas sa phrase mais l'allusion était claire.

— Ne t'inquiète pas! répliqua-t-il. Allez, monte vite!

Elle serrait soigneusement dans sa main la lettre que Foster lui avait remise. A l'idée que ce pli pouvait provenir de Neil Gérald, elle était tout excitée.

— Qui t'a écrit? demanda Sylvester dans l'escalier.

— Je ne sais pas. J'ouvrirai la lettre tout à l'heure, dit-elle d'un ton faussement détaché. Je te rejoins dans une minute.

Et elle se dirigea vers sa chambre.

La main sur la poignée, elle marqua un temps d'arrêt.

— Tu n'as plus l'intention de m'envoyer au manoir, hein? demanda-t-elle en se retournant vers le comte.

Il la regarda, l'air pensif, puis répliqua:

— Pourrais-tu me promettre que tu me feras part de tous tes déplacements, absolument tous? (Il attendit quelques secondes et, comme elle ne répondait pas, il ajouta:) Eh bien, voilà, tu as compris ma réponse! Ne t'inquiète pas, je t'y rejoindrai très vite.

Il plongea la main dans les boucles brunes de sa femme qui ne réussissait pas à cacher son air désolé et lui ébouriffa joyeusement les cheveux pour la taquiner.

— Va te mettre à l'aise, reprit-il, une lueur sensuelle dans les yeux. Fais-moi plaisir, passe une jolie robe d'intérieur...

Cette demande chuchotée fit comprendre à Théo qu'elle pouvait s'attendre à de délicieux moments. Elle posa sa bouche sur celle de Sylvester, s'amusa à lui mordiller les lèvres mais la douceur de ce contact les entraîna rapidement dans un baiser plus ardent.

— Attends-moi! murmura-t-elle en entrant dans sa chambre.

Pour ne perdre aucune des précieuses minutes de leur tête-à-tête, elle décacheta la lettre en même temps qu'elle déboutonnait sa veste. Le message provenait bien de Neil Gérald qui lui confirmait le rendez-vous pour dix heures, le lendemain. Il avait l'intention, disait-il, de se rendre à Hampton Court, où ils pourraient profiter des jardins si le temps était clément. Cette proposition conforme à ses plans ne pouvait pas mieux tomber! Elle replia la missive et la dissimula dans une cachette de son secrétaire. Puis, se débarrassant rapidement de ses vêtements de ville, elle se glissa dans une robe de voile bleu ciel dont l'encolure était bordée de fine dentelle. Elle s'assit devant son miroir et, toute au plaisir de sentir la légèreté de sa nouvelle coupe, elle brossa ses cheveux que le comte avait décoiffés. Enfin, elle ouvrit son petit flacon de parfum et en disposa quelques touches délicates aux endroits de son corps qui en exhaleraient le mieux les senteurs fleuries.

C'est ainsi qu'elle se présenta devant son mari qui, en l'attendant, débouchait un excellent bordeaux.

— Hélas, nous n'avons pas de tartes au fromage, dit-il, mais...

Les mots vinrent mourir sur ses lèvres dès qu'il l'aperçut. Une apparition... Un rêve... Elle était plus belle que jamais. Ses cheveux bouclés adoucissaient son visage comme ne l'avaient jamais fait ses longues nattes et le rose qui colorait ses joues trahissait son excitation. Sa robe de voile soulignait ses formes lascives, la rondeur de ses hanches et la finesse de sa taille. La vie en ville et l'arrière-saison finissante avaient eu raison de son teint hâlé et son décolleté laissait deviner une poitrine d'une blancheur éclatante.

— J'ai perdu ma petite bohémienne, mais j'ai trouvé à sa place la plus jolie des femmes, murmura-t-il en l'attirant vers lui.

Il sentit sous ses mains la chaleur de Théo et la sveltesse de ses formes. Aussitôt, un frisson monta en lui et, d'une voix que le désir rendait un peu rauque, il susurra :

— Enlevons cela !

Joignant le geste à la parole, il fit glisser la robe de Théo à ses pieds, puis dévora du regard le corps de sa femme, qui le bouleversait chaque jour davantage. Il en connaissait par cœur chaque petit détail et pourtant c'était chaque fois une découverte. Il lui sembla voir pour la première fois ses seins fermes, ses cuisses blanches, ses épaules rondes et sa nuque tendre si excitante.

— Allons déjeuner, dit-il, le regard étincelant de luxure.

— Manger ! Comme ça, toute nue ! s'exclama Théo, un peu scandalisée par cette proposition.

— Oui, reste comme tu es. Je veux te désirer, dit-il en reculant sa chaise.

Au moment où elle s'installait, il se pencha et lui embrassa la nuque. Ce baiser la fit tressaillir de surprise autant que de plaisir. Jamais il ne leur était arrivé de se trouver dans ces circonstances. Elle complètement nue, lui tout habillé, face à face à l'heure du déjeuner ! La nouveauté et l'originalité de cette situation improvisée contribuaient à exacerber leur désir.

— Je n'arriverai pas à manger, dit-elle.

— Mais si !

Appuyé sur le dossier de sa chaise, il dégustait son vin en la fixant du regard, prenant du plaisir à laisser l'émotion monter en lui. En dépit de sa nudité, Théo sentait son corps brûler comme si un feu intérieur s'était emparé de tout son être.

A la première bouchée elle reposa sa fourchette.

— Non, Sylvester. Ce n'est pas possible. Je n'ai plus faim.

A chacune de ses respirations, il voyait ses seins se soulever.

— Dis-moi ce que tu ressens. Je veux tout savoir, reprit-il.

— Tout ? Vraiment tout ? Alors, viens ! dit-elle en l'entraînant sur le divan.

350

27

Bien calée dans la calèche qui la conduisait chez les Vanbrugh en compagnie d'Edward, Théo essayait pour la troisième fois d'expliquer son plan à son ami. Elle tentait surtout de le convaincre qu'elle avait besoin de lui pour le réaliser.

— Je te le répète, il n'y a aucun danger. Ni pour toi ni pour moi. C'est simple comme bonjour : j'emmène Neil Gérald dans le parc de Hampton Court et je lui mets un pistolet sur la tempe pour l'obliger à parler de Vimiera. Pendant ce temps-là, caché derrière une haie de buis, tu écoutes et tu retiens tout ce qu'il dira. J'ai besoin d'un témoin. C'est simple, enfin !

— Tu es complètement folle, Théo !

— Ça marchera, je te dis ! répéta-t-elle obstinément. Il y a trop de coïncidences : d'une part, il était à Vimiera et d'autre part, il est sûrement responsable des tentatives d'assassinat sur la personne de Sylvester. Je dois découvrir ce qui se trame là-dessous.

— Si c'est si simple que tu le dis, Stoneridge n'a qu'à le faire lui-même ! remarqua Edward sur un ton ironique.

— Peut-être n'y a-t-il pas pensé, tout simplement ? Il faut absolument que tu m'aides, Edward, j'ai besoin de toi. Tu n'auras presque rien à faire...

Le jeune homme soupira.

— Tu joues avec le feu. Ce que tu veux faire est aussi dangereux que d'aller rue des Docks. Ta première expérience ne t'a-t-elle pas suffi ?

— Ce que tu peux être rabat-joie ces temps-ci ! s'exclama-t-elle en tripotant furieusement les plis de sa robe de satin. Je te propose un plan des plus simples et tu trouves à y redire. Gérald m'a facilité la tâche : Hampton Court est l'endroit idéal. Rien ne peut arriver là-bas, et j'aurai un pistolet. Que demander de plus ? Ni vu, ni connu... tu n'auras qu'à nous suivre en calèche depuis le départ de la rue Curzon. Tu vois bien qu'il n'y a aucun risque !

— Qu'est-ce qui te permet d'affirmer qu'il ne sera pas lui-même armé ?

— Pourquoi le serait-il ? demanda-t-elle. Il n'est pas assez malin, sinon, il y a belle lurette qu'il aurait réussi à tuer Sylvester.

Edward lui fit remarquer que les hommes les moins malins étaient souvent les plus dangereux car leurs réactions étaient justement imprévisibles.

Au grand soulagement d'Edward, ils arrivaient enfin chez les Vanbrugh. Devant l'insistance entêtée de Théo, il était à court d'arguments.

— Je te donnerai ma réponse à la fin de la soirée, lui dit-il. Laisse-moi y réfléchir ! En attendant, ne m'en reparle pas !

Elle comprit qu'il était inutile d'insister.

— D'accord ! fit-elle docilement.

Dès qu'ils descendirent de leur voiture, ils trouvèrent à leurs pieds un majestueux tapis rouge qui s'étendait de la rue jusqu'à l'entrée de l'élégante demeure. Un dais, dressé pour la circonstance, conférait encore plus de noblesse aux lieux. Par la porte ouverte sortaient des flots de lumière renvoyée vers la rue par d'immenses lustres en cristal où scintillaient une multitude de chandelles. Des laquais empressés accueillaient les invités au fur et à mesure de l'arrivée des calèches et les conduisaient jusqu'à l'entrée de la résidence Vanbrugh. C'était un ballet incessant d'allées et venues, une danse de couleurs chatoyantes dans laquelle les invités de marque rivalisaient d'élégance.

— Comme je déteste ces mondanités ! s'exclama Théo.

Edward ne sembla pas entendre ce qu'elle lui disait, son esprit était ailleurs. Il regardait un homme de haute stature, vêtu d'un uniforme de la marine, qui marchait quelques mètres devant eux dans la file ininterrompue des convives.

— Qui as-tu vu ? demanda Théo en se dressant sur la pointe des pieds.

— Je suis sûr que cet homme là-bas est Hugo Lattimer. Il était premier lieutenant sur le bateau qui m'a ramené d'Espagne. Sans lui, je ne serais plus de ce monde. Il a dormi sur le pont pour me donner sa cabine personnelle, a passé des heures à me parler pour me remonter le moral. Si tu savais... il a pris soin de moi comme d'un nouveau-né. C'est la crème des hommes, un ange de patience et de générosité.

— Alors, je dois absolument le remercier de t'avoir gardé en vie.

Aussitôt dit, aussitôt fait. Sans réfléchir, Théo mit ses mains en porte-voix et cria le nom de l'officier aussi fort qu'elle le put. Immédiatement, le jeune homme se retourna et chercha des yeux, dans la foule, l'auteur de cet appel. Réalisant qu'elle avait attiré l'attention sur elle d'une manière bien cavalière, la comtesse rougit et se contenta de faire un petit signe discret à l'adresse du lieutenant. Ce dernier s'écarta de la file des invités qui continuait à s'étirer interminablement et attendit qu'Edward et Théo arrivent à sa hauteur.

— Fairfax ! s'exclama-t-il dès qu'il reconnut le blessé qu'il avait convoyé.

Ils se serrèrent chaleureusement la main, sincèrement heureux de se retrouver.

— Puis-je vous présenter la comtesse de Stoneridge ? Théo, voici le lieutenant... oh, excusez-moi, je n'avais pas vu vos galons, dit Edward en montrant les épaulettes du jeune officier, le capitaine Lattimer. Félicitations, Hugo !

— Vous m'excuserez de vous avoir interpellé aussi grossièrement, dit Théo, mais l'enthousiasme d'Edward était tel que je n'ai pu résister. Il ne tarit pas d'éloges sur ce que vous avez fait pour lui pendant la traversée d'Espagne en Angleterre. Je devais vous exprimer toute ma reconnaissance. Edward est mon meilleur ami, savez-vous !

— Votre meilleur ami ? répéta le capitaine Lattimer de sa belle voix grave. Fairfax a beaucoup de chance !

A la manière dont il regarda Edward, il avait apparemment compris que les termes « meilleur ami » recouvraient des liens plus intimes. Théo le détrompa aussitôt.

— Après mon mari ! reprit-elle en plissant les yeux d'un petit air malicieux. Edward et moi sommes amis d'enfance.

— Ah, je vois ! Etes-vous à Londres depuis long-temps, milady ?

— Une éternité, me semble-t-il ! soupira-t-elle.

— Est-ce si ennuyeux ?

— Exactement ! dit Théo en éclatant de rire.

Décidément, il y avait en cet homme quelque chose de plaisant, Edward avait raison. Son regard pétillant et son large sourire le rendaient éminemment sympathique.

En haut du grand escalier, ils furent accueillis par Lady Georgiana Vanbrugh, resplendissante dans une toilette de satin broché ornée de passementeries, ton sur ton. Théo espérait pouvoir passer un moment avec le sauveur d'Edward mais, à sa grande décep-tion, il avait disparu avant qu'ils n'arrivent dans la salle de bal. Plusieurs fois, elle l'aperçut de loin : il se tenait appuyé contre un mur, un verre à la main, la mine triste et sombre. Il n'y avait plus en lui trace de cette joyeuse spontanéité qui avait séduit la jeune comtesse au premier abord. L'air profondément morose qu'il arborait lui donna à penser qu'il tenait à rester seul, et elle renonça à aller vers lui. En com-pagnie d'Edward, elle rejoignit sa mère et ses sœurs qui soupaient dans la vaste salle à manger où avaient été dressés des couverts pour tous les invités. Sur les nappes brodées, une riche vaisselle rutilait, sous les flammes des chandelles.

— Le capitaine Lattimer ne semble pas s'amuser follement, dit-elle à son ami.

— Je n'ai jamais vu un officier de marine prendre du plaisir quand il n'a pas de commandement. Entre deux missions, ils doivent vivre avec une demi-solde, et ils passent leur temps d'inactivité à errer dans les couloirs de l'amirauté. Ce n'est pas très gai ! Il est surprenant, ajouta Edward en regardant vers le capitaine, de voir comment Lattimer se conduit dès qu'il est à terre ; en mer, au contraire, il est complètement différent. J'avais déjà remarqué ce changement lors des escales, pendant notre voyage. Je crois que cet homme n'est heureux que lorsqu'il navigue.

— Si nous l'invitions à notre table ? suggéra Théo.

— Je ne crois pas que ce soit une bonne idée, ma chérie, répliqua Lady Elinor. Si ce jeune homme veut s'isoler, il faut respecter son désir.

La soirée se termina comme elle avait commencé, sans événement majeur. Au moment de se séparer, Théo déclina la proposition de sa mère qui suggérait qu'Edward la raccompagne jusqu'à la résidence Belmont.

— Mon cocher peut très bien me ramener à bon port. Je suis certaine qu'Edward préfère rester auprès d'Emily. Il y a de la place pour lui dans votre voiture si vous vous serrez un peu. Mais il peut quand même faire quelques mètres avec moi, ajouta Théo, se souvenant soudain que son ami avait une réponse importante à lui donner.

Ils se dirigèrent vers la calèche décorée aux armes des Stoneridge.

— Alors ? dit-elle dès qu'ils furent assez à l'écart pour n'être plus entendus. Si tu refuses de m'aider, j'agirai seule.

— Et si je rapportais à ton mari les folies que tu t'apprêtes à faire ?

— Tu ne penses pas sérieusement que je vais te croire !

Edward soupira. Evidemment, pareille trahison de sa part était inconcevable !

— Très bien, dit-il avec un manque d'enthousiasme évident. Je t'attendrai au coin de la rue Curzon, demain matin.

— Dieu te bénisse, Edward ! Je savais bien que tu n'avais pas changé tant que cela ! s'exclama-t-elle en lui posant un affectueux baiser sur la joue.

Elle monta dans la calèche et il ferma la portière derrière elle, tandis que le cocher donnait à ses chevaux l'impulsion du départ.

Pendant que son épouse complotait, le comte de Stoneridge jouait aux cartes au club du White, à la même table que Neil Gérald. Il avait engagé une lutte sans merci contre son ennemi et il était déterminé à aller jusqu'au bout. Son plan était simple, mais la connaissance qu'il avait de son adversaire lui permettait de ne pas douter de son succès : Neil Gérald n'avait aucune volonté, aucune force de caractère, et le comte avait déjà réussi à l'effrayer simplement en lui reparlant de Vimiera. Son intention était de le pousser à la panique pour l'acculer à des aveux. Il le persécuterait jusqu'à ce qu'il craque.

Innocemment, au cours de la soirée, il aborda le sujet de sa détention en France. Il se mit à raconter ses conditions de vie, faisant habilement quelques allusions aux événements qui avaient pu survenir avant sa blessure. Il s'adressait généralement à Gérald mais, de temps à autre, il élevait suffisamment la voix pour être entendu de leurs voisins. Ceux-ci se mêlaient aussitôt à la conversation et le comte semblait leur répondre volontiers, comme s'il avait définitivement tiré un trait sur ce passé.

Au bout d'un moment, il devint évident à Neil Gérald que Sylvester Gilbraith n'était plus cet homme qu'il avait vu passer en cour martiale, embarrassé et honteux, douloureusement atteint dans son honneur et incapable de se défendre. Pis encore, les rôles s'étaient inversés: l'homme traqué était devenu le chasseur.

Contrairement à Gérald, qui s'était lourdement endetté au cours de la partie, Sylvester avait eu de la chance au jeu. Quand il se fit tard, il se leva pour prendre congé, ramassant les quelques centaines de guinées qu'il avait gagnées.

— J'espère que tu feras mieux la prochaine fois, dit-il d'un air amical et compatissant en se penchant vers Neil.

— Mais je n'ai pas dit mon dernier mot. La nuit ne fait que commencer!

— Bonne chance, alors! Moi je rentre chez moi.

— Bien sûr, le mariage offre d'autres attraits que le jeu, reprit Neil, qui s'efforçait de plaisanter.

— C'est vrai, Stoneridge est un jeune marié, souligna un autre joueur du même ton badin. Profitez-en, mon vieux, ça ne durera pas!

— Je vous en reparlerai dans quelques années! répliqua Sylvester en riant.

A cet instant, le capitaine Gérald se remémora la flamboyante comtesse de Stoneridge. Chaque fois qu'il l'avait rencontrée, il avait été frappé par la sensualité qui émanait de sa personne. Il revoyait ses yeux étincelants, sa bouche pulpeuse et sa façon si sensuelle de mouvoir son corps... Demain matin, ils avaient rendez-vous: il l'aurait à sa merci. Quelle revanche!

Dès que le comte se fut éloigné, Neil respira et se détendit. Enfin, il allait pouvoir se concentrer et mieux jouer qu'il ne l'avait fait depuis le début de la soirée. Mais brusquement, il sentit une main se poser sur son épaule. Aussitôt, il sursauta et leva les yeux: Sylvester, revenu sur ses pas, se tenait près de lui. Il était souriant, mais Gérald crut déceler dans son regard une lueur étrange, presque maléfique.

— Au fait, Neil, c'était bien Jud O'Flannery, le nom de ton sergent, n'est-ce pas?

Le capitaine se figea, incapable de répondre. Si

Gilbraith remettait la main sur Jud, tout espoir était perdu. Le comte avait les moyens de lui payer des sommes considérables qui n'étaient en rien comparables avec ce que lui rapportait le minable petit chantage qu'il exerçait sur Gérald. Entre les deux, Jud O'Flannery n'hésiterait pas. Et il parlerait !

— Peut-être ne t'en souviens-tu pas ? reprit Sylvester dont le timbre de la voix parut soudain terrifiant à Neil. Le problème, c'est d'arriver à le retrouver. Il doit se terrer quelque part dans les mauvais quartiers de Londres. Tu ne crois pas ?

Gérald essaya de trouver une réponse cohérente, craignant toutefois que le silence qu'il avait gardé depuis le début ne l'ait déjà trahi.

— Je n'en ai aucune idée. Il est vrai que c'était une canaille ! A l'heure qu'il est, il croupit peut-être dans une prison de Greenwich, si on ne l'a pas déjà pendu !

— Probablement, dit Sylvester en prenant un air tout à fait dégagé.

Il fit un petit geste d'adieu et s'éloigna. Pour Neil Gérald, les vieux fantômes se réveillaient. Il était cerné ; un vent de panique soufflait autour de lui. Il n'y avait pas de temps à perdre pour mettre au point un plan sans faille pour le lendemain. Il abattit ses cartes sur la table, se leva d'un bond et prétexta l'oubli d'un rendez-vous important pour pouvoir filer.

Pendant ce temps-là, Sylvester rentrait chez lui, satisfait de sa soirée. Gérald allait céder, Gérald le peureux, Gérald le lâche, celui qui, à l'école de Westminster, suppliait à genoux qu'on ne le persécute plus. Quand il serait prêt, il suffirait de le cueillir comme un fruit mûr. Pour l'heure, il convenait de jouer serré.

Il fallut peu de temps au comte pour arriver à la résidence Belmont. Théo ne dormait pas encore. Tout doucement, il ouvrit la porte de la chambre conjugale.

Neil Gérald avait au moins raison sur un point : le mariage offrait d'autres attraits que le jeu !

28

Lorsque Sylvester s'éveilla le lendemain matin, Théo dormait encore profondément. Il se redressa un peu et se pencha sur son visage pour prendre le temps de la contempler. Délicatement, il écarta la mèche qui, retombant en boucles brunes jusqu'à sur son nez, donnait à son minois un air mutin. Mon Dieu, que cette femme était jolie ! Chaque jour plus jolie ! Dans son sommeil, elle était calme, apaisée. Il n'y avait plus trace de cette nervosité dont elle avait fait preuve la veille au soir. Sylvester avait cru déceler en elle une fébrilité inhabituelle, même aux meilleurs moments d'abandon. Cela n'avait pas manqué de l'inquiéter légèrement, et l'idée qu'elle pût avoir encore en tête quelque dangereux projet avait effleuré son esprit. Mais non, ce matin il était rassuré. Elle dormait en toute innocence.

Avec mille précautions, il posa un délicat baiser sur son front et sortit du lit. En repoussant les draps, il découvrit l'épaule nue de Théo. Ce rond et tendre contour le fit frémir et suscita en lui l'envie de jouir de ce corps comme un homme gourmand. Mais il se domina pour ne pas la réveiller.

A pas feutrés, il se glissa hors de la chambre. A cette heure matinale, le ciel encore pâle noyait le jour naissant dans une buée bleuâtre. Sylvester s'était engagé à conduire sa mère et sa sœur rue Brook, Lady Elinor ayant fort aimablement proposé de les emmener au musée. Ensuite, il aurait tout son temps pour continuer à traquer Neil Gérald.

Théo s'éveilla alors que son mari prenait son petit déjeuner en compagnie de Lady Gilbraith et de Mary. C'était au tour de Sylvester de se dévouer, et elle n'irait surtout pas se joindre à eux ce matin ! Elle avait un rendez-vous trop important pour prendre le risque d'être retardée. Elle s'habilla et se posta derrière la fenêtre pour guetter leur sortie. A neuf heures et demie, elle les vit quitter la maison. Dans un mouvement d'impatience, Lady Gilbraith tapa du pied sur le trottoir : son valet tardait à ouvrir la portière de la calèche ! A ses côtés se tenait Mary, emmitouflée dans une lourde pelisse qui la ratatinait affreusement. Sylvester monta le dernier et prit place près de sa mère. Tandis qu'elle se lançait avec force agitation dans une de ses diatribes habituelles, il se pencha vers elle, sans doute pour mieux l'écouter. Leur départ acheva de soulager la comtesse. Cette promenade ne pouvait pas mieux tomber ! Quand Neil Gérald arriverait, ils seraient déjà loin.

Elle disposait encore d'un peu de temps. Elle alla s'asseoir devant son miroir pour mettre une touche finale à sa toilette. Gérald n'avait pas encore vu sa nouvelle coiffure et elle était décidée à tirer parti de l'effet de surprise. Il n'était nullement dans ses intentions de le séduire, mais elle ressentait intuitivement que plus elle se montrerait attirante, moins il se méfierait d'elle.

Elle coiffa ses cheveux d'un petit chapeau orné de rubans bleus, du même ton que sa robe, puis elle arrangea avec goût ses boucles tout autour de son visage, laissant retomber en vagues naturelles des mèches sur son front et sur ses joues. Elle compléta sa tenue avec des gants de cuir fin dont la teinte était en parfaite harmonie avec les bottines de chevreau qui enserraient délicatement ses chevilles. Jugeant le résultat satisfaisant, elle quitta sa chambre.

Elle informa immédiatement Foster qu'elle attendait le capitaine Gérald dans la bibliothèque. Bien qu'il ne dît rien, le majordome fit une grimace significative. Autant Foster avait toujours approuvé les sorties de la comtesse à travers les champs de Lulworth, autant il rechignait à l'idée de la voir se promener dans les rues hasardeuses de Londres en compagnie d'un étranger. Elle n'eut pas à attendre longtemps l'arrivée de Neil Gérald. Il se présenta ponctuellement à l'heure convenue.

— Que dois-je dire si Sa Seigneurie me demande où vous êtes, Lady Théo ? demanda Foster de son ton sentencieux.

Elle arbora un sourire innocent. Pourquoi travestir la réalité ? De toute façon, elle serait de retour avant Sylvester. S'il apprenait la vérité après coup, cela n'aurait plus aucune importance.

— Eh bien, dites naturellement que je suis partie en promenade avec le capitaine Gérald ! Il me ramènera saine et sauve, n'est-ce pas, monsieur ? dit-elle plaisamment.

— Mais bien sûr ! Je suis bien trop honoré d'être en compagnie d'une personne de votre qualité. Je risquerais ma vie pour vous défendre, s'il le fallait !

Il accompagna ses paroles d'une révérence beaucoup trop ostentatoire pour être sincère. Théo en ressentit une légère appréhension qui se dissipa aussitôt. Elle n'avait strictement rien à craindre : elle était armée et Edward allait la suivre. En outre, cette crapule de Gérald n'avait aucune raison de se méfier d'elle.

Le capitaine lui tendit galamment la main pour l'aider à grimper dans son phaéton. Discrètement, elle jeta un coup d'œil de côté. Edward patientait bien à l'endroit prévu, prêt à partir.

A cette heure-ci, il y avait assez de circulation pour permettre au jeune Fairfax de ne pas être remarqué. Par mesure de sécurité, il laissa tout de même entre eux une distance raisonnable. Il les suivit sur Piccadilly puis sur le Strand. Mais au lieu de tourner à droite dans la rue New Bridge pour traverser la Tamise au pont de Blackfriars, comme c'eût été logique pour se rendre à Hampton Court, le phaéton continua tout droit sur Ludgate Hill. Ce n'était pas le chemin le plus simple, mais sans doute avaient-ils l'intention d'emprunter le pont suivant de Southwark.

Dix mètres devant Edward, débouchant de la droite, une carriole aux essieux grinçants vint ralentir la circulation. Les tonneaux dont elle était chargée bringuebalaient en tous sens. Le jeune homme ne put s'empêcher de pester. Par malheur, la chaussée s'était rétrécie et il était hors de question qu'il envisage une manœuvre de dépassement. Il avait certes appris à diriger ses chevaux d'une seule main, mais son geste n'était pas assez précis pour lui permettre de passer dans un espace très étroit. Refrénant son impatience, il dut retenir son attelage jusqu'à ce que la rue s'élargisse à nouveau et qu'il puisse doubler sans danger. Alors seulement, il s'aperçut que le phaéton de Gérald avait disparu !

Son cœur se mit à battre la chamade. Il ne savait même pas s'ils étaient passés sur l'autre rive du fleuve. Théo s'était envolée en compagnie de l'homme qui voulait tuer son mari. Un sentiment d'inutilité saisit Edward à la gorge et d'amers regrets envahirent son âme, aussi douloureux qu'une blessure ouverte. Il était responsable de ce qui pouvait arriver à son amie. Il avait doublement péché : par faiblesse, en ne trouvant pas la force de s'opposer au projet de Théo, et par orgueil, en imaginant qu'en dépit de son infirmité il pouvait lui être d'un secours quelconque.

Il ne lui restait plus qu'à parcourir les rues au hasard ou à faire demi-tour. Soudain, sur sa gauche, au fond d'une allée sombre, il reconnut le phaéton de Gérald, stationné devant l'arrière-cour d'une grosse bâtisse ! Il continua son chemin pendant quelques mètres en évitant de s'engager dans la ruelle, puis commanda à ses chevaux de s'arrêter. Un gamin passait par là, portant un panier empli de gros pains croustillants qui dégageaient une odeur alléchante. Edward le héla :

— Hep petit, dit-il, si tu tiens mes chevaux quelques minutes, je te donnerai six pence !

— Et mon pain, m'sieur... il va refroidir. Si un client va s'plaindre à mon maître, je s'rai encore battu.

— Tu auras un shilling, alors, reprit Edward en descendant maladroitement de sa voiture.

Le gosse posa son panier par terre et attrapa les rênes délicatement.

— J'ai pas l'habitude des ch'vaux, marmonna-t-il. Ils vont pas m'mordre ?

— Mais non ! Ne bouge pas, et tout ira bien, lança Edward, courant déjà vers la ruelle.

Devant la cour, il s'arrêta et resta tapi dans l'ombre pour observer. C'était un espace lugubre, délimité sur trois côtés par les arrières de maisons sales et grises. Le quatrième côté ouvrait sur la rue. Au milieu de la cour, une rigole était encombrée de détritus pourris. La calèche était toujours là, immobile. Gérald discutait avec un homme costaud qui portait un grossier tablier de cuir. Edward resta à regarder la scène, malheureux et impuissant. Il vit l'homme se pencher vers l'intérieur de la voiture et en sortir un fardeau qu'il jeta sur son épaule. En reconnaissant Théo, il se sentit pris de vertiges et crut qu'il allait défaillir. Qu'avaient-ils fait à son amie ? Pourquoi ne s'était-elle pas servie de son pistolet ? Gérald et son sbire pénétrèrent dans la cour, l'un derrière l'autre. N'écoutant que son courage, Edward bondit à leur suite mais les deux bandits s'étaient déjà engouffrés dans la bâtisse. Au moment où il voulait faire demi-tour, il trébucha sur une masse informe, ramassée sur elle-même. Il s'attira aussitôt une volée de jurons, et une main gantée d'une mitaine noire tendit vers lui une écuelle cabossée.

— Un shilling, mon gars, fit une voix rauque.

En même temps, il sentit qu'on lui serrait la cheville aussi fortement que dans les mâchoires d'un étau. Affolé, il essaya de donner un coup de pied pour se dégager, mais il faillit perdre l'équilibre. S'il glissait sur ces pavés gluants, il serait repéré avant d'avoir pu se relever. Il fouilla dans sa poche et jeta au mendiant toutes les pièces qui s'y trouvaient. L'autre relâcha sa prise et recula jusqu'au coin noir d'où il était sorti.

A toutes jambes, Edward courut jusqu'à sa calèche, où le gamin l'accueillit avec un soulagement non dissimulé. L'enfant prit son shilling avec un immense sourire, mit la main à la casquette en geste de remerciement, ramassa son panier et partit en sifflotant.

Pendant quelques brèves secondes, Edward réfléchit. Conscient qu'il ne pourrait rien faire seul pour délivrer Théo, il décida d'aller chercher du secours. Malheureusement, il n'avait aucune idée de l'endroit où se trouvait Stoneridge.

La mort dans l'âme, il fit demi-tour et repartit à tout allure dans la rue Fleet puis sur le Strand. Il devait faire vite. Qu'arriverait-il à Théo s'ils la transféraient ailleurs entre-temps ? Il serait impossible de la retrouver, dans ce dédale de ruelles pleines de coins et de recoins. On perdrait sa trace à tout jamais. Inconscient des risques comme seul peut l'être un homme acculé au désespoir, il bifurqua dans Haymarket où, passant trop près d'une luxueuse calèche, il en raya la portière. Le hurlement indigné du cocher puis les cris des occupants n'arrêtèrent pas sa course folle. Fort heureusement, sentant que la main qui les menait n'était pas assez ferme pour soutenir cette cadence, les chevaux ralentirent d'eux-mêmes. Cela permit à Edward d'apercevoir le jeune Lacey qui se promenait nonchalamment de l'autre côté de la rue. Immédiatement, il tira sur les rênes en appelant Jonathan. Peine perdue ! Le promeneur continua sa route sans se retourner, sans doute tout occupé à imaginer quelques-unes de ces mièvreries picturales dont il avait le secret. Edward hurla à nouveau à pleins poumons. Jonathan Lacey s'arrêta et, l'air surpris, se mit à regarder autour de lui. Lorsqu'il aperçut le lieutenant Fairfax, il répondit par un sourire poli au geste de la main qu'il lui faisait, puis s'apprêta à poursuivre son chemin. Mais Edward se mit à gesticuler tant et si bien que le jeune homme comprit qu'on l'appelait. Il s'écoula une éternité avant qu'il ne se décide à traverser. Prudemment, il regarda d'abord à gauche et à droite, puis laissa passer plusieurs voitures qui avançaient à allure réduite. La surprise causée par cet appel péremptoire se lisait encore sur le visage de Lacey lorsqu'il arriva devant Fairfax.

— Il faut que vous alliez immédiatement trouver Stoneridge pour lui délivrer un message, dit Edward sans préambule.

— Stoneridge, répéta Jonathan, de plus en plus étonné, mais où est-il?

— Je n'en sais rien! Allez voir rue Curzon, demandez à Foster, courez à ses clubs… Que sais-je!

— Il était rue Brook il y a un moment, mais il est parti avant moi.

— Cela ne nous renseigne guère! s'exclama Edward qui faisait des efforts pour rester patient.

— Ce que vous me demandez là ne m'arrange vraiment pas. J'ai justement un rendez-vous pour une commande de tableau.

Edward serra les mâchoires et lui jeta un regard noir. L'autre se recroquevilla, devant la mine d'ordinaire si aimable du jeune lieutenant.

— Il est une règle d'or chez les Belmont, c'est celle de l'entraide. Si vous souhaitez épouser Clarissa, il faudra vous y faire, Lacey! Maintenant, courez après Stoneridge et débrouillez-vous! Quand vous l'aurez trouvé, dites-lui de venir me rejoindre de toute urgence à Hall Court. Cela se trouve après Ludgate Hill. M'avez-vous bien compris? Et dites-lui aussi d'apporter ce qu'il faut!

— D'apporter quoi? dit Jonathan, complètement dépassé par cette histoire.

— Il comprendra. Dépêchez-vous!

Sans attendre la réaction de son interlocuteur, Edward repartit dans la circulation en sens inverse, se dirigeant à une allure aussi vive que précédemment vers les bâtiments de Hall Court.

Jonathan souleva son haut-de-forme, se gratta la tête, haussa les épaules, résigné, puis se mit en route pour le quartier de St. James. C'était un bon endroit pour commencer ses recherches. Il visita le Brook, puis le Watier. Personne n'avait vu Stoneridge aujourd'hui. Enfin, le portier du White lui laissa quelque espoir : l'homme qu'il cherchait pouvait bien se trouver dans les locaux du club. Il demanda à Jonathan de patienter dans le majestueux hall d'entrée et se dirigea vers le grand escalier doré qui montait au salon de thé. Sylvester était en grande conversation avec le major Fortescue lorsque le portier vint toussoter à ses côtés, signe qu'il avait une communication à lui faire.

— Eh bien ? demanda le comte en levant les yeux.

— Il y a en bas un jeune homme qui vous demande, milord. Dois-je le renvoyer ?

— Cela dépend ! Qui est-ce ? (Sylvester prit la carte que le portier lui tendait sur un plateau d'argent.) Faites-le monter !

Que pouvait bien lui vouloir le jeune Lacey pour venir le chercher jusqu'ici ? Deux minutes plus tard, Jonathan arrivait sur le seuil du grand salon. La présence d'un inconnu dans ce club sélect attira les regards et le jeune homme rougit. Fasciné et impressionné par l'atmosphère feutrée de ce luxueux endroit, il hésita quelques instants, puis se décida et, d'un pas rapide, traversa le salon en direction de Sylvester. Au passage, il se cogna contre une petite table marquetée aux formes galbées, se rattrapa, pour aussitôt se prendre les pieds dans les franges d'un tapis persan.

— Eh bien dites-moi, c'est un parcours d'obstacles que vous venez de faire ! plaisanta le comte, ajoutant à l'embarras du jeune homme.

— Je vous demande pardon, Lord Stoneridge ! répliqua Jonathan en se tamponnant le front. Je vous ai cherché partout.

— J'en suis flatté !

— Fairfax m'a demandé de vous donner un message. Il a dit que c'était excessivement urgent. Je n'y ai pas compris grand-chose !

— J'espère que ce sera plus clair pour moi ! Parlez !

Sylvester se contracta anxieusement. Une affreuse prémonition lui donna la chair de poule.

— Il a dit que vous alliez immédiatement le retrouver à Hall Court... après Ludgate Hill... oui, c'est bien cela! Ah, il faut aussi que vous apportiez ce qu'il faut. Il a dit que vous comprendriez!

— Je comprends! Je suis votre obligé, Lacey. Si tu veux bien m'excuser, Peter, dit-il en se levant.

— Bien sûr! Y a-t-il quelque chose que je puisse faire?

Le major Fortescue n'eut pas de réponse à son aimable question: Sylvester avait déjà quitté le salon à grandes enjambées.

Dans quelle galère se trouvait Théo? Sylvester se remémora la nervosité de son épouse. Quels dangers avait-elle encore été affronter? Mais se perdre en conjectures était terriblement futile et vain. Pour le moment, il fallait être efficace. Arrivé rue Curzon, Sylvester mit une paire de pistolets de duel dans sa ceinture, glissa un petit revolver d'argent dans sa poche, un méchant stylet à la lame effilée dans sa botte, et prit son épée sous le bras: Edward lui avait demandé d'«apporter ce qu'il fallait».

Dix minutes plus tard, il galopait sur Zeus, en direction du lieu de rendez-vous.

Au fond d'une eau fangeuse, Théo tentait désespérément de rester en vie. Par moments, des herbes coupantes venaient lui lacérer le dos et de violents remous l'aspiraient pour l'entraîner vers des abîmes ténébreux. Elle s'enfonçait dans la vase verdâtre de son sépulcre. Mais lentement, les eaux refluèrent. Une douce lueur s'éleva à l'horizon. La lumière se fit.

Doucement, elle ouvrit les yeux. Sa tête lui battait comme un tambour. Elle se sentait malade et complètement étourdie, à peine consciente de ce qui l'entourait. Avec précaution, elle se tourna sur l'oreiller et tâta sa nuque: il y avait une énorme bosse. Sa cheville lui semblait terriblement lourde et la faisait affreusement souffrir chaque fois qu'elle esquissait un mouvement. Les eaux voulurent la reprendre, mais elle lutta de toutes ses forces pour rester lucide.

Petit à petit, le brouillard se dissipa. Elle se souvint. Au moment où elle s'étonnait que Neil Gérald n'emprunte pas le pont de Blackfriars, quelqu'un l'avait violemment frappée par-derrière. Ce n'était pas Gérald puisqu'il était à côté d'elle. Que s'était-il passé ensuite? Elle l'ignorait. Elle avait dû être amenée inconsciente dans cet endroit lugubre. Elle n'avait rien vu venir, pauvre idiote qu'elle était! Ils ne lui avaient même pas laissé une chance d'utiliser son arme. Sans grand espoir, elle chercha à tâtons dans sa poche : son pistolet s'était évidemment volatilisé. Quelques larmes de rage et de regret s'échappèrent de ses paupières. Sylvester avait raison, elle n'était qu'une pauvre petite naïve qui avait besoin de la protection d'un mari aimant. Si elle s'en sortait, elle lui donnerait la clé de sa chambre, et il pourrait l'enfermer s'il le désirait. Elle s'en faisait le serment solennel.

Dans un effort colossal, elle réussit à s'asseoir sur le lit. Sur la paillasse, plutôt. Une affreuse litière étroite qui dégageait des odeurs de crasse. Elle observa la pièce autour d'elle. Le mobilier était composé, en tout et pour tout, d'une pauvre chaise et d'une table bancale. Un feu maigrichon se consumait dans l'âtre.

Sa cheville était emprisonnée par une chaîne métallique dont les gros maillons faisaient des cliquetis sinistres en s'entrechoquant. Elle était très lourde mais elle lui parut suffisamment longue pour lui permettre de se lever. Elle se mit péniblement debout. La tête lui tournait et une sueur glaciale perla sur son front. Une vague de nausée la submergea et elle dut se rasseoir quelques minutes, le temps que le malaise se dissipe. Puis, renouvelant son effort, elle se releva et se dirigea vers la table plantée au milieu de la pièce. Elle attrapa le broc qui s'y trouvait et but à même le récipient toute l'eau qu'il contenait. Le liquide lui procura un grand plaisir en coulant dans sa gorge desséchée, et elle se sentit un peu plus gaillarde pour continuer d'explorer sa prison. Traînant les pieds, elle s'approcha de la lourde porte munie de deux énormes verrous. Tout doucement, elle tourna la poignée et, ô surprise, la porte s'ouvrit en grinçant sur ses gonds. Les palpitations de son cœur s'accélérèrent. Elle fit un pas en avant pour découvrir avec stupeur qu'elle était allée au bout de sa chaîne. Désespérée, elle retourna sur sa paillasse, la cheville un peu plus douloureuse.

Un bruit de pas résonna dans le couloir. Elle s'allongea immédiatement et ferma les yeux. Instinctivement, elle sentait que l'inconscience simulée pourrait la protéger encore un peu. Jusqu'à quand ? Un tressaillement d'horreur et d'épouvante la parcourut.

Gérald entra dans la pièce et referma la porte derrière lui. Il s'avança doucement et resta quelques instants à fixer ce corps inerte. Puis il se pencha vers elle et lui posa la main sur le front. Avec soulagement, il constata que sa peau était tiède. Dan ne connaissait pas sa force, il aurait pu la tuer. C'était vivante qu'il avait besoin d'elle. Bel et bien vivante !

Il laissa son regard errer sur le corps allongé de la comtesse. Sa poitrine se soulevait au rythme de sa respiration. Elle était bien attirante quand elle dormait. Sa robe moulait ses formes et le bas de ses jupons, légèrement retroussé, laissait entrevoir deux fines chevilles. La jalousie le mordit au cœur lorsqu'il songea que cette créature de rêve était chaque jour dans le lit de Sylvester Gilbraith. De gré ou de force, il allait le forcer à partager. Mû par une excitation sensuelle qu'il ne dominait plus, il posa la main sur Théo et, lentement, remonta sous ses jupes, le long de sa jambe. Ses doigts s'insinuèrent dans les plis de ses dentelles, à la recherche de ses chairs tendres et chaudes. Il y avait quelque chose d'incroyablement attirant à profiter d'un corps inconscient, d'avoir une femme sans défense à sa disposition. Ces instants lui donnaient le sentiment d'être un homme fort.

Un lourd coup sur la porte le fit sursauter et il se releva d'un bond. La grosse tête de Dan apparut dans l'entrebâillement.

— Comment qu'elle va ? Pas encore réveillée ?

— Non, pas encore, dit Gérald d'un air faussement indifférent. Fais-moi venir la fille de la dernière fois ! Qu'elle m'attende dans la salle du rez-de-chaussée !

— Z'avez envie d'un peu d'bon temps, hein ? dit Dan avec une lueur de connivence lubrique dans le regard. Je surveillerai la p'tite dame pendant c'temps. Vous inquiétez pas !

Ce petit entracte avait réveillé en Gérald des instincts qu'il voulait assouvir sur-le-champ. Il saurait bien se contenter pour l'instant d'une pauvre servante gringalette. En attendant mieux !

29

Dès qu'elle fut sûre d'être seule, Théo ouvrit les yeux, le corps encore tremblant de dégoût, au bord de l'écœurement.

Lorsqu'elle avait senti sur elle les sales mains de Neil Gérald, elle avait été prise d'une violente nausée qu'elle avait eu du mal à maîtriser. Elle avait eu l'impression qu'une limace se promenait sur sa peau. L'autre homme était arrivé au bon moment ! En tout cas, cela ne se reproduirait plus, car elle ne le supporterait pas. Quand Gérald reviendrait, elle aurait retrouvé ses esprits. Et s'il essayait de la toucher, gare à lui ! Non, elle ferait semblant de dormir ; il la retrouverait comme il l'avait laissée, inconsciente et attirante ; elle attendrait qu'il s'approche et... hop ! elle lui sauterait dessus. Il avait probablement la clé de la chaîne sur lui. Il lui suffirait de la récupérer et elle serait sauvée.

Si Edward avait vu ce qui était arrivé, il était probablement allé chercher de l'aide. Mais en attendant, elle devait se débrouiller seule pour contrer les projets que Neil Gérald avait en tête.

Quand Sylvester arriva au bout de Ludgate Hill, il reconnut la calèche de Fairfax, mais son propriétaire avait disparu. Il mit pied à terre et, par chance, aperçut aussitôt Edward qui, dissimulé dans l'ombre d'une ruelle adjacente, attendait devant la bâtisse de Hall Court, là même où Théo avait été emmenée. Il attacha Zeus à un bec de gaz et s'approcha, le cœur battant.

— Dieu merci, Jonathan vous a retrouvé! s'exclama Edward en poussant un immense soupir. Je crois que Théo est encore ici. La voiture de Gérald est toujours stationnée en face.

Il indiqua du doigt le phaéton d'où Théo avait été extirpée.

— Gérald? Quelle horreur! Pourquoi Théo a-t-elle été se mettre entre les mains de cette bête immonde?

Edward dit doucement:

— Elle voulait connaître la vérité sur Vimiera.

Sylvester pâlit comme si la vie l'abandonnait.

— C'est vous qui... fit-il, mais il ne put continuer.

Edward secoua la tête, plongé dans le plus profond embarras.

— Je ne voulais rien lui dire. Je n'avais entendu que des ragots là-dessus, en Espagne, et je n'en croyais pas un mot. Seulement, quand vos amis vous ont tourné le dos à la réception chez Lady Belmont, elle s'est doutée de quelque chose et m'a tiré les vers du nez. J'ai trop parlé... mais je vous assure, milord, que Théo n'a jamais cru plus que moi à cette histoire.

Ainsi, cette terrible aventure qu'il s'était efforcé de cacher à tout le monde était un secret de polichinelle! Fairfax était au courant depuis le début et n'en avait jamais soufflé mot. Quant à sa femme, elle ne lui en avait pas parlé parce qu'elle ne le croyait pas capable d'une telle ignominie, tout simplement! Il aurait dû lui faire confiance.

— Dites-moi comment elle en est arrivée là! Il faut que je sache. Il faut que je comprenne.

Le comte prêta la plus grande attention à l'histoire que lui raconta Edward. C'était à la fois incroyable et naturellement prévisible de la part de Théo. Elle avait su se renseigner auprès des bons interlocuteurs, avait tiré les bonnes conclusions, puis elle avait plongé la tête la première pour sauver son mari, au péril de sa vie. C'était typique d'elle !

— Que puis-je faire d'une femme pareille ? Que puis-je faire ? Que puis-je faire ? répéta Sylvester comme s'il psalmodiait une lamentation.

Edward lui mit la main sur l'épaule et dit d'un air compréhensif :

— Quand on connaît bien Théo, on se rend compte que le mieux est de la laisser agir à sa guise.

— Voyez où cela nous mène ! soupira tristement le comte.

— Si vous me permettez un avis, dit timidement Edward, je crois que vous faites erreur. Théo a voulu vous prouver qu'elle était capable de vous aider et qu'elle méritait votre confiance. Si vous aviez accepté de tout partager avec elle, nous n'en serions pas là. Elle vous aurait écouté et aurait agi selon vos instructions. Jamais elle n'aurait pris seule de telles initiatives.

Sylvester regarda au loin, les yeux dans le vague. Les événements le forçaient bien à reconnaître qu'Edward avait raison. Si Théo en était arrivée à faire de telles folies, il en était entièrement responsable. Le coupable, c'était lui ! Il n'y avait pas de femme plus honnête, plus forte, plus fiable que la sienne. Maintenant, il devait jeter l'éponge et, paradoxalement, il s'en sentait heureux. Ce n'était pas une capitulation sous la contrainte, c'était un mea culpa et une envie de tout reconstruire, une certitude de bonheur.

— Comment allons-nous nous défendre s'ils sont armés ?

La voix d'Edward le ramena soudain à la réalité. Autour d'eux, la vie ordinaire se poursuivait, les calèches circulaient dans Ludgate Hill comme tous les jours. Mais derrière ces apparences de vie normale, un drame était peut-être en train de se jouer.

— Préférez-vous l'épée ou le pistolet ?

— L'épée. Même avec une seule main, je me défends encore très bien. Et puis, je n'aurai pas le problème de devoir recharger mon arme.

Sylvester tendit son épée à Edward et sortit de sa ceinture une paire de pistolets pour lui.

— J'ai encore un poignard et un revolver. Nous sommes armés jusqu'aux dents, mon ami !

Le ton léger du comte s'accordait mal avec la rage meurtrière qui se lisait dans son regard. Gérald n'avait aucun intérêt à faire mal à Théo mais si, contre toute logique, il s'était avisé de la toucher, il allait le payer de son sang.

— Je frappe le premier, reprit Sylvester en cognant lourdement sur la porte. Restez derrière moi pour qu'on ne vous voie pas, ajouta-t-il à voix basse en entendant des pas approcher. Vous bondirez dès que j'avancerai.

En haut, dans la mansarde où seule une petite lucarne laissait passer la lumière du jour, Théo, allongée sur sa paillasse, attendait anxieusement le retour de Gérald. Il ne serait sans doute pas bien long. Les paroles qu'il avait échangées avec l'autre homme laissaient supposer qu'il n'attendait de la fille qu'une satisfaction immédiate et qu'il ne perdrait pas de temps en approches cérémonieuses ! Une ou deux fois la porte s'était ouverte depuis qu'il était parti. Même les yeux fermés, elle avait senti un regard peser sur elle. Qui était-ce ? Elle n'en avait pas la moindre idée. En dépit des violents maux de tête qui ne la quittaient pas, son esprit était tout à fait clair. Elle profita de cette attente pour réfléchir. Comment allait-elle s'y prendre ?

La porte s'ouvrit brusquement, et Gérald entra. Elle sentit ses paupières papilloter et elle s'efforça de contracter fortement ses muscles pour obliger son corps tout entier à se figer. Elle était exactement dans la position où il l'avait quittée, la jupe relevée jusqu'aux genoux. Les quelques minutes que Neil Gérald avait passées avec la servante avaient suffi pour satisfaire ses instincts les plus vils, mais il ne put s'empêcher d'être à nouveau excité à la vue de la comtesse de Stoneridge, cette femme étrange qui osait s'aventurer seule dans le sinistre quartier des docks ou qui partait en promenade à Hampton Court avec un pistolet. L'avait-elle soupçonné? La question ne valait même plus la peine d'être posée puisqu'elle était sa prisonnière. Son plan se déroulait exactement comme il l'avait prévu. Il allait profiter d'elle, salir son honneur, et Stoneridge, enfin, lui obéirait au doigt et à l'œil. Ce serait donnant, donnant. Son silence sur l'infidélité de la comtesse contre une reconnaissance publique de couardise de la part de Sylvester.

Avec une salacité non déguisée, Neil Gérald passa sa langue sur ses lèvres en regardant la jeune femme. Théo sentait sa présence au pied du lit. Si elle n'avait pas eu les chevilles entravées, elle se serait servie de ses jambes comme elle savait si bien le faire. Mais présentement, elle ne devait prendre aucun risque. Elle savait qu'elle disposait d'une chance, et d'une seule. Il fallait absolument attirer ce monstre plus près, encore plus près d'elle. Elle s'agita un peu, écarta légèrement les jambes. La réaction ne se fit pas attendre. Elle entendit Neil Gérald respirer plus profondément et puis, comme une grande brûlure, elle sentit le contact de sa main moite sur son corps.

Attendre. Attendre un peu. Attendre encore. Ce furent des secondes atrocement longues. Et quand elle fut certaine qu'il était assez près, elle ouvrit les yeux, se redressa d'un bond et empoigna Gérald par les cheveux. De surprise autant que de douleur, il poussa un cri de bête et tomba sur le lit tandis que Théo tirait de plus en plus fort. Dans un mouvement digne d'une acrobate, elle se souleva pour enrouler la chaîne autour de la gorge de Neil Gérald.

— Donnez-moi la clé, hurla-t-elle.

A demi étranglé, il chercha de la main la poche de son gilet.

— Plus vite ou je tire sur la chaîne! menaça-t-elle d'une voix pleine de mépris et de rage.

Suffoquant, Neil Gérald émit quelques sons rauques et, d'une main tremblante, lui tendit la clé du cadenas.

Un bruit violent retentit dans toute la maison puis on entendit un coup de pistolet suivi d'un hurlement et des pas, enfin! Lorsque Sylvester poussa la porte, il se trouva devant cette scène incroyable: sa femme, les dessous relevés jusqu'aux mollets, enserrait dans ses jambes la tête de Neil Gérald dont les yeux exorbités en disaient long! Si on avait blessé Théo, elle avait encore de la ressource! Il ressentit d'abord un immense soulagement, puis il se mit à rire en réalisant l'incongruité de ce spectacle.

— Eh bien, ma chérie, dit-il, tu te débrouilles très bien sans nous!

Edward partit d'un fou rire nerveux. A la demande de Sylvester, il alla fermer le verrou et se plaça dos à la porte.

Théo tendit la clé à son mari qui ouvrit le cadenas. Comment allait-il réagir? La sagesse lui indiquait qu'elle avait intérêt à se faire toute petite.

— T'ont-ils fait mal?

Délicatement, elle mit la main sur sa nuque.

— Quelqu'un m'a frappée par-derrière. Sûrement un complice de cette vermine, dit-elle en montrant Neil Gérald.

Tandis que Sylvester menaçait Gérald de son pistolet, elle alla se placer près d'Edward. Elle voulait se mettre en retrait parce qu'elle n'avait plus à intervenir dans ce qui allait se passer maintenant. Son ami se pencha vers elle.

— Je n'ai pas perdu la main, chuchota-t-il en lui montrant la pointe de son épée tachée de sang.

La joie se lisait sur les traits du jeune homme.

— Tu as toujours été un superbe escrimeur, dit Théo en lui sautant au cou pour le féliciter. Tu l'as tué?

— Non, je ne l'ai que touché, mais suffisamment pour stopper son attaque. Il brandissait devant nous une énorme masse.

— A nous deux! dit le comte qui ne quittait pas

Gérald des yeux. Il est temps d'avoir une petite conversation. Edward, vous serez le témoin de tout ce qui va se dire ici. Voulez-vous bien tout retenir ?

— C'est exactement ce que j'avais prévu dans mon plan ! s'exclama Théo, qui avait déjà oublié sa résolution de se taire.

— On en reparlera plus tard, petite bohémienne. Pour l'instant, tiens ta langue ! (Sylvester était de méchante humeur, c'était indéniable, mais il ne l'appelait jamais «petite bohémienne» quand il était vraiment fâché.) Alors, reprit-il, revenons à Vimiera, Gérald ! Je suis sûr que tu as des choses à me dire. Je t'écoute, et ne m'oblige pas à tuer !

— La bataille était perdue d'avance, balbutia Gérald d'une voix d'outre-tombe.

Mais Sylvester avait déjà quitté cette chambre sordide pour rejoindre la plaine portugaise. Le soleil commençait à décliner après une journée brûlante et harassante. Ses hommes n'en pouvaient plus, et pourtant il fallait encore combattre avec le soleil dans les yeux. Les Français n'en finissaient pas d'attaquer, leurs assauts se succédaient. Le sergent Henley vint lui annoncer ce qu'il redoutait : il ne restait plus que deux caisses de munitions. Ils pourraient encore tenir un peu, mais après…

Il fallait attendre l'arrivée de Gérald et de ses troupes. Au loin, entre deux montagnes qui cernaient la plaine aride teintée d'ocre rouge, il y avait une échappée sur la mer. Plus près, derrière les collines, l'ennemi infatigable semblait renaître de ses cendres. Derrière, l'espace se refermait sur le pont qu'ils devaient protéger : c'était de là que devaient déboucher les renforts.

Les images, les sons, les odeurs, les émotions, tout se bousculait dans sa mémoire défaillante. Des visages, des bribes de conversation, l'attente des secours, le courage que donnait l'espoir, et puis le découragement et la désespérance. Ils allaient tous mourir. Les hommes qui s'étaient battus sans relâche allaient offrir leur jeunesse à cette terre portugaise.

Sur la page blanche, l'histoire prenait forme et, pour la première fois, les souvenirs surgissaient de l'oubli. Soudain, le voile se déchira.

Le visage de ce jeune officier avec ses yeux hagards... Il est devant Sylvester, hors d'haleine. Il est descendu de l'arbre qui lui servait de poste d'observation. Il est comme fou, les mots ne lui viennent pas. Il finit par parler: les renforts sont apparus, il a vu les vestes écarlates des soldats, il en est sûr! Mais ils ont fait demi-tour et ont disparu. La souffrance, la chaleur, l'angoisse peuvent rendre un homme fou. Non, l'officier n'a pas perdu la tête. A la demande du major Gilbraith, il répète son histoire. La même. Inlassablement. Rigoureusement identique. Il n'a pas rêvé.

Ils étaient abandonnés. Les renforts du capitaine Gérald, tant attendus, ne viendraient plus. Un moment après, la horde sauvage des Français avait déboulé à travers la plaine, en hurlant « Vive l'Empereur ». Alors, à court de munitions et pour sauver quelques vies si c'était encore possible, il avait ordonné à ses hommes de se rendre. Ses seuls témoins, le jeune officier et le sergent Henley, étaient morts sous les tirs ennemis.

La mémoire était revenue comme une lumière éblouissante. Sylvester eut l'impression que sa tête devenait légère. C'était soudain le calme après l'orage, le reflux après la tempête.

Au procès, Neil Gérald avait juré qu'il avait bien obéi aux ordres en menant les renforts à destination. Mais trop tard! Quand il était arrivé, le major blessé avait déjà capitulé sans attendre l'armée de secours. Sylvester n'avait pu porter la contradiction au débat: la vérité s'était perdue dans les abîmes de son amnésie et les faits parlaient contre lui.

Le comte regarda la pauvre épave qui gisait sur la paillasse et, brusquement, sa voix tomba comme un couperet dans le silence glacial de la mansarde:

— Tu as eu peur de la mort et tu as fait faire demi-tour à tes hommes.

— On voyait tout, de loin. Il y avait encore trois

autres régiments de Français qui avançaient derrière la colline, marmonna Gérald en tremblant de tous ses membres. Je n'avais que cent cinquante hommes, ils nous auraient tous massacrés.

— Tu sais bien que deux heures après toi arrivait le gros de la troupe. Nous n'avions plus de munitions. Les renforts nous auraient permis d'attendre deux heures de plus. Tu m'entends, Gérald, il t'a manqué deux heures de courage !

— Tu te trompes. D'où nous étions, nous voyions beaucoup mieux que vous ce qui se passait. Je t'assure que nous serions tous morts ; ils étaient trop nombreux.

— Tu as préféré fuir comme un lâche. A cause de toi, notre régiment a été décimé, nous avons perdu notre drapeau, et le pont, lieu de passage stratégique, a été pris. Mais dis-moi… (Quelques secondes s'écoulèrent.) Pourquoi as-tu voulu me tuer ? Tu avais ruiné ma réputation et mon honneur, tu m'avais forcé à démissionner de l'armée. Cela ne te suffisait donc pas ?

A nouveau, l'épouvante passa sur le visage de Neil Gérald.

— Mon sergent… marmonna-t-il.

— Ah ! dit Sylvester que cette réponse n'étonnait pas. O'Flannery ? Il te faisait chanter, c'est bien cela ?

Neil Gérald murmura un « oui » presque inaudible.

— Vous avez bien entendu, Fairfax ? demanda le comte.

— Aucun mot ne m'a échappé, milord, confirma Edward. Rassurez-vous !

Sylvester posa son pistolet sur la table et retira sa veste. Lentement, il remonta les manches de sa chemise et se frotta les mains comme un lutteur sur le point de combattre. Gérald se ratatina encore un peu plus, n'essayant même plus de cacher sa peur.

Instinctivement, Théo sentit qu'elle devait empêcher son mari de commettre un geste irréparable. Certes, elle n'avait que mépris pour cette crapule de Neil Gérald et elle frissonnait d'horreur en pensant qu'il avait osé la toucher. Mais il y avait dans le regard du comte une telle haine, une telle rage, une telle envie de vengeance qu'il était capable d'aller jusqu'au meurtre. Avec douceur, elle s'approcha de lui et lui mit la main sur l'épaule. Sylvester se retourna vers elle : la fureur le rendait livide.

— Je sais ce que tu ressens, dit-elle d'une voix apaisante, et c'est bien légitime. Mais maintenant que tu as obtenu ce que tu voulais, laisse-le. Si tu le frappais, tu pourrais le tuer. Tu as d'autres moyens de le faire payer. Ne t'abaisse pas à lui donner des coups, il n'en est même pas digne. Regarde-le, ce n'est qu'une loque humaine...

Seul l'amour pouvait exorciser les démons d'une rage si violente. Petit à petit, une paix bienfaisante enveloppa Sylvester. Au bord du gouffre, il avait entendu la voix de la sagesse. Théo lui avait évité d'avoir du sang sur les mains. Il se tourna vers elle et immédiatement se laissa captiver par l'azur de ses yeux. La passion qui s'y lisait était un baume pour ses blessures. Il revit dans un flash ce même regard de tendresse qui l'avait protégé pendant sa dernière crise de migraine. La vanité l'avait poussé à vouloir assumer seul ses problèmes mais, Dieu merci, il le savait maintenant, il avait besoin d'elle autant qu'elle avait besoin de lui. Elle parla encore...

— Viens, mon amour, murmura-t-elle. Je suis là, je t'aiderai. (Puis elle ajouta en riant :) Tu as épousé une Belmont. Que cela te plaise ou non, c'était compris dans l'héritage !

Sylvester l'attrapa par le menton et la regarda droit dans les yeux.

— C'était même la partie la plus délicieuse ! dit-il.

Il se pencha vers elle et frôla ses lèvres pour y déposer un baiser aussi léger qu'une aile de papillon.

Edward, qui avait assisté sans rien dire à ce moment de tendresse, pensa qu'il était peut-être temps d'intervenir.

— Pour rentrer, dit-il d'un air légèrement hésitant, vous pourriez prendre la calèche si vous me faites confiance pour ramener Zeus, milord?

— Voilà une excellente idée! répondit Sylvester.

Il reprit sa veste, puis jeta un coup d'œil vers la paillasse où Gérald, immobile, attendait de savoir ce que le comte allait faire de lui.

— Je te suggère de filer à l'étranger et de te faire oublier. Je ne vais pas te traîner en cour martiale, c'est inutile. Le lieutenant Fairfax se chargera de rapporter à l'état-major ce dont il a été témoin. Je te provoquerais bien en duel, mais un homme ne défend pas son honneur contre un couard de ton espèce. Allez, viens, Théo! dit-il en se tournant vers son épouse.

Au moment où ils traversaient l'entrée de la bâtisse, une figure sinistre jeta un regard curieux par l'entrebâillement d'une porte, puis disparut aussitôt. Personne ne vint s'opposer à leur départ, et ils quittèrent sans encombre cet endroit sordide. Sylvester suivit Théo dans la calèche. Avant de partir, il se pencha vers Edward et lui serra la main.

— Vous avez été un précieux allié, Fairfax!

— Et moi alors? demanda Théo.

— Toi? On en reparlera plus tard! (Le comte ne réussit pas à cacher son sourire. C'était plus une boutade qu'une menace.) Pour l'instant, comment va ta tête?

— J'ai encore un peu mal... mais comme cela, je vais très vite me remettre, dit-elle en se penchant sur l'épaule de son mari. (Puis elle murmura à son oreille:) Je t'aime!

— Moi aussi, je t'aime depuis le premier jour. Tu as souvent joué avec ma patience, petite bohémienne, mais tu n'as jamais réussi à altérer l'amour que j'ai pour toi. Même dans mes rêves les plus fous, je n'avais jamais imaginé rencontrer une femme aussi passionnée et aussi délicieusement rebelle. Le destin m'a comblé au-delà de mes espérances.

Il posa sur Théo un regard éperdu de bonheur. Elle se pressa contre lui, elle aussi envahie par une paix profonde. Dans le silence de son cœur, elle se mit à penser à son grand-père. Elle aurait tant aimé qu'il fût là pour la voir si heureuse aujourd'hui ! Elle lui devait tout. Il avait dû longuement réfléchir et se renseigner sur la personnalité de Sylvester avant de rédiger son testament. Il n'avait sans doute rien laissé au hasard comme elle l'avait cru au début, et elle regrettait de ne pas l'avoir compris tout de suite.

Dès qu'ils arrivèrent à la résidence Belmont, le jeune Timmy se précipita vers eux pour se charger de la calèche. Sylvester prit Théo dans ses bras et la porta pour entrer dans la maison.

— Quelque chose ne va pas ? demanda Foster, l'air inquiet.

— Non, non, ça ira ! Faites-nous porter des compresses et de l'arnica.

— Tout de suite, milord ! dit-il. Les trois sœurs de Lady Théo sont dans la bibliothèque. Dois-je leur dire de revenir à un autre moment ?

— Non, non. Nous allons les rejoindre.

En voyant sa sœur dans les bras de son mari, Emily sursauta.

— Que s'est-il passé, mon Dieu ? s'écria-t-elle. Tu es blême comme un fantôme.

— Ce n'est rien, dit Théo. Euh... j'ai trébuché et j'ai failli passer sous les roues d'une voiture. Heureusement, Sylvester m'a rattrapée à temps.

Seule Rosie remarqua que le comte ne disait rien mais qu'il plissait les yeux d'une drôle de manière.

Un valet entra pour apporter de quoi soigner la plaie de Théo. Doucement, Sylvester tamponna la nuque de sa femme. Un silence avait envahi la pièce depuis quelques minutes et personne ne reprenait la parole.

— Eh bien, que se passe-t-il ? demanda Sylvester.

Clarissa semblait particulièrement enjouée, elle tourbillonnait dans la pièce avec légèreté, un sourire suspendu sur ses lèvres.

— Jonathan a obtenu une superbe commande pour

peindre la fille de Lord Decatur et il a demandé ma main à maman, qui a accepté.

La voix de la jeune fille se perdit dans un sanglot de joie.

— C'est merveilleux, Clarissa chérie! s'exclama Théo. Je suis si contente pour toi!

— Nous étions venues vous dire cela, intervint Emily, et demander quelque chose à Sylvester. (Elle regarda timidement son beau-frère.) Voilà, nous avons décidé de faire un double mariage...

— Oh, quelle charmante idée! interrompit Théo. Et Clarissa et toi voulez vous marier à Stoneridge?

— Mais évidemment! J'aurai grand plaisir à mettre le manoir à votre disposition, reprit le comte.

Emily rougit légèrement.

— Ce serait merveilleux, mais ce n'est pas exactement ce que nous voulions vous demander. Voilà, accepteriez-vous de nous conduire toutes les deux à l'autel?

— Il y a bien le cousin Cecil et l'oncle Horace, ajouta Clarissa, mais ils ne font pas partie de la famille, comme vous!

Un large sourire apparut sur le visage de Sylvester.

— Vous me faites un grand honneur!

— Moi, je ne me marierai jamais, dit Rosie de sa petite voix. Je n'arriverai jamais à trouver un garçon qui aime assez les scarabées, les escargots, les araignées...

— Arrête ton énumération! lui dit Théo en riant sous cape. L'amour arrivera quand tu ne t'y attendras pas!

Elle serra en cachette la main de Sylvester.

A cet instant, Lady Elinor entra précipitamment dans la bibliothèque, l'air complètement affolé.

— Théo, ma chérie, que se passe-t-il? Foster m'a dit que tu étais blessée!

— Elle est tombée devant une calèche, dit Rosie. Enfin, c'est ce qu'elle dit. Sylvester, lui, n'a rien dit du tout.

Personne ne releva l'observation de Rosie. Seuls

Théo et Sylvester remarquèrent que la petite fille était bien perspicace.

— Ce n'est pas grave, ne vous inquiétez pas! dit le comte pour rassurer sa belle-mère. Rien qu'une petite bosse qui aura disparu demain!

Lady Belmont se pencha pour observer la nuque de sa fille.

— Tu dois avoir de violents maux de tête.

— Je crois qu'il serait sage qu'elle aille se reposer, maintenant, dit le comte. Si vous voulez bien m'excuser, je vais l'accompagner à sa chambre.

— Mais bien sûr! Dites donc à Lady Gilbraith et à Mary de passer déjeuner rue Brook avec nous. Je viens de les raccompagner, elles doivent à peine avoir eu le temps de retirer leur chapeau.

— Ne vous donnez pas cette peine! dit Sylvester. Vous les avez déjà emmenées au musée ce matin. Si ma mère ne trouve pas à s'occuper cet après-midi, elle rentrera chez elle!

Elinor ne put s'empêcher de rire.

— Ce n'est pas très gentil, dit-elle, mais j'avoue que je ne suis pas loin de partager votre avis. Allez, les filles, venez! Théo a besoin de se reposer.

Sylvester souleva sa femme dans ses bras et sortit de la bibliothèque, tandis que la famille Belmont quittait la résidence.

— Il est inutile que je me repose, protesta Théo.

— Il y a repos et repos! chuchota le comte en déposant son précieux fardeau sur le lit.

Les yeux de la jeune femme pétillèrent.

— Dans ce cas, je suis d'accord! dit-elle.

Un rai de soleil oblique baignait la chambre d'une douce lueur ambrée.

Sylvester et Théo se regardèrent avec l'émotion que donne l'amour heureux.

Composition Interligne B-Liège
Achevé d'imprimer en Europe (France)
par Brodard et Taupin à La Flèche (Sarthe)
le 19 avril 1996. 6583N
Dépôt légal avril 1996. ISBN 2-277-24172-5
Éditions J'ai lu
84, rue de Grenelle, 75007 Paris
Diffusion France et étranger : Flammarion